原創愛
YL233

羋月傳

貳

蔣勝男 —— 著

希代多媒體
Sitak Multimedia

目錄

第二卷

蒹葭

蒹葭蒼蒼，白露為霜。
所謂伊人，在水一方。
溯洄從之，道阻且長。
溯游從之，宛在水中央。

第二十章　思君子

楚宮，高唐臺，春日雨後。

江南多雨。春天，尤其是一場春雨前後，就是兩種不同的花季。

九公主羋月走過迴廊，處處落紅，前些天新開的桃花被雨水打落不少。她正暗自嗟歎，走到一處拐角，又見一枝新杏雨後催發，微露花尖，更是喜人，不由得停下來，輕輕嗅了嗅花香。

正閉目享受這春日氣息時，卻聽得有人在她身後，幽幽道：「九妹妹好生自在。」羋月回頭，見是七公主羋茵。

羋茵這些日子心事重重，羋姝婚事在即，各國使臣前來求親，而她已擺明是作為媵女陪嫁的人選，可她自幼自負異常，又豈能甘心接受這種命運？且見近日羋姝與羋月過往甚密，每日共用朝食，又思及那日她跳祭舞大出風頭，還得了楚王槐許多賞賜，這份嫉恨發酵到無法忍住，當下假笑，「九妹妹這一身好生鮮豔，莫不是……」說到一半，故意掩口笑了笑，意有所指地說，「……小妮子當真春心動矣？」

羋月看著羋茵，腦子裡思緒萬千，她有時候覺得羋茵真是很奇怪，似乎只活在自己的世界裡，圖謀什麼、爭什麼，全寫在臉上，還揚揚得意，當自己手段高超，完全看不到別人看她如同做戲。可有時候，她又會忽然有神來之思。便如羋月對黃歇的心意，羋姝完全不解，倒是她會一言中的。

羋月心念如電轉，臉上表情不曾變，只笑吟吟地帶著一絲小妹妹的頑皮，「茵姊這話，我卻不懂。誰的春心動了？莫不是茵姊自己？」

羋茵冷笑一聲，「明人不說暗話。」說著指了指羋姝的方向，「她若是知道妳心底想的人是誰，可要小心後果了。」

羋月淡淡一笑，這話若是早了幾日說，她還有些顧忌，此時已知羋姝心事，聽羋茵這等語帶威脅，不免可笑。她拈了一枝杏花，轉頭笑盈盈道：「茵姊，妳休要以己度人。姝姊是何等人，妳知我知，妳說她會不會聽妳信口開河呢？」

羋茵沒想到羋月竟不受此言威脅，心中疑惑起來，她定定地看著羋月，想說什麼，最終還是沒敢說，只得冷哼一聲，轉頭就走。她走了幾步，又覺得自己方才弱了氣勢，越想越氣，待要回頭找羋月，卻不好意思，一時不知如何是好。她滿腔不忿，出了高唐臺，忽然想到一事，便徑直轉身，去雲夢臺上尋鄭袖去了。

鄭袖此時正在梳妝，見羋茵來了，也不以為意，只慢條斯理地在臉上調弄著脂粉。羋茵在一邊等了許久，終於不耐煩，道：「夫人，我今日尋妳有事。」

鄭袖早知她的來意，輕歎一聲，叫侍從出去，才悠悠道：「七公主，過於焦躁，可不是後宮處事之道。」

羋茵譏誚道：「夫人自說過助我，可不要後悔。」

鄭袖心中冷笑，若不是因為眼見南后病重，她要圖謀王后之位，刻意籠絡羋茵母女以做工具，否則她才懶得理會這愚蠢的丫頭。當下只懶洋洋地道：「我自不會後悔。妳又怎麼了？」

羋茵抱怨道：「夫人答應得好，只是不見動靜。如今八妹妹只與那賤人要好，偏將我閃在一邊。我若再不思行動，豈不是連立的地方也沒有了？」

鄭袖輕笑一聲，點著她道：「妳啊，妳啊，還不曉得自己當用心何處嗎？妳與這小丫頭爭什麼閒氣？如今有一樁大喜之事就要來了。」

羋茵一驚，反問：「何事？」

鄭袖掩袖輕笑，「妳可知，秦王派使臣來，欲求娶八公主為繼后？」

羋茵一怔，尚未想明白此節，只問：「那又如何？」

鄭袖笑吟吟地招手，「附耳過來……」

羋茵有些不解，只得上前，卻聽得鄭袖在耳邊說了她的主意，當下嚇得魂飛魄散，渾身發抖，「這、這，如何可行？」

鄭袖不耐煩地白了她一眼，「如何不行？」

羋茵猶豫，「此事若被威后得知……」

鄭袖冷笑，「世間事，便是拚將性命，博一個前途。妳既要安穩，又想虎口奪食，如何有這樣便宜的事？妳存了這樣的心思，即便不去做，她又豈能容得下妳？做與不做，又有何區別？」見羋茵還在猶豫，鄭袖轉過臉來又安撫道，「便是被她所知，那時節事情已經做完，她也回天無術，自然還得好好地安撫於妳，圓了妳的心願。妳且細想，此事便被人所知，妳又有何損失？還不是照樣為媵？若是成了，更可風光出嫁。何去何從，妳自作決斷。」

羋茵遲疑著，終究心一橫，道：「好，我聽夫人的，夫人也勿要負我。」

鄭袖微微一笑，不再說話，卻暗忖如今正是關鍵，若南后死時，楚威后為了女兒的事焦頭爛額，她便能夠輕輕鬆鬆地哄著楚王槐遂了她的心願。至於這其中的幾個公主，命運如何，又與她何關？只是一臉好意，重新將羋茵哄得高高興興，轉了心情，將她送出門去。

羋茵走出雲夢臺，天人交戰，實是不能平息，足足猶豫好幾日，才下定決心。這日取了令符出宮，在車上更了男裝，直到列國使臣所居的館舍外。她走下馬車，看著上面的招牌，躊躇半晌，咬咬牙走了進去。

館舍中人來人往，列國之人語言不同，彼此皆以雅言交流，但自家人說話，卻還是用的本國語言，因此人聲混雜，不一而足。

羋茵在館舍院中，東張西望。她亦是自幼習詩，不但雅言嫻熟，連各國方言也略知一二。但聽得西邊似是晉人語言甚多，便大著膽子，走進西院。

這些院落是各國使節單獨所居，顯得清靜許多。羋茵走進院中，見一個少年倚在樹下廊邊，手握竹簡正在閱讀。羋茵走上前，輕施一禮，「敢問君子——」

那人抬起頭，羋茵略一吃驚，但見這少年相貌俊美，眉宇間一股飛揚之氣，不同凡俗，當下退後一步，「敢問君子如何稱呼？」

那人放下竹簡，還了一禮，「不知這位姝子，到我魏國館舍何事。」

羋茵不由得問：「你認得出我？」

那少年溫文一笑，拱手道：「嗯，是在下失禮了，姝子既作男裝，我便當依姝子之服制而稱呼。這位公子，不知到我魏國館舍何事。」

羋茵定了定心神，「我受人之託，來見魏國使臣。」

那少年正色拱手，這一拱手便與方才有異——方才是日常拱手之禮，如今這一拱手，顯出正式禮儀來，「在下是魏國使臣，名無忌。」

羋茵一喜，「公子無忌？我正是要尋你。」這公子無忌，是如今魏王最寵愛的公子，也正是她今天來的目標之一。

公子無忌，就是後世所稱的戰國四公子之一，信陵君魏無忌。此時他年紀尚輕，未曾封君。見羋茵尋他，詫異道：「但不知公子尋無忌所為何事？」

羋茵扭頭看了看，笑道：「我有一事，要與公子面談，此事恐是不便……」

魏無忌一怔，暗有計較，面上卻不顯，只是以手讓之，引羋茵進了內室，但又不曾關上門，還用了一個小童在旁邊侍奉著。

羋茵略有不安，「我有一樁隱事要與公子相談，這……」

魏無忌笑道：「無妨，此子是我心腹之人，且此處為我魏國館舍，若是有人，我喚他看著就是。」

羋茵無奈，只得依了。兩人對坐，說起正事。

羋茵單刀直入，「聽說公子此來，有意向我國公主求婚？」

魏無忌緩緩點頭道：「窈窕淑女，君子好逑。無忌確有此意。」

羋茵笑道：「宮中有三位公主，排行為七、八、九，不知公子欲求何人。」

按當時習俗，其實一嫁數媵，很可能一娶便是數名公主。要求何人，這種提法倒是奇怪。於是魏無忌問道：「不知公子如何說。」

羋茵又笑道：「此間避人，公子盡可恢復稱呼。」

魏無忌道：「哦，便依姝子，姝子有何言，無忌洗耳恭聽。」

羋茵道：「實不相瞞，若是我朝與貴國結親，當以嫡出八公主相嫁。我自也不必瞞公子，我便是楚國的九公主，名月。」

魏無忌又看了羋茵一眼，拱手道：「原來是九公主，無忌失禮。」

羋茵輕歎一聲，「我與阿姊分屬姊妹，將來必當同歸君子，因此她諸事皆與我商議。聞聽列國求親，她也是女兒家心性，不免有些憂心忡忡。女子這一生，不過是求個合心意的夫婿罷了，所以……」

她故意半含半露，欲等公子無忌追問，不料對方極沉得住氣，只含笑看著她，不接話。

羋茵無奈，道：「所以阿姊心中不安，我便自告奮勇，代她來打聽諸國求親之事。」說到這裡，含羞低頭，「並非我冒昧無理，實是這幾日情勢逼人……」她頓了一頓，見那魏無忌還是不接話，暗惱之餘，更覺此人棘手，對鄭袖的計謀不免有些忐忑。但事已至此，也不能轉頭就逃，只得又道：「公子可知，秦國派使臣來，亦要代秦王求娶我阿姊為繼后？」

魏無忌這才有些詫異，「秦國也派使臣來了？」

羋茵見他終於動搖，暗鬆了一口氣，當下以鄭袖所教之言，道：「正是，六國合縱，要與秦國為敵，秦國豈有不行動的道理？我聽聞秦國先王后，正是公子的姑母。如今還有一位魏夫人亦是公子的姑母，如今甚得秦王寵愛，擬立為繼后。若是秦楚聯姻，恐怕魏夫人扶正無望。若是公子娶了楚國公主，那麼魏夫人若得扶為王后，對魏國也是好處甚多。」

魏無忌已聽出她的意思，臉色微沉，「那九公主這麼做又是為了什麼呢？」

羋茵道：「秦乃虎狼之邦，我阿姊嬌生慣養，並不願意嫁入秦國，我將來既要為阿姊的陪嫁之媵，自然要為阿姊和自己謀算。若論當世俊傑，誰又能比得上魏國的公子無忌呢？因此……」

魏無忌到此時，才終於問了一句，「如何？」

羋茵便道：「阿姊派我來見公子，看公子是否如傳說般溫良如玉……」說到這裡，她的聲音也低了下去，似是含羞帶怯，低聲道，「如若當真，我阿姊擬約公子一見……」

魏無忌卻沒有回答，似在思索，良久才道：「這當真是八公主的意思嗎？」

羋茵點頭，「是……」又忙道，「我想，是否請公子與我阿姊約在三日之後，汨羅江邊少司命祠一會。」

魏無忌聽了這話，沉默了一會兒，出乎意料地拱手為禮，「抱歉。」

羋茵一驚，「公子這是何意？」

魏無忌猶豫片刻，似不想回答，只道：「九公主，身為淑女，不管是您還是八公主，都不當為此事，還是請回吧。」

若換了別人，早羞得起身走了，但芈茵素來是個為達目的、不惜顏面之人，雖然此刻羞窘已極，可是思來想去自己並無差錯，心中不甘，仍問了一句，「公子，何以如此？這般建議，於公子不是有利嗎？」

魏無忌臉色已有些脹紅，顯見也是強抑著怒氣，終於忍不住譏諷道：「敢問九公主一句，魏夫人扶正與否，與九公主何干？秦魏兩國的糾葛，豈是這麼輕易可操縱的？況且婚姻是結兩姓之好，楚國的嫡公主，恐怕要嫁的只能是一國之君或者是儲君，無忌並非繼承王位的人選，九公主慫恿在下與八公主私會，又是何用意呢？」

芈茵不料自己隱祕的心事竟被他一言揭破，只覺得臉皮似被撕了下來，羞得無地自容，不禁氣道：「小女子只是提出一個對大家都有好處的建議而已，若無忌公子不感興趣，自有感興趣的人。告辭！」

芈茵施一禮，向外行去，走到門邊的時候，魏無忌叫住了她，「九公主。」

芈茵驚喜地回頭，「公子改變主意了？」

魏無忌搖頭，「不，我只是送給公主兩句話。國與國之間，變化複雜，非宮闈婦人之眼界所能猜度；為人處世，除了算計以外，更要有忠誠和信賴。」

芈茵惱羞成怒道：「但願公子能夠將此言貫徹此生，休要學那丈八的燈燭，照得見別人，照不見自己！」

羋茵一肚子怒氣，出了西院，不想卻與一人相撞。她正怒氣勃發，不由得斥了一聲，「放肆！」說完，覺得周圍皆靜了下來，見方才還喧鬧的正院，此刻人都消失了，只餘這個與自己對撞之人，以及他身後的護衛們。

羋茵這才覺得有些不妙，忙退後幾步，仔細看去，見對方亦是一個身著王服的少年，只是若說公子無忌如人中珠玉，此人的面相，便如人中刀劍。

他眼神凌厲，似要看穿五臟六腑一般，若說公子無忌是含而不露，此人卻帶著一股不能容人的戾氣。羋茵生長於宮闈，以她的成長經歷，有著趨吉避凶的天性，一看便覺此人極不好處，當下把怒氣先收了，只「哼」了一聲，轉頭就要走。

那人卻不肯放過，叫道：「站住，你是何人？」

便聽得那人身邊有人用齊語討好道：「太子，可需小人前去問他？」

但聽那「太子」厲聲道：「滾開！」

羋茵暗驚，難道此人便是齊國太子田地不成？若說此人年紀、身分，亦是羋茵原來要算計下套的對象，只是萬萬不曾想到，竟是如此暴戾難當。

羋茵只得轉過頭，故作不知，反問道：「閣下是何人？」

田地冷笑，「我卻問你，你私自來找魏國使臣，是何用意？」

羋茵諒他在這各國館舍之中，也不敢如何，冷笑道：「我非得回答你嗎？」

田地冷冰冰地道：「你若不能回答，那我就只好把你帶到我的下處問你了。」

羋茵一驚，退後一步，斥道：「你敢！這裡可是楚國。」

田地獰笑道：「可這裡是各國使館，就算有什麼事也是各國自行解決。」說到這裡，喝道，「將他帶走！」

芈茵見他如此蠻橫，自知身單力薄，一咬牙，不管不顧，向外狂奔。

田地也不追趕，只冷笑一聲，「拿弓箭來。」齊國隨侍連忙討好地奉上太子所用的弓箭，但見田地張弓搭箭，一箭向芈茵射去。

芈茵雖聽見他方才的話，萬想不到他當真這般大膽，奔跑中忽聽得背後有風聲傳來，心神一亂，腳下不小心一絆，摔倒在地，也幸得這一摔，躲過了射向她的一箭。那箭便擦著她的背，釘在她眼前的柱子上。

芈茵抬眼看箭上的尾羽猶自微微顫動，嚇得尖叫起來。卻聽背後那人如惡鬼般的聲音傳來，「我這下一箭，便是取你髮髻！」

芈茵還未醒過神來，但覺得頭頂髮束一緊一拽。頓時，束髮的絲帶被射斷。她驚恐地轉身，一頭長髮散了下來，女兒之態皆露。

齊國太子田地手執長弓，緩緩搭箭，再度瞄準她。芈茵癱坐在地，渾身顫抖，恐懼地盯著箭頭，連叫都叫不出聲來了，田地一臉玩味地笑道：「果然是個婦人——嗯，這第三箭，要取妳何處為好呢？」

他身邊那些齊國侍從也不敢說話了，俱是一臉畏懼，看著田地，想說又不敢開口。

田地執著弓箭，嘴噙冷笑，銳利閃亮的箭頭對準芈茵，自她頭頂一直移到腳下。看著眼前的女子神情已近乎崩潰，這才慢慢地拉開弓箭，一寸寸地拉開，一點點地扣弦，忽然一鬆手，箭羽直朝羋茵的額頭射去，這一箭便要射透她的頭顱。
電光石火間，突然她身後有人一劍劈下，將田地射來的箭劈成對半，落在地上。
羋茵驚魂未定，看著眼前這人。此時正是逆光之勢，只見他全身似籠罩在一片金光下。
那人見她呆住了沒有反應，眉頭一皺，伸手將她扶起來，問道：「妳沒事吧？」
羋茵臉色蒼白，渾身顫抖，半偎著那人站起來，嘴角嚅動了兩下，終於「哇」的一聲哭了出來，整個人撲去，死死抱住他，「子歇──」
原來此人正是黃歇，他正在前廳，聞聲趕來，恰好救了羋茵。
田地正玩到興頭上，見有人壞他好事，便將手中弓箭對準黃歇喝道：「你是何人，敢來管我的事？」
黃歇手中劍未放下，將羋茵拉到身後護住，持劍行了一禮，「在下是左徒屈原的弟子黃歇，奉師命前來接待各國使臣。」
這些日子他奉命接待各國使臣，亦知這齊國太子田地的為人。若言此人，亦是文武雙全、聰明過人，不知為何卻養成自負、不能容人的脾氣，竟是當面好揭人短，背後好罵人長。若是有文才武功略勝過他的，他必不服到非要勝過對方；若是有人在他面前表現過的，他必要將人打壓一番；若是有人在他面前敷衍了事的，又要將人折辱。一來二去，這般所謂「矜人臣以能，高天下以聲，以為皆出己之下」的桀紂性格，竟更加不受控制。
在他父親齊王辟疆跟前，他亦是「智足以拒諫，詐足以飾非」，齊王辟疆只道此子有才，縱有些不如意之處，亦是輕輕放過。就這樣，他除去在齊王跟前略作偽裝外，更無人能管，益發暴戾。

田地見黃歇阻他，收了弓箭，皮笑肉不笑地道：「哦，原來是公子歇。失禮。」

黃歇還禮道：「不敢！」

田地一指芈茵，笑道：「我觀此人鬼祟，恐是細作，因此質問，誰知她轉身便逃，必是有鬼，因此以箭阻之。不知子歇何意，竟是要維護於她。」他在這館舍之中張弓，雖然強橫，但亦不是完全不顧後果，只是自恃身為使臣，便是當場殺人，也只消隨便栽上一個奸細之名，只說是追擊誤殺，又能如何！

見黃歇阻止，田地心中惱怒，便隱隱指責他暗派奸細，潛伏列國館舍打探消息，如今見事不遂，便出面維護。於不動聲色間，加了一個大大的罪名給對方。

他這番話甚是厲害，黃歇雖知他的用意，卻不能不維護住芈茵，只得道：「此處乃楚國館舍，太子遠來是客，不敢讓太子越俎代庖。此為何人，由在下帶走細問便可。」

田地冷笑一聲，「就怕子歇帶走，再無消息，回頭這館舍之中，便如市集一般，亂人往來，我等再無清靜可言。此我等切身之事，豈可不容我過問？」

黃歇一滯，暗中懊惱。老實說，他亦是想不出如今會有何事，竟讓這楚國公主獨身一人喬裝來列國館舍私會。

正要強辯時，卻聽一人道：「此人與我相約，請太子勿疑。」

黃歇抬眼看去，卻見西院中，魏公子無忌匆匆而出，對田地拱手微笑。

原來方才喧鬧，魏無忌亦是聞聲而來，卻遲了一步，剛好見黃歇劈斷田地之箭，本不欲出頭，但見田地咄咄逼人，無事生非，心中雖不齒那少女行事，卻亦知田地為人，不忍她受害，便出口代為解釋。

此番聯盟，楚為合縱長，不免叫齊國甚為不悅。田地本擬將事鬧大，拉上其他三國逼迫楚國，好打一打楚國這合縱長的臉，不想魏無忌出來解釋，知三晉向來齊心，若再堅持下去，豈不孤立自己？只得冷笑道：「既然是無忌公子之客，為何見了我就要跑？」

黃歇鬆了一口氣，彬彬有禮地微笑道：「太子動不動就張弓搭箭，的確是容易嚇到膽小的人。」

田地死死地看著黃歇，像是要將他刻個記號似的，道：「早聽說公子歇膽色過人，有機會倒要好好請教一番。」

黃歇笑道：「好說，好說！」說著又向魏無忌一拱手，「多謝無忌公子，他日再向無忌公子道謝。」

魏無忌亦拱手。田地冷哼一聲，轉頭就走。

魏無忌深深地看了羋茵一眼，亦轉身回去。

黃歇轉頭，解下自己的斗篷，披在羋茵身上，護住她的頭臉，扶著她快步出了館舍，抬頭欲尋與她同來之人。不料羋茵事前太過小心，恐人看見她如何行事，下車時，便令車夫在僻靜處相候，此時自是無法尋見。黃歇無奈，只得扶羋茵上了自己的馬車，正欲離開，不料羋茵卻死死抓住他的手，縮在他懷中，略一推開便顫抖不已。

黃歇見狀，只得與她同坐上馬車，羋茵一動不動地伏在他身上，淚如泉湧。

黃歇不敢真的就這麼將她送回宮去，只行了一段路，見有一處竹林甚是僻靜，便叫車夫停下，拉著羋茵進了竹林，從袖中掏出一塊絹帕，欲遞過去。不料一看，卻是羋月那日送他的，連忙縮回手，又掏了一塊遞過去。

羋茵接了絹帕，終於哭出聲來，聲音越哭越大，直至痛痛快快哭了一場，才含羞帶怯地抬起淚眼，看著黃歇道：「多謝子歇！今日若非子歇，我必是……」說到這裡，不禁哽咽。

黃歇輕歎道：「七公主，妳如何會喬裝改扮，到列國使臣館舍中去？」

羋茵無言以對，握著帕子半天，又欲哭道：「子歇，我好害怕……」她無法作答，只好以哭泣掩飾。

黃歇無奈，只得道：「罷了，七公主既不願意明言，我這便送公主回宮。」

羋茵一急，又叫了一聲，「子歇……」

黃歇問道：「何事？」

羋茵抬頭看著黃歇，但見他玉面俊顏，溫文爾雅，又思及方才他那一劍劈下，將自己從死亡之境救了回來，心中一動，竟有一股異樣的情愫升了上來。她揉著帕子，紅著臉看著黃歇，心潮湧動。

黃歇已是有些不耐煩了，神情卻依舊溫和，「七公主，時候不早了，回去吧——」

羋茵回過神來，不知為何，竟捨不得他離了眼前，急切之下胡亂找著理由，「子歇——你、我——」突然間靈光一閃，道，「我、我是來找你的！」

黃歇一怔道：「找我？」

羋茵看著黃歇，心頭的情愫越發肯定，有一種前所未有的感覺，讓她不顧一切地想留住他的腳步，一方面是藉口，另一方面卻是真心地道：「是，我是來找你的。因為、因為我傾慕公子——」

黃歇想不到是這個回答，怔了一下，道：「公主慎言！」

羋茵卻笑了，反上前一步，直與黃歇貼得不足兩寸距離，逼得黃歇不得不退後兩步，她才道：「我沒有胡說，自從那日一見公子，就私心傾慕，苦無機會。得知這次公子負責接待各國使臣，所以來到館舍找公子，沒想到遇上狂徒——」

黃歇退了好幾步，靜靜看著羋茵，直看得羋茵驟然輕狂的心也不禁冷了下來，才緩緩道：「七公主，妳不是來找我的，是來找各國使臣的。因為妳知道秦王前來求婚，所以想製造一個讓八公主抗婚的機會，這樣就有機會代替八公主嫁給秦王。只不過今天正好遇見在下，所以才故意這麼說的，是與不是？」

羋茵心頭狂跳，只覺得臉上熱辣辣的，似被人扇了個耳光。方才魏公子無忌這般說來，她只是惱恨，此時黃歇再這般說，她卻只覺得羞、惱、悔、恨、慚五味交雜，不禁又落下淚來，哽咽道：「是，我知道子歇看不起我，在你眼中，我就是一個只會算計和奉承的女子！可是我一介弱質女流，母親沒有尊位，又沒有兄弟可以倚仗，我想要活得好，就得從小奉承好母后和八妹妹。可我不想一輩子都過這樣的日子，讓我的兒女也一輩子過這樣的日子。為了不做陪嫁的媵妾，我算計錯了嗎？我為自己找一條出路錯了嗎？」

她初說的時候，還是含羞帶愧，越說卻越覺得自己有理，說到最後，直往前兩步，對著黃歇，眼神熾熱。

黃歇長歎一聲道：「七公主慎言。我非公主，不能知道公主的苦和樂，公主的行為，也不容在下置喙。不過事涉公主自己的清白，請下次休要再這般信口開河了。馬車就在前面，公主自行回宮吧，容在下先走一步了。」

羋茵急得想去拉住黃歇，黃歇卻轉身快步離開了。

羋茵怔怔看著黃歇遠去的身影，恨恨地叫道：「子歇，我心悅你，你是不是永遠不會相信這一點……」

黃歇腳步略一頓，又立即疾步而行，再不停留。他既知羋茵胡編亂造算計羋姝，又如何會相信她此刻明顯是信口胡說的話？

羋茵獨自在竹林中，又哭了一場，這才回了馬車之內，吩咐車夫轉回館舍附近，她自己馬車停留的地方，再回了自己馬車，由侍女重新梳妝過，回到宮內。

她佯裝無事，卻是暗懷鬼胎。一時想不知黃歇是否會將她的事情說出；一時想黃歇乃是君子，必不會害她；一時想黃歇對她是否會有愛意；一時又想自己那時披頭散髮，形狀狼狽，素日的美色全失，實是丟臉，又籌畫何時有機會當豔妝再見黃歇，務必要讓他驚豔才是。一連數日，她腦海中顛來倒去竟全是黃歇，連精心策劃之事也無心再想了。反覆思索，終究有些不甘心。次日清晨，她精心打扮，想要再度出宮去見黃歇，但只走出自己的院落，便被玳瑁帶人堵上，告知楚威后要召見她。

第二十一章　秦王謀

羋茵此時正在楚威后居室，恭敬地跪在楚威后面前。

楚威后正用著朝食，並不理會她。羋茵尷尬地跪著，努力地奉承著，「母后的氣色越來越好了，想是這女醫開出的滋補之羹效果甚好。」

楚威后重重把碗一放，「便是喝仙露，若被人下了毒，也是枉然！我哪裡還敢不好？我若有點閃失，姝還不知教人算計到什麼地方去了！」

羋茵心頭狂驚，臉上卻故意裝出詫異的神情，「姝妹？姝妹怎麼了？」

楚威后暗暗舒展了一下手掌，含笑對羋茵招手，「好孩子，妳且過來。」

羋茵走到楚威后身邊，殷勤地俯下身子，「母后可有什麼吩……」話音未了，楚威后已經重重一巴掌打在她臉上，將她打得跌倒在地。羋茵抬起頭，驚恐道：「母后——」

楚威后一把抓起羋茵的頭髮，怒罵道：「我當不起這一聲『母后』——這麼多庶出的公主，只有妳能和姝養在一起。我將妳視如己出，沒想到卻養出這種齷齪小婦來！」

羋茵聽到這一聲怒喝，心頭只有一個念頭「完了」。她自幼在楚威后手底下討生活，楚威后積歷年之威，此時早已將芈茵嚇得心膽俱碎。因不知楚威后如何得知她私下手段，也不敢辯，只掩面求饒道：「母后息怒！若兒做錯了事，惹了母后之怒，實是兒之罪也。可兒實不知錯在何處，還望母后教我。」

楚威后笑對玳瑁道：「妳且聽聽，她倒還有可辯的。」

玳瑁賠笑道：「威后英明，這宮中諸事，如何能瞞得了您！」

芈茵不解其意，只顧向玳瑁使眼色相求，玳瑁卻不敢與她相對，只垂頭不語。

楚威后見她有不服的神情，冷笑著把她的事一件件報了出來，道：「哼，當我不知嗎？妳蠱惑姝去與那個沒落子弟黃歇一起跳祭舞，可有此事？」

芈茵一怔。楚威后不容她申辯，只步步上前，句句如刀，「妳借姝的名義跑到國賓館去跟魏無忌私相約會，可有此事？」

芈茵恐懼至極，竟是無言以對。

「哼，妳以為我看不出妳懷的什麼心思？妳想毀了姝的王后之位，然後就可以取而代之？哼，這麼多年來，我怎麼就看不出妳這條毒蛇有這麼大的野心啊！」

楚威后越說越怒，一揮手，將芈茵摑倒在地上。

玳瑁忙上前扶著楚威后勸道：「威后，仔細手疼，休要氣著了自己。」

芈茵腦子飛快地轉著，連連磕頭，「母后，兒冤枉，兒絕對沒有這樣的心思，只怪兒懦弱沒有主見，只曉得討姝妹喜歡，哪怕姝妹隨口一句話，也忙著出主意到處奔走。其實也不過是姝妹興之所至，轉眼就忘記了，只是兒自己犯傻……」

楚威后朝玳瑁微笑道：「聽聽她多會說話，顛倒黑白，居然還可以反咬姝一口……」

羋茵臉色慘白，努力掙扎道：「母后明鑑，工於心計的另有其人，九妹妹她和那黃歇早有私情，更是一直利用姝妹……」

楚威后冷冷地道：「不用妳來說！她是個什麼樣的人，妳是個什麼樣的人，我這雙眼睛，看得清清楚楚！她是一身反骨，妳是一肚子毒汁，都不是好東西！」

羋茵聽了這話，頓時被擊中要害，不敢再駁。玳瑁勸解道：「威后息怒，七公主只是不懂事，做出來的事也不過是小孩子的算計罷了。她若能改好，也不是不能原諒的。」

羋茵眼睛一亮，膝行幾步道：「母后，母后，兒願意改！母后怎麼說，兒就怎麼改！只求母后再給兒一個機會。」

楚威后抬手看著自己的手掌，方才用力過猛，固然將羋茵打得臉上腫起一大片，但自家的手掌亦有些發紅，只道：「妳想活？」

羋茵拚命點頭。楚威后斜睨著她，「倒很有眼力見兒。我的確不喜歡那個賤丫頭，倒是對妳有幾分面子情。妳們兩個都不想跟著姝當陪嫁的媵妾，我也不想讓姝身邊有兩個如狼似虎的陪媵，將來有誤於她……」

羋茵聽了這話，一則驚，一則喜。喜的是不必再為媵妾，驚的卻是太知道楚威后的性子，不曉得對方又有什麼樣的事要為難自己，只能硬著頭皮道：「但聽母后吩咐。」

卻聽得楚威后道：「聽好了，妳們兩個之中，只能活一個。死的那個，我給她風光大葬；活的那個，我給她風光出嫁。想選擇哪個，自己決定吧！」

芈茵渾身發抖，好一會兒才伏地道：「母后放心，兒一定會給母后辦好這件事。」

楚威后道：「我也不逼妳，姝大婚前，我要妳把這件事辦了。若是再讓我知道姝那邊還有人生事，那麼也不必來見我了，直接給自己選幾件心愛的衣飾當壽器吧。」

芈茵嚇得再度伏地，不敢說話，狼狽地退了出去。

芈茵私入館舍之事，亦有人極快地報到了秦國使臣的住處。此時，秦王駟正對著鏡子，摸著光滑的下頷苦笑。他如今上唇如楚人般只餘兩撇八字鬍，下頷已經剃淨了。

那日他設計越人伏擊，本是暗中觀察楚人反應，不想卻被芈月那聲「長者」所刺激。回到館舍，他對著鏡子左看右看，看了數日，終於開口問樗里疾道：「疾弟，你說寡人留這鬍子，就當真這般顯老嗎？」

樗里疾在一邊忍笑道：「大王，臣弟勸過多少次，大王都懶得理會，如今怎麼一個嬌嬌叫一聲『長者』，大王便如此掛心了呢？」

秦王駟「哼」了一聲，不去理他，又看著鏡子半天，終於又問道：「你說，寡人應該剃了這鬍子嗎？」

樗里疾笑道：「大王一把絡腮鬍子，看著的確更顯威武，可是在年少的嬌嬌眼中便是……」他不說完，只意味深長地一笑。

秦王駟奇道：「寡人就納悶了，怎麼以前在秦國，就從來沒聽人說寡人留著鬍子不好看……」

樗里疾暗笑道：「大王，楚國的歷史比列國都久，自然講究也多。何況南方潮溼水多，人看上去就不容易顯老。臣弟早就勸過您，入境隨俗，入楚以後得修一修鬍子。您看咱們入楚以來經過的幾個大城池，就沒有一個男人的鬍子沒修飾過的。您這鬍子拉碴的，看上去可不嚇壞年少的嬌嬌嗎？」

秦王駟「哼」了一聲，斬釘截鐵地道：「華而不實！依寡人看，楚國的男子都沒有血性了。不以肥壯為美，卻以瘦削為美；不以弓馬為榮，卻以詩賦為榮；不以軍功為尊，卻以親族為尊。將來秦楚開戰，楚國必輸無疑！」

樗里疾呵呵笑著勸慰道：「其實嬌嬌們透過鬍子識得真英雄的也有啊，另外兩位公主不就對大王十分傾慕嗎？」

秦王駟搖頭，不屑道：「那一個裝腔作勢的小女子，真不曉得說她是聰明還是呆傻。你說她呆傻，滿腦子都是小算計；你說她聰明，那點小算計全都寫在她臉上。真以為別人跟她一般，看不出她那種不上臺盤的小算計？」

樗里疾也搖頭，「臣弟倒認為，那不是呆傻，是愚蠢。呆傻之人知道自己呆傻，凡事縮後一點，就算爭不到什麼，至少也不會招禍，別人也不會同呆傻之人太過計較。只有愚蠢之人才會自作聰明，人家不想理會她，她偏會上趕著招禍。這等人，往往搬起石頭砸自己的腳。」

秦王駟冷笑一聲，「你說她那日上趕著示好，卻是何意？」

樗里疾謹慎地提醒，「臣弟聽到風聲說，楚宮裡有人在算計把那個庶出公主嫁過來。」

秦王駟倒不在乎什麼嫡庶，須知兩國聯姻，就算是庶出的也得當嫡出的嫁，兩國真有什麼事，不管嫡的庶的都影響不了大局。只不過他這日所見，這兩個公主的素質差得實在有些大。他想到這裡，不禁道：「寡人觀那個嫡出的公主，能夠立刻下決斷拋開那裝腔作勢的小女子，讓那個倔強的嬌嬌代她去跳祭舞，這份決斷倒是堪做一國的王后。」

樗里疾道：「那個嬌嬌似乎也是個庶出的公主，聽說她在去少司命祠的時候，又遇上越人伏擊，幸好接應的人及時趕到……」

秦王駟一怔道：「哦，我們引越人伏擊馬車，本已做好救人的準備，沒有想到越人居然還有餘黨，若傷了她，倒是寡人的不是了。」

樗里疾眼睛一轉，笑道：「聽說這兩個庶出的公主應該要做媵女陪嫁，那大王以後有的是機會好好補償她！」

秦王駟沒好氣地道：「哼，寡人來楚國為的是國家大事，你當寡人真有閒心哄小嬌嬌們？你有這工夫閒嘮叨，還不如趕緊給寡人多收羅些人才……」

樗里疾這些日子全在加緊搜羅人才，也聽說了羋茵在館舍的事，便又告訴秦王駟。秦王駟聽了亦不覺好笑，「這些後宮婦人，視天下英雄為無物嗎？這等上不得臺盤的小算計也來施行，實是可笑！」

樗里疾也歎道：「可見這楚王槐，哼哼，不如其父多矣。」

秦王駟自負地道：「知己知彼，百戰不殆。當年楚威王戰功赫赫，寡人以前對楚國還有一些忌憚，如今親到郢都，看到楚國外強中乾、華而不實……哼哼！」

樗里疾提醒，「不若我們明日約那公子歇一見？」

秦王駟點頭，「看來我們對楚國的計畫大可提前，儘快多搜羅熟悉楚國上下的人才，確是當務之急啊！」

這邊秦人密議，另一頭羋月得了羋姝再次囑託，只得又出宮去，見了黃歇，說起此事，也取笑他一番道：「我只道公子歇迷倒萬人，不曾想這麼快就被人拋諸腦後。」

黃歇苦笑告饒，「這樁事休要再提。」轉而又道，「妳可知七公主近來動向？」

羋月詫異道：「茵姊又出了何事？」

黃歇將那日在各國使臣館舍中遇到羋茵之事說了，又說到羋茵在竹林中尋的藉口，令羋月一時只覺得好生荒謬，失笑道：「什麼？她說她喜歡你？」

黃歇無奈地搖頭，「一直聽妳說七公主是如何有心計的人，我實在是沒有想到她的反應如此之快，居然立刻找到這麼一個……荒謬的理由。」

羋月上下打量著黃歇，笑謔道：「公子歇可是楚國有名的美男子，說不定她是真的喜歡你呢？」

黃歇沒好氣道：「妳知不知道七公主是以妳的名義去找公子無忌？」

羋月驚愕地指著自己，「我？」

黃歇道：「這次各國會盟是由夫子主事，所以接待各國使節的任務就落到我身上。國賓館裡自然也有我可用之人，那個僕役見有陌生人進了魏國使臣的房間，就藉送湯的機會想進去，雖然被擋在門外，但他聽到無忌公子稱對方為『九公主』。」

芈月這才恍然，只覺得滑稽可笑。

「她果然賊心不死。當初想挑撥姝姊去追你，如今又以我的名義，想誘惑無忌公子私會姝姊，製造兩人有私之事，做成定局，轉頭又說自家喜歡你。哼，她的詭計可真多啊！」

黃歇卻道：「可是如果無忌公子的事情洩露，別人只會以為是妳，此事可能傳到威后耳中，妳要早做準備才是。」

芈月道：「天底下不是只有她一個人聰明的。上次的事，相信王后已經告訴威后了。如今她又與鄭袖勾結算計姝姊，我看此事，她必將自食惡果。」

黃歇歎道：「她說，她所有的算計，都只是為了不想當媵。」

芈月冷笑道：「誰又是想做媵的？可又何必生如此害人之心？她謀算的可不僅是不當媵妾，而且想要爭榮誇耀，權柄風光。只可惜，她小看了天下英雄！如今列國爭霸，能到郢都代表各國出使的，誰人不是一世英傑？她這等後宮小算計，如何敢到這些人精中來顯擺？」

黃歇皺眉苦笑道：「那我是不是要慶幸，自己只是一個黃國後裔，將來的前途頂多也就是個普通的卿大夫，不會引起貪慕權勢的女子覬覦？」

芈月撲哧一笑，「你以為現在就沒有女子覬覦你嗎？」

黃歇看著芈月，意味深長道：「若是我心儀的女子，我自然是樂而從之。」

兩人說笑一番，黃歇便將昨日拜帖取出，「秦國的公子疾請我相見，不知為了何事。」

芈月眼一亮，拊掌笑道：「大善！你我正可同去。我將姝姊之意轉達，你亦可問明他的來意。」

黃歇沉吟道：「難道八公主真的想嫁給秦王？」

羋月眨了眨眼，「你可是不捨了？若是如此，我助你將她追回可好？」

黃歇沉了臉，「我心匪石。」

羋月吐了吐舌，知道這玩笑開過了些，忙笑道：「威儀棣棣。」

這兩句皆是出自《邶風》之《柏舟》篇，兩人對答，相視一笑，此事便不再提。

黃歇岔過話頭，「對了，我昨天去舅父那兒，得知住在那裡的張儀離開了。」

羋月詫異道：「哦，這麼快就離開了嗎？他的傷好像還沒全好呢。」

「我聽說他沒有離開楚國，好像又住進招攬門客的招賢館去了。」

羋月不屑道：「他被令尹昭陽打了一頓，郢都城裡誰敢收他做門客啊？拿了我們的錢，說去秦國又沒走，看來又是一個招搖撞騙的傢伙。」

黃歇搖頭，「此事未到結果，未可定論。」

兩人所談論的張儀，正在郢都的一家酒肆飲著酒。這家酒肆，正在秦國使臣的館舍附近。表面上看來，不過是一家經營趙酒的酒肆，可是張儀在郢都日久，既在外租住逆旅，又素來留意結交各地遊士，便隱約聽說，這家酒肆與秦人有關。

他得了羋月所贈的金子，本當動身前去秦國，可是自忖在郢都混了數年，仍然如此落魄，便是縮衣節食到了咸陽，無華服高車，無薦人引見，照樣不知何日方能出頭。聞聽秦國使臣因六國合縱之事，也來到郢都探訪消息，他便有心等候時機，與秦國使臣結交——不但可以搭個便車到咸陽，甚至有可能因此而得到引薦，直接面君。

所以這些時日來，他每天到這間酒肆中，叫得最便宜的一角濁酒，一碟時人稱為菽的豆子，慢慢品嘗，消遣半日。初時酒肆中的人還留意於他，過得數日，見他只是每日定時來到，定時走人，並無其他特異處，遂不以為意。

只是張儀坐的位置，往往是固定的，恰好在一個陰影處，能夠看到諸人進出，又可遠遠地觀望秦人館舍的大門。

這一日，他又到酒肆，叫了一酒一菽，如往常般消磨時光。卻見秦人館舍的門口，一行人往這酒肆而來。

張儀連忙歪了歪身子，縮進了陰影一分，顯出有些疲倦的樣子，抬手拄頭，恰好掩住自己的半邊臉，倚著食案微閉了眼睛。

他這般作態，不為別人，卻是為了剛剛看到的那群人中，有黃歇與做男裝打扮的羋月二人。這兩人是他的債主，黃歇還罷了，羋月那個小姑娘卻是嘴巴不饒人的，更不知為何，尤愛與他鬥口。而且明顯可見，與他二人同來的，還有秦國使臣及身邊近侍，若是讓她失言說出自己的意圖，就不免自貶身價了。

他雖然假寐，耳朵卻一刻不曾放鬆，聽著對方一行人越行越近，偶有交談。

羋月笑道：「此處酒肆，當是公子疾常來之處了？」

一個男子沉聲道：「也不過是見著離此館舍甚近，圖個捷徑罷了。」

張儀捂在袖中的眼睛瞪大了，公子疾？他識得的公子疾乃是此人身邊那個矮胖之人。這人當著正主兒的面，明目張膽地冒充秦王之弟，當真沒關係嗎？

真正的公子疾笑道：「阿兄與兩位貴客且請入內，小弟在外頭相候便是。」

張儀的眼睛瞪得更大，公子疾喚作阿兄之人能是誰？難道是……他不敢再想像下去，頓時覺得心跳加快。

步履聲響，那冒充公子疾之人與黃歇、羋月已入內，真正的公子疾卻和數名隨從，散落占據了各空餘席位。此時剛過日中，最是昏昏欲睡時，酒肆中客人不多，原先的一些客人見這些秦人看上去甚是驕橫，過得不久，皆紛紛離去，只留得寥寥幾席還在繼續。

張儀假寐，無人理他，他耳朵貼著食案，背後便是內廂，雖不能完全聽到裡面的言語，但全神貫注下，也偶有一兩句刮到。這等技法，亦是他當年在昭陽門下，從奇人異士處學來的。

內廂裡，羋月看著秦王駟的臉，饒有興味道：「公子刮了鬍子了，當真英俊許多。」

秦王駟見這小姑娘的神情，冷哼一聲，「我卻是畏妳再稱我一聲『長者』！」

羋月吐吐舌，「你便是刮了鬍子，也是長者，不過那日是『大長者』，如今是『小長者』罷了！」

饒是秦王駟縱橫天下，也拿這個淘氣的小姑娘沒辦法，黃歇見狀，忙上前賠禮道：「稚子無狀，公子疾休要見怪。」

秦王駟哈哈一笑，「我豈與小丫頭計較？公子歇且坐。」

黃歇與芈月坐下。秦王駟倒了兩杯酒，與黃歇對飲。

秦王駟白了她一眼，「一個嬌嬌，喝什麼酒？喝茶便是。」

芈月道：「喂，我呢？」

茶便是後世所謂的茶，此時未經製作，不過是曬乾了的茶樹葉子，用時煎一煎罷了，味道甚是苦澀難喝，素來只作藥用，能解油膩，治飲食不調之症。在楚國除了治病外，這種古怪的飲料，卻也在一小部分公卿大夫中，成為一種時尚。

侍者端上一盞陶杯，上面便是茶了。芈月記得昔年在楚威王處也喝過此物，當時便噴了出來，此時聽了便問道：「若無柘汁，便是蜜水也可，怎麼拿這種苦水來？」

秦王駟笑道：「此處是酒舍，只有酒與茶。」酒舍備茶，不是為了飲用，而是為了給酒醉之人解酒用的。

芈月不甘不願地坐下，拿著陶杯看了半日，也沒喝下一口。

黃歇笑道：「公子疾在此喝醉過酒嗎？竟知道他們還備得有茶。」

秦王駟笑道：「這倒不曾，此物是我備下的。因與館舍相近，我常到此處，有時候未必盡是飲酒，偶爾也會飲茶，故叫人備得這個。」

黃歇笑道：「公子疾真是雅人。」

秦王駟搖頭，「哪裡是雅人，只不過秦地苦寒，一到冬日便無青菜，故要飲茶，我是飲習慣了。秦國不缺酒，卻缺茶，須得每年自巴蜀購入。」

黃歇奇道：「何不與我楚國交易呢？」

秦王駟笑而不語。黃歇會意，也笑了，「秦國飲茶甚多嗎？」

秦王駟道：「公子歇頗知兵事啊。」

黃歇拱手道：「不敢。」

羋月嗔道：「你們一說，就說到軍國之事了。」

秦王駟看了她一眼，「男人不講軍國大事，難道還要講衣服脂粉嗎？」

羋月眼珠子轉了一轉，「聽說秦王派公子前來，是要求娶楚國公主？」

秦王駟點頭道：「正是。」他大致明白這小姑娘的來意了。

羋月笑嘻嘻地問秦王駟道：「敢問公子疾，貴國君上容貌如何？性情如何？」

秦王駟微笑，「妳是為自己問，還是為別人問？」

羋月嗔道：「自然是為別人問，我又不嫁秦王。」

秦王駟道：「既然妳不嫁秦王，又何必多問？誰想嫁，就讓誰來問。」

羋月惱了，「你……」黃歇忙截住她，轉頭道：「公子疾何必與一個小女子作口舌之爭呢？」

秦王駟看了黃歇一眼，笑道：「那公子歇是否願與某作天下之爭？」

黃歇一怔，「公子疾的意思是……」

秦王駟一伸手，傲然道：「大秦自商君變法以來，國勢日隆，我秦國大王，誠邀天下士子入我咸陽，共謀天下。」

羋月跳了起來，叫道：「秦國視我楚國為無物嗎？」她看著黃歇，驕傲地一昂首道，

「公子歇乃太子伴讀，在楚國前途無限，何必千里迢迢遠去秦國？」

秦王駟淡淡一笑，舉杯飲盡，道：「南后病重，夫人鄭袖生有公子蘭，心存奪嫡之念，虎視眈眈，太子橫朝不保夕。楚王如今年富力強，只怕此後二三十年，公子歇都要陷於宮廷內鬥之中，何來前途？何來抱負？」

此言正中黃歇心事，他不禁一怔，看了秦王駟一眼，意味深長道：「看來公子疾於我楚國內宮，所知不少啊！」

秦王駟微微一笑，對黃歇道：「楚國內宮，亦有謀我秦國之心，我相信公子歇不會不知道此事吧？」

黃歇想起昨日羋茵之事，不禁一滯，心中暗驚，這秦國在郢都的細作，想來不少。

秦王駟又悠悠道：「況且太子橫為人軟弱無主，公子歇甘心在此庸君手下做一個庸臣？男兒生於天地之間，自當縱橫天下，若是一舉能動諸侯，一言能平天下，豈不快哉？」

他最後這兩句「男兒生於天地之間」說得頗為鏗鏘，此時隔著一牆，莫說張儀耳朵貼著案几聽到了，便是樗里疾與秦國諸人，也聽得精神一振。

黃歇沉默良久，才苦笑道：「多謝公子盛情相邀，只是我黃歇生於楚國長於楚國，楚國有太多我放不下的人和事，只能說一聲抱歉了。」

秦王駟笑道：「不要緊，公子歇這樣的人物，任何時候，咸陽都會歡迎你。」

黃歇站起，向著秦王駟一拱手，與羋月走了出去。秦王駟看著几案上的兩只杯子，黃歇的酒未飲下，羋月的茶也未飲下，對此，他不禁微微一笑。

樗里疾走進來，見狀問道：「阿兄，公子歇不願意？」

秦王駟笑道：「人各有志，不必強求。天下才子，此來彼往，人才不需多，只要有用就行。」

樗里疾歎道：「只是卻要向何處再尋難得之士？」

秦王駟笑道：「或遠在天邊，或近在眼前。」說著站起來欲走，卻聽得外面有人擊案，朗聲笑道：「一舉能動諸侯，一言能平天下！大丈夫當如是也，好！」

樗里疾一驚，這正是方才秦王駟所說之言，莫不是有人聽到？當下喝道：「是何人？」

秦王駟眉頭一挑，笑道：「果然是近在眼前。」便揚聲道，「若有國士在此，何妨入內一見？」

一個相貌堂堂的士子走了進來，帶著三分落拓、三分狂放、四分淩厲，見了秦王駟，長揖為禮，「魏人張儀，見過秦王。」

樗里疾一驚，手便按劍欲起，秦王駟卻按住了他，笑道：「哦，先生居然認得寡人？」

張儀笑道：「在下雖然不認得大王，卻最聞公子疾之名。人道公子疾短小精悍，多智善謔，卻不曾聽說過公子疾英偉異常，龍行虎步。方才大王與人入內，人稱您為公子疾，臣卻以為，大王身後執劍者，方為公子疾。可是？」

秦王駟笑看了樗里疾一眼，「你便以我為假，何以就能認定他為真？便是他為真，何以認定我便是秦王？」

張儀道：「此番秦國使者明面上乃是公子疾，能讓從人簇擁，聞人稱您為公子疾而無異色者，必不是胡亂冒認，真公子疾必在近處。且能夠冒用公子疾的名字，還能讓公子疾心甘情願為他把守在外面的，自然是秦王。更有甚者……」他膝行一步，笑道，「能夠說得出『男兒生於天地之間，自當縱橫天下，若是一舉能動諸侯，一言能平天下，豈不快哉』這樣的話，也只有秦王了。」

秦王駟哈哈大笑，「果然是才智之士，難得，難得！」

張儀也笑了。兩人正笑間，秦王駟卻將笑容一收，沉聲道：「寡人潛入楚國境內，你當知走漏風聲是什麼下場？你好大的膽子！」

張儀從容道：「張儀是虎口餘生的人，膽子不大，怎麼敢投效秦王？」

秦王駟「哦」了一聲，「你想投秦？」

張儀道：「正是。」

秦王駟忽然大笑起來。張儀裝作淡定，手心卻緊緊攥成一團。

秦王駟止了笑，看著張儀道：「『一舉能動諸侯，一言能平天下』……那張子如何讓寡人看到張子的本事呢？」

張儀看著秦王駟，沉吟片刻，笑道：「不敢說如何平天下，且讓大王先看看張儀小試身手，如何『動諸侯』吧。」

秦王駟拊掌大笑，「大善，吾今得賢士，當浮一大白矣！」

且不提秦王駟如何與張儀一見如故，這邊黃歇與羋月走出酒肆，兩人對望一眼，皆知對方心事。

黃歇道：「看來秦人其志不小。」

羋月愁道：「你說，我回去當如何與阿姊說這事兒？」

黃歇見她愁悶，心生憐惜。他知道羋月在宮中日子難過，雖然身為公主，衣食無憂，但每天面對羋姝的驕縱任性、羋茵的善嫉陰毒，實是如履薄冰。再加上有楚威后時時懷著殺意，既要不惹羋姝之嫉，以擋楚威后的戕害，又要防著羋茵算計。偏她又生性驕傲，做不來曲意討好、陽奉陰違之事，所以過得倍加艱難。

他歎道：「這種事卻也無奈。妳用公子疾的話回覆她便是。她雖為公主，但私下戀慕一個男人，也要彼此有情才是，否則，亦不好到處宣揚。」

羋月歎道：「也只得如此了。」

黃歇見她悶悶不樂，更是心疼。兩人走在長街上，他見一個店鋪在賣著粔籹蜜餌，忙去買了幾枚。那原是用蜜和米麵加油煎成，吃起來又甜又酥，是羋月素來喜歡吃的。

羋月見黃歇將粔籹遞與她，心中歡喜，故意不去接它，而是就著黃歇的手，吃了一口。見黃歇神情有些羞窘，知道他向為謙謙君子，如此在大街上行為放肆，未免有些不好意思，不禁大樂，把方才的一絲苦惱也笑沒了。

而黃歇見羋月忽然就著他的手吃了一口粔籹，嚇了一跳，欲待縮手又恐她誤會，欲就這樣繼續又怕失之孟浪，想著她必是一時不注意，這要如何圓過來才好，又恐被人看到，忙做賊似的左右張望了一下，待轉過頭來，見羋月嘴角忍笑，才知道原是她故意淘氣，也笑了，將手中剩下的粔籹遞與她，故意拉下了臉，「拿著。」

羋月卻笑盈盈地看著黃歇，「多謝師兄。」

黃歇本來臉色就已微紅，被她這樣一看，臉更紅了，把粔籹往羋月手中一放，大步往前走去。

羋月接了粔籹，追了兩步，拉住黃歇的袖子，「師兄，你去哪兒啊？怎麼不等等我？」

黃歇努力不去看她，耳根卻是越來越紅，只努力端出嚴肅的樣子，道：「方才秦王之圖謀，我當稟報夫子。」他看了羋月一眼，遲疑一下，又道，「包括……包括那日七公主在列國使臣館舍之事，妳說，要稟與夫子嗎？」

「為何不稟？」羋月直接反應道，「難道還有什麼事不能與夫子說嗎？」

黃歇鬆了口氣，「是，妳說得是，我還道妳會因為，會因為……」會因為什麼，他沒有說出來。

羋月卻是明白的，道：「她冒充我，是她的不是，我何必去擔她的不是？我坦坦蕩蕩，何懼之有？」

黃歇看著羋月，相視一笑。

當下兩人回到屈原府，恰好屈原亦在府中，便留他們用了膳食，方說正事。

黃歇先說了羋茵之事，又將秦王之事說了，歎道：「『豈曰無衣？與子同袍。王於興師，修我戈矛。與子同仇！』秦人的詩，充滿了殺伐之氣。秦人之志亦不小。」

屈原點頭歎道：「唉，我們都小看了這個秦王。他當初因為反對商君變法而被秦孝公流放，太傅也受劓刑。他繼位以後車裂商鞅，我們還以為他會廢除商君之法，秦國必會因新法舊法交替而陷入動盪，哪曉得他殺商君卻不廢其法。秦國在他鐵腕之下，十餘年就蒸蒸日上，看來以後列國中，只有秦國會因為變法而日益強大。」

黃歇歎道：「唉，我們楚國當年吳起變法，本也是一個重獲新生的機會，只可惜人亡政息，又陷入宗族權貴的權力壟斷中。如今秦國越來越強大，楚國卻在走下坡路。」

黃歇與屈原說的時候，羋月先是靜靜地聽著。黃歇善言善問，屈原循循善誘，於她來說，靜聽，往往收穫很大。但有時師徒討論結束或在中途，她亦會發表自己的看法。此時，她忽然道：「我倒有個想法……」

黃歇看向羋月，「妳有何主意？」

羋月對黃歇說：「師兄，你可還記得那張儀之事？」

黃歇亦是想到一處，點頭道：「正是。」他望向屈原，「夫子，如今爭戰頻繁，那些失國失勢的舊公子和策士，都在遊說列國，以圖得到重用。可是如今令尹昭陽剛愎自用，若楚國沒有一個人站出來搜羅人才，則人才將會去了其他國家，將來必為我們的禍患。」

屈原看了看羋月，又看了看黃歇，已有些明白，「我知你們的意思了……」

羋月急問道：「夫子既知，為何自己不收門客？」

屈原微笑看著眼前兩個弟子，知道這是兩人相勸自己，卻只是搖了搖頭。

黃歇道：「夫子難道是怕令尹猜忌，影響朝堂？」見屈原不語，以為自己已經得知原因，勸道，「可是夫子，您要推行新政，得罪人是在所難免的——」

屈原擺擺手阻止黃歇繼續說下去，「你的意思，我了解了。」他停下來，看著遠處，沉默了一會兒，道，「當此大爭之世，不進則退，不爭即亡。秦國因變法而強大，列國因守舊而落伍，楚國變法，勢在必行。但變法者，必將損傷朝堂諸公的利益，被人排擠、攻擊在所難免，唯一可恃的，就是君王的信任和倚重。而君王的信任和倚重，來自自己的無私和忠誠。」

說到最後一句，黃歇明白了屈原的意思，叫了一聲「夫子——」，卻沒有再說下去。他看向屈原的神情變得更加崇敬，也不免有些黯然。

屈原歎道：「若是我也招收門客，必然要有私財豢養。擁私財養親信，怎麼會不留下讓人攻擊的把柄？君王又怎麼能信任我？又怎麼敢把國之大政託付與我？」

羋月此時也明白了，只覺得痛心，「夫子……」

屈原擺了擺手，聲音仍如往常般平緩，可羋月聽來，已猶如炸雷之響，「所以，要主持變革者，只能做孤臣。」

羋月心頭一痛，忽然想到吳起，想到商鞅，「夫子，你這又何必……」

屈原看著兩名弟子的神情，曉得他們在擔心自己，當下呵呵一笑，擺手道：「你們不必把事情想得太過嚴重。畢竟吳起、商鞅那是極端的例子。我既是羋姓宗室，又是封臣，不比那些外臣，也不至於把事情做到他們那樣的極端之處。你們放心，大王為人雖然耳根子稍軟，卻不是決絕之人，太子——亦不是這樣的人。」

羋月聽了，稍稍放心。黃歇沉默片刻，道：「夫子之慮，弟子已經明白。但若是人才流失，豈不可惜？夫子不能招門客，弟子卻可與遊士結交，夫子以為如何？」

屈原沉默不語，好半晌，才道：「你是太子門人，結交游士，亦無不可。」

羋月笑了。黃歇卻看著屈原，「我觀夫子如今的心思，並不在此事上，夫子可還有其他思慮？」

屈原點頭，「不錯，我在想秦國的變法。」

羋月一撇嘴，笑道：「有什麼可想的，商君變法也不過是老調重彈，效仿吳起變法嘛，無非就是廢世官世祿、獎勵軍功、鼓勵耕種、設立郡縣這些，只不過東方六國封臣勢大難成，秦國封臣勢弱，所以易成罷了。」

黃歇沉吟道：「非也。商君變法，雖與吳起相似，但最大的不同，恰恰是獎勵軍功，尤其為重。弟子……實覺疑惑啊！」

羋月奇道：「列國都重賞軍功，師兄何以憂慮？」

黃歇搖頭，「這不一樣。列國重賞軍功，領軍之人無不是封臣世爵，幼受禮法庭訓，知曉禮樂書數，管理庶政，便無不可。秦人獎勵軍功，卻是只消底層小卒殺人有功，即可得高爵，理庶政，我實不能贊同。軍人上陣殺敵，與治理國家是兩回事。以殺伐之人任國之要職，必會以殺伐手段治國，那就會導致暴力為政、不恤民情，將來必會激起民變。秦人之法，或不能長久。」

屈原聽了此言，方緩緩點頭，正欲說話，羋月卻急急插嘴道：「師兄之言，只知其一，不知其二。」

屈原一震，轉向芈月。以他之能，亦不覺得黃歇此論有何不妥，便看向芈月，想聽她有何新的見解。

芈月道：「軍人執政便有後患，亦是得政以後的事，到時候或再有其他辦法，徐徐圖之。可如今是大爭之世，首要就是讓本國強大。只要本國強大，便有不妥，亦可在戰爭中轉嫁給他國。不要說軍人執政會不恤民情，軍人若能開邊，戰爭能夠帶來收益，百姓負荷就會減輕，就是最大的體恤民情了。」她轉向屈原，雙目炯炯，「夫子，所以我認為，我們楚國應該像秦國那樣推行變法，秦國是怎麼變強的，楚國就可以照做。」

屈原震驚道：「公主——」

芈月本說得痛快，卻看屈原變了臉色，先是驚詫，但在屈原的凝視中，慢慢變得惶恐和委屈，怯生生道：「夫子……我說錯了嗎？」

屈原回過神來，看著芈月，勉強笑道：「沒什麼。」

他心頭忽然如壓了大石，再無心說話，當下只把話題岔開，找了卷《吳子兵法》，與兩人解決一二，便讓黃歇送了芈月回去。

當晚，屈原徹底不寐，他站在書房窗口，看著天上的星星，想起少司命大祭那日，唐昧闖入他家中，將當日的預言和自己的憂慮告訴他時的表情。

「天降霸星，降生於楚，橫掃六國，稱霸天下。」屈原長歎一聲道，「老夫從前都不曾信過這些神道之言，可是，九公主她的脾氣，比誰都像先王當年啊。難道說唐昧的話會是真的？」

第二十二章　張儀舌

羋月回到宮中，亦是徹夜未眠。屈原當時的神情，讓她無法入眠。那樣的神情，不是一個夫子看著弟子過於出色的欣慰，亦不是一個夫子看著弟子說錯話時的指正，倒像是有些恐懼，有些不能置信。

那是什麼樣的神情呢？自己那話，又到底是說錯了什麼呢？

她與黃歇素日在屈原身邊談書論政，十分平常，便是說得再異想天開，屈原亦只是或鼓勵，或指正，或欣賞，卻從無這般奇怪。

思來想去，直到天光乍現，她才胡亂地打了個盹，醒來時天已大亮。幸而最近宮中事情甚多，羋姝又是無心學習，撒著嬌讓楚威后令女師放假，因此她睡得晚了，倒也無妨。

她起了身，照例練過劍以後，到羋姝那邊去。走到半道，聽得幾個宮女自高唐臺外跑進來，嘰嘰喳喳說個不停。見了羋月也不避著，反笑說今日宮中來了一名異士，能說會道，把大王哄得十分開心，諸宮人皆去看熱鬧呢。

羋月問此人姓名，聽得那宮女道，名喚張儀。

羋月大怒，心道此人果然是個騙子，說什麼去秦國無盤纏，騙得她心生憐憫，將身上的金子都借給了他。如今數月過去，他居然還在郢都招搖撞騙，實是可惡。當下問了此人住在何處，盤算著待他辭了楚王槐，要找他算帳。

此時的張儀，卻在章華臺，與楚王槐相談甚歡。

楚王槐聽得張儀一上午天南地北地說了許多，十分盡興。

張儀來見楚王槐，說自己要往東方列國，臨行前想瞻仰大王儀容，方算得在楚國不虛此行；又有奉方受了張儀之禮，為他鼓吹，楚王這才動興接見，當是見這說客一面，敷衍過去便了。不想這張儀很能說，他竟聽得津津有味，如今見時辰不早，張儀待要告辭，才依依不捨地問道：「先生這就要走了嗎？」

張儀笑道：「是啊，臣早說過，將往北方一行，但不知道大王有什麼要臣捎回來的。」

楚王槐笑了，楚國立國與周天子同長，數百年下來，何物沒有？便道：「寡人宮中，一切東西應有盡有，難道張子還能從北方捎回寡人沒有的東西嗎？」

張儀看了看左右，點頭贊同道：「大王宮中的東西的確是應有盡有……」楚王槐正待得意，卻又聽得張儀緩緩道，「只可惜少了一樣。」

楚王槐奇道：「少了哪一樣？」

張儀便道：「人！」又加了一句，「美人！」

楚王槐搖頭笑道：「張子，這是前殿，你見著的不過是幾個宮人罷了。寡人宮中便是南威、西子這樣的美人，亦是不缺的。」

張儀笑吟吟道：「臣知道楚國美色，盡在大王宮中，可是列國美人，大王都見過嗎？」

楚王槐向前傾，露出感興趣的神情，「這麼說，各國佳麗，先生都見過？」

張儀屈指數道：「楚女窈窕，齊女多情，燕女雍容，趙女嬌柔，韓女清麗，魏女美豔，秦女英氣，這列國美人，大王當真都見過嗎？」

楚王槐十分心動，「以先生之意呢？」

張儀道：「若能收集列國美女於後宮，天底下誰還能比得上大王的豔福啊！」

楚王槐頓時變得興味盎然，道：「哦，先生能為我收集列國美女不成？」

張儀長揖道：「固所願也，不敢請耳。」

楚王槐大喜道：「來人，賜先生千金，有勞先生為寡人尋訪列國美女入宮。」

那邊張儀懷揣數金，大搖大擺、兩袖金風地出了宮，這邊楚國後宮，便似炸開了一般。宮人內侍往來於南后及鄭袖宮中，亂若蜂蟻，且自不提。

南后與鄭袖俱是著了慌。南后是見鄭袖得勢，已然吃力，若是再來新寵，豈不更增壓力？鄭袖是自覺兒子漸長，容色不如昔日青春，也懼有新人入宮，奪了自己之寵。因聽說張儀乃是奉方召入宮中，兩處皆召了奉方來質問。奉方早得了張儀之教，將兩邊都說得滿意，收了賞錢退下。

張儀出宮後不久，宮中便接連出了好幾撥人，直向張儀所居館舍奔去。

張儀送走鄭袖夫人派來的使者，看著擺在几案上的五百金，得意地一笑。他新收的童僕恭敬地問道：「張子，要收起來嗎？」

張儀隨手揮了揮，「不用，就這麼擺著吧，還有客人要來呢！」

那童僕豎李覺得奇怪，道：「還有客人？」

便聽得外面有女子的聲音道：「來的不是客人，是債主。」羋月掀簾而入。

豎李方驚訝地張著嘴，張儀已拍手而笑道：「果然是債主，敢問債主來，可是要討債？」

羋月掃了一眼几案上的金子，走到案前對面坐下，笑道：「先生當日說自己要投秦，缺少盤纏，可是拿了盤纏不走，卻逗留驛館，衣食奢華。如今看這滿地金帛，先生如今不缺錢了，還逗留此地，意欲何為？」

張儀揮了揮手，令豎李退下，笑道：「不錯，我也正要離開了，只不過明日離開前，還要再交代一聲。總得對得起他們送來的這些金帛吧。」

羋月詫異道：「難道先生明日要把這些錢退還嗎？」

張儀亦詫異道：「退還？入了我張儀之手的錢，如何能退還？不不不，我只是想告訴他們，錢我收了，事我沒辦，下次有機會再合作。」

羋月看著張儀，只覺得不可思議，道：「你以為你是誰，想怎麼說就怎麼說，當旁人都是傻子嗎？難道你在昭陽處受的教訓還不夠嗎？」

張儀笑道：「來來來，小姑娘，妳與他們不同。君子愛財，取之有道。別人贈金與我是懷有私心，我自然不必客氣。妳贈金與我純出天良，所以妳這錢嘛，我是一定要還的。十倍相還，如何？」

張儀把其中一個匣子推到羋月面前。羋月想了想，又把這些金子推給張儀，道：「錢我既然已經送出去了，倒也不必收回。那我就再跟你打個賭，你明日若能毫髮無損地收下錢，還能給大王和鄭袖夫人一個交代……」

張儀打斷她，道：「還有王后也派人送來了五百金……」

羋月吃驚道：「你可真黑啊……好，你明天若是能毫髮無損地收下錢，又能夠賴掉事情，還讓他們不追究你，這錢就算我輸給你。」

張儀漫不經心地把匣子蓋上，「妳是輸定了。但我知道妳還不缺這些，當日妳贈金與我是雪中送炭，我現在還金卻不過是錦上添花，沒有什麼用處。這些金子就暫存在我這裡，等妳需要的時候我再還給妳。」

羋月不看那金子，只看著張儀，「若你當真明日過關，這些金子我便換你一句話。」他若當真有這樣的本事，她又何必索回金子？她正當人生的重大關頭，若能換此人一條計策，豈非勝過這些金子？

張儀擺了擺手，看著羋月，「我知妳要問的是什麼，如今便可答妳——妳是不需要我的主意的！」

羋月奇道：「先生知道我要的是什麼？」

張儀漫不經心道：「若是別的女子，想討要主意，無非是自保、爭寵、害人、上位。可惜……」

羋月一怔道：「可惜什麼？」

張儀直視著羋月，羋月被他看得渾身發毛，卻不敢弱了氣勢，只得與他對視。半晌，張儀歎息道：「可惜啊，姝子妳如此聰明，懂的遠比別人多，主意遠比別人大，脾氣卻比別人硬。妳這一生的波折，都在自己的心意上——有些事只在於妳願不願意做，而不是能不能成！若是妳自己想通了，這世上就沒有什麼能阻得住妳！」

芈月怔了好一會兒，才道：「先生說的人，竟好像不是我自己了。」她抬頭看著張儀，歎道，「我如今進退失據，前後交困，命運全掌握在別人手中。我自己想通？我自己想通有什麼用？」

張儀微笑，「人永遠看不清自己。就像我張儀，當初也是因為看不清自己，放不開自己，所以庸庸碌碌，坐困愁城。」說著呵呵一笑，拍了拍大腿道，「我倒要感謝昭陽這一頓打，把我打痛了，也把我打醒了。世間最壞的情況不過如此，那我還有什麼好顧忌的——從此，天地之間，再沒有能拘得住我的東西了。」

芈月看著張儀，眼前的人和初次相見時，已經有了很大不同，她若有所思道：「那我要如何才能夠像先生那樣呢？」

張儀搖了搖頭，「時候未到，靈竅未開，就像是黑夜裡把一本寶典送給妳，妳也看不到。等天亮了，妳自己就能看到。」

芈月怔怔地想著，道：「天亮？天什麼時候能亮呢？」忽然回過神來，懷疑地看著張儀，道，「你這人最會虛言，該不是又在唬我吧？」

張儀笑而不語。然後芈月便再也問不出他任何話了，只得悻悻離開。

次日，連芈姝也得知此事，來尋芈月道：「妳可聽說有個張儀，要為大王尋美人？」

羋月也被張儀昨日之言吊起胃口，便鼓動羋姝道：「聽說此人今日還要進宮來與大王告別，不如我們去看一看？」

羋姝亦起了好奇之心，拉著羋月悄悄來到章華臺後殿，躲在屏風後，準備看那張儀到底是何等樣人。

張儀到來，與楚王槐攀談片刻，講了一些各處奇聞，又道：「下臣今天就要辭別大王，臨走前聽說楚國美食冠絕六國，可否請大王賜宴，讓臣能夠口角餘香？」

楚王槐案牘勞形之餘，只覺得有這麼一個風雅有趣的人說說笑笑，亦可解勞，所以對張儀昨日說要辭別，今日又說要辭別，這種明顯要多占點便宜的事也不以為意，只笑道：「哈哈哈，先生果然是最識得人生真諦的。」

張儀亦賠笑道：「聽人說，食色，性也。臣亦認為，人生在世，最大的追求莫過於『食』、『色』二字。」

楚王槐笑道：「說得正是，寡人這宮中旁的沒有，若說絕色美女與絕頂美食，卻是樣樣不缺。」

張儀拊掌道：「大王此言絕妙。既如此，下臣就再冒昧一次，大王有美食當前，焉能無美人相伴？臣聽說南后和鄭袖夫人乃是絕色美人，不知下臣能否沾光拜見。」

楚王槐有意誇耀，笑道：「好啊！來人，去問問王后與鄭袖夫人，可願來與寡人飲宴。」他是無可無不可的，只是南后多病，鄭袖得寵，豈是臣下說要拜見便能拜見的？就是楚王同意，願不願意亦是看兩人心情，他只是叫人去問問，便是南后、鄭袖不來，隨意叫兩個美人出來，教這狂士開開眼界也就罷了。

不料消息傳到宮內，南后、鄭袖俱派了寺人來，道已在梳妝打扮，過會兒便來。

昨夜張儀收下兩人賄賂，南后與鄭袖今日便要看看此人如何答覆，自然不肯放過這個機會。

鄭袖更是工於心計，聽得南后要去赴宴，悄悄令寺人再往章華臺送去各色鮮花，又叫人將今日之宴多上鮮物。南后有胸悶氣喘之症，如今越發嚴重，這些鮮花魚蟹，正是易引其發作之物。

南后自生病以後，精神益發短了，若是尋常之時，鄭袖自不是她的對手，但精神既短，於這些細節上便沒有足夠的精力去防備。

當她走進殿中，見著滿殿鮮花繁盛時，頓覺有些喘不過氣來，暗悔上當，臉上卻不顯露，只叫來奉方，著他立刻將鮮花撤了下去。

楚王槐見著南后撤了鮮花，亦有些明白過來，站起身笑道：「寡人不過一說，王后有疾，當安心靜養，何必勉強出來？」

南后笑道：「日日悶在房內，也是無趣，如今風和日麗，得大王相邀，得以出來走動一二，亦是不勝之喜。」

正說著，鄭袖卻一頭花冠地來了。楚王槐一怔，忙拉了鄭袖到一邊去，低聲道：「王后有疾，不喜花卉，妳如何竟這般打扮？」

鄭袖故作吃驚，「妾竟不知此事！那妾這便更換去。」人卻到了南后面前請罪，「實不知小君今日也來，倒教妾驚了小君。」

南后覺得一陣花香襲來，氣悶異常，暗惱鄭袖手段下作，不上臺盤，只笑道：「既是來了，何必再去更換？妹妹坐對面，我坐這頭，倒也無妨。」

鄭袖實有心在她面前多待片刻，最好教她自此病發不治，卻礙於楚王槐在此，一時不敢做得明顯，只得笑道：「多謝小君體諒，妾這便離了小君跟前，免得礙了小君之疾。」

南后聽得她話裡話外，倒像是自己故意拿病體為難她一般，心中冷笑，只閉了眼，揮了揮手，懶得與她糾纏。

鄭袖悻悻地退回座位。她二人坐在楚王槐一左一右的位子上，眼見已經坐定，楚王槐道：「今日有一異士，聰明善謔，且欲召來與二卿解頤，如何？」

南后微笑道：「妾亦聞此張子之名，心嚮往之。」

鄭袖也嬌笑道：「聽說這人哄得大王甚是開心，妾亦願一見。」

楚王槐哈哈大笑，道：「請張子入見吧。」

此時酒宴擺上，寺人引著張儀入內，與楚王槐見禮以後，楚王槐又道今日王后、夫人亦在，讓張儀拜見。

張儀行禮道：「下臣張儀，參見王后、夫人。」

南后端莊地道：「張子免禮。」

鄭袖撇了撇嘴，「張子免禮。」

張儀聞聲抬起頭，先是看了南后一眼，驚愕極甚，又揉了揉眼睛，彷彿不敢置信地轉頭到另一邊，見著了鄭袖，更是目瞪口呆，整個人都僵住了。
楚王槐詫異道：「張子——」
張儀像石化了一樣，半張著嘴，一動不動。
楚王槐更覺奇怪，「張子，你怎麼了？」
奉方嚇得連忙上前推了推張儀，一迭聲地叫道：「張子，張子失儀了，張子醒來——」
張儀像是如夢初醒，竟朝不知何方，連連胡亂作揖，「哦，哦，下臣失禮，下臣失禮——」
楚王槐見了張儀如此形狀，不覺好笑，亦是猜出幾分，不免得意，蓋過了對張儀失禮的不悅，笑道：「張子，你怎麼了？」
張儀夢遊似的看了看南后，又扭頭看了看鄭袖，用一種恍惚的、不能置信的語氣道：「這兩位，是王后和鄭袖夫人？」
楚王槐見這傖夫般的模樣，更覺輕視，撫鬚笑道：「正是！」
張儀臉上顯出一種似哭非哭、似笑非笑的表情，忽然號啕一聲，整個人「撲通」跪下，捶胸頓足地哭道：「下臣慚愧啊，下臣無知啊，下臣是井底之蛙啊，下臣對不起大王啊……」
楚王槐不想他竟演出這樣的活劇，忙叫奉方扶起他，道：「張子快起，你這是要做什麼？」
張儀用力抹了抹不知何處而來的眼淚，顯出既痛心又羞愧的苦相，哽咽道：「下臣有罪，下臣無知！虧得下臣還誇下海口，說要為大王尋訪絕色美女。可是方才一見南后和鄭袖夫人，下臣就知道錯了。下臣走遍列國，就沒看到有誰的容貌可以勝過她們的。下臣居然如此無知，下臣見識淺薄啊，竟不知道天底下最美的女人早已經在楚國了。下臣向大王請罪，大王要下臣尋訪列國美人的事，下臣有負所託，辦不到了啊……」

楚王槐左看南后，右看鄭袖，哈哈大笑道：「你啊，你的確是見識淺薄。寡人早就說過，天底下就沒有什麼東西是我楚宮沒有的。寡人宮中，早已收羅了天下最美的美人。」

張儀長揖為禮，羞愧道：「下臣無顏以對，這就退還大王所賜的千金。」

楚王槐正被張儀的言行奉承得極為得意，豈看得上賜出去的區區千金，便道：「千金嘛，小意思，寡人既然賜給了你，哪裡還會收回去？」

張儀喜道：「大王慷慨。臣多謝大王，多謝王后，多謝夫人！」

南后和鄭袖相看了一眼，眼神複雜而慶幸。宴散之後，兩人走出章華臺，鄭袖低聲道：「巧言令色。」

南后第一次覺得同感，道：「的確。」

鄭袖回到雲夢臺，十分得意。南后病重，宮中便是自己得以獨寵，如今連宮外的威脅亦沒有了，且又聽說，南后自回宮以後，病勢沉重，這幾日都不能再起身了。

不料過得幾日，魏國竟送了一個美女進宮。鄭袖初時不以為意，宮中諸人亦畏她嫉妒，恐她遷怒，也不敢到她跟前相告。及至聽說楚王槐數日宿於新人之處，竟是日夜不離，這才勃然大怒，立時便站起來，要前去尋那魏國的美人。

她的侍女魚笙大急，拉住鄭袖道：「夫人休惱，夫人還不知大王的性子嗎？眼下新人正得寵，夫人若與她發生衝突，豈不是失歡於大王，倒令南后得意？」

鄭袖冷笑，「她如今命在旦夕，得不得意，都無濟於事了。」

魚笙急道：「夫人便不想想，她就要死了，正是夫人的機會。夫人且忍一忍，大王素來是個不定性的，待夫人登上王后之座，說不定大王亦是厭了她，到時候夫人想要如何處置，還不是由著夫人？」

鄭袖一腔怒氣，倒被她說得緩了下去。她倚著憑几想了半日，忽然得了一個主意，道：「魚笙，妳將我左殿收拾出來，鋪陳得如我這居室一般，我倒要看看，這魏國的美人，到底有多美。」

魚笙不解其意，只得依從她的吩咐而行。鄭袖直等她布置完了，才依計行事。

且說這日，羋月因羋戎學宮休假將到，便收拾了兩卷竹簡，欲帶到離宮莒姬處，交給羋戎學習。不想走到半路，女蘿不小心踩到裙角，摔了一跤，將匣中的竹簡甩出散落。羋月皺眉，女蘿忙告了罪，收起竹簡，趕緊先送回高唐臺。

羋月便在長廊處坐下，等著女蘿回來。

也不知坐了多久，突然聽得遠處隱隱有哭聲。羋月詫異。若換了別人，或許不敢，但她素來膽氣壯，諒宮中也不會有什麼大事，便悄然尋去。

繞過幾處薜荔花架，見一個白衣女子，獨坐御河邊哭泣。

羋月問道：「是何人在那兒哭？」

那白衣女子嚇得擦擦眼淚，連忙站起來，轉頭看去。羋月一見之下認了出來，宮中似她這般美貌的女子的確不多，當下道：「妳可是魏美人？」

魏美人驚奇地道：「妳如何認識我？」

羋月笑道：「宮裡俱傳說魏美人之美，不識魏姬，乃無目也。」

魏美人臉一紅，害羞笑道：「妳當真會說笑話。嗯，但不知阿姊如何稱呼？」

羋月道：「我是九公主。」

魏美人吃了一驚，忙行禮道：「見過九公主。」

羋月看她臉上一抹嫣紅之色，眼中微紅，略帶淚光，便是身為女子，也不禁起了憐惜呵護之意，忙道：「對了，妳為什麼會一個人在這兒啊？身邊的宮女呢？」

魏美人左右一看，手指在唇上示意道：「噓，小聲點，我是偷偷跑出來的。」

羋月驚訝道：「為什麼妳會偷偷跑出來？」

魏美人低頭，扭捏半晌，才道：「臨行前，王后跟我說，到了楚國不能讓別人看到我哭。」

羋月心中一凜，「王后？哪位王后？」

魏美人天真地道：「便是我國王后啊！」

羋月問道：「魏王后為何要這樣說？」

魏美人低頭半晌，道：「公主，妳說，我是不是看上去甚好欺負啊？」

羋月只覺得她這般神情，格外可憐可愛，忙道：「何以如此說？妳這樣子，便是世人都捨不得欺負妳啊。」
魏美人囁嚅道：「我臨行前，拜別王后，王后說，我一看便甚好欺負。她叮囑我，休要在人前哭，別人看到我哭，就會知道我很好欺負，就會來欺負我。」
羋月詫異道：「妳叫她王后，不是母后，難道妳不是魏王的女兒？」
魏美人扁扁嘴，「才不是呢，大王都那麼老了……我們是旁支，我爹是文侯之後，現在連個大夫也沒當上呢！」
羋月拉著魏美人的手，坐下來道：「那怎麼會挑中妳到楚國來呢？」
魏美人想了想，道：「我也不知道啊。之前聽說是嫁到秦國的王后沒了，大王就想再送一位公主過去，召集了遠支近支所有的女孩子挑選陪媵，我就被選進宮了。後來聽說秦國向楚國求婚了，大王就把我送過來了。」
羋月道：「把妳送過來做什麼呢？」
魏美人搖頭，「王后只說，我要讓楚王喜歡我，其他什麼也沒說……」說到這裡，引起傷心事來，嗚嗚哭道：「我想我爹娘，想我阿兄……」
羋月問道：「妳爹娘很疼妳嗎？」
魏美人用力點頭，「是啊，我爹娘很恩愛，也很疼我。」
羋月再問道：「妳家裡還有什麼人？」
魏美人屈著手指數，「爹、娘、大兄、二兄，還有我。」
羋月奇道：「只有五個人？」

魏美人點頭，「是啊。」

羋月想了想，還是問道：「妳爹就沒有姬妾嗎？妳沒有庶出的姊妹們嗎？」

魏美人道：「沒有，我爹就我娘一個。」

羋月歎息道：「妳當真好福氣。」

魏美人卻搖頭，「才不是呢，我從小就好想有個阿姊，卻沒有阿姊來疼我。」說著，喃喃地道，「若是有一個阿姊來疼我便好了。」

羋月見她可愛，竟不忍她如此失望，一激動便道：「妳若不嫌棄，我來做妳阿姊如何？」

魏美人驚詫地睜著剪水雙瞳，「是我不敢高攀才是，妳是公主，我只是一個後宮婦人——」

羋月歎息道：「我今日是公主，明日又不知會去向何處國度，成為一介後宮婦人，有什麼高低之分？」她看著魏美人，越看越喜歡，此時倒有些明白羋姝當初的行為。當慣了幼妹的人，看到一個比自己還小的妹子，便不禁有充當阿姊的欲望，只是想了想，還是問道：「妳幾歲？」

魏美人道：「我十五歲，八月生的。」

羋月鬆了一口氣，笑道：「正好，我也是十五歲，不過我是六月生的。」

魏美人拊掌笑道：「妳果然是阿姊。」

羋月也笑了道：「正是，我如今也有個妹妹了。」

兩人的手緊緊相握，互稱道：

「阿姊。」

「妹妹！」

芈月欲待再說，卻聽得遠遠有聲音傳來，「魏美人，魏美人……」

魏美人跳了起來，「尋我的人來了，阿姊暫且別過，回頭我們再敘。」

芈月道：「妳若得便，十日之後，還是這個時辰，我便在此處等妳。」

魏美人認真地點頭，「好，阿姊，十日之後，還是這個時辰，我必在此處等阿姊。」

芈月只道多了一個妹子，十分歡喜，因知魏美人初入宮，恐其不便，便祕密準備了一些常用之物，思量著要在下次見面時送與她。

誰曉得第二日，魏美人便出了事。

第二十三章　鄭袖計

因魏美人得寵，又兼之初到楚宮，楚王槐正是寵愛萬分，恐其寂寞不慣，便令永巷令乘風和日麗之時，帶她去遊玩宮苑，好解她思鄉之情。

魏美人年輕單純，雖有幾分鄉愁，奈何身邊諸人奉承，華服美食，也很快適應了。

這日她正被永巷令引著遊玩，那永巷令對她奉承得緊，一路上不斷引導示好，「魏美人，您請，慢點，那邊小心路滑……」

魏美人好奇地邊走邊打量著整個花園，指點嬉笑，「這裡的花好多啊。咦，水面上那是什麼？那個白色的，難道是傳說中的九尾狐……」楚國與魏國不同，魏宮刻板整肅，占地不大，楚宮卻是起高臺，布廣苑，因地處南方，氣候宜人，四時花卉繁多，又豈是魏宮能比？且楚國立國至今七百多年積累下來，處處豪華奢侈之處，又是遠勝魏國。魏美人在魏國不過是旁支，此番見到楚宮勝景，豈有不好奇驚異之理？

永巷令一邊解釋、一邊抹汗，「那是杜若，那是薜荔，那是蕙蘭，那是紫藤。水面上那個是鴛鴦……」

卻見魏美人指著遠處叫道：「那個白色的有好多尾巴的，莫不是九尾白狐？」

永巷令嚇得急忙叫道：「那個不是九尾狐，是白孔雀，您別過去，小心牠啄傷您的手……」北方國家的人不識白孔雀，遠遠見其九尾色白，以為是傳說中的九尾白狐，誤記入史料的也有不少，怪不得魏美人不識。

魏美人在園中花間，跑來跳去，正是天真爛漫、不解世事的快樂時候。

突然間，魏美人身後的宮女們停住腳步，齊齊拜倒，向前面行了一禮，「鄭夫人。」

魏美人懵懂地抬頭，看到迎著她走來的鄭袖。

鄭袖一臉怒色而來，正欲尋魏美人的晦氣，及至見了魏美人之面，卻倒吸了一口涼氣。

但見這魏美人單純無邪，有一種無與倫比的天然之色，正是楚王槐最喜歡的類型！那一種嬌柔純真，鄭袖當年有其五分，便能得楚王槐多年專寵，而眼前的魏美人，卻有十分之色。鄭袖目不轉睛地看著魏美人，魏美人在她這種眼光下，不禁往後瑟縮，惴惴不安地看向永巷令，實指望他能夠給自己一些指引。

那永巷令卻是個最知風向的，見著鄭袖到來，已嚇得噤口不語，低頭直視地面，恨不得生出一條裂縫，好讓自己遁於其中，隱匿無形。

鄭袖的神情，從殺氣騰騰到驚詫不已，從自慚形穢到羞憤不平，最後忽然變幻出一張嬌媚笑臉。她輕笑一聲，親親熱熱地上前，拉起魏美人的手，「這就是魏妹妹吧？嘖嘖嘖，果然是國色天香的美人啊，我活了半輩子，第一次看到女人能美成這樣，可開了眼界了。」

魏美人怔怔地看著鄭袖，她之前的人生猶如一張白紙，實在是看不透鄭袖這變來變去的表情，背後含意何在，只得強笑道：「您是……」
鄭袖撲哧一聲笑了，「妹妹竟不認識我？」
鄭袖身後的侍女魚笙忙笑道：「這是鄭袖夫人，如今主持後宮。」
魏美人忙掙脫了鄭袖的手，行禮道：「見過鄭夫人。」
鄭袖忙不迭地扶住魏美人，「好妹妹，妳我本是一樣的人，何必多禮？我一見著妹妹，便覺親切，彷彿不知在何處見過一般……」
魏美人迷糊地看著鄭袖的殷勤舉動，永巷令臉色蒼白，拿著香包拚命地嗅著，其他宮女也面露害怕之色，都不敢說話。
鄭袖一邊滔滔不絕地說著好話，一邊熱情如火地把魏美人拉著，邊走邊問道：「妹妹來了有多少時日了？如今住在何處，這遠離家鄉，用的哺食可還合口嗎？」
這一迭聲趕著，又熱絡又親切的問話，將方才初見時所產生的畏懼都打消了，魏美人一一回答道：「我來了有半月了，住在蘭臺，還有許多其他阿姊與我同住。楚國的膳食甚是奇怪，不過還是挺好吃的……」
兩人遊了一回園，鄭袖便連她家裡還有幾口人，幾歲學書，幾歲學藝，甚至是幾歲淘氣被打過都問了出來，當下拉了她到自己所居的雲夢臺遊玩，見魏美人甚是喜歡，建議道：「我與妹妹竟是捨不得分開了。那蘭臺與姬人同住，豈是妹妹住得？不如住到我雲夢臺來，妳看這諸處合宜，便是欠一個人與我同住。妹妹且看著，有什麼不如意處，告訴我，我都給妳準備去……」

魏美人隱隱覺得不對，卻不曉得究竟哪裡不對，面對鄭袖的似火熱情，連拒絕的理由也說不出來，被鄭袖拉著去見了楚王槐，迷迷糊糊地當著楚王槐的面，答應了下來。

自此鄭袖與魏美人同住，對魏美人竟是十二萬分地好，她布置魏美人的居處，臥具錦被，無不一一親手擺設。又過問她的飲食，搜羅山珍海味，專為魏美人烹飪她所喜歡的家鄉風味。這邊還將自己所有的首飾、衣服，揀頂好的送給魏美人，一時之間，竟表現得比楚王槐更加熱絡親切。

一時宮中俱詫異，道：「她這是轉了性子嗎？」

楚王槐卻極為高興，「婦人之事夫婿者，乃以色也，因此婦人嫉妒，乃是常情。如今鄭袖知寡人喜歡魏女，卻愛魏女甚於寡人，這實是如孝子事親、忠臣事君也，情之切而忘己啊！」

這話傳進高唐臺諸公主耳中，羋姝先冷笑道：「不曉得是哪個諂媚者要奉承阿兄和那鄭袖，竟連這種話也想得出來，當真噁心。」

羋月才得知此事，再聽了這話，心中憂慮，道：「如今南后病重，鄭袖早視后座為囊中之物，憑空來了一個魏美人，占盡大王的寵愛，她豈會當真與魏美人交好……阿姊，她必非本心。」

聽了羋月此言，羋姝鄙夷地道：「自然，連瞎子都看得出，便除了我王兄外，宮中之人，誰不是這般說的。哎呀呀，妳說她對著魏美人，怎麼能笑得出來、親熱得出來啊？看得我一身寒戰。」

羋月憂心忡忡道：「鄭袖嫉妒之性遠勝常人，她這般殷勤，必有陰謀。」

鄭袖既然有意將自己賢慧的名聲傳揚開來，自然不需要別人相信，只要楚王槐願意相信，以及宮外不知情的人相信這話，那麼將來無論她對魏美人做什麼，楚王槐及外界之人都不會有疑她之心了。

至於她們這些知道內情的宮中女眷，誰又有權力處置鄭袖？誰又會為一個將來失勢的妃子說話？鄭袖這些年來在宮中害的人還少嗎？也不見得有誰為那些被害者出頭，而鄭袖依舊安然無恙地主持著後宮的事務。

她二人說得激烈，羋茵卻沉默寡言，魂不守舍，竟也不參與。

羋姝忽然轉頭看羋茵，詫異道：「茵，妳近日好生奇怪，平素最愛爭言，如今變得沉默，可是發生了什麼事嗎？」

羋茵驟然一驚，倚著的憑几失去平衡，一下子撲倒了。

羋姝忙道：「妳怎麼了，竟是如此脆弱不成？」

羋茵慌亂道：「我、我自有事，先出去了。」

羋姝看著羋茵的背影，喃喃道：「她最近這是怎麼了？」

羋月卻有些知道，暗想她莫不是落了什麼把柄給別人不成？然而她現在滿心皆是魏美人之事，想到這裡，忙站起來，「阿姊，我且有事，先回去了。」

羋姝不耐煩地揮揮手，「且去。妳們一個個都好生奇怪，妳說人長大了，是不是便生分了？」

羋月無心勸她，匆匆而去。只恨如今魏美人搬入了雲夢臺，鄭袖是何等樣人，豈是她能夠派人混入的？

反覆思量，忽然想起莒姬，忙去了離宮，將魏美人之事說了，想託莒姬助她送信入宮，與魏美人做個警告。

哪知莒姬一聽，沉了臉，斥道：「此事與妳何干？」

羋月驚道：「母親，鄭袖夫人對魏美人匿怨相交，絕非好意，難道妳我要這般看著魏美人落入陷阱而袖手不成？」

莒姬冷冷道：「這後宮裡，自來冤魂無數，妳以為妳是誰，敢插手其中？莫要連自己的性命也陷進去才是！此事，我不會管，也不許妳再去管！」

羋月深吸一口氣，她知道莒姬在後宮多年，也不會是何等良善之人，況且她與鄭袖交好，在這件事上，站在鄭袖一邊，也不奇怪，只是畢竟心生憐憫，道：「母親，魏美人為人單純，叫我眼睜睜地看她被人算計，實是不忍。」

莒姬冷笑一聲，道：「單純？單純的人如何能得大王寵幸？即便她是真單純，送她來的魏國人也絕對不單純，不過是瞄準大王的心思，投其所好罷了。魏國既然把她送進楚國，她的生死，自有魏國人為她操心，何須妳來多事？」

羋月怔了一怔，這才明白莒姬的意思，魏國人既然把魏美人送入宮中，則必不會讓魏美人輕易失勢吧。

只是後宮的女子，操縱不了前朝人的心思，那些爭霸天下的男子，也未必盡知後宮女人的算計。不管如何，魏美人也是犧牲品罷了。

羋月見莒姬甚是嚴厲，不敢再說，只得打住。過不得多時，羋戎也來了。因泮宮每旬有一次休假，羋戎每每趁了休假，回到離宮與母親、姊姊相會。姊弟兩人許久不見，親熱地問候了一番。羋月又看著羋戎的課業，與他講解，又聽羋戎講他在泮宮中學到的一些她所不曉得的知識。莒姬含笑看著姊弟倆教學相長，亦不再說起方才的掃興之事。

從某一方面來說，莒姬確是一個很聰明的女人，當年她如何取悅楚威王，如今便能夠如何與自己的兒女保持好的感情，只要她願意、她有心去做。

雖然羋月住在高唐臺，羋戎居於泮宮，但羋戎總會藉休假之日來離宮，母子感情始終極好。而羋月若知道羋戎會來，也必定趕來相會。

羋戎單純，又兼之一出生便被抱到莒姬身邊撫養，雖然明白自己另有生母，但與莒姬的感情如同親生母子般。且向氏出事時，他還半懂不懂，略記事一點後，對向氏更是印象極淡。他也清楚，自楚威王去世，莒姬處境艱難，每每相見，總是極懂事、極孝順，更教莒姬貼心。對這個兒子，莒姬自是傾出全心去寵愛與管教，不管要疼要罰，實無其他顧忌。

羋月卻不太一樣，這個女兒比羋戎大，更有自己的想法，不太受她的影響。且又太過聰明，幼年被楚威王所寵，極為不馴。更兼向氏之死，讓她們母女間產生隔閡，雖然最終已被化解，兩人在深宮中畢竟也是相依為命，不可分割。但對於羋月這個孩子，莒姬仍相當小心地維持著一定距離。這樣有主見的孩子，若對她也如對羋戎般，關心衣食這等小恩小惠，只怕不入她的心。這個孩子過於懂事，許多事竟是她連管教也不好下手。若過於干涉，怕只會母女離心；若全不干涉，則會更見冷淡。

這些年來，莒姬為了這個女兒煞費苦心，不得不一次次調整對羋月的態度，直到如今在一般的事務上，完全把她當作成年人來對待，並不像對待羋戎一般。

母女二人，俱是極聰明的人，這些年來所養成的默契，已經讓羋月知道，不可能再從莒姬處得到任何幫助。莒姬不是楚威王，只要她耍賴打滾，便能依了她，且如今她也做不出這樣的事。

奇怪的是，羋戎在莒姬面前，卻是毫無負擔地耍賴打滾，雖然多半是要被制止的，但也有一小半機會能夠成功，讓莒姬無奈讓步。羋月冷眼旁觀，明白有時是莒姬故意引羋戎耍賴，有時卻也的確是莒姬一開始沒打算讓步，但最終還是讓步了的。

羋月知道，自己與莒姬的關係，絕不可能像羋戎與莒姬一般，毫無思慮與顧忌。但這樣也好，至少對她來說，曉得太多，並不是一件好事，羋戎能夠少一些心事，幸福地長大，這對他更好一些。

心裡各種思緒，終究還是沒能把魏美人之事徹底放下。到了相約的十日之期，羋月在房間裡猶豫再三，有心迴避，結果還是去了相約之處。

魏美人已等了許久，見她來了，驚喜地迎上來，「阿姊，妳終於來了——」

羋月見她這樣，本欲待一會兒便走，此時卻心中一軟，「魏妹妹，妳來多久了？」

魏美人忙笑道：「不久不久，此處風景甚好，我多看一會兒也沒關係。」

羋月來的時候本已遲了兩刻，看著魏美人的神色，似乎她比約定時間來得更早，卻半點也沒有埋怨羋月之意，羋月暗慚，道：「妹妹，妳近日可是在雲夢臺，與鄭袖夫人同住？」

魏美人瞪大了漂亮的眼睛，「阿姊妳也知道了？是啊，我如今與鄭袖阿姊同住呢，她待我當真極好。」

羋月看著她單純的神情，心情複雜，問道：「她當真待妳極好？」

魏美人忙點頭，笑容燦爛，「是啊，妳曉得我家裡沒有阿姊，從小就希望有個阿姊來疼我。沒想到來了楚國，居然遇上兩個待我好的阿姊。」

羋月問道：「她對妳怎麼好了？」

魏美人臉一紅，有些扭捏地道：「她……很會照顧人，很體貼人，我吃的用的穿的，都是她張羅的，有時候我還沒說出口，她就會知道我想要什麼，都給我弄好了。我也是好長一段時間以後，才知道原來我梳粧檯上的許多首飾，都是她自己私藏的，並不是大王賜給我的。她知道我想家，就派人捎來老家的棗子和乳酪；有一回我在花園裡被蟲蟻咬了，她還不讓我抓撓，說若是抓傷了皮，大王會不喜歡……阿姊，我在家中也得父母寵愛，也有侍女服侍，可是不管父母還是侍女，都做不到鄭袖阿姊這麼溫柔關心，體貼入微，這輩子從來沒有人像鄭袖阿姊那樣對我這麼好過。而且，她不只疼愛我，還教我許多人情世故，教我如何討大王歡心，如何不要與旁人爭論是非，如何賞賜奴婢籠絡人心……」

羋月聽著魏美人一樁樁一件件地道來，見她臉上越來越崇拜和信任的神情，一顆心止不住地下沉，好一會兒，才道：「妹妹，妳可知鄭袖夫人出身並不高貴，卻在短短幾年內成為大王最寵愛的妃子，離王后之位只差一步？我想，她的得寵，也許就是因為大王在她身上，感受到這種無微不至的體貼關懷和善解人意吧。可這體貼關懷，她給予大王，換來的是權柄風光；她給予了妳，又能換來什麼？」

魏美人不想她竟如此說話，退後兩步，眼中盡是委屈和不解，「若是這麼說，阿姊待我的好，也是要換來什麼了？阿姊，妳何以妄測人心至此？枉我把妳當成阿姊，有什麼心事亦同妳講，妳卻為何不容其他人待我好？」

羋月說出這番話，自覺有些冒險，見魏美人不肯領情，心中氣惱，本不欲再勸說，卻又不忍心。此番話已出口，索性一次都說盡了，圓了她與魏美人這場相識之緣，亦免得自己日後後悔。

「魏妹妹，不是我妄測人心。妳初來乍到，卻是不知，鄭袖的為人在這宮中盡知。我說這樣的話，也是為了免妳上當。」

魏美人氣得臉脹得通紅，「妳是不是想說，鄭袖阿姊對我的好，都是假的，都只是看在大王寵愛我的分上，才會這麼做？」

羋月輕歎道：「這倒是輕的。我就恐她另有什麼算計，這才是最可怕的。」她見魏美人已是一臉欲辯駁的神情，也不與她糾纏，徑直把話說了下去，「妳才來宮中，恐怕根本不知道，這麼多年來，鄭袖夫人是怎麼一步步爬到現在這個位置的。她對王后之位的企圖，連瞎子都看得到。以前大王也寵愛過其他女人，她也一樣對她們很好，可是後來呢，凡是被她殷勤對待過的女人，都消失了，唯一一個還活著的，就是王后，現在也病得快要死了。如果她只是因為大王寵愛妳而對妳好，根本沒必要好到這種程度。我覺得這件事很可怕，妳一定要小心，不要過於相信她……」

魏美人捂住耳朵，「我不聽，我不信！我不是瞎子傻子，我有眼睛會看，有腦子會判斷。一個人對我的好，是真的是假的，我怎麼會感覺不出來？那種假的，眼睛裡都會放毒針，笑起來都是皮笑肉不笑，伸出手來都是冰涼的，挨著妳坐的時候都是僵硬的，連講妳的好話，都是從牙齒縫中透著不情願……鄭袖阿姊絕對不是這樣的人，她對人真誠，是可以連心都掏出來的。妳，妳是不是嫉妒了？我之前叫妳阿姊，相信妳，把我的事情都告訴妳，現在，我有了鄭袖阿姊，妳覺得妳在我心中不是最親近的人了，所以就詆毀鄭袖阿姊，是不是？」

羋月硬拉下魏美人的手，強迫她聽自己說話，「如果妳真的這麼認為，那就是吧。妳要記住，這個世界上對妳好的人，也是存有不好的心的，凡事千萬不要盲目地相信一個人，不管她看上去對妳有多好、多真誠。千萬要記住，她給妳吃的用的，妳一定要看她自己先吃過用過才行；她告訴妳的話，千萬不要完全相信……」

魏美人淚流滿面，退後一步，「我不聽，阿姊，我不會再來這兒見妳了。我一直以為，妳是我在楚宮中認識的第一個朋友，沒想到，妳這麼霸道，這麼不講理。王后說得對，什麼朋友也禁不起嫉妒和時間的考驗。」

魏美人流著淚，轉過身去，一徑跑走了。

此刻日光正烈，她整個人似乎跑進了日光裡，那樣燦爛，卻轉眼不見了。

羋月心頭忽然升起一絲不祥的預感。

石几上，有一方絲帕，想必是魏美人剛才墊在那兒擋塵土的，如今被風一吹，飄飄飛起，慢慢地滾過石几，到了邊緣，就要飄然落入泥中。芈月伸手拾起那絲帕，歎了一口氣，收在袖中。

魏美人一口氣跑回雲夢臺，只覺得一片真心竟教人這樣輕視了，又是委屈又是傷心，不禁回到房中，大哭了一場。

黃昏時，鄭袖便已經知道她哭過了，關心問道：「妹妹，聽說妳今日心情不好，可是有什麼緣故？是奴婢們侍候不周，還是聽了什麼閒話？」

魏美人見她關心體貼的模樣，想起芈月對她的詆毀，十分羞愧。鄭袖待她如此之好，自己所信任的人卻說她的不是，連帶著替鄭袖打抱不平起來，又不敢說出來教她傷心，支吾著道：「都不曾呢。阿姊，只是我自己想家了，想我爹娘了，所以才會……」

鄭袖鬆了一口氣，笑道：「妳若當真想家裡的人了，不如捎一封信回去，甚至可以讓大王下詔，召妳兄長來楚國任職，亦未嘗不可，這樣也免妳思念之苦。」

魏美人又驚又喜，惴惴不安地道：「這如何使得？」

鄭袖大包大攬道：「妹妹只管放心，如今這朝堂之上，皆是親朋故交，大王愛屋及烏，亦是常情。」

魏美人更覺慚愧，暗道她為人如此之好，何以竟還有人說她的不是？想到這裡，不禁道：「阿姊，妳待其他的人，也是這般好嗎？」

鄭袖度其顏色，暗思莫不是她聽說了些什麼，當下正色道：「常言道以心換心。我待妹妹好，是因為妹妹值得我待妳好。妹妹是真心人，所以阿姊就算把心掏給妳也是情願的……」說到這裡，故意歎了一口氣，神情黯然。

魏美人果然問道：「阿姊，妳這是怎麼了？」

鄭袖歎息道：「妹妹妳初來乍到，不曉得這宮裡的人，實是兩面三刀的居多。我從前也是吃了實心腸的虧，一股腦兒待人好，不知道有一等人，竟是憎人有、笑人無的，妳待她再好，也是枉然。所以我現在就明白，我要對人好，也要給值得的人。」

魏美人聽了，點頭贊成道：「阿姊這話說得極是。」

鄭袖慎重地對她道：「妹妹，妳須記住，這宮裡之人善惡難辨，除了阿姊外，妳誰也休要輕信。有一等人慣會挑撥離間，必在妳面前說我怎麼怎麼地惡，又在我面前說妳如何如何地醜，我是從來不相信這些人的胡說八道的。」

魏美人便笑道：「我也不相信。」

鄭袖似不經意地順口道：「便如她們同我說妳的鼻子……」說到這裡彷彿忽覺失言，掩住了嘴，道，「沒什麼，咱們說別的吧。」

魏美人一怔，「我的鼻子？我的鼻子又如何？」

鄭袖忙顧左右而言他，「不是說妳呢，是說我呢。對了，妹妹嘗嘗今日這道燉鶴鶉，竟是做得極好……」

她不說倒也罷了，她這樣掩掩遮遮的，倒教魏美人起了疑問，纏著要問她原因。鄭袖只是左右託詞，不肯再說。

直至膳食撤了，兩人對坐，魏美人索性便坐在鄭袖面前，雙手搭在她的肩頭，立逼著她說出，鄭袖這才勉強道：「這原是沒什麼的，我並不曾覺得。只是那一等人嫉妒妳得寵罷了，非要白玉璧上挑瑕疵，整日在大王跟前嘀嘀咕咕的，說妹妹妳呀……」她忽然指向魏美人的鼻子，道，「妳——這裡，有一點歪，難看！」

魏美人急忙取出袖中銅鏡端詳，「哪裡？哪裡？」

鄭袖冷笑道：「唉，妳自己看自己，自然是看不出來了。哎呀，妹妹，不說看不出，這一說呀，仔細看看，妹妹妳好似當真——」

魏美人緊張地問道：「怎麼樣？」

鄭袖便如剛發現般，皺著眉頭，對著魏美人的臉，左右前後端詳了好一陣子，才不甘不願地開口，「我只道她們胡說，如今仔細看看，好像當真是有一點不對哦！怪不得大王昨天也說——」

魏美人連忙追問，「大王說什麼？」

鄭袖笑了笑，有意岔開話題，「其實也沒什麼，誰個臉上又真的完美無瑕？妹妹之美，無與倫比，理她們作甚？」

魏美人嘟著嘴，急道：「我自不會理她們說什麼。可是，大王他說什麼了？阿姊，妳快告訴我吧。」

鄭袖不肯說，魏美人忙倚在她身上百般撒嬌，鄭袖一臉憐惜無奈地歎道：「妳休要纏我了，我便說出來，徒惹妳不悅，這又何必呢？」

魏美人忙道：「阿姊只要說出來，我必不會不悅的。」

鄭袖一歎，「妳昨日上章華臺時，我與大王在上面看著妳拾級而上，大王忽然說了一句，說……」

魏美人趕緊再問，「說什麼？」

鄭袖道：「大王說，妹妹妳扭頭的時候，似乎哪裡不對……」見魏美人險些要哭了，又悠悠道，「我當時也不以為意，如今想想，再看妳臉上，這才明白，果然自我這邊看來，妹妹的鼻子有點小小瑕疵啊。」

魏美人急得差點哭了，「大王、大王他真的這樣說了？」

鄭袖笑出聲來，「哎呀，傻妹妹，哭什麼呀！世間事，有一失便有一得，天底下誰的容貌又是完美無缺的了？」

魏美人止了哭，詫異道：「什麼叫有一失便有一得？」

鄭袖故意猶豫道：「這個嘛……」

魏美人撒嬌地搖著鄭袖，「哎呀，好阿姊，我知道妳是最疼我的了。有什麼好辦法，快幫幫我吧！」

鄭袖歎道：「哎呀呀，怕了妳啦！妹妹，妳來看我——」說著便站起來，手中執了一柄孔雀羽扇，遮住自己的鼻子，只露出一雙妙目，又做了幾個執扇動作，見魏美人眼睛一亮，知她已經明白，便將羽扇遞與魏美人，頑皮地眨眨眼睛，「妹妹覺得如何？」

魏美人也是極聰明的人，更因為長得漂亮，從小便對如何顯得自己更美的一切東西十分在意。她接過羽扇，對著銅鏡重複鄭袖剛才的動作，果然這般半遮半掩，顯得她一雙妙目似水波橫，櫻唇如嬌花蕊，更增嫵媚之態。她越學越高興，自增了幾個動作，展示身段。如此在鏡子前，頗為自戀地擺弄了好一會兒，才依依不捨地執了羽扇坐回鄭袖身邊，「太好了，阿姊，謝謝妳。」

鄭袖看著同樣的動作，由魏美人做出來，實比自己嫵媚不少，心中妒火酸氣，更不可抑，本有一絲心軟，此刻也盡數掩掉。她心中冷笑，口中卻道：「妳且再看看我這幾個動作——」

說著便站起來，掩袖一笑，竟是百媚橫生。魏美人頓時明白，也掩袖一笑，「多謝阿姊教我。」

這一日的雲夢臺，歡聲笑語，直至掌燈時分。

這是雲夢臺的侍女們，最後一次聽到魏美人的笑聲。

第二十四章　魏女恨

夏日的早晨，窗子開著，一縷陽光照進室內，羋月揉揉眼睛醒來。

石蘭端著匜、盤進來，見女蘿將羋月從榻上扶起，薜荔挽起她的袖子，杜衡執匜倒水，石蘭捧盤承接。羋月伸了雙手淨面之後，女蘿捧上巾帕拭面，靈修奉上香脂，石蘭便端起匜、盤退出，薜荔將羋月的袖子放下，晏華已取來外袍，侍女們侍候著她穿好衣服，繫好腰帶，掛好玉珮。

羋月坐到鏡臺前，女蘿捧妝匣，傅姆女澆拿著梳子為她慢慢梳頭，一邊誇道：「公主的頭髮真好，又黑又滑。」

羋月笑道：「女澆的嘴也巧，又甜又酥。」

女澆、女岐跟了她這許多年，雖然各懷心事，然而多年下來，也處出一些半真半假的感情來了。羋月便命她們隔日輪番，一人休息一人侍候，彼此皆安。

女澆遂笑道：「公主倒拿奴婢說笑。」

羋月便道：「妳不也拿我奉承？」

女蘿在旁邊也聽得笑了。此時的氣氛，顯得格外輕鬆，窗外似有小鳥啾啾，女澆笑道：「今日天氣不錯，公主用過朝食，可要去苑中走走？」

正一邊梳妝一邊說著，外頭似乎隱隱傳來話語，聲音有些驚惶。

芈月側頭細聽，似是兩名去取食案的侍女雲容與葛蔓在說話。

便聽得雲容道：「這是真的嗎？魏美人真的出事了……」

芈月聽得「魏美人」三字便是一驚，霍然扭頭問道：「是雲容嗎？」

她這一扭頭不打緊，女澆手中的梳子拉到了她的頭髮，嚇得女澆連忙鬆開梳子，慌道：「公主，有沒有拉傷妳的頭髮？」

芈月胡亂地揉了揉被拉到的頭髮，皺了皺眉頭，「無事。雲容，妳且進來。」

卻見去取朝食的雲容與葛蔓兩人，臉色有些驚惶地捧著食案進來，膝行向前道：「公主勿怪，奴婢等去取朝食，卻聽了……」

女澆沉下臉，斥道：「實是無禮，公主朝食未用，何敢亂她心神？胡說八道！」

芈月揮手道：「妳們且說，魏美人如何了？」

女澆阻止道：「公主，晨起之時，心神未定，不可亂神。且用朝食之後，行百步，再論其他，這方是養生之道。」

芈月看了女澆一眼，忍了忍，方道：「傅姆此言甚是。」卻對著女蘿使個眼色，女蘿忙拉住了女澆，道：「縫人昨日送來公主夏衣，我見著似有不對，傅姆幫我去看看如何？」便把女澆拉了出去。

女澆服侍羋月數年，知她性子剛強，亦不見得非要頂撞羋月以顯示自己的存在。只不過職責所在，她在屋裡，便要依著規矩行事，免得教人說她不盡心；她若不在屋裡，公主或者侍女要做什麼，她便沒有責任。見羋月今日神情異常，女蘿一來拉她，就借坡下驢地出去了。

羋月方問雲容道：「魏美人出了何事？」

雲容見女澆去得遠了，方道：「公主恕罪，方才是葛蔓聽得七公主身邊的小雀過來說話，說是昨夜魏美人服侍的時候，不知為何觸怒了大王，被拉下去受罰。可是今天早上雲夢臺……」

羋月急道：「雲夢臺怎麼了？」

葛蔓便道：「原本魏美人在雲夢臺是和鄭袖夫人同住的，今天便聽說雲夢臺把服侍魏美人的侍女與魏美人常用之物，俱清理出去了。」

羋月一驚，只覺得心頭似被攥緊，咬牙道：「鄭袖——她果然有鬼。」當下再問道：「妳可知魏美人如何觸怒了大王？又受了何等處罰？她現在如何了？」

這三問，葛蔓俱是答不上來，只搖頭道：「奴婢不知。」

羋月轉身便令女蘿道：「取那匣子來。」女蘿忙打開素日盛錢的匣子，羋月已是急得親自抓出一把貝幣塞到葛蔓手中，催道：「趕緊出去打聽一下，魏美人現在究竟怎麼樣了。」

葛蔓不知所措，「公主，這……」

女蘿勸道：「公主，恕奴婢直言，魏美人出事，這宮中誰不知道是鄭袖夫人出手？您現在打聽魏美人的事，若是讓鄭袖夫人知道了，豈不是得罪了她？」

羋月一怔，定定地看著葛蔓，忽然鬆了一口氣，緩緩地坐下來，「妳說得是，是我魯莽了。」

葛蔓看著手中的錢，不知是該奉還，還是該收下。

女蘿看了葛蔓一眼，「既是公主賞賜，妳便收下吧。」

羋月閉目不語。女蘿看了眾侍女一眼，「妳們都退下吧，此處由我服侍便是。」

眾侍女皆退下以後，房中只剩女蘿和薜荔。

女蘿突然走到門邊，向門外看了看，又把門關上，拉著薜荔走到羋月前跪下，「奴婢服侍了公主三年，知道公主並不信任奴婢，日常亦都是獨來獨往，不曾對我們說過心腹之事。只是公主容我一言：我等既然已經服侍了公主，從此就是公主的人了。若是公主平安，我等也就能平安無事；若是公主出事，我等也同樣沒有好下場。今日奴婢大著膽子說一句，若是公主能夠信任我等，我等甘為公主效勞！」

薜荔磕了一個頭，鄭重道：「公主，阿姊說的也正是奴婢想說的話。」

羋月睜開眼睛，懷疑地看著女蘿，又看看薜荔，沒有說話。

薜荔惴惴不安地看了看女蘿，女蘿卻給她一個肯定的眼神。

羋月問道：「女蘿、薜荔，妳二人服侍我三年，為何今日忽然說出這樣的話來？」

女蘿沉著道：「為奴侍主，如絲蘿托於喬木，當求喬木是否允准它的依附。奴婢等服侍公主三年，雖傾心盡力，但盡力能見，傾心卻不可見，只能自己相告了。奴婢知公主未必肯信我等，卻有一言剖白：宮中為主者，能有幾位？隨侍公主，又是何等榮耀？奴婢如若背主，又能落得什麼下場？」說著，指了指薜荔，道，「奴婢與薜荔自幼為奴，不知親故，唯有赤膽忠心依附主人，公主若肯用我等，必能於公主有助。」

羋月看著兩人，久久不語。她在這高唐臺中，看似與別人無異，姊妹相得，婢僕成群，然而她知道，在此處，她永遠只是一個孤單的過客。雖然素日與傅姆、侍女們言笑晏晏，但除了日常服侍外，的確再沒有更親近、更貼心的話與之交流。難得這女蘿竟看出了，不但看出，甚至還敢主動到她面前表白、自薦，甚至拉上薜荔為同盟。

她心知肚明，女蘿不過是個侍女，她看出自己在這高唐臺中的日子已不會太久了，公主們要出嫁，當在這一兩年之內。出嫁前她們雖然名為自己的侍女，卻受楚威后控制，而出嫁之後，自己可以脫離楚威后的控制，到時候，她們才會是她真正心腹之人。

此事，女蘿能看出來，女澆、女岐未必看不出來，然則女蘿想求的，女澆、女岐卻未必想求。自己未嫁，女蘿是公主的貼身侍女；自己若是出嫁，願不願意再留她們，則全看自己的心情。女澆、女岐是傅姆，已經嫁人生子，雖然服侍主子，談不到自家天倫，然而羋月便是出嫁了，她們也會有退身之所。

這才是女蘿孤注一擲，到她面前剖白的原因吧。這個時機也選得好，羋月素日並不關心宮中事務，如今她既有事上心，要動用人手，便是她們效勞的機會來了。

羋月心中計議已定，方緩緩點頭道：「女蘿、薜荔，起來吧，難為妳們能有此心。」

女蘿與薜荔聽了她這話，才放下心來，鄭重磕了一個頭，「參見主人。」這便不是素日公主、侍女之間的關係，而是主子與心腹的關係了。

羋月又問道：「今日之言，是妳二人之意，還是……」她指了指外頭，「她們俱是有份？或者，兩個傅姆可知此事？」

女蘿與薜荔對望一眼，女蘿道：「奴婢因懼人多嘴雜，此事只有我們二人私下商議，並不敢與人多說。兩個傅姆，更是不敢讓她們知道。」

羋月略鬆了一口氣，道：「妳們跟了我三年，也曉得我的處境如何。今日我尚無法允妳們什麼，但倘若以後我可以自己做主時，一定不會辜負妳們兩個的。」

女蘿和薜荔一起道：「奴婢不敢。」

羋月招了招手，兩人膝行至羋月面前，羋月方道：「實不相瞞，我曾經與魏美人私下有些交情。她是一個單純善良的人，我實在不忍心見她沒有好下場。妳們去打探她的下落，我看看能不能幫助她，也算還我一點心願。」見女蘿動了動嘴唇，卻沒有說話，擺手道，「妳放心，我不會為了她把自己陷進去的，也不會為了她去得罪鄭袖夫人。」

女蘿暗悔自己過於急切。如今方得了她的收納，亦知她的心性剛毅，何必擺露出過於好做主張的性子來？惹了她的反感，豈不是蠢事一樁？忙道：「奴婢不敢。」

羋月便道：「我聽葛蔓提起跟茵姊身邊的小雀說話，她是不是常來找妳們？」

女蘿思忖著道：「好像就只有這段時間，她來找我們說話，找得特別勤快。」

羋月道：「我猜必是茵姊想打探我。那妳就想辦法，反過來向小雀多打探七公主最近的行蹤。」她思索著道，「那揚氏素來在宮中結交甚廣，魏美人的事，妳亦可向小雀多多打聽。」

女蘿應道：「是。」

芈月又道：「薜荔，妳去尋葛蔓，妳二人再去打探魏美人的下落。」見二人俱稱「是」，便叫女蘿捧了妝匣來，取了兩支珍珠髮簪與二人道：「這兩支簪子，便為我們今日之禮。」二奴行大禮，主人賜物，這一來一往之間，便是一種新的契約儀式的完成。

薜荔和女蘿行禮拜謝，女蘿又想起一事道：「威后宮中，每月會詢問公主之事……」見芈月神情不變，忙又補上一句解釋道，「不只是我們這院中，便是七公主、八公主處，也是每月一詢。」

芈月道：「此事我是知道的。」

女蘿道：「有時候不只是傅姆，連我們兩人也要召去問話。如今我們既奉公主為主，那邊問話，還當請示公主，當如何回覆。」

芈月不以為意地笑道：「以前三年，妳們是怎麼做的？」

女蘿說這話，本就是為了取得她的信任，當下忙道：「公主一向獨來獨往，我們只是服侍您起居，然後把您什麼時候出去、什麼時候回來告訴她而已。」

芈月點頭道：「那妳們還是照做便是。倘若有不能說的事，我自會先告訴妳們。」

女蘿道：「是，奴婢遵命。」

女蘿退出房間，長吁一口氣，這一關總算過了。為奴者，絲蘿托於喬木，自然要有眼光、有決斷才是。她看得出來，芈月雖然接受了她說的話，並交託了事情，但未見得真的會就此將她們視為心腹。但是不要緊，只要有時間，她自然會讓主人看到她的忠誠和得力。

過得一日，薜荔便來相報，說是宮女小蟬知道魏美人下落。芈月由薜荔帶路，去了一處偏僻角落，果然見著一個神情驚慌的小宮女。

芈月問道：「妳便是小蟬？」

那宮女忙道：「是，奴婢便是。」

芈月問道：「妳如何知道魏美人下落？」

小蟬道：「奴婢原是服侍魏美人的侍女，那日魏美人去章華臺服侍大王，便是奴婢相隨……」

芈月急問道：「那後來發生何事？」

小蟬已是落下淚來，道：「奴婢亦是不知，奴婢只曉得候在殿外時，但聽得大王怒喝，魏美人便被殿前武士拖了出去，只聽得魏美人呼了一聲：『鄭袖妳——』便再無聲息，此後只聞幾聲慘叫——」

這短短一段話，驚心動魄，無限殺機。

芈月急問道：「那妳可知，魏美人如今是死是活？下落如何？」

小蟬抹了一把淚，帶著哭腔道：「奴婢亦只聞得宮中處置有罪妃嬪，俱在西邊，只是不知究竟何處，也不敢前去。」

芈月已經沉靜下來，道：「如今有我在，妳只管帶我去尋。」

小蟬怯生生地看著芈月，薜荔忙取了兩塊金子與她，她方敢應允了。

芈月與薜荔在小蟬的帶領下，沿著小河向西行去，越走越遠，直到前面出現一處廢掉的宮苑。羋月雖在楚宮多年，亦未到過此處，便問道：「這是何處？」

薜荔卻是有些聽說過，道：「奴婢聽說此處原是一處宮苑，後來因失火焚毀，便廢棄了。」

楚國宮苑甚大，郢都城前為內城，外為幾重城郭，後面依山傍水，圈了不知道多少處山頭水泊，或起高臺，或造水苑，曲廊相通，虹橋飛架。這些宮苑俱是歷代楚王所積，一次次經歷擴大、新建，除了前頭正中幾處主宮苑不變之外，許多宮苑實在是隨人興廢，或是某王興之所至，騎馬打獵到某處，便修了宮苑，除了自家常來常往，換了新王，但要廢棄；若是某王寵愛姬妾，為她起高臺宮苑，最後若是這姬妾死了，或者隨王者而沒，最後當權的母后厭憎此處，亦是廢棄；或是因失火，或是遇上事情，被巫者說不祥而廢棄，亦是常有。

羋月抬眼見此處宮苑，焦痕處處，顯然是被火焚後廢棄的，只是宮苑架構仍在，顯是燒得不甚嚴重，當下不顧薜荔相勸，高一腳、低一腳地沿著每處廢墟尋去。

小蟬膽小，只敢縮在後頭，薜荔卻是當先行去。但見一個廢殿之處，薜荔推門進去，羋月亦是跟著邁入，卻忽然聽得風聲，背後竟是一棒擊來。

與此同時，聽得前頭薜荔驚叫一聲，便已被人擊倒在地。羋月卻是自幼弓馬嫻熟，每日晨起練劍，反應極快，她先聞薜荔驚呼，再聞風聲，便順勢撲倒在地，饒是如此，亦覺得頭皮上已被打破一層油皮，疼痛得緊。

羋月咬牙忍耐，一動不動，聽得後面小蟬極刺耳地尖叫起來，也被擊倒在地。

一時間殿中內外，倒了三人，羋月便聽得一個略陰柔的男聲道：「如今怎麼辦？」

另一個略粗的男聲便道：「看看她們死了不曾。」

聽得腳步聲，確是兩個男子，先俯身去試了薜荔鼻息，又去試了小蟬鼻息，又粗魯地拉開芈月手臂，在她鼻息之上試著。芈月竭力放緩呼吸，整個人軟軟地不敢使力，生恐被這二人發現。她雖然習過武藝，但見這二人兩三下將自己三人擊倒，顯見亦是有些身手的，自己從未與人交手，不知高下，不敢打草驚蛇。

那陰柔男聲道：「都不曾死，只是昏迷了。」

那略粗男聲道：「既然賞賜下來叫我們只消殺了這一個便是，其餘兩人，只管扔在這裡。」

這兩個男聲特徵明顯，很顯然是宮中內侍，尤其那個試自己鼻息的內侍，聲音略粗，手臂粗壯，顯然是在宮中執力役之人。

那陰柔男聲沉吟道：「若是教人發現……」

那略粗男聲冷笑道：「便是發現，又當如何？兩個奴婢的話，又有誰聽？她們若想活命，當知如何。我如今只備了一份錢與大司命祭神，可不想多出兩份。」

那陰柔男聲猶豫片刻，也自同意，道：「那你如何殺她？」

那略粗男聲手一抬，道：「將她扔入前面小河便是，縱使被人發現，上頭亦會說她不慎墮河身亡，無人過問。」

那陰柔男聲亦是同意，兩人抬起芈月，走到小河邊，欲將她扔下河。

不料那略粗男聲卻道：「且慢！」

羋月但覺得頭上幾處刺痛，她後腦勺本就被人打傷，再被此人撕扯，饒是她再能忍，勉強控制自己不呼痛、不掙扎，這手臂也忍得僵硬，手中拳頭亦是握緊了。

幸而那人忙著拔她頭上釵笄，且又粗心，竟未覺察到。

那陰柔男聲抱怨了一句，「休要再生事……」

略粗男聲喝道：「你只休要來與我分這些財物！」

陰柔男聲便也不再抱怨，忙一齊上前，將羋月首飾皆摘了去。

羋月恨得牙關緊咬，卻不敢有異動，被兩人抬起，扔在水中。那兩人將她扔下，便慌張離開。羋月屏住呼吸，伏在水中，見兩人話語聲漸遠，亦是怕再有事故，不敢就此起來，輕蹬著雙足，向下漂去。

她自出生起便曾經被人扔下河過，雖然幸得救回，卻令莒姬大為警惕。自她六、七歲起，就派了會水的小內侍教她游泳，便是入了高唐臺之後，到了夏天，她去探望莒姬時，亦是常更了水靠，帶著羋戎去泭水相戲的。

那兩個內侍，只道她已經昏厥，又拋入水中，必死無疑，卻不曉得這宮中的公主，竟還有會泭水游泳的。

羋月一直潛行了甚久，直到鼻息已盡，才抬起頭來，看著周圍。

但見這一帶水系，卻是繞著這座廢宮，羋月瞧著陽光的方向，方才他們自此宮東邊而來，如今她這一潛行，卻到了此宮的西角處。這所宮苑甚大，斷壁殘垣處處，便是羋月此時出來，那一頭的兩個內侍，亦是無法看到。

幸而正值夏日，芈月雖是從水中出來，倒也不至於著涼。她也顧不得許多，忙脫下外衣擰乾，自己只著半臂小衣，又擰了裙子，乘著太陽尚未下山，稍晾一晾。

她的頭雖然受了傷，但在河水中泡了甚久，已經泡到發麻，竟不如方才那般疼痛了，又恐天黑無法脫身，將衣服勉強晾得半乾，慢慢尋路往前走去。

她小心翼翼地在斷壁殘垣間走動尋找著，夕陽西下，西風漸起，風中竟似傳來一兩聲女子嗚嗚咽咽的聲音。芈月身上半溼，只覺得不知何處一股陰風吹起，更吹得渾身充滿寒意。她便是膽氣再壯，素不信鬼神傳說，也覺得心驚。戰戰兢兢地走了好一會兒，那女子嗚嗚咽咽的聲音時斷時續，走得近了，竟是越發清楚，像是有些痛楚的呻吟之聲。

芈月聽了這個聲音，雖仍覺得詭異可怖，不知怎的，卻有一種奇特的吸引力，倒促使她更向前行去。

殘宮舊苑，荒草迷離，但草叢之中，隱約可見樹枝被踩斷的痕跡，更有幾滴紫黑色的血痕。芈月大為詫異，沿著這些痕跡，一步步向前探去。但見痕跡盡頭，是一座極寬大亦極破舊的宮殿，瞧這形制，似是這間廢宮的主殿。

芈月一步步走近，見破舊的宮殿裡，窗破門倒，凌亂地掛著髒得看不出顏色的帷幔，到處結著蜘蛛網，地面上蒙著一層積灰，一切都荒涼得像是無人居住，只有中間一行乾涸的紫黑色血跡。

芈月左右張望，聽得隱隱約約一兩聲破碎的女聲呻吟，只忽左忽右，實不知從何而來。

她一步步踏進去，殿中俱是帷幔，天色漸漸暗了下來，更是黝黯難辨。芈月已經走得極小心，卻仍踩到一處不明物，竟是腳下一滑，身體失去平衡向後倒去，她慌亂中揮手，勾到帷幔，隨著帷幔一起倒下去。

這帷幔年深日久，早已腐朽，帶著一股說不出的古怪氣息，使人欲嘔，她手忙腳亂地爬起來，便看到帷幔掉下來的地方，露出一張可怕如厲鬼的臉。

這是羋月這一生見過最可怕的臉。

便是連她這樣大膽的人，也被嚇得心膽俱碎，竟是閉上眼睛，不能自控地大叫起來。

她實是嚇得連腳都軟了，整個人爬到一半又摔落，渾身顫抖，連尖叫都不能控制，直至將恐懼都叫出來後，便爬起來欲逃走。

羋月似乎聽到了什麼，又似乎什麼也沒有聽到，此刻她只有一個念頭，那就是逃離，飛快地逃離！

她踉踉蹌蹌地半爬半跑到了殿門口，扶住柱子，驚魂稍定。忽然，一個極細的聲音鑽入她耳中。那聲音微弱，「阿姊——」

羋月整個人都僵住了，她不敢置信，不敢回頭，渾身顫抖著僵在那兒，一動也不敢動。她不知道自己到底是在害怕什麼，還是期待什麼。她等了多久？也許不過是一瞬，也許是無限長久，只覺得一股陰風吹起，吹得她寒徹入骨，卻又聽得一個斷斷續續、極微弱的聲音道：「阿——姊——」

羋月再也支撐不住身體，腳一軟摔倒在地，涕淚交加，那一刻當真是天崩地裂、無以形容，她扭過頭去，狂叫道：「魏妹妹，是妳嗎？是妳嗎——」

殿內再也沒有聲音。然而她全身似有一把火燒了起來，哪怕裡頭有一千個一萬個惡鬼，她亦不再恐懼。她一咬牙，爬了起來，踉踉蹌蹌地往裡走著，一邊用混亂破碎的哭聲叫道：「魏妹妹，妳別怕，阿姊來了，阿姊救妳來了——」

她連滾帶爬地要往裡走去，忽然身子一輕，竟是被人從身後抱起。

羋月第一個念頭，便以為是那兩個內侍去而復回，她恨意滿腔，連生死也不顧了，抓起抱著她的那手，一口咬了下去。

卻聽得背後之人痛呼一聲，不但不鬆手，反而將她抱得更緊，另一隻手輕撫著她的額頭，不住安慰道：「皎皎，莫怕，是我，是我，是子歇，是子歇來了！」

羋月怔住了，似迷途的孩童驟然見著大人一般，整個人都崩潰了，她轉身撲入對方懷抱，將黃歇抱得死緊，大哭道：「子歇，子歇……」

黃歇輕撫著她的頭髮，卻撫到血跡與傷口，心中大痛，避開她的傷處，輕拍著她的背，「是我來遲了，都是我的錯。」

羋月方哭得兩聲，忽然推開黃歇的手，轉身欲向殿內而去。黃歇只道她惱自己來得遲了，忙拉住她柔聲道：「皎皎，妳休要惱我來得遲了……」

便聽得羋月嘶聲道：「魏妹妹在裡頭，魏妹妹在裡頭！子歇，隨我去救魏妹妹……」

黃歇一驚。夕陽餘暉已經落盡，雖有一彎殘月，卻只能見些微光。殿中更是一團漆黑，似一頭惡獸張著口，等人進去被它吞食一般。

黃歇忙拉住羋月，道：「先點了火來。」當下撿了一段枯枝，取了火石打亮，拉著羋月的手，踩著高低不平的地面走進去。走了幾步，來到羋月方才摔倒的地方，舉起火把，終於照見了那張臉。

黃歇手一顫，火把險些落地，便是羋月已經見過，此時再見，亦是魂飛魄散。

帷幔之後，是一張比鬼還可怕的臉，整張臉上都是凝結為紫黑色的血，正中央是一個血洞，皮肉翻飛而腐爛發黑，露出森森白骨，幾條蛆蟲在蠕動，血洞下面的嘴卻還在微弱地動著。

黃歇第一反應便是遮住羋月的眼，「莫看！」

羋月卻是用力拉開他的手，不顧害怕、不顧骯髒，撲了上去，淒厲叫道：「魏妹妹，魏妹妹！」

黃歇大驚道：「魏美人？」

難道眼前這張惡鬼似的臉，竟是那傾倒楚宮的絕代佳人魏美人不成？黃歇頓覺渾身發寒，只覺得整個楚宮，變成了惡鬼地獄。

羋月撲倒在魏美人跟前，看著這張臉，捂住嘴，忍住嘔吐的感覺和恐懼、悲傷，低聲輕喚道：「魏妹妹，真的是妳嗎？」

那血洞上的雙目，已經如死人般發直發木，充滿絕望和死氣，唯在羋月的連聲呼喊之下，才略眨動一處。那張可怖至極的臉微抬了一下，發出一聲極微弱的聲音道：「阿姊，是妳……」

羋月跪在魏美人身邊，將帷幔從她身上取下，淚流滿面，道：「是，是我，我來救妳了……」眼看著蛆蟲在那血洞中進進出出，她伸手想去抓掉，可她的手卻顫抖得無法接近。

黃歇伸出手，迅速抓掉魏美人臉上的蛆蟲，對芈月道：「我出去弄點水給她洗洗傷口。」說罷匆匆轉頭跑了出去。

他再是個鐵石心腸的男兒，在這時，竟也是不敢多站一刻，只匆匆跑到小河邊，取了水來，又拿出隨身帶著的傷藥，走了回去。

見黃歇出去了，芈月忙緊緊地抓住魏美人的手，安慰道：「妹妹別怕，阿姊來了，我這就救妳出去，給妳療傷，妳會沒事的，會沒事的……」

魏美人的嘴角咧了咧，她臉上血洞中的蛆蟲被抓走了，可腐肉白骨，更見恐怖，她吃力地說道：「阿姊……我痛……我冷……我是不是……要死了……」

芈月忍淚忍到下唇咬出血，一邊將身上的外袍脫下蓋在魏美人身上，一邊用最柔軟的聲音安慰道：「不會的，妹妹，妳忍忍，等上了藥，便不會痛了……阿姊給妳把衣服蓋上，不會冷了……我們已經找到妳了，妳不會死的，妳一定能好好地活下來的……」

黃歇急忙回來，也不知他從何處尋了半只陶罐裝了水，拿著絲帕沾了水，道：「皎皎，妳且避到一邊去，待我給她清洗傷口。」

芈月卻奪過黃歇的帕子，哽咽道：「我來。」她顫抖著用絲帕沾了一點水，先輕輕地潤了潤魏美人的雙唇，扒開她的嘴，又緩緩地擠了幾滴水，停一下，又擠了幾滴。但見魏美人的雙唇似從乾枯中略活了一點過來，她又伸手，輕輕地繞開那血洞傷處，先擦她枯乾的雙目，再擦去她臉上其餘的血汙。其間，又擠了一些水給魏美人飲下。

終於，魏美人的嘴角嚅動著叫了一聲，「阿姊……」她本來的剪水雙眸，曾經充滿快樂無憂，又曾變得絕望木然，如今看著羋月，露出了極度的悔恨來。

魏美人的額頭、眼睛、嘴巴，終於在擦去血汙後露了出來，羋月想清洗她臉上正中的血洞時，黃歇卻抓住了她的手。

羋月抬頭看著黃歇，黃歇微微搖了搖頭，他是上過戰場，見過死人的，魏美人的臉色已經是青灰色，他方才搭了搭她的脈，是死脈。

羋月咬緊了牙，抑止不住嗚咽之聲，黃歇取出一粒黃色的小丸放在她手心。羋月抬頭，不解地看著黃歇，黃歇在她耳邊低聲道：「是蜜丸，讓她提提神，也教她走得……甜一點！」

羋月含淚，將蜜丸捏得粉碎，一點點放進魏美人口中，又餵了她一點水，俯身柔聲勸道：「好妹妹，這是藥，妳先吃著，我這便叫醫者為妳治療去。」

魏美人微弱地笑了笑，「這藥甚甜啊！」

羋月再也忍不住，將魏美人抱在懷中，淚如雨下，「嗯，阿姊從今以後只教妳吃甜的，再不教妳吃苦了。」

魏美人眼中有淚落下，她溫柔地看著羋月，嘴角抽動，似是露出一個微笑，「不用了，阿姊，我知道我是活不成了。」

羋月深吸一口氣，微笑道：「不會的，魏妹妹，妳還年輕，妳還有美好的未來。」

魏美人輕輕搖了搖頭，剛才這一粒蜜丸，似乎給她補充了最後一點用以迴光返照的能量，她吃力地笑了笑，道：「不會的，我不會再有未來了。阿姊，我在這裡躺了很久很久，我在這裡痛了很久很久，血流了很久很久。我的血已經流乾了，我的痛也痛夠了，后土娘娘要帶我走了。」

羋月淚如雨下，怒道：「什麼后土娘娘，我們這裡是少司命庇佑的，少司命不答應，誰也休想把妳帶走……」

魏美人吃力地抬起手，卻只能抬起一點，便無力垂下。羋月連忙握起她的手，放到自己頰邊，魏美人抬動手指，輕輕替羋月抹了抹淚，低低道：「阿姊，不用安慰我，我知道我要死了。總算皇天后土可憐我，讓我臨死前能再遇上妳，對妳說一聲『對不起』。阿姊，是我錯了，我不該不聽妳的話……」

羋月含淚道：「不是，是我對不起妳，是我沒能保護好妳，沒能及時找到妳。」

魏美人搖頭，「不，我沒有相信妳，卻去相信了鄭袖……」她相信了她，在楚王槐面前遮住了鼻子。結果，章華臺上的楚王槐暴跳如雷，一聲令下，便要將她「嬌貴的鼻子」割了去。她連辯解的話都不曾說出，便已被堵了嘴，拖了下去。在行刑之後，她痛不欲生時，才聽到兩個內侍說：「區區一個美人，居然也敢嫌棄大王身上有異味，豈不是自尋死路？」

那一刻，她驟然明白了一切，可是，已經太晚了。她這一生，已經墮入地獄。這一條地獄之路，是別人的狠毒鋪就，也是她自己的輕信鋪就。

她被扔在這裡，一動也不能動，忍受著煉獄般的痛苦，卻無力掙扎、無力解脫，求生不得、求死不能。感覺自己越來越冷，臉上的傷口一點點腐爛、生蛆，看著自己的血一點點流乾，整個人開始走向死亡。可她沒有想到，在生命的最後一刻，曾經被她懷疑、被她推開的人，卻尋了過來，將她抱在懷中，擦拭她的血和髒汙，給她最後一點溫暖，給她口中塞入生命的最後一滴甜蜜。

章華臺的經過，不需要說，羋月亦能夠想像得到了，看著眼前的魏美人，心中恨意更是滔天。魏美人倚在羋月懷中，氣息奄奄，「我真傻，是不是？」

羋月泣道：「妳不傻，只是我們都想不到，人心可以狠毒到這種地步。我以為她會讓妳失寵，沒有想到她竟這樣狠毒。」

魏美人的眼神變得散亂，聲音也越來越微弱，「阿姊……我想回家，回我們大梁的家中去……我阿爹、阿娘、阿兄他們都來接我了，我看見他們來接我了。家鄉小河的水真清啊，魚兒跳到我的裙子裡，哥哥用鮮花給我編了個花冠，可漂亮了……」

魏美人的聲音漸漸微弱下去，羋月失聲大叫道：「妹妹，妳別睡，醒醒，我帶妳去找御醫，給妳治傷……」

魏美人忽然燦爛地一笑，「阿姊，帶我回家……」只說了這一句，她的頭便垂了下來。

羋月伏在魏美人身上痛哭，「魏妹妹，魏妹妹……」

黃歇沉默地站在羋月身邊。

整個廢殿裡，只有羋月的哭聲，和嗚咽的風聲。

第二十五章　流言起

夜深人靜。芈月看著魏美人躺在那兒，這時候她一點也不覺得那張臉有多可怕，她看著這張臉，充滿了痛苦和憐惜。她的傷口終究洗淨了，雖然她的美貌已永遠無法回來，但去掉那些可怕的蛆蟲和血汙，此刻她死去的臉上，除了中間一部分外，看上去好多了。

黃歇輕歎一聲，不忍再看下去，將披在魏美人身上的芈月外袍又拉上一些，蓋住她的臉，轉頭對芈月道：「她一生愛美，別讓人看到她這樣。」

芈月點了點頭。此時，她的衣服蓋在魏美人身上，黃歇便把自己的衣服為她披上，又收攏了一堆柴，點起火堆。兩人靜靜對坐著，好一會兒，黃歇開口道：「夜深了，我們走吧。」

芈月搖了搖頭，「不，魏妹妹膽小，我們走了，她會害怕的。」

黃歇無奈歎息，這是他第一次見到魏美人，也是最後一次見到，一個如花似玉的妙齡少女，竟死得如此慘烈，這令他痛心、令他憤恨，可終究不如芈月來得觸動更深。沉默片刻，他道：「妳冷不冷？」

芈月搖頭，「人不冷，心冷。」

黃歇走到她身邊，將她攏入懷中，輕聲道：「這樣，會不會好些？」

羋月輕輕偎在黃歇懷中，「是，好像好些了。」沉默良久，她忽然歎道，「不知道為何，我總覺得這一刻如此不真實，像這火光中透出的景色，都是扭曲的、詭異的。」

黃歇抱住了她，在她耳邊低聲道：「別怕，有我在，我永遠都會在妳身後守護著妳。」

羋月怔怔地看著火光，「火烤完了，我們也要回宮了，我真不想回去。一個個人的面具之下都是妖魔的面孔，不曉得什麼時候就會掀開面具吃了你。」

黃歇輕撫著她的頭髮，「別怕，有我。」

羋月轉頭問道：「你是怎麼到這裡來的？」

黃歇歎了一口氣，將經過說了一遍。原來他今日與太子從比武場回來，送太子回宮以後，走到一處拐角，卻聽得僻靜處有兩個內侍在爭執。他本不以為意，不料那兩個內侍聽得他的腳步，便趕緊跑了。跑的時候卻不慎落了一只耳璫在地上，他見耳璫眼熟，撿起來一看，卻正是羋月的耳璫！

諸公主常例之物，皆有定數，羋月也斷不會將這種耳璫賞與這種下等內侍。黃歇既是覺得疑問，立刻追上那其中一名，那內侍支支吾吾，不肯說實話，黃歇更覺可疑，將他一搜，竟搜出數件羋月常用飾物來。

那內侍見事已敗露，也嚇得癱軟，只說奉了上頭的命令，叫他們在西北角廢宮中伏擊一個女子，他們只是遵命行事，如今這女子已經扔入河中，不知死活。

黃歇心急如焚，不及理會，忙往他說的方向趕去。他趕到那廢宮之處，天已漸黑，他正焦急無處尋找，卻聽得芈月尖叫，連忙聞聲趕去，這才恰好遇上。

芈月聽完，冷冷一笑，「可見是天不絕我！」

黃歇道：「妳可知是何人對妳下手？」

芈月搖了搖頭，「知不知，也無區別，總歸是那幾個人罷了。」

黃歇卻歎道：「是七公主。」

芈月倒是一怔，「我一直以為，想殺我的會是威后，或者是大王，可是沒有想到，真正下手的竟是她。我倒想不到，她有這樣的決斷和心腸。」

黃歇也歎道：「是啊，我也沒有想到會是她。」

芈月迷惘道：「我跟她並無恩怨，可是從見面的第一天起，她就不知道為什麼獨獨怨恨我，處處想踩我、陷害我。真是可笑，讓她落到這種命運的是威后，如果她心中不平，那也應該是嫉妒姝，為什麼會處處針對我？」

黃歇卻有些明白，道：「唯怯懦者最狠毒。可憐之人必有可恨之處，她受威后母女的欺壓，卻無法反抗，便只能踩低別人，才能夠心平。」

芈月伸手添了一把柴，輕聲道：「據說，我一生下來就被人扔到水裡，所以很小的時候，母親就讓我學會了游泳。我不能再被淹死，也不想經歷任何一種『意外』，我絕對不能再讓別人可以任意處置我的命運。我的命運，我要握在自己手中。」

黃歇凝視著她，「我知道。皎皎，妳的命運，我和妳一起共同承擔。」

芈月閉了閉眼，忽然撲在黃歇懷中，今天的事讓她整個人的精神都崩潰了，失控地叫著，「子歇，那你今天就帶我走，現在就帶我走！這宮裡，我一刻也不能再待了，我受夠了！你看魏妹妹這樣子了，她死不瞑目……我不要跟她一樣的命運，我不要做王者的媵妾，我不要過這樣的日子，不是被人所吃，便是變成這樣吃人的怪物。這些年來，我連睡覺都要睜著一隻眼睛，我小心翼翼地在那個女人面前裝傻，我想方設法奉承著她生的女兒，作為我的護身符。我以為這樣就可以平平安安地躲過災難活下來，我過得如履薄冰、如臨深淵，為的就是不讓她找到任何尋釁的藉口。卻不知對方想殺我，那是任何時候、任何理由都不需要找的！子歇，我害怕，我怕我會像阿娘一樣，做媵妾，被放逐被陷害，淪落市井受苦受難，忍受完命運所有的不公，換來的不是脫離苦難，而是最悲慘的死亡……」

黃歇心下大痛，將羋月緊緊抱住，「皎皎，放心，我絕對不會再讓妳重複妳阿娘的命運，我一定會帶妳脫離這種命運！」

羋月死死地揪住他的衣襟，「子歇，我們走，我不要賜婚，我不要三媒六聘、祭廟行禮。這些都是虛的，為了這些虛的，我還要忍受多久……我們私奔，就這樣跑到天涯海角去，好不好？」

黃歇抱住羋月，歎息道：「皎皎，妳本來就是公主，應該風風光光地嫁到我家，這是妳應得的。害妳的人就是為了要奪走妳的一切，所以妳更不能讓她們如願。我們應該光明正大地站到陽光底下，叫陰暗處的魑魅魍魎無所遁形。」

羋月拚命搖頭，「我不要，我不要，我不要！子歇，我們走吧，我有一種感覺，我們此時不走，這一生一世都走不了。我不要榮光，不要名分，什麼都不要，只要離開這裡，只要和你在一起……」

黃歇見她的精神已陷入崩潰，只得扶起她，「好吧，我們走吧。」

羋月掙扎了一下，「我不回高唐臺！」

黃歇歎息，勸道：「好，我們不回高唐臺，我們回離宮，妳母親住的地方，可好？」

羋月搖搖頭，看著黃歇，此刻她的神情陷入狂亂，似一個不能說理的任性孩子。黃歇無奈地勸道：「便是我們要走，也不能就這麼走了，想想妳的母親，想想子戎。」

這話，羋月聽懂了，她怔怔地點了點頭，乖乖地被黃歇擁著，一步一回頭地離開。

兩人走了甚久，才走出那間廢宮，正走在林間叢中，卻見遠處似有火光晃動，人聲隱隱。

黃歇看了看，對羋月道：「想是妳宮中之人見妳不歸，所以尋來。」

羋月今日所受的刺激太大，聽了此言，竟是毫無表示。黃歇不放心，只得抱起羋月，遠遠地躲著，終於將她送回離宮莒姬處。

莒姬未曾入睡。羋月外出，晡時未見她回來用膳，女岐便以為她去了離宮，派人來問。莒姬這才知道羋月失蹤，兩頭一對上，便著了慌。女岐素來以為羋月愛獨來獨往，不曾想太多，莒姬卻深知羋月雖小，卻有分寸，她去見屈原、見黃歇，從來都是晡時前回來，免得引起宮中猜疑，此時未回，便是出了事。

女蘿更是明白內情，知羋月今日打聽魏美人下落，是與薛荔一起出去的，早尋了個託詞，「薛荔說認得一個侍女小蟬，最擅畫花草，因此公主下午叫了她來園中為她畫花，如今三人都不見蹤影，必是出事了。」

這是她與薜荔商議，想出來暫時能夠搪塞的藉口，若是她們去尋魏美人被發現，便說是為尋一種不常見的花草樣子走錯路，剩下的事情，但盼公主和薜荔二人能夠再想辦法。

她在女岐這邊這樣說著，另一邊趁女岐不在，卻在女葵耳邊悄悄道：「公主是去尋魏美人下落。」

女葵一驚，忙報了莒姬，莒姬氣了個半死，暗罵羋月不省心，自己再三警告，竟是絲毫不聽。這邊卻恐她查探魏美人的下落會犯了鄭袖之忌，忙動用自己原來的人手，去鄭袖宮中打聽。不料，鄭袖宮中絲毫沒有動靜，莒姬心中不安，又派了人去尋找。

也因此到這時候，莒姬仍未睡下，焦慮不安地等候宮中消息，不想到了半夜，忽然有人敲門。打開門一看，竟是黃歇將羋月送了回來，雖然一肚子氣惱，但見她又是受傷又是驚嚇，到了離宮便暈了過去，更不忍說她，一邊安置侍女替羋月更衣上藥，一邊問了黃歇經過，之後才讓黃歇悄悄離開，嚴令諸人，不許私下泄了消息出去。

這邊高唐臺中，因羋月失蹤，女澆報告了玳瑁，玳瑁早知此事，根本不理。不想羋姝聽聞此事，趕到楚威后處，鬧騰著叫楚威后幫著尋找，卻叫楚威后給趕了出來。

宮中既鬧騰出此事來，自然是連南后、鄭袖一起知道了。鄭袖剛除了魏美人，整日纏著楚王槐安慰勸撫，哪裡肯理此事。南后心中生疑，一邊派人去高唐臺安撫羋姝、羋茵二位公主，又打聽經過，一邊派出內侍於宮中搜尋。

所以在宮中，除莒姬暗中搜尋外，明面上的搜尋之人便是南后。恰好黃歇此前抓住那內侍，審問之後，因急著去救羋月，無暇理會，便將他打暈扔在當場，懷中飾物也落了一地，自然被南后之人遇上。抓來內侍仔細審過，南后心中大驚，只審出幕後之人乃是芈茵，由於她素日疑心芈茵與鄭袖一夥，便一邊稟了楚威后、楚王槐，一邊就點了人手，浩浩蕩蕩地向那廢宮尋來。

果然，眾人去到那廢宮，遠遠便聽得有女子失聲尖叫，此起彼伏。永巷令大驚，忙趕了過去。夜深寒重，薜荔與小蟬兩人被打暈後，漸被凍醒，醒來但見一片漆黑，都嚇得大叫。

永巷令趕到，兩人已是嚇得魂不附體，薜荔更掐住小蟬，逼問她為何帶公主到此處來。小蟬亦是不知內情，被人誘導到此，嚇得什麼話也說不清楚。永巷令聽了薜荔之言，說是九公主失蹤不見，忙到處尋找。

又有內侍自陳說，方才在搜尋時，曾遠遠見著火光，便一路搜索，直搜到廢殿處，卻發現芈月的外袍蓋在一具女屍身上。那女屍臉上又無鼻子，面目難辨，只嚇得諸人以為這就是九公主了。薜荔當下便撞了柱子，幸而她嚇得手足無力，只將自己撞暈過去，滿頭是血，卻未曾撞死。眾人尋了門板，才將兩人俱抬了出去。

天色將亮，芈姝、芈茵亦是各懷心事，一夜不寐，直到天亮時，才聽說芈月已經找到，卻是在廢宮發現了她與侍女的屍體。

芈姝大驚，拉起芈茵便急忙趕過去。芈茵已是嚇得心頭怦怦亂跳，本不想去，卻推不過芈姝，只得勉強跟了出去。一路到了西邊甬道，但見那一頭抬過兩塊木板，當先一塊木板上躺著的女子作侍女打扮，臉上盡是血汙，後頭木板上那人卻不辨面目，臉上、身上蓋著芈月昨日穿的衣服，一頭長長的黑髮垂落。

羋姝先看了薜荔滿臉血汙的樣子，嚇得遮住了臉，不敢再看，卻終究是不放心，推了推羋茵，「阿姊，妳去看看，那是不是九妹妹。」

羋茵也嚇得半死，死活不敢上前，「姝，妳還是叫別人去看吧！」

羋姝也不知何故，鬼迷了心竅似的，只咬了牙，死命掐她、推她，「我們姊妹一場，難道單叫個奴婢去看便了事嗎？妳若不去看，這般薄情的人，日後休叫我妹妹！」

羋茵腹誹，妳自家亦是不敢看，何以我不去看便是薄情？卻是不敢違了她的意思，只心中暗念著冤有頭、債有主，須知我亦是被迫的，九妹妹妳便是死了也休來找我……這邊戰戰兢兢地揭開那蓋在臉上的衣服。這不掀尚可，一掀之下，便見一張血肉模糊、白骨森森的臉。而魏美人的一雙眼睛竟是睜著的，似在瞪著羋茵。羋茵做夢也想不到這般情況，只嚇得尖叫一聲，仰天便倒。

羋茵的侍女、傅姆慌忙一擁而上，七手八腳地將她扶起來，掐人中、按太陽穴，又拿了銀丹草[①]給她嗅。另一邊，羋姝的傅姆也忙掩了她的眼睛，不敢讓她看到。羋月的傅姆、侍女也跟著羋姝一起出來，頓時擁上去要撫屍痛哭，女澆忙又用袍子將魏美人的臉掩住了。

這邊羋茵只是一時被嚇住，眾侍女一通忙亂，竟讓她醒了過來，睜開眼睛，見眼前一堆面孔，竟與方才所見的種種景象交疊在一起，嚇得心魂俱喪，恐懼地掩目號哭，「九妹妹，妳莫來找我，莫來找我……不是我害的妳，我也是不得已，是母后逼我來殺妳的，妳要找，便找她去……」

眾目睽睽、大庭廣眾之下，她這一句話說出來，起碼有近百人聽到，眾人皆唬得臉色都變了。羋茵的傅姆還未回過神來，羋姝的傅姆卻是楚威后多年的心腹，忙上前一掌擊她的後頸，將羋茵打得暈了過去，叫聲立止。

那傅姆冷冷地道：「廢宮之中有鬼魅作怪，害了九公主又魘住了七公主，你們快扶七公主回去，叫巫祝作法為她驅鬼。」

羋茵的傅姆這才回過神來，嚇得戰戰兢兢，忙率眾侍女將她連拖帶扶地拉走了。

羋姝驚疑未定地問她的傅姆，「茵姊剛才在說什麼？」

傅姆名喚女嵐，怕她再問，忙厲聲道：「七公主是叫鬼魅魘著了，八公主休要再提。此處戾氣甚重，八公主是貴人，休叫衝撞了，還是快些回去吧。」又吩咐道：「立刻叫女祝去高唐臺，三位公主住處都找人跳祭驅邪。」

一行人還未回高唐臺，消息便已旋風般傳遍整個宮廷，楚威后氣得倒仰，拍案大罵，「賤人自被鬼迷，何敢牽涉於我！」

南后聽得消息，亦病怏怏地由侍女扶著，趕到豫章臺去，對楚威后道：「母后息怒，那死的卻不是九公主，乃是魏美人。」

楚威后一聽，罵聲頓時停住了，驚疑不定地問南后，「妳如何得知？」

南后方將魏美人被鄭袖所惑，以袖掩面，又被鄭袖進讒楚王槐，說是魏美人嫌他身上體臭，一怒之下將魏美人施以劓刑，鄭袖又派人將魏美人活活扔進廢宮，教她痛楚而死之事說了，又道：「如今合縱，魏國獻女，原為聯盟，意顯摯誠。如今魏女無辜受害，豈不令魏國離心，有損大王於列國中的威信？若是壞了合縱之議，只恐大王雄圖霸業，要毀於一旦。」

楚威后怒不可遏，亦是為了掩蓋今日羋茵之胡言亂語，便命女祝入宮驅鬼，只說七公主被魘、九公主失蹤，皆是宮中有惡鬼作祟，一面又急急召了鄭袖來見。

鄭袖受楚威后之召，走到半道，便有人同她通報南后前去見楚威后的情景，卻是只聽到關於九公主失蹤之事，還不以為意，及至到了豫章臺，她方跪下請安，便見楚威后已怒不可遏地一掌摑在她臉上，「妳這個瘋婦，毒婦！」

鄭袖吃了一驚，她自得寵之後，再不曾有過這種待遇，只欲翻臉頂撞，卻礙於眼前之人乃是母后之尊，只得忍氣頂著火辣辣的臉，賠笑道：「母后何以作如此雷霆之怒？便是兒做錯了事，也請母后教我，何勞母后不顧身分親自動手？」

說到最後一句，掩不住滿腔不甘不忿之氣，不免亦想刺楚威后一下。不料楚威后啐了一聲，「我兒我媳，方稱我為母，妳一個婢妾，也敢稱我母后，妳配嗎？」

她年老多痰，這一口啐下，著著實實是一口濃痰糊在鄭袖臉上。這一啐比方才那一巴掌，更令鄭袖備覺羞辱，她就勢倒在席上，掩面大哭起來，「妾不敢活了，母后如此辱妾，妾還有何等顏面活於世上？」說著就要去撞柱撞几，一副要血濺豫章臺的模樣。她帶來的侍女忙去拉扯，頓時將豫章臺弄得一團亂。鄭袖還要去拉扯楚威后，幸得楚威后身邊的侍女亦是得力，密密地圍了一大層，並不理會她。

楚威后怒極反笑，她掌了一輩子的後宮，從未見過如此撒潑的妃嬪。「妳若要死，何必撞柱撞几？要刀子我給妳刀子，要白綾我給妳白綾，要毒藥我給妳毒藥，只怕妳不敢死！」

鄭袖頓時安靜下來。她在南后宮中撒過潑，卻是南后有顧忌，只得容讓於她；她在楚王槐跟前撒過潑，卻是楚王槐寵愛她，遷就於她；不想楚威后為人心腸極硬，不吃這一套，只得掉轉頭來，掩袖假哭，「我並無罪，母后何以要殺我？」

楚威后冷笑，「我素日只說王后無能，竟縱容妳這個毒婦猖狂，若是在先王後宮，一百個妳這樣的毒婦也杖殺了。妳說妳無罪，那魏美人，又如何？」

鄭袖嚶嚶泣道：「母后明鑑，妾冤枉。妾素日把魏美人當成親妹妹一樣疼愛，卻是大王過於縱容，才使得魏美人恃寵生嬌，觸怒了大王，亦是大王親自下令罰她，妾與此事何干？母后何以遷怒於妾？」

「妳以為我是大王？男人不知道女人後宮的伎倆，女人卻最知道女人。我當年對付這些後宮鬼魅之事的時候，妳連毛都還沒長齊呢……」楚威后越說越怒，厲聲道：「妳這個無知婦人，只曉得後宮爭鬥，不曉得天下大勢。妳毀的不是一個和妳爭寵的女人，妳毀的是楚魏聯盟，毀的是合縱之勢！毒婦，妳敢壞我楚國千秋萬世的基業，我豈會容妳！」

鄭袖見她如此毒罵，知道在她這裡已經不能討好，遂坐在地下冷笑，「母后何必說得這般好聽？母后難道又是什麼懿德正範之人嗎？妾不過除去一個姬人，母后卻逼迫七公主去謀害九公主，謀的是王室血胤、先王骨肉！母后如今對妾這般言辭振振，可敢對著先王、對著宗廟也這般言辭振振嗎？」

楚威后想不到在此時，竟還有人敢如此頂撞於她，氣得險些倒仰。玳瑁等侍女扶住了她，不住撫胸拍背，為她舒氣，叫著，「威后息怒！」

楚威后緩過氣來，看著鄭袖一臉得意之色，她亦是後宮廝殺出來的，心忖眼前不過是個妾婢之流，何必與她廢話，遂道：「我叫妳來，原還當妳是個人，不想妳竟連人都不是，我何必與妳廢話。叫大王來——」

鄭袖見她息了氣焰，暗暗高興，叫了大王來又能如何？身為母親還能管兒子睡了什麼人不成？便是這老婦要立逼著大王責罰於她，她也自有手段讓大王下不了手，心中得意，不免多了句話，道：「母后還當如今的大王是三歲小兒，能讓母后指手畫腳？」

楚威后冷道：「我兒幸一個賤婢，我只是懶得理會。只是王后乃宗婦，要祭廟見祖的，斷不可由賤婢充當。妳不過是以為南氏病重，便將王后之位視為囊中之物。呵呵，我兒子是長大了，聽女人的唆使多過聽母親的，但是妳想做王后，卻是今生休想！」

鄭袖急了，不顧一切尖叫道：「難道這王后之位，母后說了算嗎？」

楚威后呵呵一笑，「妳想混淆嫡庶，就算大王同意，只要我不答應，宗室便不會同意，朝臣更不會答應！」說罷，瞟了鄭袖一眼，斥道，「滾出去！」

鄭袖又恨又氣，狼狽地爬起來，掩面嗚嗚地跑了出去。

不提鄭袖回頭如何向楚王槐撒嬌弄癡。楚威后見鄭袖跑出，方恨恨地捶了几案，「如何竟將事情誤到這步田地？」

玳瑁亦是滿腹疑問，「是啊，若論此事，七公主亦事前同我商議過，並無不妥，且寺人瞻同我說過，昨日是他親手與寺人杵將那人……」說到這裡，她不禁壓低聲音，含糊道，「拋入河中，並不見她有絲毫動作，這般豈能不死……」寺人瞻便是那陰柔男人，寺人杵便是那略粗男聲，昨日二人爭首飾，被黃歇發現，寺人杵被黃歇追上擊暈，又被南后之人抓住。寺人瞻跑了，又去報與玳瑁，如今已被玳瑁滅口。

楚威后怒道：「那何以生不見人，死不見屍？」

玳瑁忙低聲道：「威后息怒。生不見人，死不見屍，方是最好的。寺人瞻同我說，確是看她已經死了，又除了她身上的首飾，這才拋屍入河，便讓水流將她沖遠，教人瞧不見才好呢。」

楚威后怒氣稍減，喃喃道：「這般倒也罷了。」又抬頭吩咐道，「妳去見王后，將那……」

她只眼神稍作示意，玳瑁便已經明白，這是要她去將南后手中的另一個證人寺人杵滅口，忙應道：「王后素來恭謹孝敬，必不會有事的。」

楚威后冷笑，「她昔年獨寵宮中時，也還不曉得什麼叫恭謹孝敬，如今病入膏肓，才想到這分上，我亦不稀罕。」

玳瑁不敢作答，只唯唯連聲，哄得楚威后平心靜氣，服侍了歇下，這才去了南后處。南后亦是乖覺，這邊便令人去提那寺人杵，不料，隔不多時回報說寺人杵畏罪自盡，南后與玳瑁相視一笑，盡在不言中。

那邊玳瑁回覆了楚威后，這邊南后收了笑容，道：「都存好了？」

她的侍女穗禾便道：「都存好了。」

寺人杵死了，他的口供卻是都存好了。如今有沒有用不知道，但將來未必是沒有用的。

穗禾湊到南后耳邊，將今日鄭袖與威后的話，悄悄複述一遍，南后欣慰地笑了。她有意將魏美人之事與九公主之事糾纏在一起，報與楚威后。如今果然讓楚威后厭惡了鄭袖。如此，便是她不在了，鄭袖亦休想坐上王后寶座。若是熬到楚威后不在了，呵呵，以楚王槐之好色貪新，鄭袖的紅顏又還能存多久呢？

且不提南后籌謀，此時離宮中，羋月與莒姬正對坐。

羋月倔強道：「我不回去。」

莒姬皺眉，「妳不回去，又能如何？」

羋月亦道：「天高水闊，何處不可行？」

莒姬拍案大笑，「天高水闊，妳一個小女子，又能如何？妳以為宮闈險惡，便不欲為王家子弟。妳可知世間之人，欲入這險惡之處而不可得？世間多少人，流離失所，生死不可控，饑寒不可禦，這點險惡爭鬥在這種饑寒生死之前，又算得了什麼？」

羋月靜靜看著莒姬，「母親之意為何？」

莒姬收了笑容，正色道：「目前之事，尚未到不可為之地步。南后病重，欲為太子尋一靠山，必會相助屈子、黃歇。妳若能得南后之助，賜婚之事，亦未嘗不可。妳既有坦途可行，何必走那無人去的險途？」她復又鄭重說道，「妳要隨心所欲，是妳自家之事，但休忘記子歇乃是黃氏一族最看重的子弟，他們豈肯讓妳這般帶了子歇離去？妳若能夠名正言順地被賜婚子歇，婚後亦可助子戎成就封疆大業。」

羋月沉默不語，如果說見到魏美人的屍體，是她逆反的開始，那麼黃歇的家族、羋戎的將來，未必不是她猶豫的原因。

「如此，我便等母親的消息。」芈月最終還是妥協了。

莒姬卻無半分得意，甚至是後悔的，不管是上次向氏之事，還是這次芈月之事。每次都是由她大包大攬攔下來的，但最終結果未必盡如人意，她反落得裡外不是人。可能讓她心甘情願做這等吃力不討好的事，自然也只有她自己養的一雙兒女了。

九公主回來了，並以一種所有人想像不到的方式回來，實在楚宮引起了騷動。針對這件事，莒姬對宮中的解釋是，九公主因為信了侍女小蟬，去看一樣異種花草，誤入廢宮，卻遇上襲擊，被投河中，幸好漂流到少司命神像下，是莒姬得少司命警示，去她幼時遇少司命神像處，方發現了她。因為她昏迷了一天一夜，所以回宮才遲了。

楚威后聽到時，氣得險些要叫人去砸了那少司命神像，玳瑁死死勸住，這才甘休。

不管楚威后、南后、鄭袖等人信與不信，這確是能拿出來的唯一說辭了。而南后亦將此事修飾一番發布，說是九公主去看異種花草，誤入廢宮，被精怪所惑墮河，順水漂流到少司命神像下獲救，所謂受人襲擊云云，自然是精怪所為了。

至於七公主，當日看到魏美人屍體時，失口說出的話呢？那自然是因為七公主也被精怪所惑，患了極嚴重的失心病，如今叫了三撥巫祝驅邪，無奈這邪氣太重，如今人還瘋傻著呢。

而私底下，內侍們還有一種說法，就是魏美人怨氣不息，化為精怪，欲尋替身藉以報仇，幸而九公主有少司命庇佑，得以倖免，所以九公主的衣服才會出現在魏美人身上；迷惑不到九公主，也要尋其他替身，你們不見七公主只掀衣看了一眼，便得了失心瘋？那是因為七公主身上的陽氣弱，所以被精怪所乘了！

又有人說，魏美人冤死無處訴，所以藉迷惑貴人，將自己冤死真相鬧出，如今這精怪仍在作祟，必要尋鄭袖夫人報仇。你們不見鄭袖夫人去了威后宮中，竟被趕了出來？看來這鄭袖夫人奪嫡無望了，可不是魏美人要來報仇？

亦有人說，那精怪可不是魏美人，只是附於魏美人屍身上的其他冤魂。先王在世時，楚威后也害了不少人，所以有冤魂藉七公主的口，揭露楚威后欲殺先王子女的陰謀……

當然，所謂精怪作祟論，雖是私下討論，亦算是內侍、宮女們明面上敢說的。至於「不過是人作惡拿精怪來說事」之類更隱私的「你知我知」的流言，則不會被輕易打聽到。當時羋茵失口說出的話，聽到的不少於百人，這種事，越是明面上不傳，底下越是傳得瘋狂。

當然，宮中流言如此猖狂，與背後有人支持也有關。像這種「九公主得少司命庇佑」的話，自不是楚威后願意聽到的，內侍、宮女信的卻不少。這幾日便一直有內侍、宮女不當值的時候，悄悄去少司命神像處磕頭求庇佑，看羋月的神情也恭敬不少。

但魏美人作祟說，和前朝後宮作祟說，則是威后、鄭袖兩邊有意無意鼓勵煽動起來的。前者針對鄭袖，後者則是鄭袖為了轉移自己的壓力。

然而不管怎麼說，都將「七公主被附身」這件事釘得死死的。楚威后恨羋茵扯出她來，鄭袖亦知羋茵暗中為威后效勞，便都棄了她。

羋月坐在窗前，聽著女蘿將宮中流言之事一一回報。又聽說如今七公主的院子已被封了起來，七公主被關在屋子裡不出來，隨身的侍人也只剩一個傅姆、兩個侍女，院子裡還有巫祝在日夜作法。心中暗歎，如果不是這次莒姬給她想了個少司命的藉口，只怕楚威后也要將她當成被精怪所惑之人了。

她自回來以後，並沒有再見到羋姝。她不去見羋姝，羋姝亦未曾如往日一般跑來見她。

羋姝那日的確是當場聽到了羋茵之言，雖然後來傅姆用精怪惑人糊弄她，她卻將信將疑。羋茵和她這幾日在一起，都是好好的，何以一見到魏美人的臉，就被精怪所迷？這魏美人的屍身從發現到抬出，必是無數人見過的，怎麼精怪不迷別人，獨來迷羋茵？又思及羋茵近日精神恍惚，行為鬼祟，想起自己為羋月失蹤之事去求母后，母親不但不理，反而將自己趕走，疑團越滾越大，大到甚至連自己都要相信羋茵的話了。

一時覺得這種言論荒謬無比，一時又覺得若是當真如此，自己如何再面對羋月？

而此時前朝亦是受此影響，屈原得知此事，忙去向魏國使臣解釋。魏國人卻是打了個哈哈，只說既然獻女入宮，便是楚王妃嬪，如何處置，魏國皆沒有理由過問。

屈原心情沉重，若是魏國使臣當真有質問楚王之意，倒也可有個解釋、轉圜的餘地，無非是利益的討價還價罷了。可魏國使臣這般打哈哈，顯見已是拒絕溝通了，只恐這合縱之事，會有危險。

合縱原為對付秦國，可近日秦國使臣在郢都大肆活動，其他列國使臣，竟是毫無意見，甚至與秦人還有往來。

前朝後宮，格局微妙。

注釋

①為薄荷。

第二十六章　王后璽

此時，豫章臺上，玳瑁受不了揚氏的苦苦哀求，前來為羋茵說好話，「那揚氏苦求了數日，七公主雖然有錯，終究是為威后辦事，威后便容她一回吧。」

楚威后冷笑道：「這賤婢本是有罪，我容她將功折罪，她不但辦事不成，反汙了我的名聲，我不殺她，已是寬宥了。」

玳瑁勸道：「威后素是仁慈之人，豈能因這等無稽之事厭了七公主？兩位公主都要好好地出嫁，才能夠全了威后的令名啊！」

楚威后冷笑一聲，「她還想出嫁？難道我還敢讓她跟著姝，再禍害她嗎？」

玳瑁忙道：「七公主如今有病，自然不能隨著八公主出嫁，不如就依六公主之例，指一士子下嫁如何？」

楚威后沉吟不語。玳瑁得了羋茵之託，如今在這種情況下，羋茵亦是嚇破了膽子，不敢再生其他心思，便只心心念念著想嫁與黃歇，求了玳瑁數次。

玳瑁卻知當日羋茵挑撥羋姝去追求黃歇，犯了楚威后之忌，如今亦不敢明顯提到黃歇的名字。

楚威后擺擺手道：「不過是個賤婢，既已決定讓她隨便嫁個人罷了，便不須再議。倒是那九丫頭……」

玳瑁忙道：「以奴婢之見，倒可以讓九公主隨八公主出嫁……」

楚威后沉下臉來，「她，如何可以？」

玳瑁卻建議道：「公子戎長大要分封，若讓九公主嫁於楚國之內，讓她尋到輔佐公子戎的勢力，豈不是教威后煩心？若是九公主嫁去異邦，中途染個病什麼的就這麼去了，便與威后無關了。」

楚威后嘴角泛起一絲笑容，「倒也罷了，」說著歎了一口氣，「她們便是百個千個，也及不得姝的終身重要。」

玳瑁想了想，道：「威后意下欲定何人？」

楚威后歎息道：「齊太子性暴戾。我本看好趙魏，不料趙侯無禮，我聽聞消息說趙侯已經將吳娃立為繼后。如今這賤婢為爭寵，損了魏楚之好，合縱難成。前日大王與我商議，說是欲令姝嫁與秦王。秦國是虎狼之邦，姝嬌生慣養，我真是不甘心啊……」

玳瑁忙勸道：「嫁給秦王，也未必不好啊。趙國、魏國，都比不得秦國勢大。八公主若入秦為后，說不定還好過趙國、魏國呢。」

楚威后歎息道：「也只能這麼想了。」她看了看玳瑁，道，「妳且先去試試姝自己的意思。」

玳瑁奉命去了高唐臺，對羋姝婉言說了秦國之意，羋姝一聽就愣住了，送走玳瑁，欲尋人商議，無奈羋茵「被精怪所惑、神志不清」，她轉了兩圈，顧不得疑心和愧意，還是去找羋月。

羋月道：「阿姊不願意嫁秦王，是不是有了喜歡的人？」

羋姝紅著臉，扭捏著擰著手中的手帕。

羋月觀其神情，試探道：「阿姊莫不是還喜歡那黃歇……」

羋姝嗔道：「哪兒的話，誰說過喜歡他了。」

羋月頓時心中大定，笑道：「阿姊喜歡誰，為什麼不直接找他？」

羋姝吃驚道：「直接找他？」

羋月勸道：「為什麼不行？妳喜歡誰就告訴他，他若是個男人，在外經歷得比妳我多，辦法肯定也比妳我多，總比妳自己一個人苦悶來得好。」

羋姝眼睛一亮，跳起來親了親羋月的臉頰，「太好了，九妹妹，妳說得是，我這就去找他。」

她說著站起來，急急地走了，回到自己住處，打開匣子，看著匣內的幾件小物，臉上不禁有了一絲溫柔的笑容，過了好一會兒，才抬頭道：「來人，去吩咐宮門備車，我要出去一趟。」

她這一趟出去，只帶了兩個侍女，一路直到了秦國使臣所住的館舍，便叫了一個侍女進去通報，說是要尋公子疾。

那侍女亦是當日見過公主遇襲之事的，進去之後，只說要尋公子疾，不料卻被引到一個矮胖青年面前，便怔住了，「你不是公子疾？」

樗里疾一聽，見了她的裝束，便知原因，忙令引路的侍從退下，笑吟吟地解釋道：「可是妳家主人要尋公子疾？」

那侍女點了點頭，仍然警惕地道：「奴婢的話，卻是要見了公子疾以後方能說的。」

樗里疾見狀，只得道：「妳且稍候。」轉身去了鄰室。此時秦王駟正與張儀商議如何遊說楚國公卿，破合縱之議，聽得樗里疾來報此事，三人相視而笑。

樗里疾道：「楚公主前來，依臣看，是否楚宮之內，亦知合縱難成，有與我秦國聯姻之意？」

秦王駟點了點頭，「正是。」說著站起來，「如此我便去見一見那楚公主。」又與樗里疾、張儀各自吩咐，其餘皆依他們原定之計行事。吩咐已定，便去見了那侍女，又到了前院，等那侍女引著戴冪籬的羋姝進來，接著親自引羋姝進了他房中。

居室內，秦王駟的笑容和煦如春風，眼神似要看穿別人的心底。羋姝一路來的勇氣早已消失，低著頭支支吾吾說不上話。

秦王駟微笑著，極有耐心地看著羋姝，羋姝一咬牙，抬頭大聲道：「公子疾，我喜歡你，我要嫁給你，我不要嫁給你們的大王。」

秦王駟的笑容凝住，自那日設計相救之後，又遇羋月送來羋姝表示感謝的禮物，他寫了回書，送了回禮。如此一來二去，兩人片箋傳詩贈物，三兩下便將羋姝春心勾動。

他亦知羋姝今日來，當是在得知秦王求婚的消息後，前來證實的，只是連他也不曾想過，羋姝竟是如此大膽，直接訴情。他對羋姝本來不過是抱著利用之心，但眼前這個少女大膽的表述，令他心中微微一蕩，有些異樣的情愫升起。

只怕世間每一個正常男子，面對一個出身高貴、美貌癡情的少女如此大膽的表白，心裡都會有所觸動吧。秦王駟的眼睛深深地凝視著羋姝，「妳知道自己在說什麼？在做什麼？」

羋姝在他眼光下有些不安，她低下頭欲退後，但內心的倔強支撐她不退反進，本是低著的頭又昂了起來，「我……我就是知道。我來找你，我想告訴你，我喜歡你。」

秦王駟邁前一步，雙手按在羋姝肩上，低下頭，他的臉離羋姝的臉只有幾寸距離，氣息撲面而來，道：「哪怕妳不嫁給秦國大王，也可能會嫁給燕國或者齊國的太子，妳將成為一國的王后，或者未來的王后，尊貴無比。妳知道妳這時候獨身前來意味著什麼嗎？那是私奔野合，有損妳的名譽。快回去吧，我就當沒聽到妳說過這番話。」

羋姝大受打擊，退後一步又倔強地直視著秦王駟，「我知道，我喜歡你，我只想嫁給你。我不管什麼大王、儲君，我也不在乎什麼王后、太子婦的位置，我也不管什麼名譽，我就要跟我喜歡的人在一起。除非你說，你不喜歡我，你從來沒喜歡過我……」

秦王駟轉過頭去。他想，這個自己跳進他陷阱裡的小獵物，他是不是要發一下惻隱之心，放她回去呢？

羋姝見他如此，反而眼睛一亮，轉到他眼前，拉著他的袖子急切道：「你看著我的眼睛說話，不許說謊，你敢說你沒有喜歡過我嗎？」

秦王駟微閉了一下眼睛，又睜眼看著羋姝。這少女的青春勇敢，似乎讓他也有點回到當初年少氣盛的時光裡了。他想，也許不是這少女落入他的陷阱，而是這個少女要用她的青春和熱情來捕捉住他呢。男女之事，真說不清到底誰是誰的陷阱。

秦王駟伸出手，輕撫著羋姝的頭髮，最後一次勸她道：「姝，這樣對妳不好。士之耽兮，猶可說也。女之耽兮，不可說也。」[1]

羋姝卻道：「我想得再清楚不過了。大車檻檻，毳衣如菼。豈不爾思？畏子不敢。[2]我敢做，敢擔。你呢，你敢嗎？」

秦王駟一把抱起羋姝，「妳既云『大車檻檻』，我自然要答妳以『穀則異室，死則同穴。謂予不信，有如皦日』。」[3]

羋姝眼睛一亮，竟抱住秦王駟的脖子，吻在了秦王駟的唇上，她毛手毛腳，像一隻小雀兒落在猛虎嘴邊，還在撩撥於他。

最後的結果，自然是「林有樸樕，野有死鹿。白茅純束，有女如玉……」。[4]

羋姝上午出去，直到晡時已過，宮門將閉，華燈將上時，也未回來。

羋姝居處，早就亂成了一團。因羋姝此番出去，只帶了兩個侍女，二人如今俱在館舍嚇得魂不附體，卻不敢做出什麼來。

高唐臺內，羋姝的服侍之人，更是完全不清楚她去了何處，下落如何。

眼見到了這個時候，傅姆女嵐已派出不知多少人打探，皆是趕在宮門下鑰前空著手回來，半點消息也無。

女嵐無奈，想了想，只得親自去尋了九公主羋月，道：「九公主可知我家公主去了何處？」

羋月一驚，「姝姊怎麼了？」

女嵐紅腫著眼，泣伏在地道：「公主之前就說自己出門走走，只帶了兩個侍女出門。可如今這時候了，我家公主還沒回來，也沒有人來報信，奴婢急得不知如何是好。思來想去，如今這高唐臺中能做主的人，只有九公主了，因此只得來請九公主示下。」

羋月見她的神情不似作偽，卻也詫異道：「阿姊出門，傅姆如何不曾跟著？」

女嵐忙道：「奴婢自是要跟著的，只是九公主亦知我家公主的脾氣，她只點了兩個侍女，想是嫌奴婢礙事。」

羋月冷笑道：「傅姆這話奇怪，跟隨公主，乃傅姆職責，素日阿姊行事亦曾不讓傅姆跟從，傅姆亦未曾有不跟的，怎麼如今倒說起這樣的話來？」

女嵐臉一紅，不敢說話。宮中陋俗，公子、公主身邊的傅姆，皆是由其生母或身分尊貴的養母，指了心腹過去，此一差事原是極體面的。

主子們小的時候，傅姆自然要跟隨不離，免得其他宮人照顧幼兒有什麼過錯。各人的傅姆還護食得厲害，恨不得把小主子都教成只與自己一條心，灌輸了無數個「旁人都信不過」的理論。這女嵐尤其自恃與玳瑁屬同一撥的心腹，把羋月、羋茵的傅姆都不放在眼裡。

只是各公主均已長大，年紀幼小的時候對傅姆百般聽從，到了十幾歲難免逆反，如今傅姆說話，多半被嫌聒噪和管得太多，尤其是芈姝，時不時還要頂上幾句，且愛用些聽話的小侍女。傅姆辛苦十幾年，現在小主子大了，脾氣也大了，不會再似幼兒般處處容易處事。若不慎管多了，反而有可能被小主子們拿主奴身分一壓，徒失顏面。

再加上手底下已帶出來一撥小侍女，便都樂意偷個懶兒，亦免得在小主子跟前討嫌。

女嵐只悔自己一個疏忽，竟弄出大事來。眼下找了一天，連宮門都要下鑰了，還不見八公主。若是八公主夜不歸宿，甚至弄出如芈月那般失蹤之事，可怎麼辦？

她是不敢擔這事的，也不敢告訴楚威后，便存心要拿芈月來填楚威后的怒火了，因此才這般恭敬地求芈月。聽了芈月的反問，忙請罪道：「因今日奴婢去內司服處看我們公主的六服，故此公主出去之時，竟不在場，所以不曾跟從。如今還需要九公主替我們拿個主意才是。」

芈月看著女嵐，直到對方受不住她的眼光低下了頭，才站起來，「帶我去阿姊房中看看吧。」她清楚女嵐的目的，但是楚威后本就不可以常理度之。就算她有一千一萬個置身事外的理由，可若是芈姝出事，楚威后不會管她是否無辜，一樣會拿她填了自己的怒氣。既然註定逃避不了，不如早一步察看，預做準備。

女嵐竊喜，忙拿了服侍芈姝的態度，殷勤地扶著芈月去芈姝房中。

但芈月也不會由得女嵐當她是傻子，她走在迴廊時，似不經意地想起什麼，問女嵐道：「豫章臺母后那裡，可去回稟了？」

女嵐臉色一變，強笑道：「有九公主在，自能夠安排妥帖，如今天色已晚，何須驚動威后她老人家呢？」

羋月看著女嵐，歎息道：「是啊，威后關心愛女，若知妳們怠職，豈肯輕饒？」說到這裡變了臉色道，「那敢情我是賤命一條，要被拉來墊背？傅姆當真好心腸！」說完轉身就要走，女嵐連忙跪到她面前擋住路，求救道：「九公主，奴婢萬萬不敢有此心，只是亂了方寸，不知如何是好。求九公主看在和我們公主的情分上，想想辦法吧！」

羋月停住腳，似笑非笑道：「既是如此，妳當真聽我的？」

女嵐低頭道：「自然聽從九公主之言。」

羋月冷笑一聲，「妳若真是個忠心的奴婢，這時候應該關心的是阿姊的下落。若找不到，當稟於威后。」

女嵐尚在猶豫，羋月又道：「妳若不快去，到宮門下鑰之後，可就遲了。」

女嵐顫聲道：「不是奴婢等故意延誤，實是……若我們半點頭緒也無，去稟威后，實不知拿什麼話來回稟。」她又抬眼偷看羋月，道，「九公主，若是我們公主當真有事，便是威后，難道就不會遷怒於九公主嗎？不如九公主相助我等尋回八公主，對九公主亦有好處。」

羋月瞪著女嵐，冷笑道：「帶我去阿姊房中。」

她走進羋姝房中，但見几案上散著竹簡，旁邊是一個紅漆匣子。羋月走到几案前，翻閱案上的竹簡，卻正攤開的是一首詩，羋月輕輕地用雅言念道：「大車檻檻，毳衣如菼。豈不爾思？畏子不敢……」

女嵐眼睛一亮，輕呼道：「對了，我們公主這幾日一直在念這幾句。九公主，這是什麼意思？」

羋月道：「這是《詩經》中的《王風．大車》篇，是當用雅言讀的，妳們自然聽不懂。」

女嵐小心翼翼地問道：「那這詩是什麼意思？」

羋月輕歎，又用郢都方言將此詩念了一番，解釋道：「大車行馳，其聲檻檻，車蓋的毯子是蘆荻青翠的顏色。我豈不思念你？只怕你不敢表白。」

女嵐嚇得「哎呀」一聲道：「這意思是……」

羋月道：「阿姊有喜歡的人了。」她看著手中的竹簡，心中有淡淡的羨慕之情。她羨慕羋姝的勇敢，為了心愛的人，可以不顧一切地去表白、去追求。而她與黃歇明明兩情相悅，卻只能苦苦壓抑，不能說出口來。看著諸侍女聽了此言，面如土色，便問：「今晚她遲遲不歸，必與此事有關，妳們知道那是誰嗎？」

女嵐如何能知，當下搖頭，「我們真不知道。」

旁邊的侍女珍珠卻眼睛一亮，欲言又止。羋月見她神情，便問她道：「妳可曉得什麼？」

珍珠輕聲道：「公主收過公子疾的禮物。」

羋月一驚，道：「在何處？」

珍珠便將旁邊的紅漆匣子打開，但見裡頭一束潔白如雪的齊紈、一對藍田玉珥、幾片木牘，上面寫著幾首若有若無、曖昧的詩句，羋月的臉色也變了，「此人好生大膽！」

秦國使臣來楚國的目的之一，便是求娶楚國公主為秦王繼后，那公子疾若是秦王之弟，如此放肆大膽地勾引羋姝，難道有什麼圖謀不成？他是想讓羋姝嫁秦王，還是不想讓羋姝嫁秦王？他是秦王之弟，是否對王位亦有野心？又或者，他根本就是奉了秦王之命而行？

羋月合上匣子，腦子裡似有一個很奇怪的念頭，想去捕捉卻一閃而逝。她無法細思，便道：「趕緊回稟母后，事情或可挽回。」

女嵐還待再說，羋月已往外走去，「妳若不去，我這就去。」

女嵐無奈，只得派了侍女，前去回稟楚威后。楚威后大驚，連更衣都來不及，直接趕到高唐臺，喝道：「妳們是如何服侍的，竟連公主去了何處也不知道？」

女嵐不敢回答，只看著羋月。

羋月本不欲摻和此事，但女嵐死死拉住不放她回房，如今又把她推出來。見楚威后目光狠厲地瞪向自己，她只得稟道：「兒原在自己院中，卻是阿姊的傅姆來尋我，說阿姊至今未歸。兒聽得她還未告知母后，忙催她去稟告，故亦來此聽候母后吩咐。」

楚威后本疑她或有什麼陰謀，前幾日她才死裡逃生，今日羋姝便出了事，時間挨得如此之近，怎麼不教她生疑？眼下聽了她這話滴水不漏，便又轉向女嵐。

女澆、女岐兩人此時聞風而來，聽得女嵐不懷好意，她們亦是利益攸關，連忙膝行向前一步證明道：「九公主說得甚是，方才女嵐前來尋九公主，九公主聽了之後，第一句便是問稟過威后不曾，又急催著女嵐去稟威后的！」

楚威后變了臉色，順手操起案几上的一枚鐵枝砸到女嵐臉上，怒罵道：「我當妳是個人，妳竟敢如此不恭不敬！若是姝因此、因此……」說到這裡，亦不敢再說下去，紅了眼圈。

女嵐被砸得滿臉是血，不敢呼痛求饒，亦不敢再辯，只不住磕頭。

楚威后喝道：「來人，把侍候八公主的人全部拉下去，一個個地打，打到說清楚八公主去了哪兒為止。」

眾侍女連求饒也不敢，一齊被拉了下去，在院中直接杖擊。年紀大知事的悶聲哀號，年輕不懂事的卻是被打得呼痛喊冤，哭叫求饒，滿院皆是慘呼之聲。

楚威后聽得不耐煩，怒道：「再亂叫，便剪了她們的嘴！」

玳瑁連忙勸道：「威后息怒，若是剪了她們的嘴，更問不出話來了。」這邊殷勤地奉上玉碗道，「您用一杯蜜水潤潤口，休要說得口乾了。」

楚威后接過玉碗，正要喝，轉眼看到羋月靜靜跪於一邊，忽然怒從心頭起，揚手將玉碗扔向羋月。

羋月微一側身，玉碗扔到她身上又跌下來，在她膝前摔得粉碎。

楚威后咬牙切齒地罵道：「妳現在得意了！一個瘋了，一個失蹤，妳這個妖孽，真是好手段。這宮中有了妳，就不得安寧。我真後悔當年對妳心慈手軟，留下妳的性命來！」

羋月安詳得如同楚威后完全沒有發作一樣，「母后掛記著阿姊，一時憂心，不管說什麼話，兒自當受著。阿姊想是路上有什麼事情耽擱了，如今宮門已經下鑰，母后不妨叫人去阿姊出宮的宮門那邊守著，想是阿姊若今夜不回，明晨也當回來了。」

楚威后氣得發抖道：「妳、妳還敢如此輕描淡寫！路上耽擱？她在路上能有什麼耽擱？妳又如何能夠斷定，姝今夜不回，明晨便能回來？」說到這裡更起了疑心，道，「莫非妳知道姝去了何處？莫非……姝失蹤之事，與妳有關？」

羋月歎道：「母后想哪裡去了。」她指了指几案上的竹簡，又道，「兒早來片刻，也心繫阿姊，想早早尋出阿姊動向。見了這竹簡，又聽傅姆說有人送她這些物件，亦聽說阿姊出去前，玳瑁傅姆同她提過與秦國議親之事。故兒大膽猜測，說不定阿姊是去了秦人館舍。母后若當真著急，亦可請了大王，開了宮門去秦人館舍尋找。只是這般做，便會驚動旁人，易傳是非。」

楚威后更怒道：「妳既知易傳是非，還敢如此建議，莫不是妳也想學那……」她險些要把羋茵之名說了出來，一時又硬生生地收住了，冷笑道，「賤婢，妳莫不是故意生事，壞了姝的名聲？」

羋月鎮定道：「母后說哪裡話來？不管阿姊是今晚回來或者是明日回來，她都是嫡公主，自是什麼事都不會有。我楚國羋姓江山，金尊玉貴的公主，怎麼會有不好的名聲？又怎麼會有人敢打她的主意？」

楚威后聽得出她的弦外之音，臉色冰冷道：「那妳最好盼著神靈保佑，姝平安無事。」

羋月微笑道：「阿姊吉人自有天相，必然平安無事。哪怕有些不好的事情，以母后之能，抹掉也是極容易的。」

楚威后盯著羋月，半晌道：「算妳聰明，那咱們就在這兒等著吧。等姝回來，看她究竟遇上了什麼事，需不需要抹掉什麼。」

羋月俯身道：「是。」

楚威后靜靜坐著。羋月筆直跪著。

窗外一聲聲打板子的聲音，宮女的哭叫顯得遙遠而縹緲。

秦館舍內，芈姝的兩個侍女跪在外室，聽得裡頭的雲雨之聲，實是心膽俱裂，又不敢說什麼，只是哭喪著臉，抱作一團，互相低聲安慰。

秦王駟內室之中，紗幔落下，黃昏落日斜照輕紗。雲雨過後，秦王駟和芈姝躺在一起。

秦王駟撥弄著芈姝的頭髮，笑道：「靜女其姝，俟我於城隅。愛而不見，搔首踟躕。[5]姝，妳的名字，是來自這首詩嗎？」

芈姝含羞點頭。秦王駟微笑道：「妳是靜女，那有沒有彤管贈我？」

芈姝臉紅，側頭。秦王駟從芈姝頭上拔下一支珊瑚釵來，在她面前晃了晃，道：「沒有彤管，就贈我彤釵吧。」

芈姝妙目流轉，「投我以木瓜，報之以瓊琚。你既要了我的珊瑚釵，又拿什麼還我？」

秦王駟輕吻她的眼角，「我自然也是還妳以美玉……別急，我給妳的東西，要妳離開以後才能看。」

芈姝嬌嗔道：「到底是什麼？」

秦王駟抱住芈姝翻了個身，「現在說了就沒有驚喜了。吾子，時候尚早……」

芈姝嬌喘一聲，「不成，好郎君，我如今不成了……」這邊推著，卻是強不過秦王駟，又重行歡愛。

如此幾番，終於體力不支，昏昏睡去，待到醒來，天色已全黑了。她半閉著眼睛，伸了個懶腰，發現只有自己一個人。

窗外有人走動的聲音，還有投在窗上的人影。

羋姝睜開眼睛，看著空蕩蕩的房間，叫道：「公子，公子疾——」

兩名侍女聽得她的呼聲，連忙端了熱水、葛巾進來，為她淨身更衣。

羋姝淨身完畢，倚著憑几，懶洋洋地問道：「公子疾去了何處？」

那侍女眼圈紅紅的，也不知是驚是駭，低聲道：「公子方才有事出去了，臨行前說，有東西留與公主。」

羋姝滿心不悅，只道自己與對方一番歡愛，他如何一言不發便走了？伸手讓侍女服侍著穿衣，悻悻道：「他有何物留與我？」

侍女答道：「奴婢不知。」另一侍女卻在枕邊發現一個小匣子，忙奉與羋姝，道：「想是此物。」

羋姝只道是信函或定情信物，不料打開木匣子，裡面卻是一枚白玉雕成的璽章。

羋姝有些氣惱，道：「難道我還缺一方璽章不成？」又多少有些疑惑，她對著這枚玉璽看了半日看不出來，見其上還有一些紅泥，當下拿起絲帕，印了一印，顯出正字，仔細一看，不禁驚呼一聲。

她的侍女正在為她綰髮，聽到呼聲，手抖了一下，忙道：「公主，何事？」

羋姝心慌意亂，匆忙將這絲帕與玉璽都塞回匣子裡去。另一個侍女待要去接，羋姝卻下意識將這小匣緊緊抱在懷中，喝道：「我自己拿著！」

那侍女不敢再接，見她髮髻已經綰就，連忙扶她站起，為她整理裙角。

羋姝緊緊抱著小匣，木匣壓著她的胸口，只覺得心臟怦怦亂跳。那一方玉璽印在絲帕之上，竟是秦篆的五個小字：秦王后之璽。

她萬般思緒奔嘯來去，只欲叫了出來。那公子疾是誰？他如何會有秦王后之璽？他與自己雲雨一番，卻將秦王后之璽給了自己，那是何意？

驀然間一個念頭升起，她想，難道他竟不是什麼秦王之弟，而是——秦王？

她心頭火燒一般，見侍女整裝完畢，便急急地抱著木匣走了出去。

館舍之中，華燈已上。她走在迴廊，此時竟是極為清靜。

她這一走動，見迴廊對面來了一人，卻是時常隨那「公子疾」同進同出，容貌亦與那「公子疾」有幾分相似的矮胖青年，見著了她便是一禮，「小臣樗里疾，奉命送公主回宮。」

羋姝知「樗里」乃是封地，此人之名，竟然也是一個「疾」字，天底下哪來這般的巧合？壓著內心狂瀾，低低地問道：「你、你到底是何人？」

樗里疾笑道：「臣乃秦王之弟，名疾，因封在樗里，所以都稱我為樗里疾，或者樗里子。」

羋姝驚道：「你、你才是公子疾？那他……」

樗里疾道：「公主已經得到了王后之璽，難道還不明白他的身分嗎？」

羋姝心上一塊石頭終於落地，「他、他真是秦王？」

樗里疾道：「正是大王到了郢都。」

羋姝道：「那他現在人呢？」

樗里疾道：「大王身分已然洩露，自不可再停留於楚國。他已於凌晨離開郢都趕回咸陽了。吩咐臣留在此地，繼續辦理秦楚兩國聯姻之事。」

芈姝捧著木匣，心思恍惚，「他、他居然就是秦國大王，他把這玉璽給我，那就是……」

樗里疾道：「那就是已經許公主以王后之位了。臣見過新王后。」

芈姝側身讓過，嘴角不禁漾起一絲得意的微笑，「不敢，有勞樗里子了。」

樗里疾抬頭看著天色，暗暗苦笑，大王太過盡興，這公主又睡得太沉，竟是如今方才出來。這個時間怕是宮門早就下鑰了吧，又不知如何安置，便問道：「如今宮門已經下鑰，不知公主有何安排。」

芈姝漫不經心道：「我今晚未歸，那些人必是不敢隱瞞，要報我母后的。我母后若知，宮門必當還留著等我。若是當真宮門已鎖，我再回館舍吧。」

樗里疾聽她話語中的天真無謂，心中暗歎，只得送她回楚宮。

果然，楚威后早派人守在宮門口，見著芈姝馬車回來，宮門上看到，只喝問一聲，便忙開了宮門。樗里疾目送芈姝馬車進去，宮門復又關上，這才撥轉馬頭，下令道：「去靳尚府。」

楚威后正等得心焦，但聽得室外一迭聲的「公主回來了」，忙扶著玳瑁站起，親自迎了出去。

院子中被打得哀號聲聲的諸宮人，聽聞八公主回來，如獲救星，當下杖責停住，這些人來不及爬起，已經忍不住伏地痛哭。

羋姝手捧木匣，被眾宮女擁著走進高唐臺院中，竟是意外地看到自己的母后也在，詫異道：「母后，您如何來了？」

楚威后一把抓住羋姝的手，此時她頂上羃籬已去，只將她從頭看到腳，從前看到後。她是積年知事的人，如今羋姝的樣子，竟讓她越看越疑惑。欲待高聲責問，又恐嚇著了女兒，忍氣低喝道：「妳今日去了何處？與何人在一起？為何到現在才回來？」

羋姝微微一笑，笑容中固有少女初解人事的羞澀嫵媚，卻全無被母親撞破後的畏懼膽怯，反只見得意欣喜，雙手仍然抱著木匣，對楚威后撒嬌道：「母后，我有話要跟您說。來，您隨我進來。」

楚威后強抑惱怒，「好，我們進去說。」說著拉著羋姝往裡走，見羋月一行人還跪在原地等候，不耐煩地揮揮手道，「妳們還不出去？」

羋月等巴不得這一聲，女蘿忙上前扶起羋月，一行人悄然退出。

因羋姝身邊之人皆被杖責，楚威后身邊的侍女忙替羋姝解下外袍，卸下簪珥，諸人皆退出後，楚威后方問羋姝道：「妳今日去了何處？」

羋姝不答話，只將那木匣打開，遞與楚威后看了。楚威后見了這玉璽式樣，便是一驚，及至拿起那絲帕，看到上面的秦篆，這才真正地笑出聲，一把摟過羋姝道：「我兒，妳是如何得到此物的？」

羋姝笑著將與秦王駟結識的經過，一五一十地低聲說了。楚威后只覺得數日來的一股鬱氣盡散，說不出的稱心如意，撫摸著羋姝的頭髮，笑道：「我的女兒果然不同凡俗！我本來擔心秦國乃是虎狼之邦，秦王的名聲又不好，還怕妳嫁過去會吃苦吃虧。如今看來他也是個知情識趣的好郎君，又把這王后之璽給妳，可見是真心喜歡妳敬重妳的。如此我便放心了，定要在妳哥哥面前促成這樁婚事。」

當下便召來寺人析，叫他明日清晨，於楚王槐上朝前，將此事悄然告訴楚王槐，務必要促成此事。便是合縱廢棄，也須是顧不得了。

注釋

①出自《詩經．衛風．氓》，意思是情愛之事若沉溺下去，男子還可以擺脫影響，女子就很難解脫。
②出自《詩經．王風．大車》，解釋如文中。
③出自《詩經．王風．大車》，意思是生不能同室，死亦要同穴。莫謂不信，此言如同太陽一般永恆。
④出自《詩經．召南．野有死麕》。
⑤出自《詩經．邶風．靜女》。

第二十七章　大朝日

第二日就是大朝之日，這一次的大朝日，楚國要議定是與列國合縱，還是秦楚連橫結盟。所以這一夜，許多人都很忙。黃歇也未曾回家，他與幾名弟子在屈原的草堂中給夫子當下手，將明日要在朝上陳述的策劃再三修改，互相問詰，務必要盡善盡美才是。

屈原所議的這新政十二策，主要提出均爵平祿、任賢能、賞戰功、削冗官、拓荒地等。這些新政，有些是效法秦國的商鞅變法，有些取法於當年楚國的吳起變法，又顧及了楚國目前現狀，刪繁就簡，務必要讓新法更圓滿、更妥帖。

屈原拿起最後校訂之稿，呵呵一笑，「我楚國疆域大於秦國，根基深於秦國，人才多於秦國，若能實行新政，必將稱霸諸侯。」

黃歇也笑道：「大王倚重夫子，這新政十二策一推開，千秋萬世當銘記夫子的功業。」

屈原搖頭，「若是新法能夠推行，大利於楚國，則必然招來朝臣和勳貴們的怨恨，老夫但求不像吳子、商君那樣死無全屍即可。」

黃歇卻不以為意，「吳起、商鞅之所以招來怨恨，是由於他們乃異國孤臣，為求表現，用了嚴苛的手段，行事過於不留餘地，因此積怨甚多。夫子這十二策，吸取前人教訓，事分緩急，縱夫子一世不成，還有黃歇一世，再加上和令尹的關係也算緩和，不求旦夕成功，但求法度能夠不失，事緩則圓，應該不會引起政局太大的動盪。」

屈原撫鬚點頭，「唉，於國內，我們應該求慢，以避免動盪；於天下，秦國崛起太快，我怕他們不會給我們發展的時間啊。」

宋玉亦道：「夫子過慮了。列國征戰以來，數百個小國朝夕而滅，如今剩下的都是強國，殺敵一千，自損八百。況且此番使臣齊聚郢都，楚國是合縱長，有六國聯盟在，就算秦國發展得再快，他還能一口氣吞下不成？」

屈原歎息道：「我現在擔心的是魏國會不會出狀況。唉，後宮無知禍亂國家，魏國送來的宗女竟死得如此之慘，此事還沸沸揚揚地傳了出去，我怕魏國不肯甘休。」

黃歇道：「魏國使臣是魏王之子魏無忌，此人一向深明大義，只要楚魏再結聯姻，我想也不至於破壞關係。」

屈原道：「不錯。子歇，此事忙完，也應該給你籌辦婚事了吧？」

黃歇紅了臉，「夫子——」

屈原問道：「我聽太子說，你託他在王后面前遊說，讓王后做主將九公主許配與你？」

黃歇點頭，這也正是他與莒姬商議之策，只是仍有些顧慮，當下同屈原說道：「正是。就怕威后不慈，到時候還望夫子相助。」

屈原輕歎：「威后不慈，如今宮中流言紛紛，令尹為此也大為震怒。若是威后為難九公主，老夫當請令尹出面，為你關說。」

黃歇大喜，向著屈原一揖，「多謝夫子。」

宋玉諸人也上來開玩笑，黃歇大大方方道：「若是當真親事能成，自然要請諸位師兄弟共飲喜酒的。」

且不說屈原府中的熱鬧，此時楚國下大夫靳尚府中，卻來了一個不速之客，此人便是秦國使臣樗里疾。

靳尚驚喜莫名，完全不知為何竟有貴客忽來贈以厚禮。他雖亦是芈姓分支，然而才幹平平，為人功利好鑽營，從前楚王尚為太子時，跟在旁邊還能出點小算計的主意，但真正站在朝堂上卻嫌不足，混了半輩子，也只混得一個下大夫罷了。

樗里疾還讚他說：「大夫這府中處處清雅，低調內斂，與楚國其他府第的奢華張揚相比，顯得不凡。」

靳尚不禁苦笑，「公子疾說笑了，靳尚區區一個下大夫，便是想奢華，也無這等資本啊。」

樗里疾故作驚訝道：「怎會如此？我在國內也聽說靳尚大夫是楚國難得的人才，怎麼會玉璧蒙塵呢？」

靳尚心情壓抑，擺擺手道：「唉，慚愧慚愧啊！」

樗里疾道：「大夫之才，如錐在囊中，只是欠一個機會展示而已。」

靳尚苦笑道：「不曉得這個機會何時到來啊。」

樗里疾道：「這個機會就在今夜。」

靳尚一驚，拱手道：「願聞其詳。」說著，將樗里疾引入內室，屏退左右，親與樗里疾相商。

樗里疾微微一笑，腦海中想起張儀的分析。張儀於昭陽門下三年，雖然心高氣傲，因此什麼也沒混上，但聰明過人，眼光極毒，在昭陽的令尹府中，將大半朝臣都一一識遍了。這往令尹府中來的朝臣，一是商議朝政之事，二就是有求於昭陽。尤其後一種，真是可以看出別人素日看不到的另一面。張儀分析起來，頗有獨到之處。

他對樗里疾說，靳尚此人，是典型的小人之材。他向來自負，可惜眼高手低，氣量狹小、睚眥必報，有著與其才華不相稱的勃勃野心，沒有大局能力，卻有極強的鑽營和遊說能力。他沒有圖謀和計畫的本領，卻是搞破壞的好手。所以若挑中此人為目標，給他吞下一顆毒餌，他轉而噴發出去，就是十倍的毒素。

如今，樗里疾便是依著張儀之計，要讓靳尚吞下這個毒餌。而這個毒餌，張儀料定靳尚必會吞下，因為他盼望這個機會，已經很多年了。

樗里疾走後，靳尚獨在廳上徘徊，一會兒喜，一會兒怒，一會兒憂懼，一會兒猙獰，嚇得身邊的臣僕亦是不敢上前。好一會兒他才平靜下來，令下人套車，去了令尹昭陽府第。

昭陽府雖然常有酒宴，但今日一反常態地安靜。昭陽正準備早些休息，迎接明日早朝，卻聽說靳尚求見，便不耐煩地叫他到後堂來。

昭陽只穿著休閒的常服，連冠都已經去了，懶洋洋地打個哈欠，對靳尚道：「你有何事，快些說吧，老夫明日還要早朝，年紀大了，睡得不甚好，若無重要的事，休要擾我。」這穿著常服見的，不是極親密的心腹，便是極不用給面子的客人。靳尚此時，自然是屬於後一種了。

靳尚拜倒在地，膝行幾步，低聲道：「非是下官驚擾令尹，實是如今有些事，不得不稟於令尹。」當下便將㮰里疾所教他的，關於屈原欲實行新政，新政又如何會傷及羋姓宗親利益等事說了。

昭陽聽了心中一動，卻又打了個哈欠，「也無你說的這般嚴重吧？」

靳尚急了，上前道：「老令尹，如今屈原又想把當年吳起的那些法令重新翻出來，此事萬萬不可啊。你我都出自羋姓分支，朝堂一半的臣子都出自羋姓分支。這楚國雖是羋姓天下，卻不是大王一個人的，而是我們所有羋姓嫡支、分支的。我等生來就有封地、爵位、官職，若是廢了世官世祿，把那些低賤的小人、他國的遊士抬舉上高位，那些人沒有家族、沒有封地，自然就沒有底氣、沒有節操，為了圖謀富貴都是不擇手段的，不是挑起爭端，就是奉迎大王，到時候楚國就會大亂了……」

昭陽微睜了一下眼睛，看了靳尚一眼，道：「如今是大爭之世，國與國之間相爭厲害，不進則退。秦國已經從新政中得到好處而強大，那我楚國也不能落後啊。況且，大王一力支持新政，我也是孤掌難鳴啊！」

靳尚忙道：「大王支持新政，是因為新政能夠讓大王的權力更大。削去世官世祿，那這些多出來的官祿，自然是給那些新提拔起來的卑微之人。可若是這樣，我們這些羋姓宗親又怎麼辦？那些寒微之人的忠心，可是不可靠的啊……」

這話正打中昭陽的心，他沉默片刻，方徐徐道：「魯國當年宗族當道，孔子曾經建議削三桓，以加重君權，結果三桓削了，君權強了，可守邊的封臣沒有了，國境也就沒有了守衛之臣，於是魯國就此而亡。齊國當年一心想要強盛，大量重用外臣，結果齊國雖然強大了，但姜氏王朝卻被外臣田氏給取代了。」

靳尚奉承地道：「還是老令尹見識高。」

昭陽歎道：「所以，這國家，沒有宗室，就是自招禍亂。楚國羋姓的江山，自然只有我們這些羋姓血脈的宗族之人才是可倚靠的對象。」說到這裡，不禁暗歎，「屈子啊，他是太年輕了，急功近利啊。」

靳尚道：「下官以為，大王重用屈原，是因為他遊說了五國使者齊會郢都與楚國結盟之事，立下大功。若是會盟破裂，則屈原就失去了倚仗，自然也就難以推行新政了。」

昭陽睜大眼睛，意外地看著靳尚，靳尚低下頭去，手掌微微顫抖。

昭陽再度半閉著眼睛，只是伸出手來，親熱地拍了拍靳尚的肩膀，「沒想到啊，下大夫中居然也有你這樣難得的人才。明日就隨老夫進宮吧。」

靳尚強抑著激動，恭敬道：「是。」

天濛濛亮，郢都城門就開了。

沉重的城門被兩隊兵卒緩緩推開，直至大開。兵卒們分列兩邊，監督著進出的行人。

一輛馬車馳出城門，馬車上坐著秦王駟和張儀。

在離開郢都的那一刻，張儀回頭看著城門上寫的「荊門」二字，神情複雜。

秦王駟端坐，並不回頭，「張子不必再看了，總有一天，張子可以重臨此城。」

張儀恭敬地拱手，「是。」

一行人，就此離開郢都，留下的，卻是早有預謀的紛亂局面。

章華臺上，正是大朝之時，群臣在令尹昭陽的率領下進入正殿，向楚王槐行禮如儀，朝會正式開始了。昭陽令群臣將今日要商議之事提出，屈原正欲站起，靳尚已搶先一步道：「臣靳尚有建言，請大王恩准。」

楚王槐道：「靳大夫請講。」

靳尚道：「臣以為，五國聯盟看似龐大，實則人心不齊，不堪一擊。楚國若與他們結盟，徒然浪費民力物力，不如結交強援，共謀他國。」

屈原一驚，「靳大夫的意思是，我們應該結交秦國？」

靳尚道：「不錯。」

屈原憤然道：「五國使臣齊聚郢都，楚國正可為合縱長，這是何等的榮耀？與秦國結盟，百害而無一利，憑什麼楚國棄牛頭不顧而去執雞尾？」

靳尚道：「屈左徒，齊國一向野心勃勃，趙國、魏國也是心懷叵測，憑什麼他們會推楚國為合縱長？無非就是看秦國崛起而害怕，想推我們楚國挑頭，與秦國相鬥，兩敗俱傷。大王，臣以為，寧與虎狼共獵，也好過替群羊擋狼。」

屈原道：「秦國乃虎狼之邦，與列國交往從來沒有誠信，與其結盟是與虎謀皮，須防他們以結盟為由，實則存吞併我楚國之心。我們只有聯合其他五國，『合眾弱以攻一強』，才能與之抗衡。」

靳尚假意鼓掌道：「左徒設想雖好，只可惜偏乎自作多情。這郢都城中看似五國使者前來會盟，可依臣看來，真到會盟的時候，不曉得會有幾個國家的使者還在。」

楚王槐亦動容道：「此言何意？」

靳尚慢條斯理地從袖中取出一個錦囊，「臣這裡有個密報，聽說韓王前日已經與秦國祕密結盟，恐怕數日之內，韓國使臣就會離開郢都。再者，臣聽說昨日魏國使者也因為魏美人在宮中受刑慘死之事，已經遞交國書，要求處置鄭袖夫人。臣又聽說齊國和燕國因為邊境之事，打了一場小仗。秦趙兩國的國君均是死了王后，均有言要與我楚國聯姻。可是秦國的使臣將聘禮都送來了，趙國的國君不但沒有求婚，聽說反而剛剛將吳娃夫人扶為正后……各位，還需要我再說嗎？」

屈原臉色慘白，閉目無語，忽然怒視靳尚，「秦人好算計，好陰謀！老夫不明白靳尚大夫只是一個下大夫，如何竟能夠比我們這些上卿還更知道諸國這些祕聞戰報？」

靳尚被這話戳中肺腑，聞之臉色一變，退後一步，不禁求助地看著昭陽，「老令尹……」

本是故意裝作壁上觀的昭陽，此時不得不睜開眼睛，呵呵一笑，「屈子，是老夫告訴他的。」他站起來走向正中，向楚王槐拱手道，「大王，依老臣所見，五國人心不齊，只怕合縱難成。不如靜觀待變如何？」

屈原一驚，不知何以變故陡生，昭陽反轉立場，讓他的一顆心如墜冰窖。

老令尹，我們不是說好了，一起推進新法，一起為了楚國大業而努力嗎？你如今改變立場，是為了什麼？你這是受了小人的蠱惑，還是原就一直在騙我？你這是內心搖擺，還是另有利益權衡？在你眼中，到底是國重，還是族重？

朝堂上，兩派人馬早已吵成一鍋滾粥，屈原和昭陽兩人遠遠地站著，雙目對視，眼神傳遞了千言萬語，卻是誰也沒有說話。曾經約定攜手推行新政的兩代名臣，在這一刻，分道揚鑣。這殿上區區數尺距離，已成天塹深淵。

朝堂之上在爭執，後宮之中亦是不平靜。

羋月因見羋姝回來，悄然回房中睡了一覺，次日起來，便被羋姝叫到她房中。楚威后已經回了豫章臺，羋姝興奮一夜，到天亮時，終於忍不住要向羋月炫耀一番，當下將秦王駟喬裝之事悄悄地同羋月說了，又亮出秦王后之璽向羋月展示。

羋月表面上微笑恭維，內心早如驚濤駭浪，翻騰不已。好不容易擺脫了羋姝，急急回房，便更衣去莒姬處，想去找黃歇。

莒姬歎道：「妳如今出不去了。」

羋月覺得奇怪，道：「為何？」

莒姬道：「前日威后派人到我這裡來搜檢一番，回頭竟又將周圍查過。如今妳素日經常出去的小門已被封死，不但如此，還派人巡邏……」

羋月氣憤地捶了一下几案，「實是氣人！」

莒姬道：「妳若真有要事，或可令太子那邊的人轉告黃歇。」

羋月一驚，「太子？」

莒姬點頭，「如今南后病重，太子為人軟弱無主，南后看重黃歇，欲引他為太子智囊，所以近來對黃歇頗為示好。黃歇曾與我言道，妳若有急事相傳不便，當可封信丸中，教太子身邊的寺人交與黃歇。」

羋月一喜，「好，我這便封信丸中，讓太子身邊的人交與子歇。」忙取來帛書，只寫了一行字，「秦王駟已陰入郢都。」便在莒姬處用蠟封丸。莒姬也不去看她寫些什麼，只叫了心腹的寺人，將這蠟丸轉交黃歇所交代的太子侍人。

黃歇接了蠟丸，還只當是羋月有什麼事，到僻靜處打開一看，便是大驚，當下要與屈原商議。無奈今日乃是大朝會，太子、屈原俱在章華臺上，竟是無法傳遞消息。他只是一介布衣，手中無任何可派之人，只得眼巴巴地在章華臺下等著。

屈原與靳尚爭執半日，只覺得心頭火起，也詫異於像靳尚這樣不學無術之人，竟能夠引經據典地說出一番話來。更奇怪的是，靳尚區區一個下大夫，素日也無人瞧得起他，今日朝會，竟有無數人或明或暗地支援他，甚至連大王與令尹也偏向於他。

屈原感覺今日的大朝會背後，有人布著一張網，一點點地收緊。

朝會上，合縱竟是無法再續，雖然在他反對之下，與秦國的結盟未能談成，可是新政的推行遭受前所未有的反對。

屈原走出章華臺，正午的陽光耀眼，正照得他有些暈眩，他一個踉蹌，久候在外的黃歇連忙扶住他，「夫子，您沒事吧？」

屈原定了定神，看著眼前的人，驚訝道：「子歇，你為何在此？」

黃歇道：「弟子在這兒已經等候夫子好久了。」

屈原無力地揮了揮手，「何必在這兒等？朝會若有結果，我自會同你說的。」

黃歇上前一步，「屈子，弟子剛才得到消息……」他附耳對屈原說了幾句話。

屈原一下子睜開眼睛，「什麼？當真？子歇，取我令符，立刻點兵，若追捕上他——」他說到這裡，頓了一頓，似在猶豫，片刻之後，將令符按在黃歇掌中，語氣中露出罕見的殺氣，對黃歇低聲道，「就地格殺，不可放過。」

黃歇接令，急忙而去。

靳尚遠遠看著他們師徒的行動，起了疑心，走過來，試探著問道：「屈子，不曉得子歇尋您何事。」他訕訕地笑著，努力裝出一副極為友善的面孔來。

屈原看著這張奸佞的臉，一剎那間，所有線索俱串了起來，他忍不住怒氣勃發，朝靳尚臉上怒唾一口，「你這賣國的奸賊！」

一時間，整個章華臺前，萬籟俱寂。

靳尚不防屈原這一著，急忙抹了一把臉，待要反口相譏，卻見屈原眼神冰冷，似要看穿他的五臟六腑，想起自己理虧之事甚多，竟是不敢再言，抹了一把臉，訕笑道：「屈子竟是瘋魔了，我不與你計較，不與你計較。」轉身亟亟而去，欲再尋檮里疾問策。

數日後，楚王槐下詔，言左徒屈原出使列國有功，遷為三閭大夫，執掌屈、昭、景三閭事務。

此詔一出，芈月大驚。本來依原定安排，屈原如今任左徒，這通常是接掌令尹前的預備職。若屈原主持新政有功，再過幾年便可接替昭陽為令尹。

但眼下讓屈原做三閭大夫，顯見極不正常。雖說屈、昭、景三閭子弟，掌半個朝堂，三閭大夫掌管這三閭，看似地位尊崇，主管宗室，實際上卻是明升暗降，脫離了日常國政之務，把這種向來是宗室老臣告老後才會就任的職務給屈原，實在教人無言以對。

事實上，若昭陽不願把這個令尹做到死，自令尹之位退下來後，倒會任此職。現在看來，是昭陽貪權戀棧不肯下臺，卻將為他準備的職位給了屈原。

黃歇獨立院中，蒼涼一歎：「這是教夫子退職養老啊！楚國的新政，完了！」

屈原的新職引起的震動，不只是前朝，連後宮都為之攪亂。

漸臺，南后直著眼睛，喃喃地念了兩聲道：「三閭大夫，三閭大夫。」忽然一口鮮血噴出，仰面而倒。

來報信息的太子橫大驚，上前抱住南后，喚道：「母后，母后……」

南后緩緩睜開眼睛，多年來她纏綿病榻，對自己的身體實是太過了解，這些時日，她能夠感覺到自己的生命力在迅速流失。

她抬眼看著愛子，留戀地撫摸他的臉龐，似乎要將他臉上的一絲一毫都刻在心上似的。她即將油盡燈枯，可是她的愛子還未長成，他的路還很難走。她為他苦心安排的重臣，卻已經折了。她為他想辦法拉攏的輔佐之人，如今還處於困境之中。

她該怎麼辦？怎麼樣為她的愛子鋪就一條王位之路？

她的長處從來不是在前朝，而是在後宮，若非她病重，逝了容顏、短了心神，鄭袖又如何會是她的對手？既然她時間不多了，那麼，就再努力一把吧。

她凝視著太子橫良久，才依依不捨道：「母后無事，我兒你回泮宮去吧。」

當下便令采芹送太子橫出去。她看著兒子的身影一步步走出去，一直到不見了，怔了良久，這才強撐起精神，道：「采芹，替我求見大王。」

楚王槐得到采芹相報，亦是一怔。南后纏綿病榻，他已有些時日未到漸臺了，如今見采芹來報，心中一動，舊日恩情升上心頭。

楚王槐走進漸臺，看到南后倚在榻上，豔麗可人，一點也看不出病勢垂危的樣子，她手握絹帕，輕咳兩聲，「大王，妾身病重，未能行禮，請大王見諒。」

楚王槐忙扶南后，「寡人早就說過，王后病重，免去所有禮儀。」

南后微笑，「大王疼我，我焉能不感動？我這些日子躺在病床上，想起以前種種，真是又慚愧，又自責。我也曾是個溫柔體貼的好女子，與大王情深意重。可自從做了王后以後，就漸漸生了不足之心，只想長長久久地一個人霸占著大王，看到其他女子的時候，也不再當她們是姊妹，恨不得個個除之而後快……」

楚王槐有些尷尬地擺擺手想阻止，「王后，不必說了，是寡人有負於妳，讓妳獨守空房。」

南后拿著手帕拭了拭眼角，婉轉巧言道：「不，妾身要說。人之將死，其言也善。請容我將一生的私心歉疚向大王說出，無隱無瞞，如此才能安心地離去。大王，究其原因，竟是王后這個身分害了我，手握利器，殺心自起，我若不是有王后這個身分，自然會把心放低些，做人慈善些。大王切切記得我這個教訓，不要再讓一個好女子，坐上王后的位置，被權欲蒙蔽了心竅。請大王在我死後廢了我王后之位，就讓我以愛您的卑微的心，陪附於您的陵園即可。」

楚王槐感動地握住南后的手，「南姬，妳只有此刻，才最像寡人初遇時的南姬，才是寡人最愛的南姬啊。」

這份感動，讓楚王槐直出了漸臺還久久不息，看著園中百花，與南后當年夫妻間的種種恩愛一一湧上心頭，暗想著：南姬說得對，一個女子若不為王后，總是千般可愛；一旦身為王后，就生了種種不足之心，嫉妒不講理甚至是狠心。母后如此，南姬也是如此。難得南姬臨死前有所悔悟，不愧是寡人喜歡過的女子啊。

他自然不曉得，在他走後，南后內心的冷笑。她與楚王槐畢竟夫妻多年，對於他的心思，比任何人都了解。此時她的妝容、她的話語、她的「懺悔」，無一不用心，她便是要以自己的死，將這段話刻在楚王槐心上，教他知道，為了保全一個女子的溫柔體貼，最好就不要給她以王后之位，尤其是——鄭袖。

她便是死了，有她在楚王槐、楚威后心中，甚至在宗室中，一點一滴撒下的種子，鄭袖想成為繼后，難如登天。

十日後，南后死。

高唐臺，羋月歎息道：「真沒想到，王后就這麼去了。」

芈姝沒精打采道：「真討厭，宮中不舉樂，連新衣服都要停做。」

芈月奇道：「那是拘著宮中妃嬪，和阿姊妳有什麼相干？」

芈姝翻了個白眼，「人人都素淡著，我一個人作樂有什麼意思啊？」

芈月上下打量著芈姝，忽然笑了。

芈姝道：「喂，妳奇奇怪怪地笑什麼？」

「我笑阿姊如今也變得體諒人了，也懂得顧及周圍的人在想什麼了。是不是馬上要做當家主婦的人，就會變得成熟穩重了呢？」

芈姝一下子跳起來撲過去，「好啊，敢取笑我……」便按著芈月撓癢癢，芈月笑得上氣不接下氣，「好阿姊，饒了我吧，我下次再不敢了。」芈姝這才放開芈月，「咦，妳最近怎麼了？從前跟我還能掙扎幾個回合，現在倒成軟腳蟹了。」

芈月道：「我也不知道，最近老是動不動就頭暈，跑幾步也容易氣喘。」

「回頭讓女醫來給妳看看吧。」

「說來也奇怪，我最近派人召女醫摯，她總是不在。只能讓個醫婆胡亂給我開個方罷了。」

芈姝詫異道：「咦，我昨天去母后宮裡看到她在啊，難道是看人下菜？成，回頭用我的名義把她召來，讓她給妳看病去。」

「那就多謝阿姊了。」

「對了，九妹妹，妳明天須得跟我一起去方府。」

「怎麼，要挑嫁妝啊？」

羋姝有些羞澀，又落落大方地抬起頭，「是，就是要挑嫁妝。」

羋月看著羋姝，百感交集道：「阿姊，妳真是有福氣。」

羋姝忽然拉住羋月，低聲道：「九妹妹，妳會跟我一起去嗎？」

羋月不動聲色道：「阿姊希望我一起去嗎？」羋姝有些迷茫地道：「我、我不知道。」

羋月慢慢引導道：「那阿姊喜歡秦王嗎？」羋姝神采飛揚道：「我當然喜歡他了。」

羋月道：「那阿姊願意看著他抱別的女人，親別的女人嗎？」

羋姝捽了憑几，怒道：「誰？誰敢？」

羋月低聲提醒道：「阿姊不要忘記，陪嫁的媵女，是要跟著主嫁的姊妹侍奉同一個男人的。」

羋姝看著羋月，眼神變得戒備，「那麼，九妹妹妳呢？」

羋月歎道：「阿姊難道忍心看我一生孤寡，無兒無女，老來無依？」

羋姝忙道：「當然不會了。」

羋月扶住羋姝的肩頭，看著她的眼睛，道：「所謂的姊妹為媵，其實是怕女子一人孤身遠嫁，若得不到夫君寵愛，至少也有自己的姊妹相伴相依，日子不至於那麼難過。或者是遇上爭寵的對手，多個姊妹侍奉夫君也好爭寵。可這一切都要建立在夫妻不和、姊妹情深上。若是能夠與自己的夫君琴瑟和諧，誰願意被別人分一杯羹去？若是個陌生人倒也罷了，若是至親的姊妹，那種感受像是雙重的背叛一樣……阿姊，到時候妳怎麼辦？」

芈姝茫然失措道：「那，我該怎麼辦？」

芈月沒有繼續說下去，指了指窗外芈茵居處的方向，「阿姊知道茵姊是怎麼『病』的嗎？」

芈姝白了一眼，「自然是被精怪所迷。」

芈月笑了，「阿姊當真相信這個？」

芈姝不禁語塞，「這……」

芈月輕歎道：「阿姊可還記得，當日茵姊遊說妳去喜歡黃歇，想辦法結交黃歇，甚至多方拉攏……」

芈姝又羞又氣，「那都是過去的事了，我都不記得了。」

芈月歎道：「那阿姊又是否知道，她還曾經冒我之名去見魏國的公子無忌，說阿姊妳喜歡他，要和他私下幽會……」

芈姝氣得滿臉通紅，「她、她怎麼敢……」

芈月淡淡道：「她做的事，被威后知道了，於是……」

芈姝倒抽了一口冷氣，忽然想起當日芈茵見了魏美人屍體時，以為是芈月，她說「不是我要害妳，是母后逼我害妳」。她要害的人，是九妹，那麼母后要害的人，竟也是九妹了？她拒絕再想下去，強硬道：「被母后知道了，那又如何？」

芈月一攤手，「所以她被精怪所迷，母后也不理她了。」

芈姝鬆了一口氣，剛才她真是生怕芈月會說出「母后想要我的命」之類的話，幸而芈月沒有這麼說。她樂觀地想，羋月當日不在場，也許她不曉得呢，如此不會壞了她們姊妹的感情，便是很好。她亦懶得去聽羋茵有什麼心事了，正想轉過話頭，卻聽得羋月又道：「阿姊可知她為何會這麼做？」

羋姝隱約感覺到什麼，詫異地睜開眼睛，「難道是……」

羋月歎道：「她不想做媵，她想像妳那樣，堂堂正正地做諸侯夫人。」

羋姝有些明白了，「妳是說……」

「她不想做媵，我也不想做媵。只不過她用的是陰謀詭計，而我卻是向阿姊坦白，請阿姊成全我。」

「難道妳也想嫁秦王，或者嫁諸侯？」

「我沒這個野心，我只想堂堂正正地做一家的主婦。我不要嫁王侯，只想嫁一個普通的士人就行。」

羋姝鬆了一口氣，「妳若是只想嫁一個普通的士人，卻頗為簡單。反正母后選了屈、昭、景三家的女孩子進宮當我的伴讀，就是從中挑選一些人當我的媵，減去妳一個也無妨。她們不是我的姊妹，縱然將來有那麼一日……我也不會太生氣太傷心。」

羋月盈盈下拜，「多謝阿姊。」

羋姝忙拉住她，「妳我姊妹，何須如此。」

兩人相視一笑，一切盡在不言中。

第二十八章　公主嫁

因芈姝要出嫁，楚威后便與玳瑁商議芈姝的嫁妝之事。玳瑁回說已令內宰整理方府內庫，列出清單以備公主挑選。

方府是宮中藏寶庫，楚威后對著清單劃著，又吩咐平府也準備書目。

玳瑁詫異道：「平府是宮中藏書庫，八公主還要陪嫁藏書嗎？」

「姝是嫁到秦國去，秦國粗鄙，姝孤身嫁到那裡，豈不無聊苦悶？我不但要陪嫁一批藏書，還要整套的器樂、伎人、優人。」

玳瑁掐指算了一下，也微微一驚，「威后，您是要陪大套還是小套？若是大套，要包括六十四件青銅編鐘、二十四件青玉編磬，再加上大鼓、小鼓、琴、瑟、竽、簫、箜篌、嗚嘟等就得兩三百件，再加上奏樂、歌舞的伎人、優人也得幾百人，會不會太過……」

楚威后不耐煩道：「姝是我最心愛的女兒，多些陪送又怎麼樣？我們楚國又不是出不起。永巷令那裡，計算出要陪送多少人了嗎？」

「一嫁五媵，當從屈、昭、景三家選取，每個媵女最少也得二三十個侍從侍女，再加上八公主要陪嫁的陪臣、女官及家眷和奴僕，估計要近六百人，如此還有宮女六百人，內侍三百人，兵卒一千人，奴隸三千人，若再加上伎人、優人，怕是要超過六千人了。」

楚威后點頭道：「六千就六千吧，逾制也是有限。」

「還有送嫁的騎兵四千人，要將公主送到邊境之上。」

楚威后道：「這樣算起來也有一萬了，還算過得去。」

玳瑁奉承道：「威后真是一片慈母之心。」

楚威后道：「唉，姝這一去，我怕是再難見到她了。」

「父母愛子女，為之計長遠。威后待八公主最好，保她此生尊貴無比，陪嫁豐厚，讓公主一生受用，豈不更好？」

楚威后點了點頭，「說得是！」

她們商議著嫁妝之事，羋姝也正為此來尋楚威后。走到楚威后內室前，羋姝忽然有些不確定地問身後的女嵐道：「傅姆，我剛才列的清單妳帶著嗎？」

女嵐忙道：「公主，您不是說要自己帶著嗎？」

羋姝迷茫道：「是啊，我好像是這麼說過的，可我袖子裡沒有。」

女嵐也想了想，道：「會不會您出門的時候忘在几案上了？」

羋姝猶豫道：「好像是的。妳趕緊去拿過來，我先進去。」

女嵐自羋姝出事後，便寸步不離地跟著，如今見已到了楚威后門前，心中只道不會再有可能出事了，且羋姝的單子亦是十分重要，她也不放心讓別人去取，當下忙轉身出去，又吩咐外頭的侍女跟進來。
羋姝在楚威后宮中行走，確是不須稟報的。因楚威后和玳瑁商議事情，便讓侍女俱退到屋外。此時眾侍女見了羋姝進來，皆微笑著指指內室，低聲道：「威后正與傅姆商議為公主備妝之事呢，公主可要奴婢進去稟報？」
羋姝臉一紅，但她素來在母親宮中是臉厚膽粗的，擺了擺手，做出一副要偷聽的樣子。眾侍女皆掩袖暗笑，隨她自己進去了。
羋姝進了外室，聽得裡面有絮絮叨叨的聲音，便悄悄地走到內室門邊聽著。但聽得玳瑁討好道：「此番八公主出嫁，威后事事親力親為，真是一片慈母之心啊！」
羋姝暗暗得意，忙掩住嘴邊的微笑。
楚威后歎道：「這是我最後一次籌辦兒女的婚事了，自然不能放鬆。這嫁妝的單子暫時就定這些了，若是姝有什麼中意的，再添上。這段時間妳也辛苦了……」
「奴婢微賤之人，怎麼敢說辛苦。」
「妳辛不辛苦，我心裡有數。不但操持著姝的婚事，還要幫著解除我的心事。」
玳瑁順勢道：「奴婢聽說，公子歇託太子請大王賜婚。」
楚威后道：「他想娶誰？」
玳瑁比畫了一下，道：「就是那個……」
楚威后冷笑道：「果然，狐媚子的女兒也是狐媚子！她想嫁人，想出宮，也得看看有沒有這個命！我問妳，她還要多久才會死？」

「她吃了兩個多月的砒霜。依這分量來看，估計再吃一兩個月就差不多了吧！」

室外，羋姝聽到這話，頓時愣住了。

楚威后道：「還得一兩個月？哼，我真是等不及了。七丫頭那個不中用的，我讓她下手把那個賤人除掉，她倒好，辦事不成，反險些傷我令名……」

羋姝只覺得心中似有什麼崩塌了。她知道自己的生母是狠心的，手底下也是有人命的。她能夠理解在深宮之中要活下去，要贏，便不能不狠心。可是她萬萬沒有想到，她的母親竟會心狠至此，連無辜的九妹妹也要殺死。一個還在深閨的小姑娘，又礙著她什麼了？為何要置她於死地？

那一刻，她的整個世界都在崩塌，慌亂間，腦海跑過無數思緒。第一個反應是痛心疾首，她的母后做出這樣的事情，將來如何於地下見她的父王？若是傳揚開來，宗室之中如何見人？甚至教列國知道了，楚國豈非顏面盡失？

可是，現在當如何是好？母后的性子，她太了解了，她要殺人，自己是根本阻止不住的，便是求情也是無用；她的王兄是個糊塗的人，她現在要嫁去秦國了，她此時跑去找他，他便是答應下來，也是決計無法在母后手下保住羋月的。

思來想去，所有的計畫都不過仗著她如今在楚宮才能夠保住人。可是她馬上要嫁到秦國去了，只留羋月一人在宮中，是怎麼也躲不過殺身之禍的。

突然間，她蹦出一個念頭來，既然自己要去秦國，不如將羋月帶走，離開這楚國，離開母后的掌控。保住了羋月的性命，也保住了母親的令名。至於到秦國以後，羋月是否當真為她的媵女，則將來再說便是。她退了一步，卻不知踢到什麼，發出聲響。

楚威后警覺道：「是什麼人？」

玳瑁連忙掀簾出去，卻見羋姝的身影飛快地衝出門去，衝出院子，衝出豫章臺。

羋姝一口氣衝到羋月房中，見羋月獨倚窗前，正看著竹簡。

羋姝一掌拍下竹簡，拉起羋月到了室外，仔細看她臉色，果然見羋月敷著一層厚厚的白粉，卻血色盡無，甚至隱隱透出青黑之氣。羋姝一頓足，拉著羋月跑了出去。

羋月喘著氣道：「阿姊，妳帶我去哪兒？」

羋姝強抑著憤怒，咬牙飛奔，一直跑到自己房中，拉著羋月坐上自己素日的位置，宣布道：「從今天起，九妹妹跟我住到一起，一起吃，一起睡。」

羋月震驚地看著羋姝，道：「阿姊——」

羋姝有些心虛地轉過頭，又回頭看著羋月，堅定地說道：「別問為什麼，總之相信我是不會害妳的就行了。」

羋月已經有些明白，卻料不到她竟會做出如此行為，心中百感交集，神情有些複雜地看著羋姝，「阿姊，謝謝妳。」

羋姝看著羋月，像個阿姊一樣，撫了下她的頭髮，「有件事，我想和妳商量。」

羋月道：「什麼事？」

羋姝轉頭令侍女們皆退出去，才道：「我想把妳帶走，妳願不願意？」

「帶去哪裡？」

「做我的媵侍，跟我一起陪嫁到秦國去。」

羋月脫口而出，「不──」

羋姝驚詫地道：「妳不願意？」

羋月反問道：「難道阿姊願意自己心愛的男人跟自己的姊妹在一起？」

羋姝惆悵地道：「我不願意又能怎麼樣呢？他是秦王，後宮妃嬪無數，注定不是我一個人的。反正我也是必須要帶上姊妹為媵嫁的。是妳還是其他人，有什麼區別？」

羋月卻道：「可我不願意。」

羋姝道：「為什麼？」

「我母親就是個媵妾，她死的時候，我對自己說，絕不讓自己再為媵妾。況且，我有喜歡的男人，我想嫁給他，做他的正室妻子。」

「他是什麼樣的人？有封地嗎？有爵位嗎？有官職嗎？」

羋月道：「他是個沒落王孫，沒有封地，沒有爵位，也沒有官職。」

羋姝道：「那他如何養活妻兒？如何讓妳在人前受人尊敬？將來的子嗣也要低人一等。這些妳都想過嗎？」

「大爭之世，貴賤旦夕。有才之人，頃刻可得城池富貴；無能之人，便有封地爵位，一戰失利淪為戰俘，一樣什麼都沒有。況且人生在世，又豈是為人前而活？如果人前的尊貴換來的是人後的眼淚，還不如不要。」

「我知道妳一直為過去所困，可妳想想，縱然為媵，那又如何？妳終究是我妹妹，若是隨我為媵，畢竟與那些微賤女子不一樣，將來妳的兒女就是公主、公子，血統尊貴，一生無憂。」

羋月苦笑道：「阿姊，我也是公主，血統尊貴，可能無憂？如果我連自己的一生都安置不好，還想什麼兒女的無憂。」

羋姝道：「這麼說，妳真的決定不跟我走了？」

羋月道：「是。」

「為了他，可以把命也捨了嗎？」

羋月一驚，道：「阿姊，妳知道什麼？」

羋姝別過頭去，只握著羋月的手，「妳要記住，若要保住性命，便要隨我去秦國。」

羋月木然道：「阿姊，我謝謝妳的好心，我想去見一見我的母親。」

羋姝歎道：「好吧，我讓珍珠陪妳過去，別讓妳那院中的人陪妳，她們一個也信不過。」

羋月長出一口氣，「多謝阿姊。」

羋月站起來，神情複雜地回頭看了羋姝一眼，想說些什麼，終究還是沒有再說出口，只急匆匆到了莒姬處，將羋姝的事對莒姬說了。莒姬長長地吁了一口氣，「這麼說，王后那個毒婦，倒生出一個有點人情味的女兒來。妳意欲如何？」

莒姬是照當日舊習，稱楚威后為「王后」。楚威后容不得羋月，要下毒害她，但羋月自入宮以來，時常防著這等手段，初時吃了兩頓，覺得有些不對，以銀針試之，便試出毒來，又查知是女澆下手，便與女蘿、薜荔商議，將女澆送來的飲食俱替換了，同時在臉上施了厚粉，用以偽裝。

她本來是想著楚威后在她身上下毒，如若揭破，只怕反會引來更凌厲的手段，不如將計就計，偽裝中毒。楚威后若以為她中毒將死，為避免她死於宮中，說不定會同意黃歇的求婚，將她嫁出，讓她無聲無息地死去。

不料芈姝撞破楚威后的陰謀，還執意要帶芈月一起出嫁，這倒教事情變得複雜起來。

想到這裡，莒姬亦恨聲道：「要她這麼濫好心做什麼？成事不足，敗事有餘！」

芈月歎道：「她也是好心。母親，還有何計？」

莒姬同樣歎道：「上策已壞，若靜候大王賜婚，亦未不可。但屈子失勢，又與令尹失和，你們原定的助力也已失去。」

芈月恨恨地道：「都是那秦王不好，若不是他收買靳尚挑撥，亂我楚國，夫子何以失勢？又何以與令尹不和？」

莒姬喝道：「廢話休說！妳便恨那秦王，又能拿他怎麼樣……」說著，沉吟道，「若當真不行，也只有行那下策了。」

芈月眼睛一亮，「母親可是同意我與子歇私奔？」

莒姬白了她一眼，「如今這宮中所有出去的通道已封，妳如何能夠私奔？且妳二人若要私奔，敗壞王室名譽，信不信，追捕你們的人，便能夠將你們殺死一千次？」

芈月洩氣道：「那母親有何辦法？」

莒姬想了想，道：「妳還是隨八公主出嫁。」

羋月大驚，道：「母親，我不去──」

莒姬又白了她一眼，「我自然不是讓妳嫁與那秦王，只是眼下在宮中，俱是威后勢力，你們便是能逃，也逃不出去。只有讓妳離了王宮，離了郢都，甚至離了楚國，方可擺脫他們的掌控。」

羋月已經明白，道：「母親的意思是……」

莒姬悠悠地道：「妳若是隨著八公主陪嫁，到了邊城，裝個病什麼的，或者走到江邊失足落水……想來送嫁途中丟了一個媵女，不是什麼打緊的事。只是若這般以後，妳便不能再做公主了。所以，這是下策。」

羋月痛快道：「不做公主又有什麼打緊的？我早就不想做了。」

莒姬卻道：「也未必就沒有回轉的餘地。若是讓那黃歇去邊城截住妳，然後你們或去齊國，或去燕、趙。若是那黃歇當真有才，能夠在諸侯之中遊說得一官半職，建立名聲，將來待那毒婦死後，你們便可回到楚國來，只說妳落水不死，被那黃歇所救，結為夫妻，遊歷列國方回，也便是了，只是名聲上略差些。」

羋月大喜，撲上去親了莒姬一口，「母親當真是無所不能！」

莒姬沒好氣地道：「不管妳走到哪裡，若是妳弟弟有事，妳必得回來。」

羋月笑道：「那是自然。」說到弟弟，她忽然想起一事，便與莒姬商議道：「母親，我想讓子歇把冉弟一起帶走，可好？」

莒姬怔了一怔，別過頭，冷淡道：「隨妳。」羋月曉得她心情不好，也不敢再說。好一會兒，莒姬才歎道：「終究是你們的血親，若是不管，也不是辦法。我亦不忍見向妹妹的骨血流落市井。你們那舅舅向壽，亦要奔個前途，被一個小孩子拖累著也不成樣子。便讓他入軍中先積累些戰功，將來也好為子戎做個幫手。」

羋月佩服道：「母親想得周全。」

兩人商議已定，羋月便回了羋姝住處。也不知羋姝與楚威后說了什麼。第二日，楚威后便召羋月去見她。

楚威后正閉目養神，玳瑁帶著羋月走進來。羋月行禮道：「兒參見母后。」

楚威后睜開眼睛，露出一個偽裝得很慈祥的笑容，「九丫頭，來了？起來吧，坐到我跟前。」

羋月惴惴不安地起來，走到楚威后跟前，再跪坐下來。

楚威后道：「有件事我想問問妳。妳阿姊說，妳想跟著她一起陪嫁到秦國去，可是真的？」

羋月強抑憤怒，「兒一切聽從母后安排。」

楚威后道：「我想問問妳，妳自己是願意，還是不願意？總得給我個準話，是不是？」

羋月拳頭緊握，好半天才說：「兒願意隨阿姊去秦國。」

楚威后的聲音悠然從她頭頂傳下，「妳知道嗎，其實我原本並沒有打算讓妳做姝的媵人。我看好的人，是七丫頭。沒想到她沒福氣，居然為精怪所迷，所以只得讓妳頂上了。屈、昭、景三家雖然出自羋姓，終究隔遠了，總得讓姝有個嫡親的姊妹跟著去，是不是？」

芈月道：「是。」

楚威后忽然笑了，充滿惡意，道：「我最後再問妳一次，妳確定要隨姝出嫁，再不改了？」

芈月心頭狂跳，似有什麼事在破冰而出，但她迅速感覺到，如果她去捕捉這種感覺，只會掉入楚威后的陷阱，死在她手中。當下仍道：「是。兒願意隨阿姊嫁去秦國。」

楚威后的手伸到芈月的下巴處，「抬頭讓我看看。嘖嘖，真是看不出來，女大十八變，長得這麼漂亮，真不知道令多少兒郎動心。」

芈月微低著頭，視線只停留在楚威后的脖子處，「母后謬讚，兒愧不敢當。」

楚威后笑著從几案上拿起一卷竹簡，遞到芈月面前，「當得起。妳看，可不是『窈窕淑女，君子好逑』嗎？我真是為難呢，妳曉得這竹簡上寫的是什麼嗎？黃族的後起之秀，三閭大夫屈原的弟子黃歇想聘妳為婦，太子為媒，大王也有允准之意。但姝偏又喜歡妳，要妳跟著她陪嫁，我正為難呢，難得妳自己主意拿得正，一定要跟隨姝去秦國，雖不枉姝待妳一番情意，可這不是辜負黃歇了嗎？」

芈月怔住，顫抖著轉頭看楚威后手中的竹簡，「黃歇求婚，大王也有允准之意？」

楚威后居心不良地笑著，「可不是嗎？」

芈月握緊拳頭，漸漸平息顫抖，「這件事，終究還是要落到母后手裡做主吧。」

楚威后道：「是啊，妳一向聰明。妳說說看，這黃歇的求婚，我應該如何答覆？」

芈月道：「民間有許多故事，兒臣聽過一則，說是一種善能捕鼠的動物叫狸貓，抓到老鼠以後通常不會馬上吃了牠，而是會放開牠，等到老鼠以為可以逃走的時候，又把牠抓住，這樣反覆逗弄多次，才會把老鼠吃掉。母后一定覺得這個故事很有趣，對嗎？」

楚威后道：「真是個聰明的孩子，不過老鼠聰不聰明，命運都在狸貓的掌握中。妳既然親口對我說，要跟隨姝當陪嫁之媵入秦，可這黃歇畢竟是太子伴讀，太子親自保媒，大王也很欣賞他，我不能不給他這個面子，總得允准他的婚事，是不是？」

羋月聽出了什麼，驚駭地看著楚威后，道：「母后的意思是……」

楚威后道：「妳是不能嫁了，我把別的公主嫁給他吧。妳說，把妳七阿姊嫁給黃歇，如何？」

羋月跌坐在地，聲音淒厲，「可是、可是茵姊不是中了邪嗎……」

楚威后惡意地笑道：「黃歇一個沒落弟子，賜婚公主已經是天大的恩典，難道還能夠由得他挑來揀去不成？至於七丫頭，也只是一時受驚才會生病，說不定沖沖喜，她中的邪就能去了呢！」

羋月絕望地看著楚威后得意的笑容，眼前的一切慢慢地旋轉、模糊。景色一時模糊一時清楚，終於漸漸變清，羋月凝神看去，但見楚威后那張充滿戲弄的臉，仍在眼前。

羋月笑了，端端正正地向楚威后磕了一個頭，「多謝母后允我，隨阿姊遠嫁秦國，兒願意。」

楚威后的笑容微凝，驀地又笑了，「那麼，黃歇呢？」

羋月筆直跪著，「黃歇是黃歇，我如今連自己的主都做不得，怎能替別人操心？」

楚威后看著她的臉。這張臉，與向氏這般相像，可是向氏的臉上，從來不曾出現這樣的表情。這個小丫頭，竟是個剛毅不可奪其志的人。可惜，可惜了！想到這裡，她突然興味索然，揮了揮手，「那妳便下去備妝吧。」

芈月磕了個頭，退了出去。楚威后看著她退出去，忽然對自己的決定有一絲不確定起來，她低頭想了半晌，喚來玳瑁，「我欲要妳隨姝入秦陪嫁，妳可願意？」

玳瑁一驚，然而看到楚威后的表情，便毫不猶豫地應道：「威后要用奴婢，奴婢豈有不願之理？」

楚威后道：「妳也知道，我其他兒女均已懂事，我自不擔心。唯有姝……」她輕歎一聲，「這孩子是讓我慣壞了，竟是一點也不曾有防人之心。我怕她此去秦國，會被人算計。她那傅姆女嵐，我原只道還中用的，不承想她……」

女嵐在芈姝私自出宮的事情上，事前不作為，事後推諉責任，早已讓楚威后厭棄。只是礙於芈姝自幼由她撫養，不好在芈姝未嫁前處置，心中卻是將她從陪嫁人員名單上劃去了。如此，芈姝身邊便急需一個可信任的傅姆跟隨。楚威后叫玳瑁選了數日，選上來的名單都看不上。玳瑁是她最得力的心腹，本不欲派她陪嫁，但思來想去，終究還是愛女心切，便下了決心。

玳瑁道：「威后信任奴婢，奴婢敢不肝腦塗地，保護公主。」

楚威后又歎道：「那個向氏之女，我終究是不放心，妳跟著前去，總要看著她死了，我才放心。」

玳瑁忙應道：「奴婢必會替威后了此心願。」

楚威后點了點頭，擺手令她出去了。

黃歇雖在宮外，但莒姬在宮中經營多年，消息始終不斷。他也收到了音訊，得知楚威后要對羋月下毒，連忙也加緊行動，先是請屈原為媒，再託太子橫遞上求婚之請給楚王槐，且託了景差等人遊說，獲得了楚王槐同意，只等著宮中下旨。不想過了數日，太子橫卻是一臉愧色地來找黃歇，說了宮中旨意。

「子歇，對不住，本來父王都已經答應了，可祖母說，九姑母自請當八姑母的陪嫁之媵，她勸說半天，九姑母只是不肯改口，不願下嫁。因此為圓父王和我的面子，也為了補償與你，改由七姑母下嫁與你。」太子橫支吾半晌，終究還是把話說出了口。

黃歇頓時臉色鐵青，心中暗恨楚威后顛倒是非，惡毒已極，若不是早與莒姬商議好了退路，他當真是要當著太子橫的面翻臉了，忍了又忍，還是忍不住道：「威后當真慈愛得很，居然還勸了又勸，還肯想著補償於我。難道太子在宮中，就不曾聽說，七公主她患了癔症嗎？」

太子橫亦是聽說過此事，尷尬道：「其實這樣更好，不是嗎？你得了公主下嫁的榮寵，又不用真的被公主拘束壓制，隨便把她往哪裡一放，不愁衣食的，再納幾個喜歡的小妾，豈不更好？」雖然這樣說，對於自己的姑母很不公平，但捫心自問，把一個中邪的公主下嫁，這也的確是太欺負人了，只是這麼做的人是自己的祖母，他又能怎麼樣？只能暗替好友不平罷了，他也無可奈何啊。

黃歇冷笑道：「太子，我黃歇是這樣的人嗎？」

太子橫伸出去準備安撫他的手在半空中停住，尷尬地縮回來，乾笑道：「是啊，子歇，算我說錯話了，那你現在打算怎麼辦？」

黃歇冷笑一聲，「怎麼辦？君行令，臣行意。大不了拒旨不接，一走了之。」

太子橫急了，「子歇，你不能走，你走了我怎麼辦？」

黃歇道：「太子，現在局勢穩定，我繼續待在這裡，也起不到什麼作用。你放心，若是太子真有事需要我效勞，黃歇肝腦塗地，在所不惜。」

太子橫道：「你就這樣一走了之嗎？」

黃歇微微冷笑，「天下之大，何處行不得？不過，我的確是要一走，卻未必就能了之。」

他的確是要走，但在走之前，他要帶走魏冉，他要在秦楚交界之處，選擇一個與羋月接頭的地點。他要安排向壽進入軍營，他要託師兄弟們照顧羋戎，他要得到屈原給齊國的薦書……他要做的事是極多的。

羋姝亦是聽到此事，急忙來找羋月，「九妹妹，妳聽說了沒有，黃歇居然向茵姊求婚。」

羋月內心只想怒吼：不，他是向我求婚，卻教妳母親將羋茵塞給他了。

但這話是不能當著羋姝的面說出來的，羋月冷笑道：「阿姊當真相信黃歇會向茵姊求婚？」

羋姝眨了眨眼，忽然似想到了什麼，臉一紅，有些羞答答地道：「妳說，會不會是子歇欲求婚於我，結果……因為我許配了秦王，王兄沒辦法答應他，為了補償他，所以將茵姊嫁給了他？」

羋月直欲作嘔，忍了又忍，才道：「我們均不知內情，又如何了解到底是怎麼回事呢？」

羋姝卻越想越覺得當真如此，歎道：「怪不得當日我贈玉與他，他回我《漢廣》之詩，想來他也是知道，我與他，終究是不可能的。只是我不承想，他竟當真努力過……」

想著這樣一個美少年對自己動過心、努力過，卻徒然隔江遠眺，高山仰止，還不曉得如何傷心呢。自己雖然與秦王情投意合，但畢竟傷了一個美少年的心，一顆少女的心又是得意，又是愧疚，自己想像無限，竟有些癡醉了。

羋月看她如此神情，豈有不明白的？心中冷笑，口中卻道：「阿姊，休要多慮了，他本來便與妳無關，還是想想如何備嫁吧。」

羋姝重又回嗔作喜，道：「正是，還要妹妹與我參詳呢。」

接下來的日子，便是羋姝拉著羋月，準備嫁妝。

這日，羋月隨羋姝去方府親自察看。方府乃是楚宮藏寶庫之名，內有楚國數百年的積累。高大的鐵門緩緩推開，內宰引著羋姝和羋月走進庫房，但見庫房左邊牆上都是一排排架子，放著各式各樣的兵器，右邊則是一個個鎖著門的櫃子。

內宰掏出鑰匙遞給一個內侍，令其一一打開櫃子，另一個內侍捧著竹冊，一一核對。

內宰殷勤地介紹道：「二位公主請上座。這邊是兵器庫，都是歷任大王收藏的寶刀兵器，那頭是珍庫，那一盒盒都是上好的玉石珠寶。列國之中，就數咱們楚國的荊山玉和秦國的藍田玉最為上乘，但我楚國的黃金之多，金飾之美，又是秦國所不能及的。」

羋姝坐在上首，看著內宰指揮內侍們，按照竹冊上的記錄一邊核對，一邊流水般地將一盒盒珠寶送上來，聽著他流利的解說。

內宰道：「八公主，此乃青玉羽觴……這琉璃珠雖不如隨侯珠，卻也相差不遠……這蜻蜓眼據說是從極西之地來的……這一套玉組珮是用和氏璧的邊料做的……這是犀角杯……這一套八組帶鉤是分別用金銀銅鐵犀玉琉錯八種材質做成……這是赤玉珠串……這一套金飾共有十二件……」

羋月看著那些寶物件件生輝，無心坐在那裡和羋姝一起挑選，便尋了個藉口站起來慢慢走動，不知不覺走到兵器架邊，拿起架子上的一把劍，抽出來只見寒光凜凜，見上面兩個小字「干將」，不由得念出聲來。

她身後自然也有方府的小內侍跟隨侍候著，見狀忙笑道：「此劍便是干將劍，旁邊那把就是莫邪劍。據說是先莊王的時候得到五金之精，召大匠干將鑄劍，干將卻無法將這五金之精熔化，干將之妻莫邪為助夫婿鑄劍而跳入鑄劍爐中，於是鑄成這兩把劍。劍成之日，干將自刎而殉妻，因此這兩把劍，雄名干將，雌名莫邪。先莊王得此雙劍，終成霸業。」

羋月手持雙劍，不禁歎息道：「縱使有王圖霸業又算得了什麼？天下名劍雖多，卻唯有干將莫邪之名最盛，此乃情之所鍾，生死與共，便讓世人也生感動。」

見羋月放下干將，表情有些不樂。小內侍忙引著她到了前面，又介紹道：「公主，那是穿楊弓，是當年神射手養由基用過的弓箭。旁邊那個是七層弓，是與養由基齊名的潘黨所用之弓……」

羋月只看了一眼，不感興趣。小內侍見狀，以為她只喜歡名劍，忙又引著她去了劍架處，繼續介紹道：「公主，這是越國大匠歐冶子所鑄的龍淵劍，當日風鬍子前去越國尋訪歐冶子，鑄了三把劍，一名工布，一名龍淵，一名太阿，如今太阿劍在大王身上佩著呢，所以這裡存的是工布和龍淵。」

這些曠世名劍，若到了外頭，當教舉世皆狂，但於這庫房之內，不過是楚國的幾件私藏罷了。羋月走過，看到兩處劍架擺設有些不同，當下又拿起一把劍，卻見上面的篆字與楚國常用之字有些不同，端詳半晌，猜測著字形念道：「越王勾踐，自作用劍。」

小內侍欲介紹道：「公主，這是……」

羋月打斷了他的話，道：「我知道，這是越王勾踐之劍。」

小內侍賠笑道：「公主好見識，這越王勾踐劍旁邊，就是吳王夫差劍。」

羋月一手持著勾踐劍，一手拿起夫差劍，念著上面的字，道：「『供吳王夫差自作其元用』，果然是夫差劍。吳王夫差，越王勾踐，昔日的兩個霸主，如今的佩劍卻落入此間……」

小內侍惴惴不安地道：「公主……」

羋月看著手中的劍，暗自沉吟，我如今身陷困局，今日左手持夫差劍，右手持勾踐劍，可以倚著兩位霸主之氣，破此困局嗎？

方府歸來，羋月輾轉數日，去見羋姝，「阿姊，這平府上交的書目，我覺得不甚合意，不如我替阿姊去挑選如何？」

楚國與秦國雖然都是五國眼中的蠻夷，但楚國畢竟歷史悠久，數百年來，能人才俊無數，滅國甚多，書簡、禮器遠勝秦國。她要嫁與一國之君，嫁妝中的珍寶珠玉都是尋常，最能拿得出手的卻是禮器和書簡。只是這部分的準備，最煩瑣不過，她身邊亦是乏人去做這些事，難得羋月肯去，她自然是高興不過了。

羋月走出高唐臺，嘴邊帶著一絲微笑——羋姝的嫁妝是方府的珍寶，羋月給自己備的嫁妝，卻是楚宮藏書庫平府內的藏書。

羋月來到平府，見了內宰便道：「大王這次賜百卷書簡給阿姊作為嫁妝，內宰列出的書目卻不甚合意，所以阿姊才要我親自來挑選。」

這平府的內宰自恃主管書籍，有些傲氣，聽了此言，雖然態度上仍算恭敬，話語中卻含著骨頭，笑道：「九公主容稟，小臣明白這些書籍是給兩位公主作陪嫁之用，豈敢怠慢？只是兩位公主有所不知，書籍乃國之重器，有些在我楚國都是孤本，這些孤本，是無法送出去的。能給公主陪嫁之用的書籍，至少要有一份抄錄本，否則公主這一陪嫁走，咱們楚國不是少一份典籍了嗎？只是……唉，小臣這些年一直在稟報，平府中的竹簡已多年沒有徹底整理，許多只剩了孤本，抄錄出來的典籍不夠齊全。臨時哪裡找得出這麼多的抄錄本？所以公主自然就不合意了。」

羋月反問道：「平府之中的典籍無人抄錄，豈不是你內宰的過失？早些時候做什麼去了？現在倒來哭窮。」

見羋月這樣一問，內宰露出一副苦相，「公主，臣這平府人手缺少啊，不只抄錄副本的事沒有人做，有些陳年的書卷編繩脫落，字跡模糊，近年來的書簡無人採集徵收，先王上次破越的時候，得到的書卷到現在也沒來得及整理入冊……」

羋月驚訝地問：「如此重要的事情，為何無人整理？」

內宰道：「小臣主事平府，年年求告，這些書簡十分珍貴，若無朝中大臣主持其事，分派編修，召集士子們抄錄備案，光是小臣手底下的雜役，怎麼敢動這些典籍啊？」

羋月聞言，心中已經明白。

當時士人習六藝，於內管轄封地，於外征戰殺伐，於上輔佐君王，於下臨民撫政，並不似後世那樣職能清楚，文臣分轄。楚威王晚年征戰甚多，楚王槐繼位後，昭陽又更注重征伐和外交，朝中上下自然對於整理平府書籍這種事的關注就少了。

她雖已了解其中原因，卻不會應和那內宰，道：「儘管如此，我卻不信，連點稍齊整的抄本書目也整理不出來，想是你們偷懶的緣故。阿姊讓我來看看，我既來了，便要親自看一番才是。」

那內宰無奈，只得引著羋月在平府裡頭一一觀看，親自介紹，「九公主，這一排是吳國的史籍，這是越國的史籍，這是《孫子兵法》全卷……」

羋月駐足，詫異地問道：「《孫子兵法》？」此時列國征戰，好的兵法常是國之重器，她原以為兵法這種東西應該是國君或者令尹私藏，不想宮中書庫竟也有。

內宰忙解釋道：「是，這可是當今世上唯一一套全本十三卷的《孫子兵法》，當年孫武在吳國練兵，並著此兵法，被吳王闔閭收藏於吳宮。後來孫武離開吳國，有些斷簡殘篇流於外間，可這全套只在吳宮之中。後來越王勾踐滅了吳國，這套《孫子兵法》又入了越國，直到先王滅越，才又收入宮中。先王時曾經叫人抄錄一套收在書房，這套原籍便還存在平府。」

羋月心潮激蕩，這套書籍，實在是比任何嫁妝都有用得多。當下拿起一卷《孫子兵法》，翻開竹簡輕輕念道：「兵者，國之大事，死生之地，存亡之道，不可不察也。故經之以五事，校之以計，而索其情：一曰道，二曰天，三曰地，四曰將，五曰法……」看到這裡，她的嘴角現出一絲笑容，她終於找到她要的東西了。

羋月故作不知，只挑了一大堆書簡，說是要拿去給八公主看，那內宰苦著一張臉，心中不願，怎奈八公主得寵，是眾人皆知的事情，她要什麼，還能怎麼辦？卻只咬死了孤本是斷斷不可作為嫁妝，帶到秦國去的，否則他便要一頭撞死。

羋月只得列了清單給他，表示八公主若是看中，便派人抄錄副本，那內宰只得允了。他卻不知，夜深人靜，羋月已悄悄地把許多孤本抄錄下來了。

她與黃歇，將來是要去列國的，手中的知識越多，立足的本錢才越多。

黃歇同她說，他們首先會去齊國，齊國人才鼎盛，那裡有稷下學宮，召集天下有才之士。孟子、荀子、鄒衍、淳于髡、田駢、接子、慎到、環淵等人都在那裡，有上千人在那裡講學論術。

孤燈旁，羋月抄寫著書卷，然而她並不孤單，在她抄著書卷的時候，她想像旁邊就坐著黃歇，對她神采飛揚地說：「皎皎，我們先去齊國，那裡既可以安身立命，也可以結交天下名士……如果在齊國待厭了，我們就去遊歷天下。去泰山、嵩山、恒山、華山、衡山，看遍五嶽；我聽說燕國以北，有終年積雪長白之山；崑崙以西，有西王母之國，是仙人所居地；

我還聽說東海之上，有蓬萊仙山……我們要踏遍山川河嶽，看盡世間美景……」

羋月擱筆，輕撫腰間黃歇所贈的玉珮，想像著將來兩人共遊天下，看盡世間的景象，不禁微笑。

日子一天天地過去，終於，到了羋姝出嫁的時候。

這一日，楚國宗廟大殿外，楚威后、楚王槐率群臣為羋姝送嫁。

此一去，千山萬水，從此再無歸期。不管在楚宮如何嬌生慣養，如何榮寵無憂，嫁出去之後，羋姝便是秦人之婦，她在他鄉的生死榮辱，都只能憑著她自己的努力和運氣，她的母親、她的兄長有再大的能力，都不能將羽翼伸到千萬里之外，給她庇護。

羋姝穿著大紅繡紋的嫁衣，長跪拜別。楚威后抱住羋姝，痛哭失聲。

在羋姝身後，羋月穿著紫色宮裝，跪下一起行禮，景氏、屈氏、孟昭氏、季昭氏四名宗女則跪在羋月身後一起行禮。

羋姝禮畢，站起來，看了楚威后一眼，再回頭看看楚宮，毅然登上馬車，向著西行的方向走去。羋月在她身後，沉默地跟著羋姝的腳步。景氏等媵女，亦是如此。

今日，是楚女辭廟，卻只是羋姝別親，而她們縱有親人，在這個時候，也是走不到近前，更沒有給她們空間以互訴別情。

應該告別的，早就應該告別了。就如同羋月和莒姬、羋戎，早就在數日前，已經辭行。

向壽入了軍營，他將在軍中積累戰功，升到一定的位置，好在將來羋戎成年分封時，成為他的輔弼。

黃歇將魏冉接走，此時亦已經離開黃氏家族了，他將在秦楚交界處與羋月相會。

天色將暗未暗時分，汨羅江邊停著數艘樓船，羋姝等一行人的馬車已馳到此處。楚地山水崎嶇，最好的出行方式就是舟行。她們將坐上樓船，一直沿著漢水直到襄城。

羋姝等下了馬車，進入樓船。無數樓船載著公主及媵女和嫁妝，揚帆起航。

暮色臨江，只餘最後一縷餘暉在山崗上。

山崗上，黃歇匹馬獨立，他的身前坐著魏冉，兩人遙遙地看著羋月等人上船揚帆。

船上依次亮燈，暮色升上，黃歇看了看羋月的船，轉身騎馬沒入黑暗中。

樓船一路行到漢水襄城，羋姝等人棄舟登岸，襄城副將唐遂和秦國的接親使者甘茂均已在此等候了。

唐遂等行過禮之後，羋姝便問襄城守將唐昧為何不來，唐遂尷尬地道：「臣叔父近年多病，外事均由臣來料理。這位是秦國的甘茂將軍，特來迎親。」

甘茂雖為武職，舉止卻頗有士人風範，當下行禮，以雅言道：「外臣甘茂參見楚公主。」

羋姝見此人雖然貌似有禮，卻頗有傲態，有些不悅，只得勉強點頭，以雅言回覆道：「甘將軍有禮。」

唐遂道：「公主請至此下舟，前面行宮已經準備好請公主歇息，明日下官護送公主出關，出了襄城，就由甘茂將軍護送公主入秦了。」

羋姝用雅言說道：「有勞甘茂將軍。」

甘茂以雅言回道：「這是外臣應盡之職。」

兩人以雅言應答，看上去倒是工整，但羋姝心底，有種不太舒服的感覺，這個秦國來迎她的人，實是缺少一種對未來王后的恭敬之感。

不僅是她如此想，連羋月看著甘茂，也無端升起不安之感。

當夜，諸人入住襄城城守府。

羋月獨自坐在房間裡，拿著簪子剔了一下燈心，突然間燈花一晃，她看到板壁上出現一個披頭散髮的巨大人影。

羋月手一抖，強自鎮靜道：「閣下何人，深夜到此何事？」

卻聽得一人的聲音緩緩道：「妳可以轉過頭來看我。」

羋月慢慢轉過頭，看到一個披頭散髮、眼神有些狂亂的老人，不禁詫異問道：「閣下是誰？」

那人直勾勾地看著羋月道：「妳是九公主，先王最喜歡的九公主？」

羋月皺了皺眉頭，道：「我是九公主。先王……你認得先王？」

那人不回答，又問道：「妳母親可是姓向？」

羋月心中疑惑已極，此人似瘋非瘋，出現在此地，實是透著蹊蹺，反問道：「閣下為什麼要問這個？」

那人直愣愣地道：「妳不認識我？我是唐昧。」

羋月一怔，名字似有些耳熟，想了想，恍然道：「唐昧將軍？您不是襄城守將嗎？唐遂副將說您已經病了很多年了……」

唐昧打斷她的話，道：「是瘋了很多年吧？」他來回走著，喃喃道，「是啊，其實我並不是瘋，只是有些事想不通……」他驀地轉頭，問羋月道：「妳為什麼不問我有什麼事想不通？」

羋月見此人神志奇異，當下也不敢直接回答，只謹慎道：「如果唐將軍想說，自然會說的。」

唐昧哈哈一笑，忽然奇怪地問道：「妳有沒有聽人說過我？」

羋月一笑道：「曾聽夫子說過，唐將軍擅觀星象，楚國的《星經》就是唐將軍所著。」

唐昧道：「就這個？」

羋月復又冷靜道：「還有什麼？」

唐昧走到窗前，推開窗子，昂首望天，道：「今天的星辰很奇怪，有點像妳出生那天的星辰。」

羋月看著他的舉動，略微驚恐，她感覺這老人身上有一些奇怪的東西，此時聽他說自己出生之事，不由得問道：「我出生時星辰怎麼樣？」

唐昧搖頭，「不好，真不好。霸星入中樞，殺氣沖天，月作血色，我當時真是嚇壞了。」

羋月心中一凜，退後一步，問道：「為什麼要跟我說這個？」

唐昧只沉浸於自己的思緒中，喃喃道：「當初是我夜觀天星，發現霸星生於楚宮，大王當時很高興，可哪曉得生出來的卻是個女孩。大王說我不能再留在京城，我就往西走……奇怪，我當時為什麼要往西走呢？就是覺得應該往西走，現在看來是走對了，妳果然往西而來，我在這裡應該是守著等妳來的……」

一席話，聽得羋月先是莫名其妙，漸漸地才聽明白，道：「你說什麼？霸星生於楚宮，先王之所以寵愛我，是因為你的星象之言？」

唐昧看她一眼，詫異道：「妳不曉得嗎，先王也是因星象之言，方令向氏入椒房生子的？」

羋月怔了怔，忽然想起向氏一生之波折，又想到宮中庶女雖多，為何楚威后對她格外視若眼中釘，再細細思忖，才恍然大悟，只覺得不知何處來的憤怒直沖頭頂，怒道：「原來是你！是你害得我阿娘一生命運悲慘，是你害得我這麼多年來活得戰戰兢兢，活在沒完沒了的殺機和猜忌中……你為什麼要這麼多事！如果當初你什麼也不說，那麼至少我阿娘可以平平安安地生下我，我們母女可以一直平安地活在一起，我阿娘不用受這麼多苦，甚至不用死……」

羋月說到這裡，不禁掩面哽咽。唐昧卻無動於衷，道：「當日大王曾問我，是不是應該殺了妳。我說，天象已顯，非人力可更改，若是逆天而行，必受其禍。霸星降世乃是天命，今日落入楚國若殺之，必當轉世落入他國，就注定會是楚國之禍了……可如果妳現在就要落入他國，那就會成為楚國的禍亂，所以我在猶豫，應該拿妳怎麼辦。」

羋月聽到這裡，抬頭看著唐昧，只覺得心頭寒意升起。憤怒也罷，指責也罷，她母女的不幸，她的生死，在這個人眼中，竟似微塵般毫無價值。

她在楚宮中，見過如楚威后、楚王槐、鄭袖等這般視人命為草芥之人，但終究或為利益、或為私欲、或為意氣，似唐昧這等完全無動於衷之人，卻是從未見過。他看著她的眼神，不是看著一個人，彷彿只是一件擺設，或者一塊石頭一樣。

這不是一個正常的人，這個人已經是個瘋子。

羋月生平遇到過許多危險，從來沒有一次像今天這樣讓她覺得寒意入骨，像今天這樣讓她完全無措。這個人，比楚威王、比鄭袖、比羋茵，都更讓她恐懼，任何正常的人想殺她，她都可以想辦法以言語勸解、以利益相誘，可是當一個瘋子要殺你的時候，你能怎麼辦？

她當下心生警惕，左右一看，手已暗暗扣住劍柄，「唐昧，你想怎麼樣？你、你以為你是誰？」

她一句「你想殺我不成」的話，已到嘴邊，卻咽了下去，在瘋子面前，最好不要提醒他這個「殺」字。

唐昧盯著羋月，問道：「公主，妳能不出楚國嗎？」他的神情很認真，認真到有些傻愣的，唯有這種萬事不在乎的態度，更令人心寒。

羋月緩緩退後一步，苦笑道：「唐將軍，我亦是先王之女，難道你以為我願意遠嫁異邦，願意與人為媵嗎？難道你有辦法讓威后收回成命，有辦法保我不出楚國，能夠一世順遂平安？」

唐昧搖搖頭，「我不能。」羋月鬆了一口氣，卻見唐昧更認真地對她說，「但我能囚禁妳，或者殺了妳。」

羋月震驚，拔劍道：「你、你憑什麼？」

唐昧面無表情，無動於衷，手一擺，道：「妳的劍術不行，別作無謂掙扎。」

羋月心中恨起，厲聲喝道：「唐昧，你聽好了，我的出生非我所願，我的命運因你的胡說八道而磨難重重，你難道不應該向我道歉，補償我嗎？可如今你卻還說要殺我，你以為你是誰？唐昧，你只不過是個觀星者，也只不過是個凡人，難道看多了星象，你就把自己當成神祇，當成日月星辰了嗎？」

唐昧怔了怔，似乎因羋月最後一句話，變得有一點清醒動搖，然而立刻又變得盲目固執，怔怔地道：「我自然不是日月星辰，但我看到了日月星辰。霸星錯生為女，難道是天道出錯了嗎？妳在楚國，不管有什麼樣的結果都不會讓楚國變壞，可妳要離開楚國，霸星降世，若不能利楚，必當害楚！所以，妳必須死！」

羋月大怒，將劍往前一刺，怒道：「你這不可理喻的瘋子，去你的狗屁楚國！去你的狗屁天道！我只知道我的命是我自己的，不是誰都可以隨便拿去的！誰敢要我的命，我就先要他的命！」

說著，揮劍刺向唐昧。只是羋月雖然與諸公主相比，劍術稍好，但又怎麼能夠與唐昧這等劍術大家相比？兩人交手沒幾招，她便很快被唐昧打飛手中的劍。見唐昧一劍刺來，羋月一個翻身轉到几案後面，暗中在袖中藏了弩弓，泛著寒光的箭頭藉著几案的陰影，暗中瞄準了唐昧。

唐昧執劍一步步走向羋月，殺機彌漫。羋月扣緊弩弓，就要朝著唐昧發射，心頭卻是一片絕望：莫非她的性命，真的要就此交與這個瘋子手中了嗎？

她這麼多年來在高唐臺的忍辱負重，又是為了什麼？她與黃歇的白頭之約，就這麼完了嗎？她的母親莒姬，她的弟弟羋戎、魏冉，又將怎麼辦？

不，她不能死，不管面對的唐昧是正常人，還是個以神祇自命的瘋子，她都不會輕易向命運認輸！

忽然，不知何處，傳來一個老人的聲音，道：「汝不知夫螳螂乎，怒其臂以當車轍，不知其不勝任也，是其才之美者也，戒之，慎之！」

唐昧一驚，道：「是什麼人？」

那人卻已沒有聲響。唐昧想著他方才之言，竟似是針對他的舉動而來，越想越是不對，當下也顧不得殺羋月，猛地踢開窗子躍出，在黑暗中追著聲音而去。

羋月站起來，她卻是聽出了對方的聲音，心中又驚又喜。見唐昧追去，她看了看周圍的一切，再看著唐昧遠去的背影，一咬牙拔起插在板壁上的劍，也躍出窗外追去。

黑暗中，唐昧躍過城守府後院矮小的圍牆，追向後山。羋月緊緊跟隨。

唐昧追到後山，但見一個老人負手而立。

唐昧持劍緩緩走近，問道：「閣下是誰？為何要壞我行事？」

那老人道：「敢問閣下是凡人乎，天人乎？」

唐昧一怔，方道：「嘿嘿，唐某自然是凡人。」

那老人又道：「閣下信天命乎，不信天命乎？」

唐昧道：「唐某一生觀察天象，自然是信天命的。」

那老人冷笑，「天命何力，凡人何力？凡人以殺人改天命，與螳螂以臂當車相比，不知道哪一個更荒唐。閣下若信天命，何敢把自己超越乎天命之上？閣下若不信天命，又何必傷及無辜？」

唐昧怔了怔，「霸星降世當行征伐，若離楚必當害楚。事關楚國國運，為了楚國，為了先王的恩典，我唐昧哪怕是螳臂當車也要試一試，哪怕是傷及無辜，也顧不得了。」

羋月已經追到唐昧身後，聽到這句話，警惕地舉劍護住自己。

那老人蒼涼一笑，「楚國國運，是繫於弱質女流之身，還是繫於宮中大王、廟堂諸公？宗族霸朝、新政難推、王令不行、反覆無常、失信於五國、示弱於鄙秦、士卒之疲憊、農人之失耕，這種種現狀必遭他國的覬覦侵伐，有無霸星有何區別？閣下身為襄城守將，不思安守職責，而每天沉湎於星象之術，從武關到上庸到襄城，這些年來征伐不斷，先王留下的大好江山，從你襄城就可見滿目瘡痍，你還有何面目說為了楚國、為了先王？」

唐昧聽了此言，不由得一怔。他這些年來，只醉心於星象，雖然明知自己亦不過一介凡人，然則在他心中，卻是自以為窮通天理，早將身邊之事視為觸蠻之爭，不屑一顧。此時聽得老人之言，怔在當地，思來想去，竟將他原有的自知打破，不覺間神情已陷入混亂。

羋月見他神情有些狂亂，心想機不可失，忙上前一步道：「閣下十六年前，就不應該妄測天命，洩露天機，以至於陰陽淆亂，先王早亡。今上本不應繼位而繼位，楚國山河失主，七星辰顛倒，難道閣下就沒有看到嗎？以凡人妄泄天機，妄改天命，到如今閣下神志錯亂，七瘋三醒，難道還不醒悟嗎？」她雖於此前並不知唐昧之事的前因後果，然而善於機變，從唐昧的話中抓到些許蛛絲馬跡，便牽連起來，趁機對唐昧發起一擊。

唐昧不聽他言猶可，聽了她這一番話，恰中自己十餘年來的心事，神情頓時更顯瘋狂，道：「我是妄測天命、洩露天機，所以才會陰陽淆亂，星辰顛倒？我七瘋三醒，那我現在是瘋著，還是醒著？」

羋月見他心神已亂，抓緊機會又厲聲道：「你以為你醒著，其實你已經瘋了；人只有在發瘋的時候，才會認為自己凌駕於星辰之上……唐昧，你瘋了，你早就瘋了……」

唐昧道：「我瘋了，我早就瘋了？我瘋了，我早就瘋了……」他神情狂亂，手中的劍亦是亂揮亂舞，「不，我沒瘋，我沒錯……我瘋了，我一直是錯的……」

那老人見唐昧神情狂亂，暴喝一聲，「唐昧，你還不醒來！」

唐昧一震，手中的劍落地，怔在那兒，一動也不動。羋月緊張地抓緊手中的劍。唐昧整個人搖了一搖，噴出一口鮮血，驀地挺直身子，哈哈大笑道：「瘋耶？醒耶？天命耶？人力耶？不錯，不錯，以人力妄改星辰，我是瘋了。對妳一個小女子耿耿於懷，卻忘記楚國山河，我是瘋了……如今我是瘋狂中的清醒，還是清醒中的瘋狂？我不過一介星象之士，見星辰變化而記錄言說，是我的職責。我是楚國守將，保疆衛土是我的職責。咄，我同妳一個小丫頭為難作甚？瘋了，傻了，執迷了……嗟夫唐昧，魂兮歸來！」他凝神看了看羋月，忽然轉頭就走。

羋月鬆了一口氣，見唐昧很快走得人影不見，才轉頭看著那老人，上前道：「老伯，是你，你是特地來救我的嗎？」這個老人，便是她當年在漆園所見之人，屈原曾猜他便是莊子。多年不見，此時相遇，羋月自是又驚又喜。

那老人卻轉身就走。

羋月急忙追上道：「老伯，你別走，我問你，你是不是莊子？當年我入宮的時候，你告訴我三個故事，救了我一命。如今我又遭人逼迫，處於窮途末路之間，您教教我，應該怎麼做。」

那老人頭也不回，只道：「窮途不在境界，而在人心。妳的心中沒有窮途，妳的絕境尚未到來。妳能片言讓唐昧消了殺機，亦能脫難於他日，何必多憂？」

羋月繼續追著道：「難道老伯您知道我來日有難，那我當何以脫難？」

那老人歎道：「難由妳興，難由妳滅，禍福無門，唯人自召。水無常形，居方則方，居圓則圓；因地而制流，在上為池，在下為淵。」

羋月不解其意，眼見那老人越走越遠，急忙問出一個久藏心中的問題，「老伯，什麼是鯤鵬？我怎麼才能像鯤鵬那樣得到自由？」

那老人頭也不回，越走越遠，聲音遠遠傳來，道：「池魚難為鯤，燕雀難為鵬……鵬之徙於南冥也，水擊三千里，摶扶搖而上者九萬里……水之積也不厚，則其負大舟也無力……風之積也不厚，則其負大翼也無力……」

羋月一直追著，卻越追越遠，直至不見。她站在後山，但見人影邈邈，空山寂寂，竟似世間唯有自己一人獨立，一股說不上來的感覺湧上心頭。

他到底是回答了，還是沒有回答？自己的路，應該向何方而去？

夜風甚涼，她怔怔地立了一會兒，還未想明白，卻打了個寒戰，又打了個噴嚏，突然失笑，「我站在這裡想做什麼？橫豎有的是時間想呢。」

自己此番出來，不曉得是否驚動了人。她想了想，還是提劍迅速回返，躍過牆頭，回到房中。此時危險已過，心底一鬆，倒在榻上，來不及想些什麼，就睡了過去。

次日，羋月醒來，細看房間內的場景，猶有打鬥的痕跡，然則太陽照在身上，竟不覺一時精神恍惚起來。回想起昨夜情景，直似夢境一般，不知道唐昧、莊子，到底是當真出現在自己的現實之中，還是在夢中。

她看著室內的劍痕，呆呆地想著，忽然有人敲門，羋月一驚，問道：「是誰？」

卻聽得室外薜荔道：「公主，奴婢服侍公主起身上路。」

羋月收回心神，忙站起來，讓侍女服侍著洗漱更衣用膳，依時出門。

今日便要上路了，送別之人仍然還是唐遂，羋月故意問他，「不知唐將軍何在。」

唐遂卻有些恍惚，道：「叔父今日早上病勢甚重，竟至不起，還望公主恕罪。」

羋月方想再問，便聽得羋姝催道：「九妹妹，快些上車，來不及了。」

羋月只得收拾心神，隨著大家一起登車行路。

羋姝一行的馬車車隊拉成綿延不絕的長龍，在周道上行駛著。道路兩邊的田地明顯可見拋荒厲害，只有零零星星衣著破舊、面有菜色的農人，還在努力搶修著所謂的周道。列國之間最寬廣最好的道路，有些是周天子所修，有些則是打著「奉周天子之命」所修，時間長了，這些道路一併稱為「周道」。

終於，馬車停了下來，羋姝等人依次下車。

唐遂率楚國臣子們向羋姝行禮，道：「此處已是秦楚交界，臣等送公主到此，請公主善自珍重，一路順風。」

羋姝率眾女在巫師引導下朝東南面跪下，道：「吾等就此拜別列祖列宗。此去秦邦，山高水長，願列祖列宗、大司命、少司命庇佑吾等，鬼祟不侵，一路安泰。」

羋姝行禮完畢，站起身來。眾女也隨她一起站起來。

羋月卻沒有跟著起來，她從懷中取出絹帕鋪在地上，捧起幾抔黃土，放在絹帕上，又將絹帕包好，放入袖中，這才站起來。

羋姝詫異問道：「妹妹這是何意？」

羋月垂首，「此番去國離鄉，我真不知道這輩子還有沒有機會重返故國，捧一把故國之土帶在身上，聊作安慰。」

羋姝見她如此，也不禁傷感，強笑道：「天下的土哪裡不是一樣？」

羋月搖頭歎道：「不，家鄉的土，是不一樣的。」

羋姝也不爭辯，諸人登上馬車，在甘茂的護送下，越過秦楚界碑向前馳去。

唐遂等拱手遙看著車隊離去。

遠遠地，一個人站在城頭，看著這一行人的背影，消失在天際，不禁長歎一聲。

第二十九章　秦關道

兩座城池之間，是一望無垠的荒郊。一隊黑衣鐵騎馳過荒野，肅殺中帶著血腥之氣，令人膽寒。鐵騎後是長長的車隊，在顛簸不平的荒原上行駛，帶起陣陣風沙，吹得人一頭一臉盡是黃土。長長的隊伍，一眼望不到頭，越往前走，走得越慢，拖得這旋風般的鐵騎慢慢變成了蜿蜒蠕動的長蟲。

甘茂緊皺著眉頭。他本是下蔡人，自幼熟讀經史，經樗里疾薦與秦王，為人自負，文武兼備，入秦之後便欲立業安邦，一心以商君為榜樣。不料正欲大幹一場之時，卻被派來做迎接楚公主這類的雜事，早已不耐煩。偏生楚國這位嬌公主，一路常生事端，更令他心懷不滿。他疾馳甚遠，只得撥馬回轉，沿著長長隊伍，從隊首騎到隊尾，巡邏威壓著。走在隊尾的楚國奴隸和宦官們，聽得他的鐵蹄聲，心驚膽寒，顧不得腳底的疼痛，加快腳步。

甘茂沉著臉，心中的不滿越來越強烈，猶如過於乾燥的柴堆般，只差一把火便要點燃。恰恰此時，有人上來做了這個火把。

「甘將軍，甘將軍——」聲音自隊伍前方傳來，甘茂聽到這個聲音便知道是為了什麼，也不停下，只是勒住馬，待得對方馳近，才冷冷地回頭以雅言道：「班大夫，又有何事？」
楚國下大夫班進亦是出自羋姓分支，此番便是隨公主出嫁的陪臣之首，他氣喘吁吁地追上甘茂，卻見對方目光寒冷，心中不禁一凜，想到此來的任務，也只得硬著頭皮賠笑道：「甘將軍，公主要停車歇息一下。」
甘茂的臉頓時鐵青，沉聲道：「不行。」說著又撥轉馬頭，直向前行。
可憐班進這幾日在兩邊傳話，賠笑賠得面如靴底，這話還沒有說完，見甘茂已經翻臉，那馬騎行之時還帶起一陣塵沙，嗆得他咳嗽不止。
無奈他受了命令而來，甘茂可以不理不睬，他卻不能這麼去回覆公主，只得又追上甘茂，苦哈哈地勸道：「甘將軍，公主要停車，我們能有什麼辦法？與人方便，與己方便嘛。」
甘茂冷笑一聲，並不理他，只管向前，不料卻見前面的馬車不待吩咐，便自行停了下來。這輛馬車一停下，便帶動後面的行列也陸續停下，眼看這隊伍又要走不成了。
他怒火中燒，馳行到首輛停下的馬車前面，卻見宮娥、內侍圍得密密麻麻，遮住了外頭的視線。他又坐在馬上居高臨下，才勉強見那馬車停下，一個女子將頭探出車門，似在嘔吐，兩邊侍女撫胸的撫胸，遞水的遞水，累贅無比。
見甘茂馳近，侍女們才讓出一點縫隙來，甘茂厲聲道：「為何忽然停車？」
便見一個傅姆模樣的人道：「公主難受，不停車，難道教公主吐在車上嗎？」
甘茂看了這傅姆一眼，眼中殺氣盡顯，直激得對方將還未出口的話，盡數咽了下來。
甘茂忍了忍，才儘量克制住怒火，硬邦邦地道：「公主，太廟已經定下吉時，我們行程緊迫。我知道兩位出身嬌貴，但每日遲出早歇，屢停屢歇，中間又生種種事情，照這樣的速度，怕是會延誤婚期，對公主也是不利！」

羋姝正吐得天昏地暗，亦是知道甘茂到來，只沒有力氣理會於他，此刻聽到如此無禮的一番話，勉強抬起頭來正想說話，才說得一個「你……」，突然風沙颳來，正嗆到羋姝口中，氣得她只狂咳幾聲，無暇再說。

甘茂又沉聲道：「公主既已吐完，那便走吧。」說著撥馬要轉頭而去。

羋姝只得勉強道：「等一等……」

羋月看不過去，道：「甘將軍……」

甘茂見是她開口，冷哼一聲，沒有再動。

羋月以袖掩住半邊臉，擋住這漫天風沙，才能夠勉強開口道：「甘將軍，休要無禮。秦王以禮聘楚，楚國以禮送嫁，將軍身為秦臣，當以禮護送。阿姊難以承受車馬顛簸之苦，自然要多加休息。將軍既奉秦王之令，遵令行保護之職即可，並非押送犯人。何時行，何時止，當由我阿姊做主。吉期如何，與將軍何干？」

甘茂冷笑，「甘某人只奉國君之命。我秦人律令，違期當斬。太廟既然定了吉期，我奉命護送，當按期到達。」他今日說出這般話來，實在是已經忍得夠了！

頭一日在襄城交接，次日他率軍隊早早起來準備上路，誰知道楚人同他說，他們的公主昨日自樓船下來，不能適應，要先在襄城歇息調養。

第二日，公主即將離鄉，心情悲傷，不能起程。

好不容易到了第三日，公主終於可以起程了，他早早率部下在城外等了半天，等得不耐煩了，親去行宮，聽說公主剛剛起身。他站在門外，但見侍女一連串地進進出出，梳洗完畢，用膳更衣，好不容易馬車起駕，已是日中。再加上嫁妝繁多，陪嫁侍人皆是步行，長長的隊伍尾部才走出襄城不到五里，便已經停了三、五次，說是公主不堪馬車顛簸，將膳食都嘔了出來，於是又要停下，淨面，飲湯，休息。天色未暗，又要停下來安營休息，此時離襄城不過十幾里，站在那兒還能夠看得到襄城的城樓。

甘茂硬生生忍了，次日凌晨便親去楚公主營帳，催請早些動身，免得今日還出不了襄城地界。三催四請，楚公主勉強比昨日稍早起身，但走了不到數里，隊伍便停在那兒不動了，再催問，卻說是陪嫁的宮婢、女奴步行走路，都已經走不動了，個個都坐在地上哭泣。

若依了甘茂，當時就要拿鞭子抽下去，無奈對方乃是楚公主的陪嫁之人，他無權說打說殺。當下強忍怒氣先安營休息，當日便讓人就近去襄城徵了一些馬車來，第三日將這些宮婢、女奴都拉到馬車上，強行提速前行。中間楚公主或要停下嘔吐休息，只管不理，只教一隊兵士刀槍出鞘，來回巡邏，威嚇著那些奴隸、內侍、隨扈不敢停歇，直走到天色漆黑，才停下安營。

那些女奴、宮婢如行李般被扔到馬車上，坐不能坐、臥不能臥，只吐了一路，到安營的時候，個個軟倒在地。那些奴隸、隨從，個個也走得腳底起泡，到安營紮寨時，竟沒幾個能夠站起來服侍貴女們了。

結果第四日上，等到甘茂整裝待發了，楚營這邊竟是什麼都沒有動，一個個統統不肯出營了。無奈甘茂和班進數番交涉，直至過了正午，隊伍這才慢慢動起來。

如此走了十餘日，走的路程竟還不如甘茂平素兩日的路程。甘茂心中冒火，也無可奈何，時間一長，那些楚國隨侍連他的威嚇也不放在眼中，逕自不理。

甘茂當日接了命令，叫他迎接楚國送嫁隊伍到咸陽，說是三月之後成婚。他自咸陽到襄城，才不過十餘日，還只道回程也不過十餘日，便可交差了。誰想到楚國公主嫁妝如此之多，陪嫁的奴婢又是如此之多，隊伍延展開來，竟是如此麻煩。

偏楚人還日日生事，實在教他這沙場浴血的戰將忍了又忍，忍得內心真是嘔血無數回。

但於楚人這邊而言，也是苦不堪言。莫說是羋姝、羋月，以及屈、昭、景三家的貴女們，對於這樣顛簸的路程難以承受，便是那些內侍、宮奴，乃至做粗活的奴隸，在楚國雖然身分卑賤，但多年下來，只做些宮中事務，從來不曾這麼長途跋涉過。

且奴隸微賤，無襪無履只能赤腳行路，在楚國踩著軟泥行走也就罷了，走在這西北的風沙中，這腳不能適應，都走出一腳的血來。

甘茂以己度人，只嫌楚人麻煩，楚人則是極恨這殺神般的秦將，矛盾越積越深。

羋姝見羋月差點要與甘茂發生爭執，只得抬手，虛弱無力地道：「妹妹算了。甘將軍，我還能堅持，我們繼續走吧！」

羋月「哼」了一聲，扶起羋姝坐回車裡，用力甩下簾子。

甘茂氣得在空中「啪」的一聲打個響鞭，這才牽馬轉頭發號施令道：「繼續前行！」

馬車在顛簸中又繼續前行。羋月扶著羋姝躺回車內，馬車的顛簸讓羋姝皺眉咬牙忍耐，嘴裡似乎還覺得殘留著不知是否存在的沙粒，只想咳出來。

玳瑁竟比羋姝還不能適應，早已經吐得七葷八素，剛才勉強與甘茂對話之後，又被拉上車，此時整個人都癱在馬車上。羋月只得拿著皮囊給羋姝餵水，羋姝勉強喝了一口水，因顛簸得厲害，唯恐再嘔了出來，揮揮手表示不喝了。

羋月勸道：「阿姊，這樣下去不行。這幾天妳不是吃不下東西，就是吃的東西全都吐出來，若是一直如此，身體會吃不消的。」

羋姝苦笑一聲，搖了搖頭，這幾日的確是什麼也吃不下去，吃什麼都是一股苦膽味。苦味，這是她入秦之後嘗到的第一種味道。剛開始，她以為她的新婦之路會是甜的。那個人，她想到他的時候，心裡是甜絲絲的。一想到要和他相會，要和他永遠成為夫妻的時候，她幻想她去咸陽的旅途也應該是甜蜜蜜的。雖然會有鹹，也會有澀。那辭宮離別的眼淚是鹹的，那慈母遙送的身影是澀的，可是一想到前面有他，心底也是甜的居多。

登上樓船，一路行進，頭幾天也是吐得很厲害，暈船，思親，差點病了。可是畢竟樓船很大也很穩當，諸事皆備，一切飲食依舊如同在楚宮一樣，她慢慢地適應了。她坐在樓船上，看著兩邊青山綠水，滿目風光，那是她這十幾年的成長歲月中，未曾見過的景致，楚國的山和水，果然很美。她相信，秦國的山與水，也會一樣美的。

坐了一個多月的船以後，她急盼著能夠早日到岸，早日腳踏實地，能夠踏踏實實地睡上一覺。樓船再好，坐多了總會暈，朝也搖，暮也搖的。

一路上玳瑁總在勸，等到了岸上就好了，到了岸上，每天可以睡營帳，每天可以想走就走，想停就停，看到好山好水，也可以上去遊覽一番。

所以她也是盼著船早些到岸的，她似乎看到了那一大片威武的秦軍將來相迎，而在他們後面，她亦看到了她的良人的身影，看著他們，心中就感覺格外親切起來。

在襄城頭一晚，她失眠了。原來在船上搖了一個多月，她竟是從不習慣到習慣了，躺在平實的大地上，沒有這種搖籃裡似的感覺，她反而睡不著了。

睡不著的時候，輾轉反側，看著天上的月亮，她忽然想到，這是她在楚國的最後一站了，無名的傷感湧上來，想起無憂歲月，想起母親，想起前途茫茫，竟有一種畏懼和情怯，不想再往前一步。

如此心思反覆，次日她自然是起不來了，也不能馬上行路了。若依了玳瑁，自然還是要在襄城多休息幾天，只是她聽說甘茂催了數次，推及這種焦慮，想著自己心上的良人，自然也是在焦急地盼望、等待著自己的到來吧？

想到這裡，她有了莫名的勇氣，支持著她擺脫離家的恐懼，擺脫思親的憂慮，讓她勇敢地踏出前進的這一步來。

然而這一步踏出之後，她就後悔了。她從來不曾想到，走一趟遠路，竟是如此辛苦。她在楚宮多年，最遠路程也不過是行獵西郊，或是遊春東郭，只須得早晨起身，在侍人簇擁下，坐在馬車上緩緩前行，順便觀賞一下兩邊的風景，到日中便到，然後或紮營或住進行宮，遊玩十餘日，再起身回宮。

她知道自襄城以後，接下來的路程是要坐馬車的，但她對此的估計只是「可能會比西郊行獵略辛苦些」，卻沒有想到，迎面會是這樣漫天的風沙！這樣教人苦膽都要吐出來的顛簸，這樣睡不安枕、食不甘味的苦旅！

馬車又在顛簸，不知道車輪是遇到了石子還是什麼，整個馬車劇烈地跳了一下，顛得玳瑁整個人從左邊甩到了右邊，顛得羋月從坐著仰倒在席上，更顛得羋姝一頭撞到了車壁上，她頓時捂著頭，痛得叫了一聲。

玳瑁連忙上前抱住羋姝，眼淚流了下來，「公主，我的公主，您什麼時候受過這樣的苦啊！」

羋姝的眼淚也不禁流了下來，這些日子以來，她一直硬撐，一直強忍，這是她挑的婚姻，她是未來的秦王后，她不能再像以前那樣使性子，她要懂得周全妥帖，她是小君，她要成為所有人的表率。

可是突然間，所有的盔甲彷彿都崩潰了，積蓄多日的委屈一股腦兒湧上來，竟是按都按不住，她捂著頭，撲在玳瑁懷中哭了起來，「傅姆，我難受，我想回家，我不嫁了，我想母后……」

玳瑁心疼得扭作一團，撫著羋姝的頭，眼淚掉得比羋姝還厲害，「公主，公主，奴婢知道這是委屈您了。這些該死的秦人，怎麼可以這樣對待我們？這一路上，吃不能吃，睡不能睡，這哪是迎王后，這簡直是折磨人啊！」

羋姝愈加委屈，想到一入秦地，就風沙滿天，西風淒涼，稍一露頭，就身上頭上嘴裡全是沙子。這一路上連個逆旅驛館都沒有，晚上只能住營帳。一天馬車坐下來，她身上的汗、嘔吐出的酸水，混成了奇怪的味道。頭一天晚上安營，她便要叫人打水沐浴，得到的回報卻是今天走得太慢，紮營的地方離水源地太遠，所以大家只能用皮囊中的水解個渴，至於梳洗自然是不可能了。

好在她是公主，勉強湊了些水燒開，也只能淺淺地抹一把，更換了衣服，但第二天在馬車上，又得要忍受一整天的汗味酸味。

早膳還未開吃，甘茂就來催行；午膳根本沒有——這年頭除了公卿貴人，一般人只吃兩頓。甘茂沒這個意識，他也不認為需要為了一頓午膳而停下來。交涉無用，羋姝與眾女只得在車上飲些冷水，吃些糕點。怎奈吃下這點冷食，隨後又在馬車的顛簸中吐了出來。

如此數日，羋姝便已瘦了一圈，整個人看上去奄奄一息。

與羋姝相反，羋月卻是表現出極強悍的生命力。羋姝吃不下的食物，她吃得下；羋姝要吐出來的時候，她能夠掩著自己的嘴，強迫自己把嘔吐之意咽下；甘茂行為無禮的時候，她要出面駁斥；羋姝使性子的時候，還得她打圓場。便是本對她不懷好意的玳瑁，久在楚宮了，鉤心鬥角是極擅長的，但旅途顛簸之下，竟比羋姝還不堪承受。尤其是在面對甘茂這種充滿血腥殺氣的人時，素日便有再厲害的唇舌，竟也會膽寒畏怯，有時候勉強說幾句，被甘茂一瞪，嚇得縮了回來。

兩人哭了半日，羋月才遞過帕子來，「阿姊，先擦擦淚，再撐幾日吧。我昨天安營的時候打聽過了，照我們這樣的行程，再過三四日，便可到上庸城了，進了上庸城，多歇息幾天，也可讓女醫摯為阿姊調養一下身子。」

羋姝接過帕子，掩面而哭道：「大王在哪兒？他怎麼不管我，任由一個臣子欺辱於我？」

羋月道：「阿姊剛才就應該斥責那甘茂，畢竟您才是王后。」

羋姝膽怯道：「我、我不敢，那個人太可怕，他一靠近我，我就像聞到了血腥氣。」說著又要哭起來。

羋月只得哄著道：「好了好了，我們就要到了，進了上庸城就好了。」過了上庸城，就是武關城，到了武關，她的行程也應該結束了吧？

黃歇與她相約武關城，想必小冉也是被他帶在了身邊，只要到了武關城，他們三個人就可以永遠在一起，永遠不分離了。

耳邊猶聽得羋姝還在哭泣，「我想見大王，大王怎麼不來接我……」

羋月看著羋姝，此刻兩人快要永遠分開了，她素日的嬌生慣養、蠻橫無理，都不再是缺點，這些年來因為她母兄所為而對她暗暗懷恨的心思，也都沒有了。倒是想起她對自己雖有居高臨下的態度，但不乏關照，想起她少女懷春遠嫁秦國要受的這番艱辛，想起她得知楚威后要對自己下毒的保護之情……剎那間，對眼前的女子也不再有任何怨恨之意，只有憐惜。

她伸手撫了撫羋姝，安慰道：「進了上庸城，馬上會到武關，過了武關，就離咸陽不遠了。阿姊，妳要想一想，到了咸陽，就能見到大王了，到時候阿姊吃的苦都能得到補償了。」

玳瑁聽到「大王」二字，本能地、警惕地望了羋月一眼，欲言又止。

羋姝彷彿得了安慰，臉色漸漸緩過來，「是啊，這種行路之苦，我這輩子真是吃一次也就夠了。我真羨慕妹妹，頭兩天我什麼都吃不下去，那種粗糲的食物就著水囊裡的水，妳怎麼能咽得下去？」

芈月道：「咽不下去也得咽啊，路上的行程都需要體力，不吃哪來的力氣坐車呢？」不往前走，又怎麼能夠見到黃歇呢？

芈姝苦笑，「我也想啊，可是真咽不下，就是死拚著咽幾口下來，也是直往上湧。」

芈月道：「阿姊再熬幾天，再熬幾天，就不用再吃苦啦！」在她的安慰中，芈姝彷彿得到力量似的，長長地吁了一口氣，安靜下來。

終於，車隊進了上庸城。

芈月掀開簾子，看著上庸城的城門，驚喜地對芈姝道：「阿姊，上庸城到了。」此時，芈姝的臉色已更加蒼白憔悴，她躺在車內勉強笑了一下，聲音微弱地道：「到了就好。」

甘茂在城門與衛士交接以後，撥轉馬頭馳到芈姝的馬車旁，正見芈月掀簾向外，他站在一邊，冷眼向內看了一看，一言不發，轉頭就走。

芈月也不理他，只是仰望城門，喃喃道：「終於到了……」終於到了，到秦國了，只要再過一個城池，她的行程也要結束了。

上庸並不算大，僅有芈姝等人的馬車及侍從、隨扈約一千人進入，其餘人在城郭安營。

芈姝等人到了驛館，這才安頓下來，但驛館並不算大，且並沒有為這麼龐大的隊伍準備的場所。

芈姝等人由侍女扶著入內之時，芈月與孟昭氏同行，便見驛館穿堂廊下，驛丞一手拿筆一手拿竹簡，站在甘茂面前認真地核對，「貴女六位、女御十四位、內臣六位、家眷十人、奴僕四十人，入住驛館，護衛兩伍安營驛館外，其餘人等紮營城中各處……」

這驛丞說的是秦語，羋月只聽得了「六」、「十四」等數字，大約猜得到他說的是人員安置之事。見羋姝已經入內，孟昭氏低聲道：「哼，一介小吏也敢對將軍和未來的王后諸多為難，秦人真是尊卑不分。」

羋月詫異地看了她一眼，素日在高唐臺學藝，孟昭氏與季昭氏形影不離，不大出頭，不想這次跟著羋姝出嫁，一路上人人都七顛八倒的，倒只有羋月和孟昭氏兩個還撐得住，因此有些重要的事務都由她兩人暫時掌著。見孟昭氏這般說，羋月歎了一口氣，道：「看來商君之法果然厲害，便是在秦國邊城都得如此嚴厲地執行，連甘茂這種桀驁不馴的人都要遵守，果然嚴整。」

孟昭氏輕哼一聲，也不再說話，兩人走過穿堂，進了內院。這時候諸宮婢、侍人都已經有一堆的事情在等候她們吩咐了。

羋月便讓孟昭氏去安頓媵女及陪臣之事，她負責照顧羋姝。一會兒工夫，便將那間暫居之室換成羋姝素日常用的枕席等用具，又燒好熱水，令珍珠等人服侍羋姝沐浴更衣。終於安頓下來，便喚來女醫摯為羋姝診脈。

此時玳瑁也已沐浴畢，便來接手，羋月乘機去沐浴更衣，又用了一頓膳食，這才回到羋姝房中，卻見廊下跪著一個侍女。玳瑁在門口正焦急地探望，見了她以後，忙喜道：「九公主來了。」說著站起來，親手將她扶進室內。

羋月從未見過這個惡奴給過她如此真切、殷勤的笑容，心知這般作態，必是不懷好意，當下也笑道：「傅姆辛苦。」又轉而問女醫摯，「醫摯，阿姊怎麼了？」

女醫摯跪坐在羋姝身邊——羋姝昏昏沉沉地睡著，她緩緩膝行向後，站了起來，拉著兩人到了廊下，才歎了一口氣，道：「八公主不甚好。」

羋月一驚，「怎麼，不就是水土不服嗎？」她看了玳瑁一眼，「初時傅姆的臉色比八公主還差呢，如今沐浴用膳之後，不也已經好多了嗎？」

女醫摯歎道：「是啊，本以為大家都是一樣，無非是幾日水米不曾存下肚，全都吐光了。若喝上幾日的米湯調理腸胃，再吃些肉糜補益身體即可。只是……」

玳瑁抹淚道：「大家用了米湯，皆是好的，可誰知八公主用了米湯，居然上吐下瀉不止……」

羋月覺得奇怪，道：「這是怎麼回事？」

女醫摯道：「恐是八公主沿途用了什麼不潔之物，這是痢症，此症最為危險，若是處理不好，就會轉成重症，甚至危及性命。」

羋月便問：「那醫摯有何辦法？」

女醫摯道：「我剛才已經為八公主行針砭之術，再開了個藥方，若是連吃五天，或可緩解。」

羋月問：「藥呢？」

玳瑁恨恨地道：「我已經令珍珠去抓藥了，可是這賤婢無用之至，竟然不曾把藥抓回來。」

羋月不由得詫異，問：「這是何故？」

廊下跪著的侍女連忙抬頭，卻是珍珠，她雙目紅腫，眼中含淚，泣道：「奴婢該死！奴婢拿了藥方一出門，竟是不知東南西北，無處尋藥。這秦人講的都是些鳥語，奴婢竟是一個字也聽不懂，拿著竹簡與人看，也沒有人理會。奴婢在街上尋了半日，也不曾尋到藥鋪，奴婢不敢耽擱，只得回來稟與傅姆。是奴婢該死，誤了八公主的湯藥，求九公主治罪。」

羋月頓足，「唉，我竟是忘記了，便是在我楚國，也是十里不同音，百里不同俗。入了秦國，他們自然說的是秦語，用的是秦國之字。傅姆，咱們這些隨嫁的臣僕中，有幾個會講秦語的？」

玳瑁搖頭，「奴婢已經問過了，只是班進他們均在城外安營，如今隨我們進來的這幾個陪臣，原在名單中也有一兩個說是會秦語的，誰知竟是虛有其表，都說是泮宮就學出來的子弟，威后還特地挑了懂秦語的陪公主出嫁。如今問起來，竟轉口說他們倒是深通雅言，但秦語只會幾句，且還與上庸的方言不通，問了幾聲，皆是雞同鴨講。」

羋月撫額，歎息一聲，「唉，不想我楚國宗族子弟，生就衣食榮華，竟是墮落至此。那如今還有什麼辦法？」

玳瑁忙道：「如今便只有找那甘茂交涉，讓他派人替我們去為公主抓藥。」

羋月道：「那便讓陪臣們去同甘茂交涉啊。」

玳瑁看看羋月，「何曾沒有過，只是他們……」見了甘茂就腿軟了。

一邊是百戰之將，一邊卻是紈絝子弟。羋月心知肚明，亦是暗歎。楚國立國七百多年，羋姓一支就分出十幾個不同的氏族來，其下更是子孫繁衍。說起來都是羋姓一脈，祖祖輩輩都是宗族，且多少都立過功，子弟親族眾多，打小擠破頭要進泮宮學習，長大了擠破頭要弄個差使，能幹的固然脫穎而出，無能者也多少能夠混到一官半職。

這次隨著羋姝遠嫁秦國當陪臣，不是個有前途的差使，稍有點心氣的人都不願意去，混不到職位的人倒是湊合著要往裡擠。所以事到臨頭挑了半天，也就一個班進，是鬥班之後，倒略拿得出手些，其餘多半便是勉強湊數的，因楚威后要挑懂秦語的人，幾個只會背得幾句「於我乎，夏屋渠渠。今也每食無餘。于嗟乎，不承權輿」[1]的傢伙便號稱懂秦語混了進來。

因上庸城較小，甘茂要將大部分奴隸和粗笨嫁妝留在城外紮營，班進料得城內應該無事，又恐城外這麼多人會生出事來，所以便將幾個能幹的陪臣皆隨著自己留在城外。而此時羋姝生病要抓藥，那幾個無用的傢伙，壯著膽子找甘茂交涉，竟是被嚇了回來。

羋月見了玳瑁神情，便知道她的目的，歎氣道：「傅姆是要我去找那甘茂？」

玳瑁忙賠笑道：「九公主素來能幹，威后也常說，諸公主當中，也唯有九公主才能擔得起事的……」

羋月心中冷笑，楚威后和眼前這個惡奴，只怕恨不得她早死吧，卻沒料到這一路她越顛簸越是健朗了。玳瑁正有此疑惑，然而羋姝病重，自己獨力難支，還有用得著羋月之時，心中縱有些算計，也只得暫時忍下。

羋月取了寫在竹簡上的藥方，轉身去尋甘茂，卻是前廳不見，後堂不見，追問之下，才知道甘茂去了馬房。羋月心憂羋姝病情，無奈之下，只得又尋去馬房。

但見馬房之中，甘茂精赤著上身在涮馬，羋月闖入，見狀連忙以袖掩面，驚呼一聲。

甘茂一路上已經見識過這小公主的伶牙俐齒和厚臉皮，他向來自負，看不起女子，卻也因此好幾次被她堵得不得不讓步。知道依著往日的慣例，他將那些內小臣趕走以後，搞不好這小女子又會來尋自己，便去了馬房，脫得上身精赤，心道這樣必會將她嚇退。誰曉得她居然徑直進來，見了自己才以袖掩面，暗暗冷笑一聲，裝作未看見她，繼續涮馬。

誰知他又料錯了這膽大臉厚的小姑娘。羋月以袖掩面，只道甘茂必會開口，誰想甘茂卻不作聲，便已明白他的用意，冷笑一聲，一邊仍掩著臉，一邊也不客氣地道：「甘將軍，我阿姊病了，請你派個人替我阿姊抓藥。」

甘茂冷哼一聲，「某是軍人，負責護送楚公主入京，遵令行保護之職。其餘事情，自然是由貴國公主自己做主。某又不是臣僕之輩，此等跑腿之事，請公主自便。」

羋月心中大怒，想你故意如此刁難，實是可惡，當下也頂回去，「甘將軍，我並未指望你親自跑腿，不過請你借我幾個懂楚語的秦兵去幫我買藥罷了。」

甘茂諷刺道：「你們楚國的士卒自是充當貴人的雜役慣了，可大秦的勇士，豈會充當雜役？」

羋月怒了，道：「那你給我派幾個懂楚語的秦人，不管什麼人！」

甘茂斷然拒絕，「沒有！你們楚國的鳥語，除了專職外務的大行人以外，沒人能懂。妳要買藥，用你們楚人自己去，別支使我這邊的人。我只負責護送，不負責其他事。」

羋月頓足道：「你……你別想撇開！」

甘茂見她有放下袖子衝上來的打算，也驚出一身冷汗。他是故意用這種無禮手段來將她嚇退，但她若當真撕下臉皮，甘茂卻沒有這般大膽，敢與國君的媵人有這種衝突。他連忙把馬轡繩一拉，那馬頭衝著芈月撞去，芈月驚得跳後幾步，再一轉頭，甘茂已披上外衣，怒衝衝離去了。

芈月見他遁去，無可奈何，頓足道：「哼，你以為這樣，我便沒有辦法了嗎？」

思來想去，她又回了芈姝房間，卻見女醫摯道，芈姝已經有些發燒，若是不及時用藥，只以針砭之術，只能是治表不治裡。

玳瑁急了，忙衝芈月磕頭。芈月自不在乎這惡奴磕頭，可要她這般看著芈姝病死，卻也不至於這麼忍心。

她們在路上延誤了這麼久，想來黃歇必是到了武關。若是她們滯留上庸，不知道黃歇和魏冉會如何擔心。她與楚威后及楚王槐有怨，但芈姝是無辜的，便當為她冒一次險，救她一命，算還她在楚宮救過自己一場的恩情，也好讓自己早早與黃歇團圓，一舉兩得。

想到這兒，她拿了藥方，帶著女蘿走出驛館。

注釋

①出自《詩經．秦風．權輿》。此句是沒落的權貴子弟哀歎今不如昔的生活，借用此詩實是諷刺那些楚國沒落子弟的心態。

第三十章　上庸城

雖是信心滿滿，可當羋月走出驛館的時候，才發現原來的設想實在過於簡單。她站在街上，焦急而茫然地看著滿大街來去匆匆的人們，耳中聽到的盡是怪腔怪調的秦語，一句也不懂。

她原本還自負多少學過幾首秦風的詩，想來不至於太過困難，便一句句背著，試著與路人搭訕。只是這上庸之地，與咸陽口音差了極遠。且此時市肆之人，又有幾個識字懂詩的？縱是勉強聽得清她在說一句秦語，卻又不知其中之意。

羋月在街上轉悠了半天，才有一個老者驚訝地在她念了一句秦詩「交交黃鳥，止於棘。誰從穆公？子車奄息」之後，回了一句：「交交黃鳥，止於桑。誰從穆公？子車仲行。①女士念此詩，卻是何意？」

「女士」之稱，古已有之，謂士人之女，便如稱諸侯之子為公子、諸侯之女為女公子一般。看那老者衣著打扮，與市肆之人不同，雖然衣非錦繡，卻也佩劍戴冠，文質彬彬，想來雖不甚富貴，卻應該是個士人。

芈月大喜，轉用雅言問道：「老丈聽得懂我的話？」

那老者想是生長於此處的底層士人，對雅言也是半通不通，他似聽懂了，又有些茫然，吃力地想了半日，雅言夾雜著秦語一個字一個字地蹦著，「老朽、慚愧，雅言……」說到這裡，有些汗顏地搖了搖手。

芈月已知其意，不覺大喜，忙向那老者行了一禮，也學著他的樣子，用雅言夾著《秦風》中拆出來的詞句道：「我，楚人，買藥，藥，何處？」

那老人辨了半晌，才恍然道：「樂？哦，樂行，那邊，就是。」

芈月順著那老人的手，看向他所指的方向，卻是一間鋪面外頭掛著一只大鼓，還擺著幾件樂器。

芈月見那老人的手仍然指著那方向，不禁啼笑皆非，便知他把「藥」聽成了「樂」，當下比著手勢，做著喝藥的動作，「藥，喝的，治病。」

那老人也比畫著手勢，「樂，吹的、嗚嗚嗚……梆梆梆……阪有漆，隰有栗。既見君子，並坐鼓瑟。」[2]

芈月聽了他念的詩，腔調雖怪，卻是明白其意，嚇得連忙搖頭，拿出手上的竹簡給老人看，「不是鼓瑟，不是樂，是藥，抓藥！」

老人看著竹簡，卻見上面寫著的都是楚國的鳥篆，只覺得個個字都是差不多的，與秦篆大有區別，辨認半天，終於認出幾個形制略似的字來，猜測道：「桂枝，原來妳要抓藥？喝的，治病？」說著，做了個喝藥的動作，又做出一個痛苦的表情。

羋月見他懂了，大喜，「對，這是桂枝，這是麻黃……藥，我要買藥。」

老人也鬆了一口氣，便指著方向比畫，「往前走，往北轉，再往西轉，看到庸氏藥房，庸，『上庸』之『庸』，聽懂了嗎？」

羋月卻聽不清他發的那個口音，趕緊從袖中取出小刀和一片竹簡，老人在竹簡上歪歪扭扭地刻了方向，又寫上秦篆「庸」字。

羋月回想起入城門時看到的字，便指著城門，「庸，是『上庸』之『庸』？城門上的字？」

那老人見她明白了，連忙點頭，羋月忙向老人行禮，「多謝老伯！」

老人一邊抹汗一邊還禮，「女士不必客氣。」

羋月依著那老人的指點一路走下去，果然走到一間藥房門口，抬頭看到那銘牌上的字，便是掛在城門口的「上庸」之「庸」。她比對了一下手中的竹簡，走了進去。但見藥房不大，小小門面，外頭曬著草藥，裡頭亦是晾著各種草藥，兩個小童坐在一邊，拿著小鍘刀切著草藥，一個中年人捧著竹簡，按草藥類別書寫著。見羋月進來，那中年人忙迎了上來，笑道：「女士有禮！」

羋月便以雅言詢問道：「敢問先生，此處可是庸氏藥房？」

那中年人似是一怔，便遲疑地回道：「老朽——正是——庸氏——藥房——管事——」羋月聽他說的似是雅言，卻是口音極重，腔調甚怪，須仔細分辨才能夠明白他的意思，但也已經鬆了一口氣。當下忙令女蘿將竹簡遞與藥房管事，也不多話，只放緩了語速，「請管事按方抓藥。」

那管事接過竹簡，仔細看了看，拿著竹簡與他藥櫃的藥一一核對著，芈月但聽他用秦語嘟噥著什麼，大約是核對藥名，不料他對了一會兒，又把竹簡還給女蘿，「女士，這藥不對，恕小人不能繼續抓藥了。」

芈月本以為他去抓藥，已經鬆了一口氣，誰知他忽然又將竹簡還與自己，不禁急了，「你為何不給我抓藥？」

那管事只是搖頭，道：「藥方不對。」

芈月道：「是醫者開出來的藥方，如何不對？」

那管事顯然只是粗通雅言，見狀也急了，更是說不清楚，聽得他嘴裡咕嚕嚕先是一串秦語，又冒出了斷斷續續的秦腔雅言，最後竟是有近似襄城口音的楚語混夾。芈月聽來聽去，只聽出他在翻來覆去地解釋，「這藥不對，不能抓藥，會出問題的……」

但仔細問時，兩人又是雞同鴨講，那管事抹了一把汗，轉頭對一個小童咕嚕嚕地說了一串秦語，那小童便轉身站起來，跑向後堂了。

芈月警惕地問：「你想幹什麼？」她在楚宮長大，雖然宮中諸人鉤心鬥角不少，但在那些奴婢口中，宮外的世界則更沒有規則，各種詭異之事竟是不能言說的。如今見了這管事一邊說不能抓藥，一邊顯然是叫小童去後院叫什麼人來，腦海中各種傳說便湧上心頭，不由得後悔自己這般獨自外出，實在是太過冒險。

女蘿雖然完全聽不懂他們之間的對話，但芈月的神情她看得分明，不由得上前一步護主，道：「你們想幹什麼？」
羋月當即道：「女蘿，我們走。」說著就要帶女蘿轉身離開。
那管事急道：「等一等，等一等……」見羋月不理，就要邁出門去，只叫道：「公子，公子——」
羋月正要出門，便聽得一個彬彬有禮的聲音道：「女士請停步。」
那聲音說的是雅言，字正腔圓，完全似出自周畿之聲，羋月不由得止步，轉頭看去。
但見那管事上前打起簾子，一個青衣士子風度翩翩地自內走出，見了羋月，拱手一禮，道：「女士勿怪，我家老僕因不通方言，故而讓小豎叫我來與女士交涉。女士可是要抓藥嗎？」
那管事聽了他的話，連連點頭，似是鬆了一口氣。羋月也放下心來，趕緊轉身行禮，道：「是我錯怪先生了。先生擅雅言真是太好了，我這裡有一服藥方，還要煩勞先生幫我與管事說說，早些抓了藥回去，家中還有病人正候著呢。」便讓女蘿將竹簡遞與那青衣士子。
那士子接過竹簡看了看，識得這上面的文字，道：「哦，是鳥篆，女士可是來自楚國？」
羋月點頭道：「正是，不知道為什麼這位老人家不肯接我的藥方。」
那士子笑了，「女士有所不知，這秦楚兩國不僅語言不同，文字各異，就連這度量之衡器也是不同。我這老僕看您這藥方有許多字不認識，藥名也不對，分量上更是有差異，因怕出差錯誤人性命，所以不敢接這藥方。」
羋月一怔。諸國文字語言各異，她自是知道的，但有些東西她畢竟未曾經歷過，沒有經驗，便歎道：「原來如此。不知這種事是怎麼定的，怎麼竟無人去把這些東西統一一下，也好教世人方便啊。」

那士子也歎道：「是啊，大道原是教人走的，卻要立起城垣，挖起壕溝，教人走不成。世間事，莫不如此！」

羋月仔細看那人年紀甚輕，卻是衣錦紋繡，懸劍佩玉。這通身氣派竟不下於楚國那些名門子弟，再思量他的話，暗想此人不凡，只道：「公子既如此說，想是此藥抓不成了？」

那士子卻搖頭，「無妨，我昔年也曾遊學楚國，所以對於楚國的鳥篆略識一二，也知道楚國的計量方法與秦國的差異，這藥方就由我來向老僕解說。」

羋月忙又行禮，道：「多謝先生。」

當下由那士子指點，讓管事照方抓藥，遇上略有疑問處，便問羋月，不一會兒，抓完了藥，羋月又讓女蘿付錢。

女蘿打開錢袋，羋月見她取出一把楚國的鬼臉錢，自己也知道不成，不免有些尷尬，問道：「先生，這楚錢在秦國，是不是不好用？」

那士子笑道：「無妨，只是計量不便，可到官府指定平准之地兌換，或者稱重也可。」

羋月鬆了一口氣，「那我是不是要先去兌換？」

那士子道：「商君之法森嚴，若是兌換銀錢，要到官府去登記取了竹籌才可兌換。」說到這裡，他又笑了，「不過此城的平准之號也是我家所開，這鬼臉錢回頭我讓老僕去兌換即可。若是女士想要兌換餘錢，也可在此讓老僕與妳兌換。」

羋月自忖接下來或許還有用得著錢幣之處，便道：「如此有勞先生，將這些鬼臉錢俱換成秦國的圜錢好了。」

當下令女蘿與管事兌錢，羋月便含笑問那士子道：「今日多謝先生相助，敢問先生可是姓庸？」

那士子也笑了，「女士穎悟，不敢當女士之謝，在下庸芮。」

羋月道：「此城名為上庸，公子莫不是庸國後人？」

庸芮拱手，「庸國處於秦楚夾縫之間，早已亡國。如今的庸氏不過是秦國的附庸之臣而已。」

羋月亦行禮，「原來您也是一位公子，失禮了！」

庸芮搖頭，「大爭之世，故國早亡，不如忘卻。」

羋月聽到他這一句，想起向國，想起莒國，想起黃國，心中也不禁暗歎。

因見店鋪人物混雜，庸芮便道：「這店中混雜，不如到後堂暫坐，且讓我家老僕與您的婢女把這些事交接完，如何？」

羋月應了，兩人到後堂坐下，又有婢女送上湯水來。飲用畢，庸芮便問：「恕我冒昧，不知可否賜教女士如何稱呼，也免得我失禮。」

羋月斂袖應道：「公子可稱我為季羋。」季者末也，此時對女子的稱呼皆是只稱姓氏而不名。

庸芮恍悟，「是了，我聽說楚國公主送嫁隊伍入城，想必您亦是一位楚國宗女。」

羋月笑笑，也不說明，只道：「上庸本為庸國都城，這城中商號藥鋪皆為庸氏所有，看起來此城也是秦國庸氏家族的封地了，此城郡守是否也出自庸氏家族？」

庸芮點頭，「此城郡守乃是家父。」

羋月讚了一句道：「我看此城法度森嚴，人車各行其道，坊市分明，經營有道，想來必是庸將軍治城有方了。」

庸芮搖頭，「家父乃守成之人，不敢當此美名。女士入秦以後再看各城池，當知如今秦國奉的是商君之法，周天子舊俗下的封君之權，早已不再，一切均是守法度而治罷了。」

羋月想起來時街道上人來人往，各守其道，歎道：「商君法度森嚴，難得商君人亡政不息，秦人守法之嚴，令人嘆服。」

庸芮卻有些不屑地道：「秦人守法，不過是因為迫於商君之法太過嚴密，方方面面全無遺漏，而且執法極嚴，這街上常有執法之吏巡邏，見有違法者處重刑。在大秦，不管你做任何事情，都要領取官府的憑證，否則寸步難行，事事不成。甚至當年連商君自己因為得罪大王想要逃亡，都一樣受制而無法逃脫。不但如此，秦國的田稅商稅都是極重……」

羋月在楚國時，常聽屈原和黃歇感歎列國變法都是半途而廢，而唯秦國變法能夠持久。本以為秦人重法，當會讚頌商君之法，不想卻聽庸芮說出這樣的話來，便問：「可若是這樣，為什麼秦人還在守商君之法呢？」

庸芮笑道：「因為商君之法對君王有好處，對大將有好處，對黔首也有好處，一樁法度之變動，若能得上中下三等人都有好處，便會得到執行。」

羋月不解道：「黔首？」庸芮詫異，「季羋不知黔首為何？」

羋月忙搖頭。庸芮失笑道：「是了，黔首是秦人之稱，乃是庶民無冠，只能以黑布包頭，故曰黔首。雖非奴隸之輩，但終究是人下之人，除了極少數的人有足夠的運氣，或能遇貴人賞識、出人頭地以外，大部分的人，生老病死都已經注定。可是自商君之法以後，他們之中，聰明手巧的可以投入官府辦的工坊商肆為役，力大勇敢的可以投軍，得軍功惠及家人，剩下那些最平庸、最無能的人，在地裡種田，只要按時交了田稅，遇上被人欺負的事，也可以告到郡守縣令那裡，得到公平的待遇……」

羋月沉默。她自幼只知宮中事，知史，知兵，卻不知黔首庶民之苦，想了想，道：「如此，自周天子以來的封臣之權，可就沒有了。封臣不能動，可郡守縣令卻三、五年一換，權力全部在君王手中了。」

庸芮點頭，復又歎息道：「長此以往，那些還在行周天子之政的國家，如何能是秦國的對手？」

羋月便問道：「先生也還有故國之思嗎？」

庸芮搖頭，「沒有了。與其在列國相爭中，戰戰兢兢地做一個小國之君，還不如在大國之中做一個心無牽掛、努力行政的臣子。」

羋月道：「只可惜列國的君王不會這麼想，天下奔走的士子也不會這麼想。鹿死誰手，還未可知呢！」

庸芮道：「不錯，商君之法行於秦，也只是幾十年，以大王之力也有許多地方未曾推行。若要遍及天下，只怕不經過幾百次戰爭，是不可能的。」

羋月沉吟著，卻見女蘿來稟報，便站起身來，笑道：「妾身向先生辭行。聽君之言，勝讀萬卷。今日得見君子，聆聽秦法，妾身實是榮幸。若我能遊歷列國，觀盡列國之法，以後希望還能有機會再見先生，共討思辨。」

庸芮也還禮道：「希望他日有緣，再見女士。」

兩人回到驛館，羋姝用了藥，過得幾日，果然漸漸轉好。

這日，羋月又來探望，見羋姝已經起身，欣慰道：「阿姊今日看上去好多了！」

羋姝亦是感激，拉著羋月的手，「我聽說妹妹為了我的藥去找甘茂理論，又為我冒險去藥房抓藥，身處異國他鄉，語言不通，真是難為妹妹了。」

羋月道：「只要阿姊快點好起來，我所做的實在不算什麼。」

玳瑁神情複雜地向羋月行了一禮，「老奴也要多謝九公主，為我八公主奔波勞累。」

羋月道：「彼此都是姊妹，說這些做什麼？」

羋姝便叫人取來銅鏡，見鏡中自己容顏削減，愀然不樂。羋月安慰道：「待阿姊身體轉好，自然就能夠恢復好貌。」

羋姝放下鏡子，歎道：「唉，不知何時才能夠見到大王。」

羋月歎道：「阿姊，我們在這上庸城也待了五日了，想來秦王在咸陽，必是等阿姊也等得心焦了。」

玳瑁聽了這話，敏銳地看了羋月一眼，佯笑道：「不想九公主也如此關心大王！」

羋月見她神色，知道這惡奴必是又疑她會對秦王有什麼妄念，心下好笑，也不說破，道：「莫不是傅姆不曾盼阿姊早與大王完婚？」

玳瑁忙道：「奴婢自然是盼著我家公主早與大王完婚。」

羋月淡淡地道：「那便是了。」

羋姝被她這一說，亦是勾起對秦王的思念，便道：「傅姆，叫人出去同甘將軍說，我們明日就起身吧。」

玳瑁一怔，「公主，明日就走？您的身子還不曾調養好啊，驟然起身，只怕，只怕……」

羋姝不耐煩地道：「這一路上走得我厭煩死了，早些到咸陽，我也好早早解脫。我便是在上庸城再調養多少日，回頭還得在路上吃苦，不如早了早好。」

玳瑁不敢多言，便命人與那甘茂知會，次日就要動身。亦是吩咐從人，收拾箱籠，待次日清晨，羋姝用過早膳之後，即可出發。

於是這一日，城內驛館、甘茂營帳，以及城外班進帶著的人，俱已收拾好，只待次日出發。

不料這一日晚上，羋姝忽然又上吐下瀉，竟是險些弄掉了半條命。整個驛館俱已驚動，女醫摯又為羋姝扎針，止了瀉吐，只是次日羋姝又起高燒，便不能再走了。

甘茂早已經等得不耐煩，好不容易等得羋姝準備動身，自是次日一早便準備拔營，不料傳來消息說楚公主又生病了，今日又不能動身。

這一路上來，這嬌貴的楚公主今日不適、明日有恙，弄了數回，甘茂都要免疫了，如今再聽此事，不免又認為是楚公主矯情任性，當下怒氣衝衝地找了班進過來，劈頭斥責了一大通，道若是再不前行，他便要強行拔營了。

班進亦是摸不著頭腦，只得向甘茂賠了半天不是，才討得再延遲兩天的允諾，匆匆又來回報羋姝。

羋姝卻已經昏迷不醒，女醫摯用了針灸之術，羋月又令女蘿去抓藥，好不容易到了次日，羋姝方退了燒，醒過來。這一病，直教這嬌貴的小姑娘變得更加多愁善感，見了羋月便哭道：「妹妹，我是不是要死了？」

羋月連忙上前勸道：「別說傻話，妳只是水土不服，再調養幾天就會好的。」

羋姝哭道：「我的身子我自己知道，我從來沒這麼弱過，我怕我去不了咸陽了。妳、妳代我去咸陽，妳也是楚國公主，妳可以……」

羋月聽到此處，心中一驚，忙道：「阿姊說哪裡話來，妳不去咸陽，我就不可能去咸陽，我沒興趣嫁給秦王。阿姊放心，我要看妳病好了，把妳送到咸陽。若不能救妳性命，我是不會離開妳的。好好休息吧，別胡思亂想。」見羋姝力不能支，安撫好便退了出來。

她走到走廊，玳瑁也跟了出來，低聲道：「九公主，妳方才與八公主說的，可是實情？」

羋月並不看她，冷笑道：「傅姆不必在我跟前弄這些心思，我知道阿姊剛才的話必是妳的主意，都到了這個時候，妳腦子能不能用點在正經事上？一入秦國，處處凶險，我們身為楚人當同心協力。阿姊已經病成這樣，妳想的不是讓她快點好起來，而是亂她心神，讓她勞心，拿她做工具來試探我、猜忌我。傅姆如此行為，真不知道妳自命的忠誠何在。」

玳瑁臉色一變，忙上前一步勉強笑道：「九公主說哪裡話來，如今八公主有疾，一切事情當由九公主做主，老奴怎麼敢起這樣的妄心？」

羋月歎道：「傅姆還是把心思用到阿姊身上去吧，若阿姊當真有事，妳防我何用？便是妳在我飲食中下砒霜毒死了我，難道秦王便不會再娶婦了嗎？」

玳瑁嚇了一跳，臉色都白了，顫聲道：「公主何出此言？」她早得楚威后之命，不能讓羋月活著到咸陽，在路上早思下手。可是在船上船艙狹小，羋姝與羋月一直同食同宿，她不好下手，棄船登車後，一路上都是車馬勞頓，她亦是不得下手。到了上庸城，她見羋姝病重，生恐若是羋姝一病不起，羋月就要以大秦公主的身分嫁給秦王，這種事只怕楚威后寧死也不願意看到，所以又暗中下了砒霜之毒，如今見羋月如此一說，不免心驚。

羋月也不屑理會她，只道：「若是傅姆把防我的心放在對阿姊的飲食上，只怕便不會出這樣的事了。」

玳瑁一驚，忙問道：「九公主看出了什麼來？」

羋月冷笑，「若說阿姊頭一天上吐下瀉，可算水土不服，但何以病勢漸好，臨出行前，又是上吐下瀉呢？」

玳瑁驟驚，「正是。莫不是這驛館中有鬼？」說著，便要轉身向外行去。

羋月叫住她，「傅姆何往？」

玳瑁怒道：「我當叫人去審問這驛館中人！」

羋月歎道：「無憑無證，只有猜測，我們身為楚人，如何好隨便去審問秦國驛館？便是妳叫甘茂去問，甘茂亦不會理睬我們；再說，我見秦人律法森嚴，驛丞亦是有職之官吏，隸屬不同，便是甘茂都不能輕易去審問他，還得回報上官，專人來審。如此來去，只怕證據早毀，更怕他們狗急跳牆！」

玳瑁呆住了，她在楚宮之中服侍楚威后，若是有事，便可令出法隨，無有不順，倒不曾想過時移世易，竟會有此難事，當下怔怔地道：「難道公主當真是為人所算計嗎？」她不是不曾動過疑心，只是她卻先疑到了羋月身上。

此番出嫁，既是準備要置羋月於死地，便將羋月原來的幾個傅姆、婢女皆留下，只挑了兩個舊婢女蘿與薜荔跟隨，便料定羋月有此心，亦是沒機會下手。不想螳螂捕蟬，黃雀在後，給羋月這邊，砒霜方下，羋姝那頭竟已經為人所算計了。

玳瑁不得不向羋月求助道：「那依九公主之見，應該怎麼辦呢？」

羋月皺眉道：「只怕驛丞亦未必知情，恐怕要從驛丞侍人、奴僕之流入手。」

玳瑁亦不是蠢人，本一心提防羋月，被她提醒，頓時想到楚宮中原來各國姬妾的手段來，驚道：「莫不是……是秦王宮中，有人要對八公主下手？」

羋月方欲回答，卻聽得轉角處有人道：「正是。」

羋月聽出聲音來，一驚回頭，卻見那轉角處扔出一人來，瞧衣著似是廚娘打扮，卻是被反綁著，嘴裡似塞了東西，支支吾吾。

玳瑁也嚇了一跳，轉眼見那轉角處跟著出來一人，卻是她認得的，失聲道：「公子歇？」

羋月已經驚喜到說不出話！這些日子以來，她也是被整個旅途的艱難、羋姝的病體和抱怨弄得心力交瘁，此時見到黃歇，似有千言萬語要說，又似要飛奔過去，將自己整個人投入他懷中，世間一切風雨，從此便有人替她遮蔽了。

黃歇拱手微微一笑，「傅姆，我們帶這個人去見八公主吧。」

玳瑁滿腹驚詫只得咽回去，忙叫人拎起那廚娘，帶著黃歇去見了羋姝。

羋姝在女醫摯的針術下，略好了一些，正在進藥，見玳瑁帶了那廚娘回來，又說是黃歇在此，訝異非常。

那廚娘想是來之前已被黃歇審問過，不敢隱瞞，老實說出了真相。原來這驛館中除她外，還有三四個人，俱是有人派來的，卻是分頭行事，並不相屬，只是奉了上頭的命令，不讓楚國公主再往前行。頭一次下藥便是乘著楚人初到，匆忙之時，藉幫忙之便，在羋姝飲食中下了瀉藥，讓她上吐下瀉，教人還以為她是水土不服所致。後來因羋姝身邊侍女眾多，從採買到用膳到用藥，皆是有自家奴婢，難以下手，便又在燈油裡添了麻黃。麻黃雖是治疾之藥，可若是過量，就會失眠、頭痛、心悸。羋姝本來就已經水土不服，再加上整夜不能安睡，更兼不思飲食，因此疾病遲遲難好。此後因又不得下手，不免觀望，直至羋姝病勢漸好準備起身，眾人收拾東西，忙亂之時，又被她乘機下了瀉藥。

羋姝驚怒交加，怒道：「妳幕後的主子是誰？我與她無冤無仇，為何要對我下此毒手？」

那廚娘戰戰兢兢道：「奴婢也不清楚，只曉得是上頭有人吩咐，我們做奴婢的，只知聽命行事，如何能夠曉得主子是誰？」

玳瑁恨恨地道：「妳這賤奴，想是不打不招！」說著便要將那廚娘拉下去用刑。

黃歇卻道：「不必了，我亦審問過她，想來她是當真不知。」

羋月忽然問道：「妳雖不知何人主使，但指使妳的人，可是來自咸陽？」那廚娘一怔，臉色有異，羋月又緊追一句道，「可是來自宮裡？」

此時，眾人不必那廚娘回答，便是自她的臉色中已經得到答案。

羋姝的臉都氣白了，「不想大王身邊，竟有如此蛇蠍之人！」

羋月見她整個人都氣得險些要暈過去，連忙扶住羋姝勸道：「阿姊不必為這等人生氣，現在陰謀已經敗露，阿姊只管養好病，將來有找她算帳的時候。」

羋姝看著羋月，驚疑不定，「妹妹如何能知道，這人幕後主使來自宮中？」

羋月猶豫片刻，黃歇方欲道：「此乃……」

羋月已經截口，道：「此事說來有傷我姊妹之情，因此不敢告訴阿姊。」

羋姝更加吃驚，「什麼姊妹之情？」

黃歇已經道：「七公主曾經冒充九公主之名，到驛館遊說魏公子無忌，道八公主傾慕於他。當時曾對無忌公子言道，魏夫人於秦宮之中，對王后之位有覬覦之心……」

羋姝大驚，「你說什麼?茵姊她、她如何知道……」

玳瑁急道：「公主，如今不是說這個的時候，須想想，若當真是魏夫人的陰謀，又當如何應對？」

羋姝素未經過事情，更是方寸已亂，看看羋月，又看看黃歇，似想向兩人求助，又不知如何開口。

於她少女的心中，竟隱隱有一絲奇異的歡喜，她雖然已經認定了秦王，可畢竟曾對黃歇動過情。如今在危難之時，這曾經拒絕過自己的少年千里而來，在最關鍵的時刻救了自己，這不免讓她有了一絲悸動。難道他心中亦曾有過自己，只因為求而不得，故退避三舍嗎？他到上庸，難道竟是為了自己而來嗎？

她的臉一時潮紅一時蒼白，眼神羞澀、表情猶豫，玳瑁和羋月皆看了出來，不免心驚。

玳瑁忙上前一步，刻意道：「我們公主將嫁秦王，豈料中間竟有奸人作祟，想來兩國聯姻，又豈是他們能夠破壞的？今日多謝公子千里來救，只是老奴聽說，威后已將七公主許嫁公子，公子應正當新婚，不知如何忽然到此。」

黃歇道：「我的確是曾向大王求婚，只不過求的並非七公主……」

羋月卻知羋姝此時心事，生恐他說錯了話刺激羋姝，反而不美，忙向羋姝跪下，「阿姊，我有事向阿姊相求。」

羋姝一驚，「妹妹何事，竟如此大禮？」

羋月瞟了玳瑁一眼，直言道：「阿姊有所不知，這一路上，不只有人向阿姊下藥，亦有人向我的飲食中投毒……」

玳瑁臉色慘白，失聲道：「九公主……」

羋月深深看了玳瑁一眼，直到羋姝也將懷疑的目光投向玳瑁，才向羋姝道：「此人是誰，我不便對阿姊明說，想來阿姊必也知道。我感謝阿姊將我帶出楚宮，只是如此一來，接下去的行程，我卻是不便再跟隨阿姊了。況阿姊與秦王情投意合，我亦不想再為人做媵，令阿姊為難，也壞我姊妹之情。今……幸得公子歇救了我們姊妹，我、我亦早對公子有傾慕之心，如今欲隨公子而去，望阿姊允准。」

芈姝看看玳瑁，又看看芈月，心中又愧又羞。她聽得出芈月言下之意，已猜得下毒之人是誰，亦猜得是奉了誰之命。芈月一來揭破此事，自陳不能再跟隨的原因，再以秦王與她情投意合，不願插足其中，免壞姊妹之情為由，表示自己離開之心意，更以此刻黃歇恰好出現在此，自己隨黃歇離開，圓了事情，也免閒話。一番話漂漂亮亮，滴水不漏，竟似讓芈姝只覺得她是處處在為自己著想，感動莫名。

於芈月來說，雖然此時與黃歇一起離開，亦是無人阻擋，然而芈戎、莒姬猶在楚國，能不翻臉，最好不翻臉。

芈姝感動異常，一口答應道：「妹妹既有此心，我怎好不成全了妳？只是……公子歇，你可願善待我的妹妹？」

本來黃歇只須順勢道一聲「多謝公主」即可，不料黃歇怔了一怔，反道：「多謝八公主成全。只是有一樁事，我須與八公主說清，我與七公主彼此無情，我向宮中求娶的，本就是九公主。」

芈姝一怔。

芈月見事已成，黃歇卻偏發起拗性，直氣得腹誹，急道：「阿姊……」

芈姝擺擺手道：「妹妹無須著急，若是公子歇亦對妳有意，更是美事一樁。」說到這裡，她也笑了起來，「妳我各得其所，方是好事。難道我如今身為秦王后，還會吃妳的醋不成？」

玳瑁在一邊，眼睛都要冒出火來了，方欲道：「公主……」

羋姝已經斥道：「傅姆，我等議事，非傅姆能置喙！」主奴有分，便是玳瑁，此刻亦不敢再言，羋姝復對黃歇笑道：「公子歇只管說來……」

黃歇正色道：「非是九公主傾慕於臣，乃臣傾慕於九公主也。故向宮中求娶，豈知不曉何處出了岔子，竟是將七公主賜婚與臣，而將九公主為媵遠嫁。故臣追至上庸，恰見奸人作惡，因此出手……」

羋姝看羋月低頭不語，笑了，「原來如此。」忽然轉而問黃歇，「不知子歇慕我九妹，自何時起。」

黃歇看向羋月。

羋月狠狠剜了他一眼。好好的事情，被這笨蛋差點壞事。

黃歇見狀只得苦笑一聲，想了一想，揀了個穩妥的時間答道：「乃少司命大祭之日。」

羋姝意味深長地看了羋月一眼，「原來如此。」她倒是覺得自己已經想像出了一段愛情故事來。

她在羋月面前，一直以長姊自居，自己情竇早開，更覺得羋月素日還靈竅未通。想來想去，若不是自己傾慕黃歇，以求祭舞，又如何會成全羋月和黃歇呢？自己有了秦王，卻也成全了曾經喜歡的人，不讓這美少年因自己而青春失意，更是一樁既圓滿又得意的好事。況且若非他來追羋月，也不會因緣巧合救了自己性命，顯見是少司命藉自己的手，圓了這樁姻緣，又藉這段姻緣，救了自己性命。這麼說來是天命所向，那奸人害她，必是天不庇佑。

她越想越是得意，私奔這麼美好浪漫的事，正是她這個年紀的少女最愛做的夢，最不敢實現的事。她自己做了，因此收穫一樁美滿姻緣，如今再看到別人的浪漫，助別人私奔成功，豈非更是一件美事？事情皆因自己起，卻既於自己有益，又於別人得益，豈不兩全其美？當下便笑道：「我還一直擔心妹妹靈竅未開，不曾嘗試過世間最美好的感情，若是就此埋沒深宮，豈非一件憾事？沒有想到公子歇對妳情深一片，居然拋家棄族與妳私奔，更沒有想到冥冥中居然因此而救了我。既然如此，我豈能不成全你們？傅姆，叫人去揀點我的嫁妝冊子，我要為妹妹添妝。」

玳瑁無奈，只得出門叫珍珠取了嫁妝的竹簡，羋姝便問了嫁妝收拾的情況，揀取了易取的一些財物和衣服、首飾並玉器，要賜予羋月為添妝，道：「妹妹如今只帶了兩個侍女出門，實是太少，我再撥數十奴隸、僕從，送與妹妹和子歇路上服侍吧！」

羋月忙道：「能得阿姊成全，已是感激，這些財物、奴僕，實不需要。」

黃歇亦道：「臣無功不敢受公主賞賜。」

羋姝見二人如此，倒是好笑，她先轉頭教訓羋月道：「妳這孩子忒是天真，妳以為一衣一食，皆是天上掉下來的不成？無奴僕，妳可知水從何處尋，柴從何處伐，難道還能親力親為不成？」又轉向黃歇正色道：「我這些財物奴僕，亦不是送給你的，乃是送我妹子的添妝罷了。我這妹子天真不知事，難道你還當真讓她跟著你為粗役不成？」

黃歇與羋月對視一眼，只得道：「公主厚賜，愧不敢當。」

羋姝又笑道：「若是子歇當真介意此事，我亦有事相求。」

黃歇道：「不知公主有何吩咐。」

羋姝收了笑容，肅然道：「驛館下毒之事，實令我心驚。前途尚不知有何情況，我在秦國人地兩疏，輔佐之臣無能，我無可倚仗。唯有請子歇助我，保我平安進咸陽。我若見了大王，便能無恙。到時候子歇收我財物奴僕，便安心了，可好？」

玳瑁本見羋姝同意放羋月離開，又厚贈財物奴僕，臉色已經是甚不好看。如今見羋姝提出請求，又覺得公主果然有小君的氣量與手段，臉上方露了笑意。

黃歇看了羋月一眼，點點頭道：「公主既有此言，黃歇豈敢不效勞？」

羋月亦道：「不將阿姊平安送入咸陽，我亦不能放心離開。」

羋姝道：「好，妳我姊妹各有歸宿，也算圓滿。」說到這裡，也不禁感傷，「只可惜茵姊……」

眾皆沉默。過了片刻，黃歇方道：「君行令，臣行意。臣若不想對不起九公主，那也只能對不起七公主了。」

羋姝忙笑道：「此事怪不得公子，姊妹一場，我只是為她歎息罷了。」

注釋

①出自《詩經．秦風．黃鳥》，講述秦穆公死時，以奄息、仲行、針虎三大將為首多人殉葬，秦人作詩而哀之。

②自《詩經．秦風．車鄰》，為秦人聚會行樂之詩。

第三十一章　生死劫

待得離了羋姝之所，回到羋月的房間，羋月便撲在黃歇懷中，黃歇亦是按捺不住，兩人緊緊相擁，難捨難分。雖然分手的時間並不長，可於兩人來說，卻是一日不見，如隔三秋。

她想到在襄城的驚魂之夜，那時候，她甚至以為自己不能夠活著再見到黃歇了，可她最終還是活了下來。然後是艱難跋涉的行程，她克制著自己的不適，在驕縱的羋姝和傲慢的甘茂中間調和，還要忍受著玳瑁時時存在的惡意。

這一切的一切，她獨自忍受過來的時候，並不覺得有什麼，可是此刻見了黃歇，她卻像是迷路的小孩終於見到自家大人一樣，撲在對方懷中，滔滔不絕地說著，傾訴自己的驚恐和難受，曾經讓她毫不在意的事情，此刻都變得委屈得不能再委屈。

黃歇聽著她襄城之夜的遭遇，氣得險些就要站起來拔劍再去襄城殺了唐昧。他這才知道，羋月這一路受過這麼多痛苦，他不斷地安慰著，看著她在自己面前撒嬌，在自己面前變得前所未有的孩子氣和嬌氣，他甚至覺得，要重新認識羋月了。

過去，羋月也同樣承受了那麼多，然而，她一直在克制、壓抑著。就算她不願意克制，不願意壓抑，又能夠怎麼樣呢？那時候，她還不能脫離楚威后的掌控，就算她偶爾出來與黃歇相見，難道她能夠對著黃歇發脾氣、撒嬌，然後回去就過得更好嗎？

所以，她之前每次與黃歇見面，什麼也不說，只是儘量找著生活中快樂的事情，或者訴說一些小煩惱，更多的時候，兩人攜手只靜靜地行走於山道上，泛舟於小溪上，練劍於梅花林中，辯論於屈原府上，她只能儘量尋找與黃歇在一起的每一刻快樂時光。這種快樂能夠讓她獲得力量，以度過楚宮生活，這股力量通常能讓她撐過許多危險的情境。

而此刻，卻是她自楚威王死後，與黃歇相處以來，最快樂、最放鬆、最無憂無慮的時光。前途的陰霾一掃而空，從此以後，她再也不必忍耐，不必壓抑，她可以盡情地哭，盡情地笑，想說什麼就說什麼，想任性就任性，想撒嬌就撒嬌，不必再想著如何周全妥帖，不必再千辛萬苦地避忌。因為她有黃歇，他會完完全全地包容她、縱容她、愛憐她、寵溺她。

這個晚上，芈月像是把壓抑多年的孩子脾氣和小姑娘的任性，盡數發洩出來一樣，又哭又笑，又說又鬧，黃歇的衣服早被她揉搓成一團，上面盡是她的眼淚鼻涕。到了最後，她終於累了、倦了，一句話還未說完，就睡了過去。

黃歇看著她的睡顏，第一次見到她睡得如同嬰兒一般，雖然臉上還沾著淚水，嘴角的笑容卻如此燦爛。看著她，他心頭酸、疼、憐、愛，攪成一團。

他輕輕地吻了吻芈月，低聲道：「皎皎，睡吧，妳睡吧。過去的一切，都已經隨風而逝，從今以後，有我在妳身邊，替妳擔起所有的事情。妳只管無憂無慮，只管開心快活，只管活得像妳這般大的女孩子一樣驕縱恣意。我會疼妳、惜妳，一生一世……」

在上庸城又過了三天，這三天裡，羋月換了個人似的，與黃歇寸步不離，撒嬌使性，甚至全然不避旁人眼光。

魏冉也已經接了過來，羋月對羋姝解釋，這是她母族的一名表弟，自幼父母雙亡，她答應他父母收養他。羋姝毫不在意，反正羋月和黃歇馬上就要離隊而去，她想做什麼，她的行程中有誰，又與她何干？

三天後，羋姝身體完全康復，車隊重新出發。這次的速度比入上庸城快了許多，甘茂雖然為上庸城耽誤之事而不悅，但見隊伍行進加快，一直沉著的臉也稍有好轉。

從上庸到武關，一路卻是荒涼高坡，黃土滾滾，西風蕭蕭，殺機隱隱。

羋姝馬車在隊伍的正當中，最是顯眼。因為天氣炎熱，馬車的簾子都掀起來透風，但兩邊自是侍女內監簇擁，秦國軍士便走在隊伍前後。羋姝的臉色尚佳，但還帶著些蒼白，她靠在玳瑁懷中，珍珠為她打著白色羽扇。

羋月坐在距她馬車最近的另一輛馬車中，魏冉靠在她膝邊，她微笑地打著竹扇，看著在馬車邊騎馬隨行的黃歇，只覺得心滿意足，嘴邊的笑容怎麼也收不住。

多少年在楚宮步步為營的日子終將結束，從此天高雲闊，自在逍遙。

魏冉問道：「子歇哥哥，我們什麼時候到咸陽啊？」

三人同在一處，羋月與黃歇打情罵俏，魏冉便在一邊時而取笑，時而爭寵，一會兒要與羋月爭黃歇哥哥的疼愛，一會兒又要與黃歇爭姊姊的呵護，忙得不可開交。這清脆的童音在枯燥的行程中也添了許多樂趣。

黃歇回頭笑道：「今晚我們就能到武關了，入了武關下去就是武關道，一路經商洛、藍田，直到咸陽都是官道，不會像現在這樣顛簸難走了。」

魏冉又問：「那我們到了咸陽就分手嗎？」

羋月答道：「是啊，到了咸陽城外，看阿姊進了咸陽我們就走。」

魏冉奇道：「我們為什麼不進咸陽城啊？」

羋月自不能同他解釋進咸陽的不便之處，笑著對他道：「我們不去咸陽，去邯鄲好不好？邯鄲城更熱鬧呢。」

魏冉喜道：「是不是那個邯鄲學步的邯鄲城？」

羋月笑道：「是，邯鄲是趙國的都城，我們不只要去趙國，還要穿過趙國去齊國。我們看看邯鄲有多繁華，邯鄲人多優雅，會讓那個燕國壽陵的人學步到連自己走路都忘記了。我們還要去泰山，看看孔子說的『登泰山而小天下』是什麼樣子，還有傳說中的稷下學宮，子歇哥哥就可以與天底下最出色的士子交流。然後我們再去燕國，聽說燕國那邊冬天冷得鼻子都能凍掉呢……」

魏冉天真地道：「那燕國大街上豈不都是沒有鼻子的人了？我們可不要去燕國。」

黃歇笑了，「那只是一種說法而已。我們再去齊國如何？」

羋月也笑了，「我早聞稷下學宮諸子辯論之盛況，心嚮往之。」

黃歇也悠然神往，「是啊，各國的學宮和館舍，都聚集了來自列國的士子，大家在此交流思想，辯論時策。所以列國士子自束髮就冠，欲入朝堂之前，都要遊學列國，才能夠得知百家之學、諸國之策。如此，則天下雖大，於策士眼中，亦不過數之如指掌。」

羋月聽得不禁有些入迷，「子歇，我從前聽說列國交戰，有些策士竟能夠片言挑起戰爭，又能夠片言平息戰爭，而且不論是遊說君王，還是大將重臣，均能夠說得人頓時信服，將國之權柄任由這些異國之士操弄。你說，稷下學宮那些人，真有這麼出色嗎？」

黃歇失笑道：「這樣的國士，便是列國之中也是極少的。不過說出色也未必就是那麼出色。須知士子遊學列國，既是遊學，也是識政。遊歷至一國，便能知其君王、儲君及諸公子數人的心性、氣量、好惡，便是其國內執掌重權的世卿重將，亦不過是十數人而已，只要足夠的聰明和有心，便不難知情。再加上於學館、學宮中與諸子百家之人相交，能夠讓國君託付國政者，又豈是泛泛之輩？其論著學說，亦不止一人關注。歷來遊說之士，無不常常奔走列國，處處留心，因此遊說起來，便呈水到渠成之勢。」

兩人正說著，突然間不知何處傳來破空呼嘯之聲，兩人一驚，都住了嘴。

黃歇騎在馬上，正是視野遼闊，一眼看去，卻見前頭黃塵滾滾，似有一票人馬向著他們一行人衝殺而來。

黃歇吃了一驚，「有人伏擊車隊！」

羋月亦是探出頭去，問道：「是什麼人？」

前面羋姝的車中也傳出問話，班進便要催馬上前去問。但聽得甘茂的聲音遠遠傳來道：「不好，是戎族來襲！大家小心防備，弓上弦，劍出鞘，舉盾應戰！前隊迎戰，後隊向前，隊伍縮緊，包圍馬車，保護公主！」

黃歇一驚，也拔出劍來，「是戎族，你們小心。」

楚國眾人雖然吃驚，卻還不以為意，畢竟楚國公主送嫁隊伍人數極多，雖然楚軍送至邊境即回，但來接應的秦人也有數千兵馬。

楚人對戎族還是只聞其名，秦國將士卻已舉盾執弓，如臨大敵。

自秦立國以來，戎人便是秦人的大敵。秦國所處之地，原是周室舊都，當年周天子就是為避犬戎，方才棄了舊都而東遷。西垂大夫護駕有功，因此被封為諸侯，賜以岐山以西舊地。此處雖然早被犬戎所占，卻是秦人能夠合法得到分封的唯一機會，雖然明知道這是虎狼之地，無奈之下，只得一代代與戎人搏殺，在血海中爭出一條生路來。身為國君之貴，亦是有六位秦國先君死於和戎人戰爭的沙場上。

秦王派甘茂這樣不馴的驍將來護送楚國公主入咸陽，自然不是為了他脾氣夠壞，好一路與公主多生爭執。實是因為旅途的艱辛，只是一樁小事，自襄城到咸陽，這一路上可能發生的意外，才是重點防護的目標。

因此，甘茂一路上黑著臉，以吉期為理由，硬生生要趕著楚國眾人快速前進，到了上庸城倒還是讓楚人多歇息了數日，便是因為野外最易出事，入城倒是安全。此刻，甘茂瞧著那黃塵越到近處，人數越來越多，竟有一兩千之多，已是變了臉色，吃驚道：「戎族擄劫，從來不曾出動過這麼多人！」

甘茂這一行秦兵，雖然有三千多人，在人數上比戎人多了一倍，可多是步卒，又怎能與全部是騎兵的戎人相提並論？

胡塵滾滾中，依稀可見對方果然披髮左衽，俱著胡裝，人數不少，與甘茂距離方有一箭之地，前鋒便已翻身下馬，躲在馬後，三三兩兩地衝著秦人放箭。

副將司馬康年紀尚輕，之前未曾與戎人交戰，此時見戎人的箭放得稀稀落落，詫異道：「咦，都說狄戎弓馬了得，怎麼這些戎人一箭都射不準？」

甘茂卻是臉色一變，叫道：「小心，舉盾！」

司馬康還未反應過來，只見一陣急箭如雨般射來，但聽得慘叫連連，秦軍中不斷有人落馬。第二輪箭雨射來，秦軍已經及時舉起盾牌，只見亂箭紛至，其勢甚急，有些竟是越過盾牌，往後衝去。

隊伍收縮，走在秦軍之後，最前頭的楚國宮奴們便有些為流矢誤中，不禁失聲慘叫起來。

第三輪箭雨之後，戎人馬群散開，又是一隊騎兵朝著秦人衝去，最前頭的戎人已經與秦軍交手。只見為首之人一臉的大鬍子，看不出多少年紀，驍勇異常，舉著一把長刀翻飛，所向披靡。在他身邊，卻是一男一女，輔助兩翼，如波浪般地推進。

這個時代，車戰方衰，騎戰未興。原來兵馬只作戰車拉馬所用，所謂單騎走馬，多半是打了敗仗以後，湊不齊四馬拉車，才孤零零騎馬而行。後來兵車漸衰，秦人中縱有騎兵，但與後世相比，無鞍無鐙又無蹄鐵，不易長途奔襲，騎行之時很容易被甩落馬下，因此皆是作為旗手或者偵察所用。

而戎人自幼生長在馬上，同樣無鞍無鐙，但人馬早合二為一，有些戎人甚至能夠於馬上射箭搏鬥，這項本事是七國將士難以相比的。

甘茂這幾人心中一凜，不得不迎了上去。那大鬍子與甘茂對戰後，兩人馬頭互錯換位，甘茂待要撥回，那人卻不理甘茂，只管自己往前而行，他身後那男子卻是纏住了甘茂，互鬥起來。那首領頭也不回，直衝著羋姝的馬車而去。司馬康驚呼，「保護公主──」長隊的人馬俱簇擁在羋姝馬車周圍，秦兵在周邊布成一個保護圈，卻擋不住這戎人首領勢如破竹、衝鋒上前，直將秦兵砍殺出一條裂口。

那首領正衝得痛快，前頭卻躍出一人，與他交手。他定睛一看，是個錦衣公子，那戎人首領歪了歪頭，笑道：「你是何人，敢來擋我？」

他雖然滿臉鬍子，瞧不出歲數，但這一張口，聲音清脆，似是年紀甚輕。

黃歇雖然自幼勤習武藝，但與這戎人相比，還是遜了一籌，他舉劍擋了那人數招，已經手臂酸痛，然則自己心愛的人在後面，那是寧死也不會退讓一步。聞聽對方問話，肅然道：「楚人黃歇，閣下何人？」

那戎人便道：「義渠王翟驪。」

黃歇一驚，義渠地處秦人西北，如何竟會來秦國東南方打劫？當下更不待言，與那義渠王交戰起來。黃歇自知不敵，有意引著那義渠王向遠處而去，欲以自己拖住此人，好讓羋月等人有機會逃走或等到援軍。若論武藝，這自幼長在馬上的西北戎人，自然要比荊楚公子更勝一籌，無奈黃歇抱了拚死之心，義渠王數次欲回身去羋姝馬車處，皆被黃歇拖住。

正當兩人交戰時，身後一個女子的聲音響起，「義渠王，你怎麼不去瞧瞧那楚國公主？倒在這裡被人拖住了，哈哈哈……」

義渠王一聽，便道：「鹿女，這人交給妳了。」

黃歇正全力與義渠王交手，無暇分心。忽然，兩人刀劍之間，插入一條長鞭來，纏住了他的劍。黃歇一抬頭，卻見一個戎族打扮的紅衣少女，正饒有興趣地持著一條長鞭，長鞭的另一頭，便纏在他的劍上。兩人交戰起來。

遠處，羋月見那義渠王方才衝過來，黃歇上前擋住將他引走，不免擔心黃歇安危，豈能安坐車上？便下了馬車，上了高車。

所謂高車便是上有華蓋之車，四邊無壁，能作遠眺。羋月等素日乘坐的馬車，卻是四面有壁的安車，左右有窗，既能擋風雨，亦可透風，乘坐遠比高車安適。

羋姝乘坐的卻是一種叫轀輬車的馬車，比安車更寬敞更舒適，車內可臥可躺，下置炭爐，冬可取暖；四周有窗，夏可納涼。乃是楚威后心疼女兒遠嫁，特叫了匠人日夜趕工，送到襄城讓羋姝可以換乘而備。因此這些戎人遠來，雖不識人，但見那華麗異常的馬車，便知是楚國公主車駕了。

高車為前驅，中間是羋姝的轀輬車，其後才是羋月與諸媵女們的安車。因受突襲，馬車都擠作一團，羋月上了高車遠眺，不料在馬嘶人吼、刀劍齊飛的混戰中，好不容易找到黃歇的身影，卻見一個戎人女將纏上黃歇，兩人方交手之時，忽然遠處一道亂箭射來，射中黃歇後心，但見黃歇受傷落馬，瞬間被亂軍人潮淹沒。

羋月失聲驚叫道：「子歇——」頓時一陣暈眩，險些摔倒。她扶著華蓋之柱支撐身體，那一瞬間，只覺得整個人三魂六魄，已不似自己所有，雖處亂軍陣中，危在旦夕，竟是完全失了反應。

她這一失聲尖叫，自己不覺，但聽在他人耳中，極為淒厲。魏冉自她下了馬車之後，便目不轉睛地看著她，見她如此，急忙從馬車中跳出來，哭叫著朝她跑去，「阿姊——」侍女薛荔眼疾手快，眼見如今楚人已亂成一團，這一個小小孩童跑過去只怕要被人踩踏，連忙也跟著跳下車抱起魏冉，「小公子，奴婢抱您過去。」

卻說那一聲尖叫，驚得羋姝也掀開車簾問道：「子歇怎麼樣了？」

羋月只覺得似過了很久，魂魄才慢慢落地，無論如何也沒有辦法驅動自己的手足，好一會兒，方緩緩恢復知覺，只一動，整個人都撲倒在車上，五臟六腑俱絞成一團，痛得說不出話來。

在她的感覺中，似是過了很長很長的時間，但在羋姝看來，卻見她失聲尖叫之後，便愣在那兒，臉上的表情痛苦至極。只一瞬，又見羋月毫不猶豫地跳下高車，摔倒在地，如此摔了數下，方踉蹌著跑到旁邊一個侍從那裡，奪了他的馬與劍，翻身上馬。

羋姝正欲喚她，卻見秦將司馬康渾身是血地衝進來，「不好了，這些戎人早有埋伏，他們是衝著楚國公主來的。公主這馬車目標太大，我們得棄車而走！」

玳瑁大驚，忙與珍珠扶著羋姝下了馬車，問道：「我等一行人即便棄車而走，只怕亦是難以避開，他們還是會衝著公主而來。敢問將軍，如何是好？」

司馬康道：「前面離武關已經不遠，臣當率人引開戎人的主力，餘下部眾就能夠保護公主衝出去。只要我們能多撐一會兒，武關城的守將一定能趕過來。」

玳瑁聽他話說得雖滿，但黃歇方才也欲引開戎人注意，戎人卻終究還是衝著公主而來，只怕司馬康縱有此心，也難達到目的。

此時羋月坐在馬上，卻是一臉傷痛茫然，她轉眼看到，計上心來，忙疾走幾步，上前拉住羋月的馬韁，道：「九公主，妳去哪裡？」

羋月看著她，卻又似沒有看到她，只道：「我去找子歇。」

玳瑁見她如此，知必是黃歇在亂軍之中遭受不幸了，忙厲聲道：「九公主，公子歇已出事，妳衝出去，莫不是要找死嗎？」

羋月精神渙散，眼神時而呆滯，時而凌厲，聽了她這話，冷笑，「我只管死我的，與妳何干？」

玳瑁忽然跪下，「九公主既有此志，何不成全他人？」

羋姝在珍珠攙扶下走過來，聽到玳瑁此言，吃驚道：「傅姆，妳在說什麼？」

玳瑁道：「現在我們被困在這裡，必須有人冒充八公主引開狄戎的主力，最適合的人莫過於九公主。」

羋姝大吃一驚，道：「不行，傅姆，妳怎可令九妹妹為我冒險！」

玳瑁冷笑一聲，「九公主既存死志，如此衝出去，便是輕於鴻毛；若能夠保得八公主，待八公主稟告秦王，必當殺盡這些戎人，為公子歇報仇，這才是遂了九公主之意，是也不是？」

羋月漠然轉頭看著玳瑁，手中劍指著玳瑁，「我不信妳。」

玳瑁硬著頭皮道：「九公主若願救八公主，老奴可在九公主面前血濺三尺，讓九公主出氣。」

羋姝失聲道：「不行！」

玳瑁斬釘截鐵地看著羋姝道：「八公主，您可是王后，您若有事，我們所有的人都活不成。要麼讓九公主冒風險，要麼我們所有的人一起死。」

羋姝看著外面殺聲震天，不禁有些害怕起來，目光游移，「這……」

這時，魏冉在薜荔攙抱之下，跌跌撞撞地跑了來，抱住羋月的小腿大哭道：「阿姊，阿姊，妳不要小冉了嗎？妳不管小冉了嗎？」

羋月微一猶豫，玳瑁心中一急，站起來轉頭拉住羋姝，「九公主不信老奴，可信得過八公主？」

羋姝看了看周圍形勢，終於下定決心，上前一步道：「妹妹，妳與子歇是因為護我入咸陽，這才身陷險地，生離死別。不管願不願意替我去引開戎人，我以楚公主、秦王后之尊，當在此對天起誓，若有一口氣在，定當為子歇報仇，為妳雪恨。」

羋月看著羋姝，看著魏冉，看著眼前的一個個人，心神終於漸漸定了下來，再無猶豫。

她愛憐之至的目光在魏冉臉上停留了一下，見他小臉上盡是擔心和害怕，心頭愧疚、不捨、牽掛一閃而過，可是此刻她的心已經是極累極累，累到再也沒有一點多餘的精力留下。

她再轉頭看向羋姝，羋姝有什麼表情，有什麼想法，她並不需要理會，她只是笑了笑道：「阿姊，我不需要妳為我報仇，我的仇我自己去報。我只求妳一件事，我弟弟魏冉就拜託阿姊，我要妳保他平安成人，不許任何人傷害他，妳做得到嗎？」

羋姝心頭一緊，張口想要阻止她，但這話怎麼也說不出口，兩行眼淚止不住地落下，她蹲下身子抱住小魏冉，哽咽道：「妹妹放心，從此以後，他便是我的親弟弟。」

羋月舉起劍，忽然一陣狂笑，笑得連魏冉聽著都有些心裡發寒，只聽得她道：「子歇因我而死，我豈能獨生？我現在就去引開這些戎族，他們若想抓我，我不介意多拉上幾個給我和子歇賠命。」

說著，她跳下馬，伸手扯下羋姝身上的披風，披在自己身上，便上了羋姝的轀輬車，指著剛才黃歇落馬的方向，對馭者吩咐道：「向那邊走！」

馭者也不答話，只依吩咐驅車而去。

羋月捲起四壁的簾子，不論從哪個方位來看，均可見她一身大紅披風，坐在馬車之內，但不會見到她在披風底下，手執弓箭，身佩長劍。

司馬康手一揮，一名副將率手下圍著羋月的馬車一起衝殺出去，將魏冉的哭喊聲、羋姝的嗚咽聲拋在身後。

正在激戰中的義渠王，抬頭看見一群兵馬護送著最豪華的馬車駛離戰場，馬車裡頭是一個異常美麗的紅衣女子，興奮地手一揮，「兒郎們，那個就是大秦的新王后，快隨我去把她抓過來！」

頓時，所有的義渠兵馬都朝著羋月的馬車追去，兩邊互射弓箭，只是義渠兵所有的箭都避開了那馬車中的華衣女子。

幾輪射下來，兩邊互有損傷，很快便短兵相接，但見羋月身邊的秦兵一個個倒地，只剩下馭者還在拚命趕車。

義渠兵到此時竟不敢再射箭了，生怕流矢誤傷了這美麗高貴的公主。

義渠王大喝一聲，道：「讓我來！」張弓搭箭，一箭射去，但見那馭者應聲滾落車下，馬車頓時失控。

義渠王忙趕馬追上，眼見離馬車已經不遠，正鬆了一口氣，突然車門打開，裡頭嗖嗖嗖地射了三箭出來。義渠王本遠遠看到車中只有一個公主，只道必是手到擒來，豈料竟會有此變故。但他反應亦是極快，伏身揮弓避打。擋了兩箭，只覺得左手臂一痛，有一箭擦著他的手臂而過。

他從來不曾吃過這樣的虧，不禁大怒，當下催馬上前，見那楚國公主踢開車門，連射三箭之後，便跳上一匹馬，割斷車上的韁繩，控制著馬飛馳而去。

義渠王緊緊相追，哈哈大笑，「楚國公主，妳不用跑，我不會傷妳的。妳要再不停下，休怪我無禮了！」

羋月滿心絕望，存了必死之志，倒也不畏。見這戎人追來，滿口胡語雖聽不明白，但看得分明，此人便是害死黃歇的罪魁禍首，只一心一意想殺了他。見他親自追來，內心冷笑一聲，袖中已是暗藏弓箭，等到義渠王追近的時候，忽然一箭射去。義渠王之前中了一箭，早有防備，見到冷箭射來，俯身躲過，不免牽動左手臂上的傷勢，有些痛楚，卻更激起他的興趣，大笑道：「好身手，好潑辣的娘兒們，我喜歡！」

芈月咬牙一箭箭繼續射去，均被義渠王輕鬆躲過，眼看箭袋中的箭越來越少，芈月一狠心，將三支箭全部搭在弓上，俯身夾馬穩住身形，三箭一齊向義渠王射去，弓弦的反彈將芈月的右手掌指割得滿是鮮血。

義渠王帶著輕鬆調笑的態度，邊追邊叫道：「楚國公主，妳跑不了啦！」這句話他說的卻是雅言，以為對方便可聽懂，就停下不會跑了。

哪曉得對方確實停了下來，甚至還回頭朝他一笑，他不禁也回以微笑，誰知突然間又是三箭飛來，義渠王躲開兩箭，第三箭還是擦著他的面頰而過。義渠王臉色一怒，揮鞭加快速度，離芈月已經極近。義渠王手上鞭子一揮，芈月手中的弓被卷走。

芈月不顧右手都是血，拔出劍來，朝著義渠王砍殺過去。義渠王以剛卷到的弓相擋，芈月手中的劍險些脫手。

芈月咬著牙，靜靜等候時機，卻見義渠王一鞭揮來，將芈月連人帶劍卷飛到空中，落在了他的馬上。芈月伏在馬上，一動不動，靜待時機，見他鬆懈，暗中拔出匕首刺向義渠王。誰知剛刺破一層皮革，她的手就被義渠王緊緊握住。

芈月抬頭，見義渠王衝著她一笑，大鬍子下一口白牙閃閃發亮。

他歎了一口氣，道：「女人真麻煩。」

接著，芈月只覺得後頸一痛，暈了過去。

第三十二章　義渠王

也不知過了多久，羋月迷迷糊糊的，只覺得一縷強光射進眼睛裡，讓她終於醒了過來。睜開眼，暈乎乎地爬起來時，羋月仍能感受到脖子的疼痛，她一邊撫著脖子，一邊警惕地張望著四周。只見自己身處於一個帳篷之內，帳內一燈如豆，地下胡亂鋪著毛皮氈子。抬頭再看向帳篷外面，此時天已經黑了，但外面篝火正旺，聲音嘈雜，人影跳躍，鬼影幢幢似的。帳門口更有強光映入，顯得帳內黑暗。

羋月先摸摸自己的衣服，發現衣服還是完好的，身上的佩飾卻全部不見了，不管是手腕上的鐲子、手指上的玉韘，還是腰間的玉珮、玉觿、香囊，凡是硬質或尖銳的物件都沒有了。她再摸摸頭上，不僅頭上的釵環俱無，便是耳間的明璫也不見了。至於她原來袖中的小弩小箭、靴中的小刀，更是全無蹤影。

羋月暗罵一聲，這些戎子搜得好生仔細！卻也無奈，再看看這帳篷之中也只有毛皮等物，一點用也沒有。她舉起手，看到右手上被弓弦割破之處，已經被包紮好了。

她在帳篷中坐了好一會兒，聽得外頭歡笑喧鬧之聲更響，甚至還有人唱起胡歌來，甚是怪異。想了想，還是決定走出帳篷，看看外頭的情形再說。

她掀開簾子，用手擋了一下光，這才看清眼前的一切。原來酒宴便在她所居的帳篷之外，中間點了一圈篝火，眾戎人圍火而坐，正在喝酒烤肉、大聲說笑，有些喝高了的人，在篝火旁醉醺醺地跳起舞來。

羋月一走出來，說笑聲便停住，所有人都看著她。

羋月握緊拳頭，看到坐在人群當中的戎人首領，她頂著眾人的目光，一步步走到義渠王面前。

義渠王左臂包紮著，踞在石頭上正自酣飲，見她走來，咧嘴一笑，甚是高興，「妳醒了？」他一張口便是胡語，想了想覺得不對，又用雅言說了一遍，「妳醒了？」

羋月懶得與他多說，見他會說雅言，倒也鬆了一口氣，只問道：「我的劍呢？」

義渠王哈哈一笑，「俘虜不需要兵器在身。」

羋月只盯著他問：「你為何抓我？」

義渠王道：「自然是為了錢。」

羋月看看他，又看看他周圍這些人，想起白天他們進退有度的樣子，起疑問道：「你們不像是普通的胡匪，你到底是什麼人？」

義渠王饒有興趣地看著眼前的少女，晃了晃手中的金杯笑道：「嘿嘿，妳倒猜猜看。」

羋月皺眉，「披髮左衽，必為胡族；進退有度，必有制度。北狄西戎，你是狄，還是戎？」

義渠王本是逗逗她的，見她如此回答，有些驚詫，「看來妳倒有些見識。」

羋月又猜測道：「東胡、林胡、樓煩、白狄、赤狄、烏氏、西戎，還是義渠？」她一個個地報過來，見對方神情均是不變，一直說到義渠時方笑了，心中便知結果。

義渠王點頭道：「我正是義渠之王。」

羋月便問：「義渠在秦國之西，你們怎麼跑到南面來伏擊我們？」

義渠王指著羋月，「自然是為了妳這位大秦王后。」

羋月忽然笑了，笑得甚是輕蔑，「可惜，可惜。」

義渠王道：「可惜在何處？」

羋月道：「我不是大秦王后，我只是一個陪嫁的媵女。你們若以為綁架了大秦王后便可勒索秦王，那便錯了，我可不值錢。」她知道自己被俘，已存了死志，就想激怒眼前之人。若教她成為這種戎族的俘虜，倒不如死了的好。

義渠王哈哈笑道：「性子如此強悍，殺人如此俐落，見識如此不凡，若非楚國公主，哪來如此心性和教養？妳若不是王后，那這世間恐怕沒有女人敢居於妳之上。」

羋月輕蔑地道：「若是王后，怎麼可能只帶這麼少的護衛，如此輕易落於你們手中？我的確是楚國公主，不過我是庶出為媵，王后是我的阿姊，在被你們包圍的時候，我們換了馬車，由我引開你們，她現在應該已經進入武關了吧。」

義渠王猛地站起，「妳當真不是王后？」

羋月冷笑道：「不錯，你也別想贖金了，殺了我吧！」

義渠王看著她，眼神似有落空了的失望和憤怒。羋月挑釁地看著他。半晌，義渠王卻笑了起來，「好啊，如果秦王不出錢贖妳，那妳就留下來，當我的妃子吧！」

羋月不曾想過竟有此回答，一時竟怔住了。

義渠王笑問：「如何？」

羋月知他心存戲弄，怒火升起，怒極反笑道：「你敢？」

義渠王道：「世間還沒有我不敢的事。」

羋月冷笑一聲，「你若敢要我，就不怕有頭睡覺，沒頭起床？」

義渠王一怔，叫道：「喂喂，就算妳嫁不成秦王，也犯不著急得連命都不要了吧？妳嫁與秦王，一樣不過是媵妾之流啊，有必要拚死嗎？」

「像你這樣的狄戎之輩，是永遠不會了解我們這樣的人的！」羋月說著，甩頭轉身而去。

義渠王看著她的背影，詫異地問身邊的大將虎威，「你說，這小丫頭為什麼這麼看不上我啊？我有哪點比不上秦王那種老頭啊？」

虎威笑道：「那些周人貴女不過是初來時矯情罷了，再過得幾日，自會奉承大王。」

義渠王也不以為意，笑道：「好好好，繼續喝酒。」

羋月回到帳篷，暗中思忖，卻是無計逃脫，聽得外頭酒樂之聲正酣，越來越煩亂，一時竟不知如何是好。

只是如今手中所有物件都已被搜走，便是有什麼想法，也是枉然。看看眼前這帳篷，正處於義渠王酒宴之後，又恐是義渠王之營帳，膽戰心驚地待了大半夜，直至外頭酒宴之聲已息，人群似各歸營帳，亦不曾見有人到來，才略略放心。

此時似已到了凌晨時分，想是營中之人俱已入眠，四下俱靜。羋月忽然升起一個念頭，再也抑制不住。

凌晨，整個軍營人仰馬嘶，義渠兵們忙著收拾帳篷，疊放到馬車上。

一片混亂中，羋月披著義渠兵的披風，一路避著人，聞著馬聲而去，果然見群馬都繫在一處柵欄內。羋月一咬牙，將柵欄打開，放出群馬，抽打著群馬炸營。果然，義渠兵營亂成一團。

羋月本想藉著馬群之亂，偷了馬乘機逃走，豈知群馬炸亂，轟然而出，勢如狂潮。她若不是躲得及時，竟差點要被亂馬衝踏。

義渠兵向此處蜂擁而來，羋月一頓足，轉身欲躲到帳後去暫避，不料一轉身，便被人抓住了肩頭。羋月大驚，正待掙扎，卻聽得一個聲音笑道：「我倒當真看不出來，妳這小女子竟有這樣的膽子，敢炸我的馬群！」

羋月轉頭，見一個熟悉的大鬍子，天色雖暗，仍可見他那可惡的眼睛閃閃發亮，笑著露出一口白牙。

羋月待要掙扎，卻見他將手指放入口中，呼哨一聲，只見那群驚馬中，竟有一匹大黑馬躍眾而出，向著義渠王跑來。

這大黑馬一跑，竟帶動數匹馬也跟在其後。頓時，諸義渠兵也紛紛醒悟，皆在口中發出呼哨之聲，指揮著自己素日慣用之馬，一時馬群亂象漸漸平息了。另有幾隊義渠兵翻身上馬，拿著套馬索去追那些跑失的馬群。

那大黑馬跑到義渠王身邊，低頭拱他，顯得十分親熱，其餘數馬也跟在其後，安靜了下來。羋月心中另有計較，臉上神情不變，「炸了馬群，那又怎樣？你擋路搶劫，強擄人口，我為了逃走，施什麼手段都是正當的。」

義渠王哈哈一笑，「妳以為這樣便能逃走嗎？」

羋月冷笑，「不試試又怎麼知道呢？」

正說著，那邊有義渠兵跑來叫道：「大王，馬群驚了太多，虎威將軍控制不住了！」

義渠王轉頭吩咐道：「再派兩隊去壓住，務必不能讓馬群跑走……」

羋月見他分神，突然跳起，躍上那大黑馬的馬背，用力一抽馬鞭，大黑馬嘶聲前奔。

幾個義渠兵張弓搭箭就要射出，卻聽得義渠王厲聲道：「不許放箭！」

羋月騎上了馬，自覺已經安全，回頭向著義渠王一笑，「告辭！」說罷，控馬飛馳而去。

義渠兵正要追擊，義渠王擺手阻止，他看著羋月的背影微笑，笑容意味深長。

羋月在黃土高坡上飛馳，那大黑馬甚是通靈，無須她指揮，衝到營口，見柵欄躍柵欄，見壕溝躍壕溝，見著人群要圍上來，居然興奮地長嘯一聲，奔得更快了。

羋月見已離義渠軍營，心中暗喜，笑道：「好馬，快跑，我回頭一定給你吃好草料！」

豈料那馬載著她一口氣跑了數百米，卻聽得義渠軍營中遠遠傳來一聲熟悉的呼哨，忽然扭轉馬身，向著來路飛奔。

羋月拚命拉韁繩企圖控制，「別回去，走啊，畜生！」她無法控制去勢，那馬跑得竟比出來時還快，她想跳都來不及。

一口氣奔到義渠軍營帳外，義渠王悠然站在營門口，負手而立，笑得一臉得意。突然，他的呼哨一變，那黑馬居然立了起來，羋月本已經全身脫力，此時摔下馬來，全身的骨頭都似要碎了一般。

義渠王愛撫著大黑馬，「好黑子。」轉頭卻對羋月得意揚揚地笑道：「馬是我們義渠人的朋友，牠是不會被別人驅使就離開我們的。不管被驅使多遠，只要打一個呼哨，牠就知道怎麼回來。妳既然喜歡黑子，那黑子就給妳騎吧，不許用鞭子抽牠，也不許用力勒韁繩。」說著，又將韁繩扔給羋月，羋月不願在他面前示弱，咬牙忍痛從地上爬起來，恨恨地看著義渠王施施然走入營門。

義渠兵上來稟報，「大王，馬群俱已追回。請問大王，下一步當如何行事？」

義渠王一揮手，笑道：「所有的馬車全部棄掉，東西放到馬背上，能帶走的帶走，帶不走的全扔了。秦人昨天救人，今天一定會派人追擊，我們單騎疾行，讓他們追我們的馬塵去。」

義渠兵們哈哈大笑起來，分頭行動，一時準備已畢。羋月見他們只將金銀珠玉等小件細軟之物收拾好，便連整套的青玉編磬也已拆得七零八落。只是羋姝嫁妝中，卻有不少銅器，看上去金燦燦的，但分量不輕，尤其是整套青銅編鐘和幾個大鼎大尊，實在無法放在馬背上，便有義渠兵不捨，來問義渠王怎麼辦。又有羋姝所帶的許多書冊典籍，俱是竹簡，義渠人基本上不識字，又如何會要這些東西？當下也都到處散亂。還有的義渠兵不甘心就此丟棄，竟取了火把來，要將那些帶不走的器物燒掉。

羋月忙厲聲阻止道：「這些俱是典籍，你們既然不用，便留給秦人，豈可燒毀？」

那義渠兵忙看向義渠王，義渠王不在乎地揮揮手，「不燒也罷。」又指了那些大件的青銅器皿，「這些帶不走的，便留給那些秦人吧，他們若要追來，收拾這些財物也要浪費他們許多時間。」

義渠兵依命行事，羋月看著那些被拆得七零八落的編鐘編磬，恨恨地罵了一聲，「果是蠻夷，如此暴殄天物，禮崩樂壞！」

她這句話卻是用楚語罵的，義渠王聽不懂，好奇地問：「妳在說什麼？」

羋月白了他一眼，「罵你。」

義渠王討了個沒趣，摸摸鼻子，不再言語了。

這些義渠兵的動作果然極快，說收拾便收拾好了，只過得片刻，便可拔營動身，羋月也只得被迫與義渠王並肩騎馬，行進在馬隊中間。

羋月舉目看去，見整個義渠人隊伍從頭到尾，清一色俱是男子，心中詫異。昨日受伏擊時，她站在高車之上，明明看到有一隊女兵一起伏擊的，如何一夜過去，這一隊女兵竟是忽然消失了？

她這般沉著臉不說話，義渠王卻是閒著無聊要去撩她，「喂，小丫頭，走了這麼久，一句話都不說，憋著不難受嗎？」

羋月沉著臉，「我只想一件事。」

義渠王道：「想什麼事？」
羋月怒瞪著他，「想怎麼殺了你。」
義渠王聽了不禁哈哈大笑，「殺我？哈哈哈，就憑妳，怎麼可能殺得了我？」
羋月抬頭看著義渠王，認真道：「總有一天，我會殺了你的！」
義渠王看著羋月陽光下的臉龐，如此美麗動人，便是說著殺氣騰騰的話，也可愛異常，當下哈哈一笑，「好，我等著妳來殺我。」
羋月見他如此無賴，本想問他關於昨日女兵的事，也氣得不想再提，只低頭騎馬而行。一路前進，又過了數日，羋月每每欲逃走，卻總是尋不到機會。
這日一大早又拔營起身，行得不久，便見一個義渠兵騎馬過來向義渠王報告，「大王，前面發現秦人關隘阻擋前行，我們要衝關嗎？」
義渠王看了羋月一眼，笑道：「衝過去。」那義渠兵領命而去，義渠王便對羋月道：「妳跟我來，我讓妳看看我義渠兒郎的英姿！」說著，策馬馳上前面的一處高坡，羋月亦驅上跟隨，居高臨下，看著義渠兵和秦兵交戰。
但見前面一所關隘處，城門大開，秦軍黑衣肅然，軍容整齊，列陣而出。對面的義渠兵卻是三五成群，散布山野，並不見整肅之態。
秦軍一番鼓起，兵車馳出，每車有駕車之車士、披甲之甲士、執盾之車右及執箭之弓士，轟隆隆一片碾軋過來，似聽得大地都顫抖起來。在車陣之後，又有更多的秦人步卒跟隨衝鋒。

羋月在楚國亦是看過軍陣演習，心中一凜，只覺得楚人隊伍，實不如秦人整肅。但見秦人兵車馳出，在平原之上列陣展開，義渠兵漫山遍野地散落。兩邊開始互射，秦人那邊整排的弩弓穿空而出，殺傷力甚是強大，只是義渠兵距離分散，雖然偶有落馬者，多半卻也藉著快馬逃了開來。而義渠人所射之箭，又被戰車上執盾之車右抵擋住。

就羋月看來，兩邊強弱之勢明顯，卻不知這義渠王有什麼把握，竟是如此託大。

一輪互射之後，兩邊距離拉大，此時的互射均已在射程外，秦軍兵車又繼續往前驅動，就在這時，變故陡生。

義渠軍中鼓聲頓起，義渠騎兵忽然發動急攻，箭如雨下，與此同時，騎兵手揮馬刀向秦兵急速衝刺而去。騎兵衝向兵車之間的空隙處，刀鋒橫掃而過，部分砍翻車士或者弓士，部分砍在甲士的盔甲或車右的盾牌上被擋回。然而這一排騎兵頭也不回地躍過兵車，後一排騎兵繼續衝上又一波砍殺。幾輪過去，兵車上的秦兵傷亡殆盡，義渠騎兵又對剩下的步兵進行砍殺。秦國大旗倒下，剩下的殘兵慌忙退回城中。

羋月見轉眼之間，強弱易勢，只驚得目瞪口呆，頓時手足發冷，只想著：車戰已亡，騎兵當興！車戰已亡，騎兵當興！

義渠人的武器不如秦人精良，軍陣不如秦人整肅，可是兩邊一交手，這騎兵的機動靈活，戰車的運轉不便，已呈明顯的優劣之勢。

這一戰的戰果如此明顯，與此城守軍戰車太少亦是有關，若是戰車更多一些，料得騎兵也不能勝得這麼輕易。可是若論戰車以及車陣的軍士之成本，卻是大大高於騎兵了。羋月自楚國來，心中有數，便是如此城這般的軍車車陣，亦已經是難得了。若是騎兵遇上步卒，那當真是如砍瓜切菜了。

羋月驟然升起一個念頭，若能夠以秦人兵甲之利和軍容整肅，加上義渠人的騎兵之術，那麼只怕就憑這數千騎，亦可以縱橫天下了。

她在那裡怔怔地出神，義渠王卻甚是得意，「小丫頭，我的騎兵如何？」

羋月猛地回過神來，暗暗嘲笑自己當真異想天開，便縱有這樣一支鐵甲騎兵，又與她何干？她便是有這樣一支鐵甲騎兵，又能做什麼？難道她能稱王不成？還是……如這野人自稱的，憑著手中刀、胯下馬，馳騁天地，無拘無束、逍遙一生？不禁心中苦澀，若是黃歇還在，她所有的夢想便都是美夢，可是如今黃歇已經不在，餘生她不過是在生與死之中衡量罷了。

當日她親眼見黃歇中箭落馬，在亂軍蹄下，豈有生理？萬念俱灰之下，她再無生的意志，只想求死。可如今一旦未曾死成，她亦不是那種矯情之輩，非要三番五次尋死不可。既然大司命讓她還活著，她便要做活著的打算。她要想方設法逃離這些野人，回到咸陽找小冉，回到郢都找小戎，如今世上只有他們姊弟三人，那是無論如何不能再分開的。

見她回神，一邊的義渠王得意道：「如何？」羋月倔強地扭過頭去，冷笑一聲。義渠王很感興趣地逗她，「喂，小丫頭，妳看看，我們義渠人，可比秦人強？反正妳嫁到秦國也不能當王后，還不如留在義渠，嫁給我也行。我也是義渠之王啊，不比大秦之王差啊！」

羋月懶得理會他，「哼，自吹自擂，狄戎之人也敢稱王，誰承認？誰臣服？義渠自己還向大秦稱臣呢。」

義渠王一怔，對她有些刮目相看，「咦，看來妳這小丫頭知道得不少啊！」他沉默片刻，歎了一口氣，情緒也低落下來，「不錯，三年前我父王去世，部族內亂，秦國乘機來襲，我們不得已稱臣。可那只是權宜之計，等我們休養生息以後，我們就有足夠的牧人和馬匹，我的武士比秦人更強悍，總有一天，我會讓秦人向我稱臣的！」他說著說著，振奮起來，最後，話語中滿是自負。

芈月一怔，仔細看他的模樣，初見他時只看到一臉的鬍子，說話也粗聲粗氣，看上去似比實際年齡更大些，然而細看他的臉，尤其是眼睛，再細聽他的聲音，竟似是變聲未完，方猜測他的年齡並不大。如此一來，不知何故竟去了畏懼之心，更是見不得他得意，忍不住要刺他一刺，「雖然你小勝一場，可若是他們不出關迎戰，你們想要攻城，卻沒那麼容易。」

義渠王得意道：「我們是草原之子，天蒼蒼野茫茫，盡是我們的牧場，何必要關隘城池？」

芈月見著蠻夷無知無術，忍不住道：「哼，蠻夷就是蠻夷，頭腦簡單。你明白什麼叫輕重術？什麼叫鹽鐵法？」

義渠王怔住了，問道：「那是什麼？」

芈月不回答，所謂輕重術、鹽鐵法，便是當年管仲之術。管仲當年在齊國，推行「尊王攘夷」，實有許多對付戎狄之人的招數。只不過……芈月暗想，我又何必教你們曉得呢？

義渠王聽她說了一半，便不說了，滿肚子好奇，故意道：「哼，你們周人能有什麼辦法對付我們？當真笑話了，哈哈……」

芈月見他狂妄，忍不住要打下他的氣焰，「別以為仗著兵強馬壯就得意，你們沒有關隘城池，就不能儲備糧食，交易兵器。一遇災年，草場枯死，牛馬無草可食就會餓死，再強大的部族也會一夕沒落！」

義渠王轉頭瞪著芈月，厲聲道：「妳怎麼知道？」

芈月先是一怔，然後明白過來，道：「草場受災。你們明明大敗一場，投降稱臣，卻還要不顧危險來劫持王后，就是想要脅秦人以換取你們部族活命的糧食。」

此言正中真相，義渠王沉默良久，方歎道：「不錯，我們義渠本是草原之王，自由放縱於天地之間，縱橫無敵。可惜卻因為隔三岔五的天災，草原各部族為了爭奪草場而自相爭鬥，有些部族為了得到糧食，還不得不受你們周人的驅使，甚至隸從於兩個不同的國家，自相殘殺。」

芈月來不及糾正他把自己稱為「周人」，只敏銳地抓住他剛才的話，道：「你說受人驅使？難道這次伏擊我們的事，也是受人驅使？」

義渠王嘿嘿一笑，「妳想知道？」

芈月聽得出他話語中的撩撥之意，恨恨地看他一眼，撥轉馬頭向前走去。

義渠王來了興趣，追上她，「喂，妳想知道嗎？」

芈月沉著臉不說話。義渠王繼續逗她，「如果妳答應嫁給我，我就告訴妳。」芈月白了他一眼。

義渠王去拉她，「妳說話啊……」羋月一鞭子打下，卻被義渠王抓住。兩人用力爭奪，義渠王一用力，要把羋月拉到自己身邊來。兩馬並行，羋月拚命掙扎，推搡中，忽然聽得「咚」的一聲，義渠王懷中似有金光一閃，有一枚東西自他懷中落下，先落在刀鞘的銅製外殼上撞出一聲脆響，然後滑落在地。

羋月聞聲看去，義渠王已經是臉色一變，用力一抽鞭子，揮鞭卷住那東西。羋月見他自馬背上另一邊低頭拾物，這一邊刀鞘卻正在自己眼前，便乘機拔出義渠王的刀子。

義渠王抬頭嚇了一跳，忙阻止道：「喂，妳要幹什麼？別亂來。」

羋月恨恨地看著義渠王，「你別過來，你再過來我死給你看！」

義渠王道：「我不過是把妳抓來，又沒對妳怎麼樣，妳幹嘛要死要活的？」

羋月手執刀子，腦海中一片混亂，她無時無刻不在想著如何反抗，如何逃走。可她逃過一次、死過一次以後，才發現自己一個孤身女子，在這群狼環伺中想要逃走，當真是難如登天。欲認命，又不甘心。看到義渠王的刀，拔刀，是一種本能反應，但拔了刀又能夠如何？殺了義渠王嗎？她沒有這個能力。自殺嗎？仍有牽掛。冥冥中似有一股力量，教她不能逃避，不能就此罷休。從小到大，她苦苦掙扎、思索，用盡一切能力，只求活下去，求死是一瞬間的絕望，求生卻是十多年的本能。

可是經過這數日，眼看越來越接近義渠王城，她亦越來越感悲涼。當初在楚宮能夠掙扎著活，是因為有親人、有期望、有目標、有計劃，可是如今若當真去了義渠王城，難道她還能夠在這些野人當中生活下去嗎？她既沒有報仇之能，又沒有逃脫之力，只有眼睜睜看著自己墮入無盡懸崖的絕望，實是不能支撐。

抬頭看義渠王一臉焦急，又不敢上前的樣子，心中大悅，冷笑，「我本來就沒打算活著。你殺了子歇，我若不能殺了你，就跟他一起去也罷了。」她說完橫刀就要自刎，卻被暗暗潛到她身後的虎威一掌擊暈，刀子只在脖子上輕輕劃了一下。義渠王接住羋月，朝虎威讚許地點頭道：「虎威，做得好！」

他看著懷中的少女，有些犯難。塞上少年成家早，他身為義渠之王，自然早早有過女人。只是他所見過的女人，或慕他威名，或畏他王權，或愛他富貴，只對他爭相取寵，或順從聽命，從來不曾見過這樣無法馴服的女子。偏偏這個女子，是他平生第一次產生「勢在必得」興趣的人。

想了想，他還是將羋月放到自己馬上，「速回王城，我要見老巫。」

老巫是族中巫師，義渠王從小由他教育長大，敬他如父如師，有了什麼疑難之事，便要去找他詢問。三年前他父親去世，叔父奪位，他一介少年，雖然名分已定，又驍勇善戰，但若無老巫相助，亦不能這麼容易坐穩王位。

一路疾行，回到了義渠城，義渠王將羋月交與侍女宮人照顧，自己大步闖入老巫房中。

老巫見著他的王從外頭風風火火地進來，皺紋重疊到已看不出表情的老臉上也有了笑意，「王，此番伏擊秦國王后，可還順利嗎？」他與義渠王說的，卻又是義渠老語，便是如今義渠部落裡聽得懂的也不甚多了。

義渠王劈頭就問道：「老巫，你知道什麼叫輕重術？什麼叫鹽鐵法嗎？」

老巫怔了一怔，在義渠人眼中，他是無所不能、幾近通靈的半神，可是他縱然曉得草原上所有的事情，但對於數百年前遠在大海邊上的齊人舊典，當真是不了解。他搖了搖頭，問道：「王，你這話是從哪裡聽來的？」

義渠王不料老巫竟也有不知道的事，詫異道：「唉，原來你也有不知道的事啊！」

老巫又問。義渠王便一五一十地把伏擊秦國王后，誤抓媵女，又喜歡上那媵女，卻不清楚如何著手的事都說了。

見少年一臉苦惱地坐在面前討主意，老巫心中也閃過一絲久違的溫情。草原上的草，一年年地新生，一代代草原的少年，春心也開始悸動。

老巫的笑容更深了，「這是好事啊，王不必苦惱。這是草原上萬物滋長、牛羊新生的道理。小公羊頭一次，也是要圍著小母羊轉半天找不著縫兒的。人也要走這麼一遭，這跟你是不是王、丟不丟臉，都沒有關係。」

義渠王滿腹的委屈、惶恐和羞窘得到了安慰，又問老巫道：「那我又當如何才能夠教她喜歡我呢？」

老巫呵呵地笑了，「這就要看你自己了。老羊再著急，也不能替了小羊去求歡。」

義渠王一把大鬍子也蓋不住臉上的羞紅，站起來跑了。

看著他的背影，老巫呵呵地笑了。

第三十三章　狼之子

羋月再不情願，卻無奈，只得住進了義渠王城。義渠王撥了兩個侍女來服侍她，一個叫青駒，一個叫白羊。那兩個侍女能說些極簡單的雅言，藉以手勢比畫，居然也能跟她進行基本交流。

羋月滿心警惕，只計畫進了王城以後，要如何防備義渠王的無禮。不料進了王城之後，義渠王似事務繁忙，根本沒有時間理會她。她試著打聽情況，那侍女便說如果她覺得悶了，可以讓她們陪著四處走走。

於是這幾日，羋月便以散心解悶為名，在義渠王城到處行走，試圖找到逃脫之路。只是打探下來，她有些垂頭喪氣。這義渠王城修於山隘，只在前頭略修了一些城牆柵欄，裡頭卻是一個大山谷，再往裡走，便是一片大草原了。若要去秦城，起碼有幾日的馬程，但是這一路上野狼成群，若是單身上路，便是義渠的勇士也有所畏懼的。

怪不得義渠王肯讓她四下走動，不怕她逃走，想來是讓她徹底死心吧？但就算這樣，她也不愛待在王帳中，仍然喜歡到處走動，觀察著草原的情景。

雖然就一個楚國公主的眼光看來，這些人野蠻粗俗，渾身油膩，可奇怪的是，許多人臉上帶著笑容。她知道此時冬日將至，草場枯萎，義渠上層已經為今年如何過冬，在不顧一切地鋌而走險，但普通牧民明明缺衣少食，三餐不繼，仍然牧歌嘹亮，興起跳舞。

羋月走在草原上，見遠處草海起伏，近處牛羊成群。她轉到西邊，卻聽得隱隱傳來鞭打聲、喝罵聲。

羋月詫異道：「這是什麼聲音？」

白羊道：「貴人不必理會，那是他們抓住偷羊賊了。」

青駒是曉得情況的，驚訝道：「咦？他們抓住那個偷羊賊了嗎？」

羋月問青駒，「妳也知道此事？」

青駒便道，此處前些日子經常丟羊，而且看蹤跡像是被狼叼走的，只是牧民們把所有防狼的手段都用上了，卻處處被破壞，都說那簡直是野狼成精了。

羋月來了興趣，「我們去看看。」

三人走過去，但見一群牧民圍住一個跳躍異常迅速的動物，正在喊打喊殺。羋月定睛看去，大吃一驚，原來那不是什麼動物，竟是一個披著羊皮、行動卻似狼一樣的男孩子。看那樣子，似與魏冉差不多年紀，但吼聲似狼，動作也如狼一樣四肢著地，張著大嘴跳躍來去，三分似人，七分似狼。

青駒聽得牧民們議論，原來牧民們數次丟羊，竟是這個男孩指揮著狼群破壞陷阱，偷走羊群。而且不但偷羊，還大肆破壞，帶不走的羊也被咬死了丟在羊圈裡。

今年因為天災，本來就收成不好，牧民們指著這些羊，度過青黃不接的時光，遇上這樣的破壞，豈不恨得狠了？當下一群牧民使盡辦法，埋伏數日，這才將狼群困住。不料那男孩凶悍異常，不但抓傷打傷了許多人，還將大部分的狼都放跑了。只是他自己逃跑不及，被牧民們困住了。

但見男孩躲著人群的鞭子，一手抱著一隻狼崽子，另一手拿著一塊血淋淋的羊腿用力啃咬，倒像是知道此番情景無法倖免，要撐著先吃個大飽。

那男孩雖然又凶悍又狡猾，畢竟是個未成年的孩子，且寡不敵眾，如何是這數十牧民的對手？他咬傷抓傷數人之後，終於被抓住，懷中的狼崽子也被牧民抓過來，狠狠往地上一摔。男孩怪叫一聲，不顧一切地撲上去咬住那牧民的手，那牧民大叫起來。其他人圍上來打那男孩讓他放開，男孩卻仍然咬住不放。

一個牧民急中生智，掐住男孩的咽喉，那男孩喘不過氣來，不由得鬆了嘴。被咬住的牧民這才解脫了手，只見他的手血淋淋的，一塊肉被男孩咬了下來，半掛在手上。那牧民大怒，羋月雖聽不懂他說什麼，想來必是咒罵之聲，或者讓人替他向那男孩報復回來。但見眾牧民一擁而上朝著男孩亂打，男孩蜷縮在地上，發出野狼般的號叫聲。

羋月本不想管這些事，然則見男孩倒在地上奄奄一息，原來高聲的號叫變成破碎的呻吟，聽著無限可憐。她念著弟弟羋戎和魏冉，心中一酸，不知為何，這男孩的身影竟與兩個弟弟重疊起來，忍不住道：「住手！」

牧民們正打得興起，又聽不懂她的話，哪裡管她。羋月一急，就要衝上前去拉開一個牧民，被那牧民一甩，險些撞飛出去。幸好白羊上前及時扶住她，青駒便以義渠語道：「你們大膽，竟敢衝撞貴人！」

牧民們聽得青駒之言，方大吃一驚，扭頭一看，見三人服飾華貴，連忙垂手退到兩邊行禮。芈月疾奔過去，看到男孩躺在中間渾身是血，忙上前蹲下察看，見他整個臉都被汙血蓋住，瞧不清面容，一拉他的手，軟軟的，應該是手臂被打得骨折了，再看他痛得縮成一團，想來身上亦不知道被打斷多少根骨頭。

芈月心中憤慨，斥道：「你們也太狠心了！他不過這麼大一點的孩子，你們居然下這樣的狠手！」

牧民嘰哩咕嚕地說了一串話，青駒忙道：「貴人有所不知，他們說，這個狼崽子一直在我們這裡偷羊，還帶著狼群咬傷了我們很多人。他既然要做狼，我們就應該把他當狼一樣殺掉。」

芈月低下頭去看男孩，他雖然痛得縮成一團，全身已經無法動彈，見芈月靠近，仍如小獸般齜著牙，發出恐嚇的低吼，似是甚為恐懼生人的靠近。只是他用力吼得一兩聲，便有一股血從鼻子中湧了出來。

芈月見他警戒性甚高，想起黃歇對她說過的馴鷹、馴馬、馴狗之術，當下盯著男孩的眼睛，放緩聲音，先攤開雙手，再將掌心朝著男孩示意，「你看，我手裡沒有武器，不會傷害你的。」

男孩盯著她看了好一會兒，仍充滿警戒。芈月的眼神和男孩的眼神僵持了一會兒，男孩似乎感受到羋月的善意和堅定，狼一樣的目光漸漸暗下來，他發出低低的嗚咽聲，眼中的恐懼和凶狠之色慢慢收了。羋月又緩緩地邊說邊以手勢示意，「我，帶你走，治傷，不會傷害你的，你可願意？」她亦不知道，男孩是否能夠聽懂自己的話，但她的手勢、她的語調，應該能把她的意思傳遞出去吧。

羋月伸出手，把手停在男孩的手掌邊，沒有用力。那男孩瞪著她半天，以他的性子，若是身上未曾受傷，或者能跑能動，早不理會她了，只是如今實在傷重至極，本已閉目待死，見有人示以善意，雖然照他以前的經驗來說，是半點也不肯相信，然而垂死之際，求生的本能戰勝了一切。他咬牙忍痛，努力抬高手，將自己的手放入眼前這女人手中，忍著想往這隻手上抓一把或者啃一口的欲望，縮起爪子。

羋月欣喜，徐徐道：「那麼，我把你帶走了。」說著上前，用力抱起那男孩。

她見男孩身量與魏冉相仿，因此用素日抱魏冉的力氣抱起他來，不想男孩體重卻比魏冉輕了不少，手中滿把盡是硌人的骨頭，憐憫之意更甚。

那群牧民見她抱起那男孩，滿心不忿又不敢反對，頓時嗡嗡聲大作。

羋月示意白羊摘下頭上的髮簪遞給牧民，「這支簪賠你們的損失，夠不夠？」

牧民接過簪子，不知所措地看向兩名侍女。

青騶哼了一聲，「這支簪子抵得上你們損失的十倍呢，還不快收下？貴人可不會把這點錢放在眼裡。」

牧民連忙低頭應聲道：「是，是。」

芈月抱著男孩走出人群，青駒嫌那男孩渾身泥汙血跡，但見芈月身材嬌小纖細，實不敢教她一直抱著，忙道：「貴人，還是讓奴婢來抱他吧。」

芈月見青駒伸出手來，男孩便往裡一縮，知他對其他人還不信任，當下道：「不礙事的，他也不重。」

青駒無奈，只得讓白羊去叫車。芈月抱著這男孩，直到馬車到來時，已經抱得整個人都微微顫抖起來，卻終究還是沒有把男孩交給青駒。

那男孩伏在芈月懷中，他雖然野性難馴，然而野獸般的直覺卻比常人更靈敏，見這女子明明都抱不動自己了，還恐自己驚著，不肯交與別人，心中倒有些觸動。他並不把她救他的事放在心上，然則這份關愛卻讓他默默記住了。

芈月帶著男孩回了王宮。那男孩此時已變得異常馴服。芈月顧不得自己更衣，先坐在一邊安撫他免得他驚嚇，這邊青駒、白羊便將那男孩剝光洗淨，並洗了傷口、上了藥。

男孩見有人替他更衣洗澡，又開始如落入陷阱的小獸般掙扎嘶叫，芈月只得在旁邊一遍遍地勸著。那男孩似是聽到她的聲音，情緒才能得到安撫。好不容易傷口包紮完畢，弄得妥當，那男孩的肚子卻發出咕嚕嚕的聲音，青駒和白羊都笑了。

芈月知道他必是餓極了，便叫白羊送上肉湯和餅子。男孩像狼一樣飛撲過來，搶過一個烤餅又縮回角落裡飛快地啃咬著，很快就嗆住了，連連咳嗽。

芈月連忙將陶罐裡的肉湯倒在碗裡，遞到男孩嘴邊。男孩仍然帶著些警覺地看著芈月，卻沒有出手反抗，順從地被芈月按著喝下了湯，咳嗽聲漸止。等他吃飽喝足，便沉沉睡去。

青駒和白羊勸羋月去沐浴更衣。羋月這時也渾身是汗，便去沐浴。剛剛出浴，在那裡由白羊給她擦乾頭髮，已經聽得外頭那男孩的狼吼。

羋月一驚，也來不及綰髮，連忙披散著頭髮，披著袍子便趕到男孩的居所。卻見那男孩已經爬到房門口，在地上滾得一頭灰，身上的傷口也撞裂了，滲出血來。

他之所以沒有爬出去，是因為他旁邊蹲著義渠王，正饒有興趣地按住他。羋月細看，見他按得甚有技巧，沒有讓那男孩驚恐之下繼續亂掙亂動，加重傷勢。

只是他身形高大，相貌威武，蹲在那男孩身旁如同一頭大熊，兩人的體形顯得極為懸殊。男孩又因野性太重，小獸般的直覺讓他覺得這是個可怕的敵人，被他按住掙扎不得，更是驚恐地號叫起來。

羋月疾步走到旁邊，瞪了義渠王一眼，連忙安撫那男孩，「不怕，不怕，他不是壞人，不會欺負你的……」

義渠王撲哧一笑，「如今妳知道我不是壞人了，不會欺負妳了……」

羋月白了他一眼，只覺得這人殊為可厭，明明曉得自己不過是安撫這個孩子罷了，竟這麼順杆而上，實在是很不要臉。

義渠王只覺得她這一眼瞟來，似嗔似喜，實是風情無限，不禁看得呆住了。見羋月只管安撫那個男孩，不理自己，不免有些吃醋，伸出手指挑起那男孩的下巴，「就這麼個小崽子，跟狼似的，妳怎麼就看上了？」

羋月安撫著因為義渠王的動作而顯得不安的男孩，「他跟我弟弟一樣大，我弟弟若是無人照顧，可能也會像他一樣……所以愛屋及烏罷了。」
義渠王見那男孩只會「啊啊」吼叫，驚訝道：「他不會說話嗎？」
芈月搖頭，「我見著他時就這樣了，也不曉得能不能說話。」
義渠王一拍膝蓋，「不如帶他給老巫看看。」
芈月詫異道：「老巫是誰？」
義渠王道：「老巫是我族中最通靈之人，他無所不知。把這孩子帶去給老巫看看吧，說不定能有辦法。」
當下兩人把那男孩帶到老巫處。老巫亦住在王宮中，他房內掛滿各種面具、骨頭、羽毛、法杖等器物，顯得十分奇特。聽到義渠王的聲音，老巫從一堆詭異的器具中探出頭來。芈月見他滿頭白髮，手如雞爪，看上去似活了非常久，老到不能再老，但一雙混濁的老眼仍透著精光，心中也有些害怕。
義渠王與那老巫嘰哩咕嚕地說了一通義渠話，那老巫便伸出雞爪般的手，把男孩揪過來，按著男孩，不停地又拍又按。別看他一副老得幾乎要入土的模樣，但那男孩在義渠王手中還能夠掙扎幾下，到了那老巫手中，卻只能「啊啊」地低吼，根本無法掙脫。
老巫在男孩身上按了半日，又拉開他的嘴巴，看他的咽喉，還掐著那男孩，迫使他發出奇怪的聲音，最終鬆開了手。男孩被他這一折騰，解脫之後一下子躥到芈月身邊，一頭紮進芈月懷中不敢抬頭。
芈月關切地問義渠王，「你問問老巫，他怎麼樣？還有救嗎？」

老巫說了一大通義渠話，義渠王忙又將那男孩身上原來的東西遞給老巫，卻是幾顆狼牙、不知從何處得來的半塊玉珮，又有一些零碎的牛角扳指、半截小刀等物。老巫揀看了一會兒，抬起頭來，又向義渠王說了一通。

義渠王向芈月解釋道：「老巫說，他很聰明，曉得人的習性，所以一定是從小被人養大的，並不是生長在狼群裡。可能就是這幾年跟狼一起生活，所以忘記怎麼說話了，只要放到人群裡教養，還是能跟普通人一樣的。」

芈月鬆了一口氣，不由得雙手合十，「大司命保佑，我還真怕這孩子改不過來呢！」

義渠王見她似是真心喜歡這個男孩，心念一動，「既然能夠改得過來，不如當真就收養了這個狼崽子吧！」

芈月聽了他這話，第一次讚許道：「甚好，那我就收他為弟弟。」她正思索著，那男孩想是有些感應，抬起頭來。兩人相處才半日，此時這個野性未馴的孩子看著她時，眼中竟已有些依戀。芈月輕撫著他的小腦袋，「我給你起個名字吧！不如就叫你『小狼』如何？」

男孩抬起頭來看著芈月，滿是不解。

芈月指著男孩，「小狼，你叫小——狼——」又指指自己，「我是你阿姊，叫我阿——姊——」

芈月教了他好一會兒，男孩卻只是直愣愣地看著她，一點兒反應也沒有。

義渠王插嘴，「這孩子簡直是半個狼人，哪有這麼快就能教會他說話？還得要老巫來訓練他才行。放心吧，將來我跟妳一起養這孩子。」

芈月白他一眼，真是懶得理會這自說自話的人。

義渠王見她不搭理，他也是少年心性，不禁有些惱了，「喂，妳就安心留在義渠吧，難道妳還想嫁給秦王嗎？」

芈月冷笑，「誰要嫁給秦王了？我要帶著我的兩個弟弟去齊國。」

義渠王奇道：「妳為什麼要去齊國？」

芈月沉默良久，才悠悠道：「因為黃歇想去齊國，他想去稷下學宮，跟這個世界上最有學問的人一起，探尋世間的大道。就算他如今已經不在，我也要完成他的遺願，替他去他未曾來得及去過的地方。」

義渠王氣得站起來，憤憤道：「不識好歹的女人，哼！」說著一甩簾子走了出去。他這一去，縱馬行獵以解悶，便有數日再不去找芈月，心想我也不理會妳，讓妳自己惶恐了，無助了，下次見了我，自然要討好我。

只是他縱然在外，仍舊掛念芈月，撐了好幾日，終究還是自己先按捺不住。眼見冬日將至，獵到了幾隻紅狐，毛皮甚好，便叫人硝好，興沖沖地叫侍女拿著，準備去尋芈月。想以為她做件冬衣為藉口，覺得理由甚好，又可搭得上話，又可討好她。只是他方要去尋芈月，便見親信的大將虎威匆匆從外面而來，向義渠王行禮，「大王，秦王派來使者，要跟我們談贖人的事了。」

義渠王驚訝道：「什麼？秦王真的派人來贖她？」

虎威道：「正是。」

義渠王想了想，「叫上老巫，我們一起去見那個秦國使者。」

王帳內，義渠王高踞上首，老巫和虎威分坐兩邊，叫了秦國使者進來。卻見外頭進來兩人，深作一揖道：「秦國使者張儀、庸芮見過義渠王。」

義渠王只識得庸芮，便道：「我們與庸公子倒是見過，這位張儀又是什麼人？」

庸芮便介紹道：「張儀先生是我王新請的客卿。」

義渠王點頭，也不客氣，直接問道：「但不知兩位先生來此何事？」

張儀進入帳內，便舉目打量四周的一切。他眼睛是極毒的，一眼看出虎威是個有勇無謀的莽夫，義渠王雖然長著一臉大鬍子，年紀卻甚輕，唯有坐於一旁，那老到快進棺材的老巫，倒是個厲害角色。可惜，越是這等活得太長、算計太多的老人，做事越有顧忌。他來之前，已打聽到義渠今年天災，冬季難過。當下也不待庸芮說話，自己先呵呵一笑，道：「義渠如今大禍臨頭，我是特地來解義渠之危的。」

這等「大王有危，須得求助吾等賢士來解救」的開口方式，是列國士子的常用套路，諸侯們被唬了數年，已不太受影響。義渠王卻不曾聽過，竟是怔住了，好一會兒才像看瘋子般的看著張儀，詫異道：「但不知我如何大禍臨頭？」

張儀撫鬚冷笑，「三年前的義渠內亂，大王雖然在老巫的幫助下得了王位，可您的叔叔似乎還逃竄在外吧？」

義渠王道：「哼，那又怎麼樣？」

張儀道：「聽說今年草原大旱，牛馬餓死了很多，恐怕接下來就是義渠的頭人、牧民和奴隸要受災了吧？不知道今年冬天，義渠王打算怎麼渡過這個難關。」

義渠王「哼」了一聲，「這是我們義渠的事，不勞你們操心。」

張儀道：「本來義渠畢竟是大秦之臣，所以如果向大秦求援，大秦也不能不管義渠。可惜義渠王受了奸人擺布，去攻擊大秦王后的車駕，實在令秦王大為惱怒。若此刻外有秦王征伐，內有牧民遇災，豈不正是您的王叔重奪王位的好時候？義渠王畢竟年輕，在義渠部族裡，您的王叔更有威望啊。」

義渠王霍然站起，「這麼說，秦人是要助我王叔與我為敵了？」

張儀拈鬚微笑，「也無不可。反正義渠誰當大王都與我秦國無關，重要的是怎麼安排於我秦國更有利。」

義渠王道：「那我就讓你們看看，誰才是義渠真正的王！」

虎威也跳了起來，「有我在，我看什麼人敢與我大王作對！」

老巫按住暴怒的義渠王，嘰哩咕嚕說了一大串，義渠王漸漸冷靜下來，對張儀不屑地道：「哼，秦國現在內外交困，根本無力顧及我義渠，否則的話，來的就不是你一介書生，而是十萬大軍了。」

張儀呵呵一笑，「老巫果然精明，怪不得我來之前就聽人說，義渠真正做主的乃是老巫，失禮失禮！」

義渠王道：「哼，你這種挑撥太幼稚。我視老巫如父，不像你們周人，都是見別人出色就當釘子一樣拔掉的小人。說吧，你們肯出多少錢來贖那個女人？」

張儀道：「我此行並非大王所派，乃是因為我們新王后捨不得她的妹妹，所以派我當個私人信使，備下一些珠寶，以贖回公主。」

義渠王看向老巫，老巫又嘰哩咕嚕說了一串，義渠王便道：「珠寶不要，我們要糧食。」

張儀看了庸芮一眼，庸芮會意，道：「糧食可不易辦啊。要糧食，可得大王恩准。」

張儀又打圓場，「不知道義渠王能拿出什麼樣的條件來，讓大王允准賣糧食給您？」

義渠王轉向老巫，老巫又說了一通。義渠王轉頭道：「我們義渠人不能出賣朋友，所以我不會告訴你是誰讓我們劫車駕的。但是如果秦人真心想跟我們交易，我可以保證十年之內，義渠不會跟秦王作對。」

張儀道：「就這一句？」

義渠王冷笑，「你還想如何？我們義渠人真心保證，可是一口唾沫一個釘，絕不會變。」

張儀道：「善。那王后的妹妹呢？」

義渠王看了老巫一眼，忽然笑了，「那個女人我不換，我要留著給自己當王妃。」

庸芮急怒道：「你……豈有此理！」

張儀忙按住庸芮，「少安毋躁。」卻又抬頭，並不說話，只看著義渠王，心中掂量著。

義渠王又道：「至於上次劫到的其他東西，為了表示跟大秦的友好，都可以還給你們。但是我的孩兒們總不能白跑，給點糧食當飯錢總是要的吧？你們也別介意，那些珠寶真拿到趙國邯鄲去，換的糧食自然會更多。」

張儀目光一閃，笑道：「我張儀初擔大任，若是連王后交代的這點事也辦不成，豈敢回去見王后？此次若不能贖回楚國公主，那麼咱們方才的交易就一拍兩散，我這就回去，您就當我沒來過。今年義渠人若是過不了冬天，又或者令王叔找上大秦，也跟我張儀無關了。」

義渠王轉頭和老巫又嘰哩咕嚕地說了幾句話，忽然憤怒地站起來，走了出去。

張儀怔在那兒，看看老巫，又看看虎威，詫異道：「這是怎麼回事？」

他卻不知，義渠王憤怒而去，乃是因為老巫竟也勸他順從張儀的建議，將羋月還給秦國，以取得贖金。

義渠王自幼便為王儲，這輩子無人不遂其意，唯一的挫折不過是三年前老義渠王去世，他年少接掌大位，眾人不服，費了好幾年才坐穩這個位子。然而他天生神力，在戰場上更有一種奇異天賦，這讓他在鎮住部族時，也順利許多。又因為位高權重，加上老巫慣寵，便有一些未經挫折的自負和驕傲。

他平生第一次喜歡上一個女子，卻不見這女子為他所動。本以為人已經抓來了，慢慢地磨功夫下去，美人自然會屬於他。誰曉得自覺剛有點起步，秦王居然會派人要奪走她。

一剎那，滿心的憤怒蓋過了他所有的理智，他本想像往日一樣向老巫求援，在他的想像中，老巫也應該會像以前一樣有求必應，會幫他想出許多辦法，把那個該死的、多事的秦王使者趕走。可是為什麼，一向寵愛他、慣著他的老巫居然也勸他放手？勸一個義渠勇士放棄自己心愛的女人，而去向那被視為敵人的秦人低頭？這實在是他不能接受，更不能忍受的！

他與老巫發生了爭執，可是老巫的話比冬天的寒風更加凜冽。他說他是義渠的王，就應該為義渠付出和犧牲，一個女人，如何比得了能夠讓一族之人度過冬天的糧食？如何比得了族群的生存和傳承？

他憤怒，他惶恐，他無奈，他一刻也不能再待在那個大帳裡了！他不是那個大帳裡的王！王不應該是讓所有的人聽從於他嗎？為何那個大帳裡所有的人都在逼迫他？他不服，他不甘，他還抱著最後一絲希望！他要親自去問那個女人，如果在她心中，有一點點他的位置，有一點點想留下來的想法，那麼他就算和老巫翻臉，和秦國人翻臉，也一定要留下她。

羋月正耐心地教小狼說話，「叫我阿——姊——」她已經努力了好幾天，卻是徒勞無功，青駒和白羊都懶得理她了，連一向野性未馴的小狼，此時也不再畏懼地蜷縮在角落裡，只是一臉無奈地坐在羋月對面，看著羋月。他也試過，但只能發出一聲「阿」來，那個「姊」字卻是無論如何也發不出來。

可羋月閒極無聊，非要把這個當成一件正經事來做，每天只追著小狼給他擦洗傷口，換藥，教他說話，教他如何在日常生活中脫去狼的習性，學習人的行為方式。

小狼反抗了幾日，又不理不睬了幾日，終究拗不過她的努力，只能任她擺布。

不料義渠王這時卻疾風驟雨般衝進來。小狼雖然在羋月面前十分順從，但對別人仍保持了一定的小獸性子，義渠王一進來，他便覺得他身上的氣息不對，一驚之下，躥起來跳到角落裡，又縮成一團，擺出防禦的樣子。

羋月見他一來就搗亂，不悅地道：「你幹什麼？」

義渠王一把抓起羋月的手，「只要妳一句話，我就去回絕秦人。妳告訴我，妳喜歡我，妳願意留下來。」

羋月道：「鬼才願意留下來呢……」忽然覺出他的話中意思，驚喜道，「你說秦國派人來了？是來救我回去嗎？」

義渠王本是抱著最後的希望而來，聽她居然還這樣說，不由得又傷心又憤怒，道：「妳這個女人沒有心嗎？我這麼對妳，妳居然還想去咸陽！」

羋月昂首直視他，「當然，我弟弟還在咸陽呢，我為什麼不去咸陽？我不會留在這兒，我就是要回去！」

那縮在一邊的小狼聽羋月說到「弟弟」二字，這幾日他聽得多了，只道是在指他，見羋月與義渠王劍拔弩張的樣子，頓時又躥回來，蹭回羋月身邊，羋月愛撫地摸了摸他的頭頂。

義渠王正一肚子怒氣無從發洩，看到她居然對一個狼崽子這般滿臉溫情，對自己卻盡是嫌棄之意，不由得怒上心頭，指著小狼，「妳能走，他不能走！」

羋月氣憤道：「為什麼？」

義渠王冷笑一聲，心中方找回一點得意，道：「不為什麼！我是大王，我說了算。」說罷，一昂首，不顧羋月的憤怒，又衝回大帳，拉起張儀，道：「一百車糧食，換那個女人！」

張儀面不改色，「二十車，已經是極限。」

義渠王把張儀摔到座位上，怒道：「沒有一百車，老子就不換！」

張儀道：「漫天要價、就地還錢，大王要真不換，根本連價都不會出。」

老巫忽然張口，嘰哩咕嚕半晌，義渠王這才恨恨地看著張儀道：「八十車，不能再少了！」

張儀道：「四十車，不能再多了。」

義渠王大怒，「豈有此理，四十車糧食根本不夠過冬！」

張儀道：「夠，怎麼不夠？八十車糧食，過冬不用宰殺牛羊；四十車糧食，把牛羊宰殺了就能過冬。」

義渠王道：「牛羊都宰殺了，那我們明年怎麼辦？」

張儀冷酷道：「如果大王把精力都用在操心明年的牛羊上，就沒有心思去算計不屬於您自己的東西了。」

義渠王氣得拔刀抵上張儀的脖子，「我殺了你！」

庸芮急得上前，「住手！」

張儀以手勢止住庸芮，「殺了我，和談破裂，今年義渠就要餓死一半人。」

義渠王道：「你以為我義渠只能跟你們秦國合作？」

張儀道：「可這是成本最小、最划算的合作。您現在要跟趙人合作，路途遙遠，光是糧食在路上的消耗就要去掉一半。而且秦楚聯姻，所有的嫁妝都寫在竹簡上了，我相信沒有人敢冒著得罪秦楚兩國的危險，去收購您那些珠寶。」

老巫又在說話，義渠王恨恨地將刀收回鞘內，「哼，我可以讓一步，七十車。」

張儀微笑道：「五十車。」

最終，通過談判，議定了六十車糧食為贖金。

義渠王將劫走的銅器以及楚國公主的首飾衣料還給秦人，秦人先運三十車糧食來；義渠王再放走芈月，然後秦人再送三十車糧食來，完成交易。

一車糧食數千斤，這六十車糧食亦有二三十萬斤，正如張儀所說，若是部族倚此完全度過冬天或嫌不夠，但若是再宰殺掉一部分牛羊的話，便可度過。

只是這樣一來，次年春天，義渠王就要愁著恢復牛羊的繁殖，而無力再掀起風浪了。

夜深了，庸芮在營帳外踱步，他掛念著那位在上庸城見過的少女，雖然僅僅一面之緣，在他心底卻留下了深深的烙印。

這時候，他看到義渠王迎面而來，月光下，他顯得心事重重。

庸芮微一拱手，「義渠王！」

義渠王點了點頭，兩人交錯而過，義渠王已經走到他身後數尺，忽然停住腳步，問：「管子是誰？」

庸芮驚訝道：「義渠王是在問臣？」

義渠王也只是隨口一問，見他回答，倒有些詫異，轉頭，「你知道？」

庸芮亦回首，與義渠王兩人相對而立，「管子是齊國的國相，曾經輔佐齊桓公尊王攘夷，成就霸業。」

義渠王道：「那什麼叫輕重術？什麼叫鹽鐵法？」

庸芮道：「斂輕散重，低買高賣，管子使用輕重之術，不費吹灰之力，將魯、梁、萊、莒、楚、代、衡山擊垮。」

義渠王皺眉，「等等，你給我解釋一下，我有些聽不明白……」

庸芮微笑道：「義渠盛產狐皮，如果我向大王高價購買狐皮，那麼義渠的子民就會都跑去獵狐掙錢，到時候會發生什麼事呢？」

義渠王若有所思。庸芮道：「如果大王點集兵馬，所有的人卻都在獵狐，這時有外敵入侵會如何？如果大家都去獵狐而不屑於放牧耕種，而我又停止再收購狐皮，那麼已經無人放牧也無人耕種的義渠會發生什麼事呢？」

義渠王一驚道：「饑荒。」看到庸芮以為已經說完，正欲轉身，急忙問：「那鹽鐵法呢？」

庸芮不想還有，轉頭站住，道：「如果大秦和其他各國聯手，禁止向義渠人出售鹽和鋼鐵之器，義渠人能挨上幾年？」

義渠王悚然，道：「若是斷鹽一個月，部族就會大亂了。」

庸芮微笑不語。

義渠王頓悟，向庸芮行了一禮，「多謝庸公子提醒，我必不負與大秦的盟約。」

庸芮道：「我可以問大王，是何人告訴您輕重術、鹽鐵法的？」

義渠王看了宮內一眼，不說話。

庸芮頓時明白，暗道，果然又是她。想起她來，既是悵然，又有一點點甜蜜。

羋月亦得知了要走的事情，這是義渠王親自告訴她的。說完，義渠王歎了一聲，「我真不願意放妳走。」

羋月不說話。義渠王歎息道：「可我留不住妳，妳的心也不會在義渠。」

羋月繼續沉默。

義渠王道：「妳為什麼不說話？」

羋月道：「你真要我說，我只想最後一次問你，是誰讓你去劫殺我們的？」

義渠王看著她，「我說過，想知道，就留下來。」

羋月搖搖頭。義渠王道：「妳既然這麼想知道，為什麼不留下來？」

羋月道：「我想知道仇人是誰，為的是報仇。留在義渠就報不了仇，那知不知道又有什麼區別？你現在不告訴我，我回去自然也能查得出來，又能報仇，我為什麼不走？」

義渠王語塞，「妳……唉，總之，妳真要報了仇，無處可去，就回這兒來吧。」

羋月抬起頭來，凝視著義渠王，義渠王被看得有些發毛，「妳這是怎麼了？」

羋月道：「現在看看，你也沒這麼可恨了。」

見義渠王落寞地走出去，羋月竟有一絲離別的不捨。這種情緒，到了臨走前，似乎更加濃烈。羋月從來不曉得，當她有一天終於能夠離開義渠的時候，竟然會有這種感覺。

她登上馬車，回頭看了看，見來相送的只有青駒和白羊，不禁有些失望，問道：「小狼呢？」想了想又問，「義渠王呢？」

青駒便道：「大王說，不想見妳。還說，妳要走，就不許妳帶走小狼。」

羋月心中暗歎，她這次回咸陽，亦是前途未卜，這些日子她與義渠王相處，看出這人嘴硬心軟，恩怨分明，不是個會虧待小狼的人。若是她終可了結咸陽之事，帶著魏冉去齊國前，再到義渠接走小狼，也是可以的。

遠處的山坡上，義渠王帶著小狼，站在高處，遠遠地看著羋月離開。

義渠王冷笑一聲，對小狼道：「你看，她說得那麼好聽，卻頭也不回地把你拋下了。」他心裡不高興，便要叫個人來陪他一起不高興。她既然喜歡這小狼，他便要這小狼同他站在一起，送她遠走。

小狼滿心不服，苦於說不出來，又被身高力壯的義渠侍衛扼住雙臂動彈不得，只能在喉嚨裡發出嗚咽的聲音。這時候他倒有些後悔，若不是滿心裡抗拒羋月教他說話，此時也不能任由這人胡說八道，詆毀他的阿姊。

義渠王喃喃道：「我把你留下來，你說她以後會不會來看你呢？」

小狼卻只「呃呃」地叫著。

義渠王道：「她說她在咸陽還有一個弟弟，你又不會說話，估計她見到她的親弟弟，就會忘記你了！」

小狼實在被他這話氣壞了，急怒之下，原來在口中盤旋多日，一直無法說出的話，竟忽然衝口而出，「阿姊——」

雖然聲音含糊而破碎，但這尖厲的聲音還是劃破長空，甚至遠遠地傳到草原，傳到秦人車隊，也傳到馬車裡羋月的耳中。

羋月坐在馬車上，聽到遠處傳來一聲破碎的呼喊。雖然聽得不清楚，但似乎下意識地就認為是「阿姊——」。

她鑽出馬車，「停一下。」

庸芮過來道：「怎麼了？」

芈月道：「我好像聽到有人在叫我『阿姊』……」

庸芮道：「剛才那一聲是人叫啊？我還以為是狼吼呢。」

芈月一驚，「狼吼？莫不是小狼？」她連忙下了馬車，站在車前，雙手圍在嘴邊，大聲地向遠處呼喚道：「小狼，是你在叫我嗎？小狼——小狼——」

山坡上，小狼只能一聲聲叫著，「阿——姊——」聲音卻變形得厲害，半似狼吼。

芈月看著遠方大呼道：「小狼，你快點長大，學會說話，我以後會再來看你——」

草原上，只有一陣陣似狼非狼的吼聲傳來。

第三十四章　大婚儀

行行復行行，走過了草原，走過了高坡，走過了山川，走過了城池，芈月一行人的馬車終於來到咸陽城外。

芈月好奇地挑起簾子，向外看著高大的城門，輕輕地吁了一口氣，這便是咸陽城啊。

咸陽始建於夏，屬禹貢九州之雍州。周武王滅商，封畢公高，畢地便是今日之咸陽，後秦孝公遷都咸陽，至今也不過數十年而已。

咸陽自行商君之法，人員往來，皆以符節為憑。張儀取了自己的銅符，讓軍士去關門驗了，便從專用通道進入。

那軍士驗過銅符，要捧著送還給張儀，芈月卻正於此時掀簾，忽然見那軍士手中的銅符，「啊」了一聲，「你手上捧著的是什麼？」

庸芮正騎馬守護在馬車邊，見狀便問：「季芈，怎麼了？」

芈月問：「那是何物？」

庸芮答道：「那是銅符，持此符往來，車輛免查免徵。」

羋月「哦」了一聲。庸芮問道：「季羋在何處見過此物？」

羋月搖了搖頭，笑道：「沒什麼。」

當下無話，一路到了驛館，與羋姝相見。

羋姝早已出來相迎，拉著羋月的手，淚盈於睫，半晌終於一把將羋月拉進自己懷中，「我不知道有多後悔，讓妳代我衝出去。我每天都在後悔，小冉也天天哭著要阿姊。後來知道妳還活著，在義渠人手中，我就說不管花多少代價，都要把妳救回來。天可憐見，終於讓妳回來了，回來就好，我們再也不分開了。」

羋月深深一拜，「多謝阿姊贖我回來。」

羋姝嗔道：「妳我姊妹，何用說這樣的話來？妳為我冒死引開戎人，我又當怎麼謝妳？」說著拉了她的手坐下，說起自己到了咸陽，停留在驛館，求秦王駟相救之事。由於義渠人遊牧草原，大軍圍剿不易，且此時必會提高警惕，如若一擊不中，反而連累羋月性命，因此提出派人贖她，張儀因剛剛入秦，自告奮勇，與庸芮一同前行。

說完之後，看著羋月，突然感歎，「我本允了妳與子歇一起離開，可是如今子歇不在，妳孤身一人，又當如何著落？」

羋月沉默不語。羋姝想了想，又道：「這些日子我一直想著妳回來後，又當如何安排。思來想去，妳如今也只能隨我一起進宮了。」

羋月搖頭，「阿姊，我不進宮，我曾經和黃歇約好一起周遊列國，如今他不在了，我就代他完成心願。」

羋姝一怔，料不到她竟如此回答，忙問：「那弟弟怎麼辦？」

羋月道：「他當然是跟我一起走。」

羋姝想了想，還是勸道：「妹妹，難道妳還不明白嗎，我們從楚國到咸陽，帶著這麼多臣僕，這麼多護衛軍隊，還差點死在亂軍中；妳一個女兒家帶著個小孩子，憑什麼周遊列國？」

羋月沉默了。正當羋姝以為自己已經說服她的時候，羋月忽然問道：「阿姊，黃歇的屍骨可曾收葬？」

提起此事，羋姝亦覺心中酸楚難忍，掩面而泣，「不曾。」

當日亂軍之中，甘茂帶著羋姝等向武關而逃，中間幸而遇上樗里疾來接應。只是當時兩邊交戰，楚國所攜人手多半是宮人奴隸，於軍中驚惶失措，死傷無數，所以樗里疾也只能掩護著他們暫時先退到武關，直到義渠兵擄人退去。樗里疾與甘茂會合，點齊武關之兵衝殺，卻也只尋到義渠營地裡的一些遺留之物。返回武關之後，清點人手，清理財物，羋姝此時亦想起黃歇，派人前去戰場收屍。豈知方一夜過去，戰場上便上有禿鷲啄食，下有野狼分屍，許多屍體竟是殘缺不全了。眾人無奈，只得揀了些重要的物件，所有殘缺不全的屍體俱是混在一起，草草收葬。

羋月半晌回不過神來，羋姝叫了她兩聲，不見她回話，推了她一下，卻見羋月張口噴出鮮血，暈了過去。

黃土坡上，戰鬥的遺跡猶存，折斷的軍旗，廢棄的馬車，插在土裡的殘破兵器，以及破碎的衣角。芈月孤獨地走在舊戰場上，尋找著黃歇的遺蹤。走著，走著，也不知道走了多久，她站在那兒四顧而望，整個戰場竟似無邊無際，永遠走不到頭一般，似乎這並不只是一場伏擊戰的戰場，而是千百年來所有的戰場。

風吹處，嗚嗚作聲，千古戰場，又不知有多少女子如她一般要用盡一生，去尋找那永遠不能再回來的良人。

就在她越來越絕望的時候，忽然，前邊一輛馬車上飄下一角衣服的碎片。她狂喜，飛奔過去，顫抖著想伸手去抓，手還未觸到，一陣風沙颳過來，颳得人眼睛都睜不開，風過後，連衣服的碎片也沒有了！

芈月絕望地向天呼號，「子歇，你在哪兒？你說你要帶我走遍天下，可如今你在哪兒？為什麼拋下我一個人？你失信於我……」

聲越長空，無人回應。芈月伏地，泣不成聲。

突然間，耳邊有人在輕輕喚她，「皎皎，皎皎——」

芈月驚喜地抬起頭來，這聲音好生熟悉，是子歇，他還活著嗎？她連忙抬起頭來叫道：「子歇——」

這聲音一出口，夢，就醒了。她用力坐起來，一抬眼，但見四面漆黑一片，唯有窗前一縷蒼白的月光照入。

環顧四周，哪來的子歇？哪來的聲音？整個室中只有她，以及睡在門邊的薜荔。

薛荔被她的叫聲所驚醒，連忙爬起來，取了油燈點亮，執燈走到她的席邊問道：「公主，您怎麼了？」

芈月怔怔地看著她，好一會兒，才道：「沒什麼。」

次日凌晨，魏冉便已飛奔而來。昨日芈月方歸，他正要去接，誰料芈月吐血暈倒，芈姝恐他小孩子受了驚嚇，叫侍女稍後再帶他過來，侍女只得同魏冉說阿姊累了睡著了。那時女醫摯已經來看過芈月，開了藥，薛荔、女蘿亦為芈月更衣淨面完畢。因此魏冉來的時候，只看到芈月昏睡，坐在她席邊等了好久，直等得睡著了，讓他的侍女抱了回去。早上一醒來，他又急匆匆來看芈月，一見到芈月，便飛撲到她懷中，哭得一臉眼淚鼻涕，道：「嗚，阿姊，妳可回來了，我好害怕，妳莫要拋下我——」

芈月亦是淚如雨下，緊緊地抱住魏冉，那顆空洞失落的心，被這小小孩童的稚氣和依賴填實了許多。若是自己當真不在了，這麼小的孩子，他將來能依靠何人？她不由得愧疚萬分，不住地道：「小冉，小冉，對不起，阿姊不會再丟下你了，從今往後，阿姊走到哪兒，都不會拋下你。」

兩人抱頭痛哭許久，才緩緩停息。

魏冉問：「阿姊，子歇哥哥呢？你們這些日子去哪兒了？我問了很多人，還有公主，他們都說，你們去了很遠的地方……」他的臉上露出害怕的神情，「去了很遠的地方」這樣的話，他從前聽過。某一天阿娘讓她一切聽阿姊的，然後他被人抱走，然後他問他的阿娘去哪兒了，周圍的人都跟他說「阿娘去了很遠的地方」，然後，他就再也沒見過阿娘。

所以，當他聽到這樣的話時，那份恐懼和無助，每天夜裡都會讓他驚醒，可是他不敢說，也不敢哭。這個孩子已經從周圍人的態度看出來，如果他「不乖」的話，是不會有人來耐心哄他、勸他、理會他的。

還好，阿姊回來了，阿姊答應，再也不會拋下他了。他緊緊地抱住羋月，一直不敢鬆手，不管是用膳，還是梳洗，都一步不離地盯著。

羋月被他看得心酸起來，拉著他摟在懷中，哄了半天，才讓他漸漸安下心來。

過了數日，羋月便向羋姝辭行，說要帶著魏冉去齊國，羋姝苦勸不聽，只得依從。

羋月帶了魏冉，與女蘿、薜荔一起上車，直到咸陽城外，卻被人擋住。

羋月掀開車簾，見是張儀擋在前面，不禁問道：「張子為何擋我去路？」

張儀歪坐在軒車裡，看上去頗有些無賴相。「小丫頭，妳帶著妳弟弟要去哪兒？」

羋月反問道：「張子這又是要去哪兒啊？」

張儀呵呵一笑，「我是特地來看看這用六十車糧食換回來的寶貝怎麼樣了，若是一閃神又讓這六十車糧食給白費了，我跟庸芮這趟腿可就白跑了。」

羋月苦笑，曉得他已經清楚自己的動向，便道：「您都知道了？」

張儀卻沒有繼續這個話題，反問道：「丫頭，知道老子不？」

羋月一怔，她本以為張儀會遊說自己不要走，留在咸陽，誰知他竟莫名其妙地提起老子，不禁詫異道：「張子，您想說什麼？」

張儀道：「老子騎青牛，出了函谷關。從此，人就沒影兒了。妳說，這人是羽化成仙了嗎？」

羋月一怔。張儀又緊接著追問一句，「還是你們也打算羽化成仙一回？」

羋月怔住了。

張儀冷笑，「妳以為在這大爭之世，四處戰亂，是可以隨便亂走的？孔夫子帶著七十二弟子，尚且差點餓死。」他又指指自己道，「我當初為什麼趴在楚國了？還不就是不到懸崖邊，不敢邁出那一步嗎？列國征戰連年，出門就會遇到虎豹豺狼、狄戎賊寇，再不濟還遇上大軍過境。大丈夫出門都得小心著，更別說妳一個小丫頭獨自行走，還帶個小孩兒。實是……」羋月聽到這裡，已有些悔意了，不料張儀最後劈頭扔下八個字，「勇氣可嘉，沒有腦子！」

羋月被他的話氣得夠嗆，此人雖是好意，怎奈唇舌實在太毒，欲待反駁，但看了看身邊的魏冉，不得不承認道：「可我如今留下來也是……」

張儀直截了當地問：「妳是顧忌王后，還是顧忌黃歇？」

羋月想了想，搖頭，「我過不了我的心。」

張儀歎道：「妳是個聰明的姑娘，可惜了……」

羋月道：「可惜什麼？」

張儀看著羋月，神情複雜，久久不語，好半日才道：「其實這樣也好……」

羋月倒聽不懂了，問道：「張子此言何意？」

張儀卻抬頭，遙望雲天，悠悠一歎，「我當日若不開竅，不過是楚國一個混飯吃的貨。

可我開了這個竅，天地間就多一個禍害，按都按不下來。」

羋月聽了此言，若有所動，見張儀神情似有愴然之色，竟渾不似素日嬉笑無忌的樣子，心中竟有一絲莫名的傷感，勸道：「天底下哪有罵自己是禍害的？再說，張子是天底下難得的國士。天地既生你張子，豈有讓您永遠混沌下去的道理？」

張儀本是神情憪憪的，甚至已經不準備再勸說羋月了，聞聽此言，他的精神忽然一振，拍膝讚道：「不錯，不錯，天地既生了你，豈有叫你永遠混沌下去的道理？既然這麼著，我也多說一句話——妳這一走，就不管王后了？」

羋月又一怔，「王后……又怎麼了？」

張儀嘿嘿一笑，「傻丫頭，義渠王就沒告訴妳，他當日為何要伏擊你們？」

羋月搖頭，「他不肯說。」

張儀盯著她，慢慢地道：「他不肯說，妳就當什麼都不知道了？」

羋月看著張儀的神情，漸漸有些領悟，「你是說……」

張儀「唰」地放下簾子，「我可什麼都沒說，走了！」

羋月看著張儀的馬車遠去，表情變幻莫測。

魏冉推了她兩下，「阿姊，阿姊……」

羋月忽然轉頭，緊緊抱住魏冉，她抱得是這麼緊，緊得讓魏冉覺得她在微微顫抖，他只聽阿姊問他，「小冉，你願不願意跟阿姊進宮？」

魏冉被她抱著，不知所措，然而，卻斬釘截鐵地道：「阿姊去哪兒我就去哪兒。」

驛館外，羋姝穿上了嫁衣，坐在馬車中，焦急地向外看去。長街已淨，兩邊皆是秦兵守衛，一眼就可以望到盡頭，路上，什麼也沒有。她也不曉得自己在看什麼，明明那個人已經走了，明明自己也早就答應讓她離開的。可是此時，她就要步入秦宮，前途茫然，她竟不由自主地想到，若是她在身邊，自己一定不會這麼心慌、這麼茫然無措吧？

不知從何時起，她開始依賴她了。是從何時起？是遇上越人伏擊時，她及時拉她一把？還是在入秦之後，她幾番受不了旅途之苦，是她一直在安慰、幫助她？是在上庸城，她將死之際，她為她冒險取藥？還是在義渠人伏擊的時候，她毅然為她引開追兵？

她怔怔地看著長街，心中有期盼，有失望。

玳瑁不解地看著她，「王后，大王在宗廟等您呢。」

羋姝「哦」了一聲，眼見天邊夕陽西斜，天色漸暗，便放下簾子，「走吧。」

所謂婚禮，便是在黃昏之時舉行。此時時辰已到，一行人依禮乘坐墨車，儀仗起，車隊開始前行。

方起步，忽然傳來一陣馬蹄之聲，羋姝正執扇擋在面前，心中似有所動，拿開扇子，「傅姆，掀簾！」

玳瑁忙道：「王后，執扇，奴婢去掀簾。」

她掀起簾子，見長街那一頭，羋月騎馬奔來，奔到近處，被兵士擋在了儀仗外。

此時正是樗里疾代秦王迎婦，他所乘的墨車正在羋姝車駕之前，已經先看到羋月騎馬而來，便下令讓她入內。

芈姝也已派人到前面來說明，引了芈月登上馬車。

芈月一進來，便問：「阿姊，我現在趕得及嗎？」

芈姝喜不自禁，連聲道：「趕得及，絕對趕得及！傅姆，叫她們再取一套吉服來。」

玳瑁料不到芈月去而復返，內心驚濤駭浪，卻不敢多言，嘴唇動了動，最終還是令跟隨在馬車邊的婢女，迅速跑到跟隨的媵女馬車中，取備用的吉服來。

吉服很快取來，芈姝服色為純衣纁袡，芈月等媵女穿戴袗玄纚黼。

馬車極大，芈月在車中更衣畢，又由女侍為其梳妝著笄，很快便打扮好了。

芈姝看著她，欣慰道：「妹妹，妳能跟我一起進宮，我這心裡就有主了。」

芈月看著芈姝，輕歎一聲，「阿姊，秦國是虎狼之邦，我怎麼能放心讓妳一個人進宮呢？」

芈姝緊緊握著芈月的手，歎息道：「我們姊妹再也不會分開了。」

芈月忽然想到一事，頓時臉色一正，「阿姊，我此番隨妳進宮，妳能否允我三件事？」

芈姝忙道：「妹妹，別說三件，十件也行。」

芈月伸出三根手指，「就三件事。第一，我與弟弟相依為命，請阿姊准我帶著他，就當是多個小侍童，阿姊可允？」

芈姝道：「小事一樁。」

芈月屈起一根手指，又道：「第二，我只協助阿姊，不服侍大王，不做大王的妃子。」

芈姝怔了一怔，詫異道：「妹妹何其愚笨？人爭名位如獸爭食物，沒有名分就沒有地位，沒有地位就沒有相應的衣食奴僕，就沒有在這世上立足的根本。妳若不服侍大王，難道一輩子就當個老宮女不成？妳放心，妳我姊妹既然同心，妳便是服侍大王，亦是我所樂見。」

芈月淒然一笑，搖搖頭，「我不在乎，我只隨我的心。」

芈姝似明白了什麼，不可置信地道：「難道，妳是為了子歇……」芈月不語，芈姝看著她，心中又是憐惜又是欽佩，歎道，「好吧，妳既有此志，我便隨妳。若是妳以後想清楚了，我也會安排的。總之，不會虧待了妳。」

芈月長吁一口氣，道：「多謝阿姊。」

芈姝又問：「那第三件事呢？」

芈月沉默片刻，道：「若有一天我做了什麼錯事，還是那句話，求阿姊幫我照顧小冉。」

芈姝吃了一驚，「妳能做什麼錯事？妳既知是錯，為何要做？便是做了錯事，又如何會到要我幫助妳照顧小冉的程度？妳到底想做什麼？」

玳瑁也是一驚，目光炯炯地盯著芈月。

芈月卻道：「阿姊別管，阿姊從頭到尾不知情，對阿姊也好。」

芈姝聽得出她話中的深意，越想越是不對，急道：「妹妹到現在還說這樣的話，妳我已經是同坐一條船，知不知情，有區別嗎？」

芈月沉默。芈姝急得推了她一把，「妳倒是說啊！」

芈月抬頭，帶著決絕的神情，「阿姊，在武關外伏擊妳的人，就是害死黃歇的人。義渠王不肯告訴我幕後的黑手是誰，可我也能猜出來，必是在咸陽，甚至必是在秦宮之中。」

羋姝一驚，「妳說什麼？」

羋月又沉默了。羋姝低頭一想，恍然大悟，「莫不是……莫不是妹妹回來，與我同入宮中，竟是為了追查此人而來？」

羋月沒有說話。羋姝怔了半晌，無奈道：「好吧，我既知道，妳只管放手去做。那個人，是妳的仇人，更是我的敵人。妳若能夠替我對付她，不管發生什麼事，我都與妳一併擔當。」

玳瑁欲言又止，此時狀況亦不是她能夠開口的，只暗暗將有些話記在心底，留待日後有機會再說。

馬車一路前行，很快，便到了王宮門前。但見宮前三鼎，已經烹熟，盛有乳豬一隻、肺脊各二、魚十四尾、臘兔一對。

秦王駟身著玄衣纁裳，頭戴冕旒，站在咸陽宮大殿臺階外。他左側是穿著黑色禮服的女御們，諸臣皆穿玄端，侍立在後。

羋姝馬車已到，鼓樂聲起。羋姝下了馬車，手執羽扇遮面，在玳瑁的攙扶下，沿宮道而來。她身後，羋月以及屈氏、景氏、孟昭氏、季昭氏緊緊跟隨。

羋姝走到秦王駟跟前。

贊者道：「揖。」

秦王駟向羋姝一揖，羋姝還禮。

秦王駟身後的女御和玳瑁交換位置，秦王駟引道，帶著羋姝在鼓樂聲中一步步走上臺階，一直走到大殿前。秦王駟停住腳步再揖，然後自西階進殿，女御和玳瑁扶著羋姝亦隨後進殿。

秦王駟與羋姝入殿，贊者道：「揖。」

秦王駟與羋姝相互一揖。

贊者道：「卻扇。」

樂聲中，秦王駟執住羋姝的手，羋姝含羞將遮在臉上的羽扇一寸寸移下，將扇子遞給秦王駟。秦王駟將扇子遞給女御，攜羋姝，走到殿中，此時西邊朝南之位已經置席。

秦王駟身後的女御走到羋姝身邊，澆水服侍她盥洗；羋姝身後的羋月等媵女則走到秦王駟身邊，澆水服侍他盥洗。

侍者將鼎、大尊抬入，復置醓醬兩豆、肉醬四豆、黍稷四敦，另外還備有肉汁。

贊者先撤除酒樽上的蓋巾，抬鼎人盥洗後出門，撤去鼎蓋，抬鼎入內，放置在阼階之南，執匕人和執俎人隨鼎而入，把匕、俎放置於鼎旁，執俎人面朝北把牲體盛置於俎上，執俎立待。執匕人從後至前，依次退出。

贊者、女御分別為秦王駟、羋姝設席。贊者打開秦王几案前的敦蓋，仰置於敦南，羋姝几案前的敦之蓋，則仰置於敦北。

贊者方報告饌食安排已畢，秦王駟再對羋姝作揖，兩人入席。

先不自用，而是祭告天地諸神及列祖列宗。祭畢，方是正式的婚宴。

二人一起祭舉肺，食舉肺。取食三次，進食便告結束。贊者及女御舉爵斟酒，請兩人漱口安食。每個動作俱是先讓秦王駟，次讓王后孟芈，兩人拜而受之，飲過祭酒，贊者進肝以佐酒。新人執肝振祭，嘗肝後放置於肉醬盤中。

乾杯之後再拜，贊者接過酒爵，再次服侍新人漱口飲酒，只是這次卻進肴佐酒。

直到第三次漱口飲酒，方是合巹之酒。所謂的巹，便是一只分成兩半的葫蘆，以絲線相連，由女御與媵女分別捧著送到新人面前。

贊者道：「合巹而酳。」

秦王駟和芈姝一齊舉巹而飲。

贊者又切了兩塊乳豬肉，再度奉給新人，「共牢而食。」

秦王駟和芈姝舉筷互敬，只象徵性地咬一口放下。

贊者再道：「舉樂。」樂聲再起。

因秦王駟這邊侍宴皆以芈月為首，儀式已畢，芈月方得休息，立於秦王几案之西；那女御也服侍芈姝畢，立於几案之東，兩人正站在一起。鼓樂聲起，兩邊的臣子分別入席，連歌舞一併上來。

瞧著最是忙亂、最怕出錯的時候已經過去，芈月不禁鬆了一口氣，發覺身邊的女御也鬆了一口氣，兩人相視而笑。

芈月見她比自己大了十來歲，卻正是一個女子最成熟最美好的年紀，笑容明媚，實有詩中所云「巧笑倩兮，美目盼兮」之態。

那女御對著芈月同情地微笑，又悄然指一指自己，表示亦是深有同感，只這一顧一盼間，便奇跡般地拉近了兩人的距離。

但見鼓樂聲起，一群秦國武士玄衣朱裳，舉盾執戈而上，跳起秦舞。歌曰：

豈曰無衣？與子同袍。王於興師，修我戈矛，與子同仇！

豈曰無衣？與子同澤。王於興師，修我矛戟，與子偕作！

豈曰無衣？與子同裳。王於興師，修我甲兵，與子偕行！

正是喜樂融融之際，忽然有一秦臣擊案而歎道：「秦楚結姻，有秦舞，豈可無楚舞？大王，能否請王后身邊媵女歌舞，臣等亦可沾光欣賞？」

秦王駟微微一笑，轉頭對羋姝道：「孟羋以為如何？」

他貌似看著羋姝，眼睛的餘光，卻是瞄向羋月。他自然知道，這種做法甚為不妥，但不知為何，腦海中突然浮現當日羋月在少司命祭舞中的姿態，不由得身上一熱。他不欲被人察知，當下深吸一口氣，又將這種情緒壓了下去。

羋姝等人既入秦宮，便不以閨中小字為稱呼。此時女子皆從父姓、排行、出生地、夫婿之號等各取一種而稱謂，便喚羋姝為孟羋、羋月為季羋。

羋姝看了羋月一眼，有些不知所措地道：「妹妹以為如何？」

羋月暗惱那秦臣好生無禮，面上卻是不顯，笑道：「當從大王所請，的確是應該上楚舞，楚國也與秦國一樣，既有武士之舞，也有女伎之蹈。既然殿上已經有了武士之舞，那就再獻上楚國的山鬼之舞，請大王允准。」

秦王駟點頭，「准。」

羋月示意道：「舉樂。」

一群長袖纖腰的楚國美姬步入殿中，作山鬼之舞。歌曰：

若有人兮山之阿，被薜荔兮帶女蘿。

既含睇兮又宜笑，子慕予兮善窈窕。

乘赤豹兮從文狸，辛夷車兮結桂旗。

被石蘭兮帶杜衡，折芳馨兮遺所思……

那女御看著羋月，意味深長地微微一笑。

秦王駟呵呵一笑，將手中酒一飲而盡，羋月依儀忙為他再倒上一杯，卻聽得秦王駟低聲在耳邊道：「寡人什麼時候能見季羋為寡人舞上一曲呢？」

羋月一驚，酒壺中的酒灑了一些出來，她連忙佯作鎮定，低低屈膝道：「是，大王。」

秦王駟卻像根本沒說過話一樣，直視著面前的歌舞，擊案而讚道：「妙！妙！」

羋月退回原位，長吁了一口氣，那女御轉頭看她，又是一笑。

好不容易酒席已畢，羋月便率其餘四名媵女，隨羋姝進了秦王新婚專用的清涼殿中。諸媵女等服侍秦王更衣，女御等亦服侍新婦更衣，再鋪好臥席。此時秦王方入房中，女御與媵女等俱退了出來，室內只剩下秦王駟和羋姝。

今日新婚之清涼殿，原是秦宮中納涼之所，水殿風涼，窗外一池荷花之香遠遠飄來。

兩人對坐，秦王駟伸手解去了羋姝頭上之纓，含笑看著羋姝，「孟羋。」

羋姝含羞回應道：「大王。」

秦王駟就著燭光，看著燈下新婦嬌容，粉面含羞，恰如桃花綻放，美不可言，不由得笑道：「桃之夭夭，灼灼其華。之子於歸，宜其室家。」

羋姝知這是秦王以詩讚她，含羞低頭。

秦王駟看著眼前的新婦，稚氣未脫，天真猶存。想著她對自己的癡情，亦想到自己對她的期望，不禁聲音也放柔了些，「孟羋，今日妳我合巹而酳，共牢而食，從此刻起，妳便不再是楚國公主，而是我秦國王后了。」

羋姝抬頭，看著自己妝臺上的王后之璽，低頭含羞道：「投我以木瓜，報之以瓊琚。匪報也，永以為好也。大王，你要了我的彤釵，還了我美玉，結下永以為好的盟約，妾身自那一日起，便、便是夫君的人了。」

秦王駟看著眼前新婦，每一個人的天真只有一次，待到一重重的重任壓到身上以後，這份天真亦不會保有太久，唯其如此，這種天真才更顯可貴。他亦是看中她心性簡單，如此將後宮託付於她，方才放心，當下鄭重道：「孟羋，寡人知道妳是楚國嬌養的公主，我秦國卻比不得楚國奢華，妳身為王后，要做秦國女子的表率，賢慧克己。妳嫁到秦國便是我秦國之人，要事事以秦國為重，妳可能做到？」

羋姝亦是出身王族，新婚之夜，縱然心懷旖念，然則夫君於此時託以重任，深知卻是比甜言蜜語更加重視的對待，心中欣喜，也鄭重道：「夫君委我以重任，是對我的信任和倚重，我嫁到秦國就是秦國之人，一定事事以秦國為重。」

秦王駟道：「孟羋，妳一路上受了些波折，可覺得委屈嗎？」

芈姝心中雖然委屈，然則在他面前，一切的委屈又算得了什麼呢？猶豫片刻，欲言又止，「我……」

秦王駟道：「我是妳的夫君，自會為妳做主，妳不必有什麼顧慮。」

芈姝一喜，抬頭道：「夫君當真會為我做主？」

秦王駟見著她眼中歡喜無限，心中一軟，笑道：「自然是真的。」

芈姝方欲開口，想了想還是笑道：「夫君真心待我，妾身再沒有什麼可說的了。」

秦王駟握住了芈姝的手，「從今以後，寡人的後宮就都交給妳了。楚國立國數百年，寡人想孟芈耳濡目染，必能做一個賢慧的好王后。寡人素來不好色，秦國的後宮一直都很清淨。如今是大爭之世，列國紛爭，朝堂上的事已經讓寡人甚是勞心，寡人希望妳能給寡人一個清淨的後宮，妳可能做到？」

芈姝只覺得一雙手被握住，酥軟無力的感覺自手心傳遞到全身，頓時從頭到腳只覺得火熱，含羞道：「臣妾絕對不會讓大王受後宮所擾。」

秦王駟見她如此，亦已情動，低頭便吻住她，「好王后，寡人就知道沒有娶錯……」

燈光搖曳，一室春色。

第三十五章　新婚日

內室新婚燕爾，春光無限。一板之隔，只有羋月等媵女跪坐在外侍候，只要裡面一聲呼喊，便都能夠聽到。

方才席上的食物，已經端了過來，女御用羋姝席上餘下之食物，羋月等人用秦王席上餘下之食物，分饗已畢，又以酒漱口安食，女御退出，媵女等便在外室等候傳喚。

已過夜半，諸女都累了一天，不免打起瞌睡，又不敢睡，都強撐著。羋月亦是不耐煩，低聲提議四人不如分成兩班，她與兩人守著，另兩人亦可倚著板壁打個盹，下半夜再行換人。

五個媵女中，孟昭氏居長，便說自己不累，讓屈氏、景氏先去休息，自己與妹妹季昭氏回頭再休息。

季昭氏卻不願意，說自己已經累了，便要先去休息，回頭再來守夜。偏屈氏早看出她的心意，取笑她莫不是想等著下半夜時秦王傳召。季昭氏自然不肯被她這般說，兩人便小小爭執了兩句，被羋月低聲喝住，孟昭氏又打圓場，當下便由孟昭氏與景氏守上半夜，季昭氏與屈氏守下半夜，這才止了。

芈月心中冷笑，以秦王之心計，兩三下便會將芈姝哄得死心塌地，他要女人，何時何地不成，又豈會在新婚三日召幸媵女，給芈姝心中添堵？這幾個媵女分屬各家族，在芈姝新婚之夜便各起心思，實是讓人好氣又好笑。還不知道將來，她們到底是助力，還是拖累。

果然一夜過去，什麼事也沒有，幾個懷著心事的媵女雖然分班休息，終究還是誰也沒有睡好。將近凌晨，芈月和幾個媵女正開始打瞌睡，清涼殿內室的門忽然開了，秦王駟精赤著上身，只穿著犢鼻褌，持劍走了出來，看到睡了一地的媵女們，似是怔了一怔，旋即還是邁過她們，走到門邊，「繆監——」

芈月頓時驚醒，一睜眼就看到一個半裸的男子，嚇得險些失聲驚呼，定了定神，才認出是秦王駟，忙掙扎著欲站起來，偏昨夜大家都疲累，彼此倚在一起，她的袖子被季昭氏壓著，裙裾下襬又被屈氏踩著，只得用力抽取。

她這一動，屈氏、季昭氏都醒了，三人一有動作，連帶著倚著板壁打盹的景氏和孟昭氏也都醒了。芈月這才得以站起來退到一邊，看了看內室仍無聲響，低聲道：「王后她……」

秦王駟擺了擺手，「王后還在睡，別吵醒她，讓她再睡一會兒。」

芈月看了看秦王駟精赤著的上身，羞得不敢抬頭，「大王可要更衣洗漱，妾這就去叫人——」

秦王駟道：「不必了。」

這時候，一個滿臉笑容的中年宦者，早已無聲無息地出現在門前，身邊跟著兩個小內侍，一人端著銅盆，一人捧著葛巾上前。一個小內侍極熟悉、極迅速地擰好葛巾，由那中年宦者呈給秦王，秦王駟擦了一下臉，便扔在盆裡，拿著劍走到庭院裡。

眾媵女對視一眼，不知如何是好，卻見那中年宦者與兩個小內侍也走了出去，不禁都看著羋月。羋月只得道：「留兩人在這裡候著王后，我們出去看看。」

四名媵女才發現自己睡得釵橫鬢亂，只怕這便落入了秦王眼中，不禁暗自懊惱。此處又無鏡奩，只得兩兩對坐，彼此為對方整理一下儀容，匆匆跟著羋月出去。

羋月走到門邊，外頭尚是漆黑一片，唯有天邊一絲魚肚白。雖是夏日，晨起依舊有些寒氣。秦王駟精赤著上身，已經在庭院中舞劍。只見他劍走龍蛇，泛起銀光一片，身手矯健。羋月素日曾見過楚國少年演武，與之相比，竟還少了幾分悍勇。

羋月微微出神，想起年幼時，亦曾見楚威王晨起於庭院中練武，只是……自先王去後，只怕楚國當今之王，是不會有從美人榻上晨起練武的心志的吧？想到這裡，不禁心中暗歎。

她這裡出神，卻見天色漸亮。秦王駟停劍收勢，身上都是汗珠。

景氏等人站在羋月身後，又是害羞又是癡迷地看著秦王駟矯健的身影，微微發出驚歎。見秦王駟收劍之後，走到廊下，季昭氏不禁上前兩步，含羞道：「妾身服侍大王……」

秦王卻並不看她，只走過來將劍擲給繆監，「繆監——」

繆監會意地接過劍，遞給身邊的繆辛，將一個盾牌和一支戈，交給秦王駟，自己也拿起盾和戈，躍入庭中，與秦王駟各執盾和戈相鬥。

景氏自作聰明地去擰了葛巾想遞給秦王駟，哪知秦王駟早已在與繆監相鬥，只得悻悻地將葛巾扔回盆內。孟昭氏似笑非笑地看了她一眼，「就妳聰明。」

羋月看那繆監和秦王駟動手，竟是毫無主奴相對之態，手底下毫不相讓，招招裹挾殺氣，不禁感歎，「沒想到大監也有這麼好的身手！」

侍立著的一個小內侍看著兩媵女忙活，嘴角微笑，不料聽得這個媵女竟有這樣的感歎，對她有些刮目相看，自負道：「我阿耶跟著大王上陣多年，每日陪著大王習武，這麼多年下來，多少也有些功底。」

羋月知道地位較高的內侍收小內侍為義子在宮中是常有的事，見這小內侍眼睛靈活，不似另一個內侍頗有驕氣，當下問道：「大王每日都是四更習武嗎？」

那小內侍道：「是，一年四季，風雨無阻，霜雪不變。」

羋月歎道：「要是冬天下雪，也是四更起來，可是夠嗆的。」

那小內侍得意道：「要不然怎麼能是我們的大王呢？」

羋月見他好說話，便問道：「不知你如何稱呼。」

那小內侍忙道：「不敢當季羋動問，奴才名喚繆辛，那邊也是我阿耶的假子，名喚繆乙。」

羋月點了點頭。兩人正說著，卻見秦王駟和繆監一場鬥完，繆監收起盾和戈，又變成那個滿臉賠笑的宦者。

兩人走過來，那繆監便把盾和戈交與繆乙，繆辛見秦王駟過來，正想去為他擰一把葛巾，不料景氏和季昭氏擠上前去，爭著要為秦王侍奉。兩人這一爭，便見秦王駟到了眼前，一把葛巾還未擰起來。

秦王駟一身是汗，見這兩個媵女手忙腳亂的樣子，皺了皺眉頭，直接拿起銅盆，一盆水從頭上澆下。景氏等人都怔住了，然後發現自己還握著葛巾，嚇得連忙跪地賠罪。

秦王駟也不理她們，只這麼溼漉漉地走過羋月身邊，羋月驚得連忙退後一步，「大王。」

秦王駟似乎這時候才看到了她，怔了一怔道：「小丫頭，是妳？」

時為夏天，秦王駟淋得全身溼透，他自己不以為意，但站在羋月面前，一股男性氣息撲面而來，羋月只覺得臉上發燒，不禁又退後一步道：「大王要更衣嗎？」

她說這話的意思只是想讓秦王駟快去穿上衣服，但這樣一說，若無人上前來，她不免要上前去服侍他更衣了，嚇得她眼睛轉到一邊去，巴不得有人上來替她。

偏那愛出頭的季昭氏和景氏，方才因爭遞葛巾之事讓秦王不耐煩，此時嚇得跪在外面，稍持重的孟昭氏和屈氏卻守著羋姝內室門口，一時之間竟無人可替。

秦王駟何等人，一眼便看出她的心事，也不理她，只走進另一間內室，繆辛忙跟了進去。

羋月鬆了一口氣，卻聽得羋姝在內室已經醒來，叫了一聲，「來人——」

她連忙進了內室。羋姝聽說秦王晨起練武，卻不讓人叫她起來侍候，不禁為他的體貼感到既高興又心虛，暗暗打定主意，明日必不能如此失禮了。她低聲吩咐侍女，明日若是秦王晨起，必要喚醒她。她這邊匆匆更衣出來，便見另一頭更衣完畢的秦王駟已經出來了。

羋姝忙行禮，「大王。」

秦王駟輕撫一下羋姝的頭髮，「王后今天很美。」

羋姝臉一紅，含情脈脈道：「妾身服侍大王用早膳。」

秦王駟搖頭，「不必了，寡人要去宣室殿處理政務。」

芈姝詫異道：「可大婚三日不是免朝嗎？」

秦王駟笑了，「寡人只是去處理政務，午時會來跟妳一起用膳，妳再多休息一會兒，永巷令過會兒會來向妳稟事。」

芈姝無奈，只得依了。及至午後，秦王駟回到清涼殿，與芈姝一同用過膳食以後，便帶著芈姝與眾女遊覽整個秦宮。

咸陽宮是先孝公時遷都咸陽後開始營建的，雖不如楚宮華美綺麗，卻占地更廣，氣勢更強。整個宮殿橫跨於渭河之上，以周天星象規劃，五步一樓，十步一閣，內中大小行宮皆以複道、通道、閣道巧妙結合，西至上林苑、東至終南山修建門闕，稱為冀闕，又巧借地勢，將南邊的秦嶺、西邊的隴山、北邊的北部山系和東邊的崤山作為其外部城牆。

雖然此時的咸陽宮只營造了一半，另一半仍然在建造之中，但於媵女看來，已是非常雄壯，一路觀來，不免發出驚歎之聲。

秦王駟正是三十多歲，相貌並不屬於俊美之列，長臉、蜂准、長目，手足皆長，走路如風，形如鷹狼。然而因他久居高位，言行舉止自然帶著一種威儀，且他為人極聰明，一眼就可看透人心，注視別人時會令人慌亂無措，三言兩語可直指別人內心隱祕，但願意放下身段時，又如和風細雨，令人傾心崇拜。列國游士皆是心高氣傲之輩，在他面前不消三言兩語，便也會折節信服。

更何況這些才十幾歲的宮闈少女，她們想些什麼，要些什麼，想表現什麼，想掩蓋什麼，於她們彼此之間，或可玩些心術，但在他這種久歷世事人心的掌權者面前，直如一泓小溪，清澈見底。

秦王駟走在前面，緩步溫言，指點宮闕，華美辭章信手拈來，天下山川皆在指掌，卻又能夠對羋姝以及諸媵女各人的脾氣愛好瞭若指掌，談笑間面面俱到，誇孟昭氏「女子有行」，誇季昭氏「美目盼兮」，誇屈氏「隰有荷華」，誇景氏「顏如舜華」，誇得諸女都心花怒放，面色羞紅。

諸女原本初入秦宮，心中惴惴，跟秦王走了這一路，個個都放鬆下來，有說有笑，但聽得嬌聲燕語，聲聲入耳。秦王與羋姝並走，偶一回頭，見到諸媵女原先緊張恭謹的狀態已經放鬆，原來腰肢僵硬地隨侍在後，如今多是顧盼生姿。唯有羋月仍然保持著僵硬和緊張的狀態，心中微有詫異，不免多了些注意。

用過午膳之後，秦王又提起後頭有一馬場，問諸女可願隨他一起行獵，羋姝自然贊同，諸女也都歡欣不已。眾人回宮更了騎裝，羋姝與眾媵女到了馬場，卻不見秦王，細問之下，才知道秦王在馬廄中洗馬。

羋姝驚訝道：「大王怎麼會親自洗馬呢？」

秦王此時正好牽著馬走出來，笑道：「這是寡人的戰馬，只有親自照顧，才能夠了解馬的習性，才能夠讓牠在千鈞一髮的時候，救寡人的性命。」

羋姝吃驚道：「大王您還要親自作戰？」

秦王肅然道：「我大秦歷代先君，都是親自執戈披甲，身先士卒，浴血沙場。在寡人之前共有十五位國君，有一半就是死在戰場上的。」

羋姝聞言，倒吸了一口涼氣，羋月亦心中長歎，秦人立國之處，原為周室舊都，為犬戎所陷，正是歷代秦君身先士卒，方才從那些凶悍異常的戎人手中，一寸寸奪了回來。所以秦人好戰，戰不畏死，列國才畏懼秦人如虎狼。

秦王駟亦歎道：「歷代先君拋頭灑血，這才有我大秦今日之強盛。人說我秦國是虎狼之國，卻不知道我秦國之國土，就是從虎狼叢中，一分一厘用性命換來的。」

羋姝知道自己說錯了話，臉也不禁紅了。

秦王駟知她不好意思，亦不再延續話題，而是翻身上馬。

「來，上馬，寡人帶妳們看看我大秦的山河。」

諸女皆習六藝，騎術弓箭雖然不甚精湛，但在楚國也經過行獵之事，當下便一起翻身上馬，隨秦王騎馬而行。行了不久，便各自尋著獵物跑開。

羋月手中持弓，卻無意行獵，只想敷衍了事，混過一場便罷。她看出羋姝心中歡悅，顯然對秦王情意已深。這秦王一邊哄得羋姝暈頭轉向，一邊隨意撩撥諸媵女，令她們意亂神迷，實在是令她有些想遠而避之。不知不覺中，她的馬便落到最後，她也不在乎，只悠然信馬由韁，看著兩邊景色，不覺走神。

忽然聽得耳邊有人問道：「季羋，妳怎麼不去行獵？」

羋月一驚，抬頭卻見秦王駟正騎馬與她並轡而行。

羋月朝左右看去，周圍除了隨侍的小內侍外，竟無其他人，不由得暗生退避之心，謹慎答道：「我騎射不精，所以還是藏拙的好。大王何以在此？不知王后與其他姊妹去了何處。」

秦王駟斜看她一眼，笑道：「哦，妳騎射不精？不知初見之日，是何人射了寡人一箭？」

羋月見他言語中有調笑之意，心中暗惱，卻不能表現出來，只得強笑道：「便是自那次之後，方知自己騎射不精，因此不敢賣弄。」

秦王駟看了她一眼，知她言語不盡不實，有心想問她「射義渠王的三箭連發又如何說」，但旋即想起黃歇死因。當下只是笑了笑，抬頭見天邊有一行大雁飛過，便將自己的弓箭遞與她，「妳試試寡人這弓，看能否射下一隻大雁來。」

羋月接過弓來，略一試，只覺得弓大弦緊，比她素日所用，重了許多。然而她是個不甘服輸的性子，暗中咬了咬牙，還是控箭上弦，慢慢地將弓拉開，瞄準天邊，一箭射去。那雁群飛得甚低，竟有一雁應聲而落。

繆辛遠遠地跟著，也瞧不清秦王與羋月行事，只見天上一雁掉落，連忙跑去拾了起來，見那雁上之箭是秦王駟的，只以為是他所射，忙捧著大雁跑回秦王身邊奉承道：「大王好箭法，一箭中的！」

秦王笑了，指了指羋月，「是季羋射中的。」

羋月把弓箭遞還給秦王駟，「是妾失禮了。」

秦王駟笑道：「這又何妨？」

繆辛賣乖地依例將大雁掛在羋月馬前，又迅速退到後面去。羋月低頭見秦王那箭仍在雁上，只覺得礙眼，卻也無奈，道：「說起來，這也虧了大王的弓好。大秦弓弩，果然名不虛傳。」

秦王駟微微一笑，「季芈果然會說話。」

他素日忙於政務，不假於人，女色上並不在乎，宮中也算清淨。此番娶新王后，罷朝三日，亦算得忙裡偷閒。帶著新王后與媵女們遊覽宮廷，騎馬行獵，乃至逗弄一個一心想要避開他的小姑娘，亦不過是他政務繁忙之餘的調劑罷了。

芈月見他如此有調笑之意，心中抗拒，忽然想到一事，抬頭笑道：「妾說的是真心話，只是——」她有意頓了頓，見秦王注目過來，才又道，「妾不明白，以大秦之威，為什麼還要對義渠忍氣吞聲，甚至連他們劫殺王后的罪行也輕輕放過，還要用六十車糧食來贖人？」

秦王駟見她把話帶到此事上去，也笑了，「看來季芈一直耿耿於懷。」

芈月盯著秦王，斬釘截鐵道：「是。」

她耿耿於懷，至死不能忘，一有機會，便要去追查真相，找尋真兇。既然已經來到秦王駟面前了，她為何不直接說出來呢？她在秦國無援無助，但秦王駟是秦國之君，他要去追查，一定比她自己追查有效得多。

秦王駟見她如此執著的神情，原本不想對她解釋，此時卻覺得她似乎能懂，當下改變了主意，道：「此事得不償失。秦國大軍固然可以去圍剿義渠，但軍隊到處，義渠人躲入草原，等大軍一過，他們照樣騷擾邊境。」

芈月恨恨地問：「難道就此算了不成？」

秦王駟道：「是啊，雖然這些年，秦國之勢益強，而戎人之勢益弱，這邊患卻無法清除。此等僵局已持續數百年了，征伐多次卻勞而無功。所以我們只能等……」

羋月不解地問：「等？」

秦王駟頷首道：「等時機成熟，自會一舉殲滅。」

羋月聽了此言，沉默不語，兩人並轡而行了一段路，秦王只道她已將此事放下。不料羋月隔了好一會兒，又問了一句：「那大王就不懷疑，為什麼義渠王這麼巧，劫到阿姊的車駕？」

秦王駟銳利地看了羋月一眼，這一眼中有了些警告，他並不喜歡這個膽大的小女子在這件事上太過糾結。一切都要為大局讓路，他素日威儀甚重，連沙場老將在他面前也無不戰戰兢兢，今天這個小女子出格太多了，便收了笑容，沉聲道：「妳還想說什麼？」

羋月被他這一眼掃過，心臟驟然收緊，君王之威，一至於斯，本有許多質問，也只得咽了回去，只是終究還是不服，低下頭，忍不住頂了一句，「大王英明，臣妾不敢在大王面前賣弄。」

秦王駟沉聲道：「兩國聯姻天下皆知，義渠人窮凶極惡，去伏擊迎嫁隊伍，也不足為奇。」

羋月卻想到義渠王帶她去看義渠兵和秦兵交戰時，曾經不小心落下的東西——便是類似於入咸陽城時，庸芮為她解釋的銅製符節。又想起上庸城中，羋姝病倒之事，不禁冷笑，「大王真當那是意外？」

秦王駟看了羋月一眼，眼光帶著寒意，「妳問得太多了。」說罷，似已失去逗弄她的興趣，一揮馬鞭，策馬而去。

羋月看著秦王駟的背影，心中一沉。她雖然成功打斷了秦王駟的逗弄，卻也看出秦王駟對王后被劫一事，不欲追究。她入宮前，還天真地以為若能查出指使義渠人伏擊羋姝的幕後之人，交與秦王，便可報仇。

可若秦王非但不是不知情，甚至明明知情，卻不欲追究，那麼，她進宮還有什麼意義？而她們這些楚女在宮中的前途，豈非可怕得很？想到這裡，她看著秦王駟縱馬而去的背影，眼中直要噴出火來。

偏此時眾隨從見秦王駟去了，便一齊跟了上去，唯有繆辛還甚是奉承地上前提醒她，「季羋，大王和王后在前面呢，可休教他們多候，請季羋也趕緊前去吧。」

羋月只得恨恨地拿馬鞭抽了一下馬，飛奔而去。及至前面，果然見秦王與羋姝並轡而行，兩人言笑晏晏，彷彿從出發到如今都不曾分開半步，幾個媵女也或多或少均得了獵物。

羋姝見羋月到來，向她招手笑道：「季羋如何走得這麼慢？我還只道妳今日必無收穫呢，不想也有所得。」

羋月強笑了笑，只低了頭，跟到諸媵女後面。

季昭氏馬前懸了數隻狐兔，見羋月只有一雁，嗤笑出聲。羋月不理她，徑直慢慢而行。

孟昭氏倒有些不好意思，見她落後，有意也放緩了馬轡，與她同行，勸道：「我也沒獵到多少，妳不必在意。」

羋月看向孟昭氏馬前，果然也只懸了兩隻獵物，但她們素日都是一起行過獵的，一看昭氏姊妹所獲，便知季昭氏有些獵物必是孟昭氏讓給她的，當下也只是淡淡地一笑置之。

孟昭氏見她並無不悅之情，也略鬆了一口氣。她這個妹妹其實為人並不壞，只是性子好強，愛與人爭個高下，有時候卻會忘記自己的身分和場合。她這做阿姊的，少不得要經常幫她描補一番罷了。

當日晚宴，便以諸女所獵之物為炙，於清涼殿前水臺上舉宴，歡歌笑語，水殿倒映，樂聲輕揚，直如仙宮。

這一夜過去，這三朝之日便結束了。

秦王重去上朝，而新王后羋姝則由秦宮派來的傅姆教習，將秦人習俗、歷代先祖諸事及宗廟祭祠等一一研習，又有永巷令來稟報宮中事務等，連諸媵女亦要學習宮規，幫助王后分攤事務等，以便為三月之後的新婦廟見之禮準備。

羋姝首要問的，便是宮中妃嬪之事。

分配在她宮中的內侍閹乙笑道：「王后放心，大王素不好色，寥寥幾個妃嬪，不是先孝公所賜，就是與先王后大婚時，陪嫁的、周室所贈的媵女罷了。」

羋姝與羋月交換一眼，心中也甚是詫異。她二人從小所見，楚宮中素來美女如雲。不只是如今的楚王槐好色，便是先威王時，不管征伐所得，或是其他大國贈美、小國獻女、諸封臣與附庸之地的進貢之女，皆來者不拒。新寵舊愛，濟濟一堂，爭寵鬥愛屢見不鮮。後宮多冤魂，楚宮的荷花池子底下，到底有多少美女「失足而死」，只怕算也算不清。

然而聽閹乙所言，秦宮中竟歷來甚是清淨。歷代秦君簡樸，諸後宮連名位分階都不曾有，不過是正室稱夫人，其餘人稱諸妾罷了。

後來列國皆開始稱王，如今的秦王駟亦隨眾稱王，便正室稱王后，妾稱夫人。後因幾個已經生子的姬妾爭列，方讓內小臣議了分階，在夫人之下再設美人、良人、八子、七子、長使、少使等。

芈姝又問諸人之封，閣乙便道：「夫人有唐、魏二氏，唐夫人乃先孝公所賜，魏夫人是先王后之妹；其次虢美人、衛良人，乃先王后入秦之時，為西周公和東周公所薦之陪嫁媵女。」

芈姝點了點頭，列國嫁女均有媵女，有的來自姊妹，有的來自宗族，亦有同姓之國相送的。

魏氏出自姬姓，西周公與東周公素來不合，藉魏氏出嫁而各自推薦姬姓國之女為媵，乃是藉故插手秦國內政，只是秦國不好不收。後宮如此依次排列，當是一為尊重先孝公及先王后，二為尊重周室。

閣乙又道：「其下樊長使、魏少使，都是先王后的媵女，宮中有封號的就這些了。」

魏少使想是魏氏宗女，樊長使想必亦是附庸魏國的小國陪媵，芈月暗忖，心中一動，問道：「這諸姬之封，是早就有了，還是近期才封的？」

閣乙尷尬一笑，支吾道：「是、是先王后去世之後，才開始冊封的。」

芈月又問：「那麼諸夫人爭列之事，想也是先王后去世之後，才發生的？」

閣乙詫異，「正是。季芈如何得知？」

羋月又問：「歷年來主持後宮事務者，是先王后，還是唐夫人、魏夫人？」

閻乙便道：「原是先王后，後先王后多病，這五六年間，是魏夫人。」

羋姝有些不甚明白，卻藏在心底，見閻乙退下，才問羋月是何原因。羋月與她分析，魏夫人既主持後宮多年，那麼去年忽然冒出來所謂諸夫人爭列之事，不是無緣無故的，想是魏夫人自有野心，以她主持後宮的身分，不甘與諸夫人同列，便藉故鬧事，欲令秦王封她為后。而秦王已經決定另娶楚女為繼后，藉此將諸妾分階而冊封，令魏夫人居首，避免爭端。

羋姝聽得倒吸一口涼氣，試探著問：「妹妹，妳看，上庸城之事，是否也是那魏氏所為？」

羋月搖頭，「這卻未可知，有可能是魏氏所為，亦有可能是其他人一石二鳥，既除阿姊，又除魏氏。」

羋姝一驚，「還有這等事？」

羋月道：「虢、衛二氏，乃周室所贈，焉知不是周室陰謀？」

楚人對周室俱無好感，羋姝既嫁秦國，更以自己為秦人，當下便恨恨道：「若當真是周室陰謀，我可不會放過她們！」

羋月輕歎，「秦魏相爭，周室雖然闇弱，仍是天下共主，到底是何方作怪，如今還不知道啊！」

羋姝亦是長歎。

第三十六章　魏夫人

椒房殿自先王后魏氏去後，無人居住，原本住於椒房殿偏殿的諸妾也皆遷至他處。秦王娶羋姝，亦要入住椒房殿，但椒房殿是以椒子和泥糊牆，取其溫暖之意，更宜冬日入住，所以便將夏日所居的清涼殿，挪為新婚之所。

羋姝率諸媵女到椒房殿時，見殿前已有數名宮妝女子站在殿外相候。為首一人笑容明媚、舉止親切，正是婚宴上與羋月同列的女御，那人手握羽扇，盈盈下拜道：「妾魏氏，參見王后。」

她身後諸人，亦隨著她一齊行禮，「妾等恭迎新王后。」

羋月微微一怔，在她腦海中，其實已經隱隱視魏氏為大敵，想像中她也應該是一個驕橫的蛇蠍婦人，不料卻是此人。想到自己初見她時，竟對她還略有好感，心中更是一凜，暗道怪不得孔子云「以貌取人，失之子羽」，這魏氏看似明媚親切，誰能想像得到她心底有深壑之險呢？又想到楚宮的鄭袖，當日在魏美人眼中，何嘗不是這般明媚可人、望之親切的角色呢？

她心中雖閃過千萬個念頭，表情卻是紋絲不動。她身邊諸媵女，亦是聽過魏夫人之名，但都是深宮中訓練有素之人，皆未變色。

羋姝也是心裡一凜，臉上笑道：「各位妹妹免禮，平身。」

眾人行禮畢起身，魏氏便笑道：「妾在此久候矣，容妾侍候王后進殿。」說著，側身讓開，引羋姝入殿，她便立於身側，做引導之姿。

羋姝自知來者不善，當下處處小心，唯恐有失禮之處，落入魏氏算計，惹了笑柄。

諸人移步入殿，羋月留神觀察，但見這椒房殿中陳設略舊，仍有魏風，顯見並不曾為了迎接新王后入住而重新裝修布置。且這椒房殿本是注重保暖，此時除正門外，所有門窗俱還閉著，隔簾處皆是厚錦氈毯之物，並未換新。楚國諸女料不到這一招，諸人皆是正妝重衣，這一走進去，便覺得炎熱潮悶，十分難受。

魏夫人將羋姝引到正中席位，恭敬讓座，羋姝已經熱得一頭是汗，苦於頭上冠冕、身上重衣，臉上的脂粉也險些要糊開，只得以絹帕頻頻拭汗，卻見旁邊一只香爐，猶在幽幽吐香，那香氣更是說不出來的古怪。

羋月亦是暗惱，欲待羋姝坐下後提醒她，下令開門開窗取扇通風。羋姝坐下後，正待端坐受禮，但見那魏氏走到正中，諸姬亦隨她立定。

豈知魏氏看著羋姝，怔了一怔，眼睛似看著羋姝，又似看著羋姝身後，露出似懷念似感傷似親切的神情，竟是極為詭異。

羋姝被她瞧得毛骨悚然，一時竟忘記說話。羋月見此暗驚，方欲開口，那魏氏看了半晌，卻忽然轉頭拭淚，又回頭賠禮，「王后恕罪。妾看到王后坐在這裡，就想起了先王后。

那一年妾隨先王后初入宮受朝拜，先王后也穿著同樣的青翟衣，坐在同樣的位置上，如今想來，就像是在昨天一樣。」

羋姝不防魏氏竟然說出這樣的話來，渾身寒意頓起，看著這陰沉沉的殿堂，再看著左右的擺設，只覺得彷彿自己所坐的位置上，有一個陰惻惻的鬼魂也同她一起端坐受禮一般，不由得又氣又怕，怒道：「魏氏——妳、妳實是無禮……」

魏氏恍若未聞，半點也不曾將羋姝的言語放在心上，只逕自一臉懷念地喃喃道：「這宮中的一席一案，一草一木，都是先王后親手擺設的。先王后去了以後，這裡的一切還都是按照先王后原來的擺設，一點都不許改動。就連今日熏的香，都還是先王后最喜歡的千蕊香呢。」

雖然正午陽光還有一縷斜入，然這殿中陰森森的氛圍、陰沉沉的異香，再加上魏氏陰惻惻的言語，竟顯出幾分教人膽寒的鬼氣。

羋姝只覺得袖中的雙手止不住地顫抖，一半是氣的，一半是嚇的，方才渾身的潮汗浸溼了裡衣，有又溼又冷、反侵入體的感覺。她活到十幾歲，從小到大都是在寵愛中長大，接受的都是各色人等在她面前努力展示的親近善意，便是有時候也知道如羋茵等，會在她面前有小算計、小心思，卻從來沒有人敢對她表示過惡意。雖然她也明白秦宮內必有艱難，但知道與直面，完全是兩回事。

羋姝被這種前所未有的居心不良給擊中了，一時不曉得如何應付、如何回答，只覺得無比難堪、無比羞辱，心中只想逃走，只想立刻躲在被子裡大哭一場。從小到大所受的教養、應對、自負、聰明，蕩然無存，除了結結巴巴地指著魏氏說「妳、妳、妳……」之外，竟是一點辦法也沒有，腦子裡完全糊成一團，不成字句了。

玳瑁大急，待要上前說話，羋月已是搶前一步，斥道：「魏氏，妳胡說些什麼？」

玳瑁見羋月已經開口，邁出去的腳步又悄然退了回來。她畢竟是奴婢之流，魏氏乃是如今主持後宮之人，她維護羋姝，說不定倒被反斥為僭越無禮。羋月是諸媵女之首、王后之妹，由她出面才是再好不過的。

與此同時，孟昭氏也悄悄收回邁出去的一隻腳。

魏氏眉毛一挑，原本明媚的神情竟似帶著幾分陰森，羋姝心中一緊，不料魏氏忽然轉顏又笑了，這一笑，眼神中諸般輕蔑嘲弄之意毫不掩飾，最後又收了笑容，掩口做吃驚狀，道：「王后恕罪，是妾一時忘形，憶起故去的阿姊，竟至失神，還望王后大人大量，勿要見怪才是。」

羋姝只覺得被羋月這一呵斥，三魂六魄方似歸位，見魏氏如此作態，胸口似堵了一塊大石般，想要說些什麼，又說不出來。

羋月上前一步，「小君，此殿中氣息悶滯，可否令她們將門窗打開，也好讓殿中通通氣……」

羋姝頷首，方要答應，那魏氏微一側頭，對站在她身後的一個姬妾使了個眼色，那人立刻掩面泣道：「想昔年先王后產後失調畏風，大王下旨，椒房殿中不可見風，自那時候起，直至今日，未曾有人忤旨，不想今日……嗚嗚嗚……」

羋姝一怔，話到嘴邊，竟是說不出口了。

羋月大怒，斥道：「妳是何人？如今小君正坐在此處，妳口不擇言，實是無禮！」

羋姝此時氣到極處，反而鎮定下心神，也不理那人，只下旨道：「把門窗都打開，讓這殿中通通風，悶熱成這樣，實是可厭！」

那姬妾臉色也變了，連忙偷眼看向魏氏。魏氏卻仍笑吟吟地搖著羽扇，似乎突然想到什麼，道：「今日乃是新王后入椒房殿受禮，都怪妾身一時忘形。諸位妹妹，妳們還不與我一起，向新王后行禮？」

諸姬妾忙聚到她身後，但見魏氏完全無視殿內殿外，諸內侍宮女亂哄哄地開窗打簾、灰土飛揚的情況，只率眾姬妾走到正中，端端正正地行禮道：「妾魏氏，向新王后請安。」

諸姬妾亦一起行禮，「妾某氏，向新王后請安。」

羋姝只覺得一口氣噎在喉頭，吞不下吐不出，勉強笑道：「諸位妹妹且起。」

魏氏依禮三拜，又率眾女起身。

羋姝呆立當場，一時竟不知如何應對，羋月忙提醒道：「王后賜禮諸夫人。」

羋姝深吸一口氣，盡力微笑道：「正是，諸位妹妹今日初見，不如一一上來，讓小童也好認認人。」她本不欲第一日便以身分壓人，此時卻不得不自稱一聲「小童」。

魏氏臉色變了變，羋姝已經轉頭看向她，微笑道：「魏妹妹於宮中何階？」

魏氏無奈，上前屈膝斂袖，「妾魏氏，與先王后乃是同母姊妹，大王恩賜冊封為夫人，生公子華。」她蓄意說到同母，眼角又瞄了羋月一眼，想是亦早已經打聽過，羋月與羋姝並非同母。

羋姝點頭笑道：「賞。」

玳瑁捧著托盤上前，上面擺著白玉大笄一對、手鐲一對、簪珥一對，呈給魏氏。魏氏只得行禮拜謝道：「謝王后賞賜。」她身後侍女忙接過托盤，兩人退到一邊。

其後便有一個服色與魏氏相似，卻更為年長的貴婦出列行禮，魏氏含笑道：「此為唐氏，唐國之後，封夫人，為公子奐之母。唐妹妹為先孝公所賜，是宮中資歷最深的人，在大王還是太子的時候，就服侍大王了。」

羋姝定睛看去，但見唐夫人打扮素淨，舉止寡淡，如同死灰枯木一般，心中暗歎，道：「賞。」

唐夫人之後，便是一個年輕嬌豔的婦人出列行禮，魏氏道：「此虢氏，東虢國之後，封美人。」

接著是一個舉止斯文、表情溫柔的婦人出列行禮，魏氏道：「此衛氏，封良人，為公子通之母。」

羋姝俱賞。

其後便是長使樊氏、少使魏氏等上前行禮。羋姝一個個凝視，見那魏少使卻是方才假哭先王后之人，便不理睬，轉眼見那樊氏大腹便便，不禁問道：「妳幾個月了？」

樊長使捧著肚子，露出身為人母、心滿意足的微笑，垂首道：「謝小君關愛，六個月了。」

芈姝盯了好久，心中羨慕之下又有微酸之意，忙道：「妹妹快快免禮，妳既身懷六甲，從此以後到我這裡就免禮了。」轉頭吩咐珍珠，「快扶樊長使坐下。」

樊長使便嬌滴滴地謝過芈姝，由珍珠扶著坐下。

芈姝與諸人相見之時，便賜給她們每人笄釵一對、鐲子一雙、簪珥一副、錦緞一匹，若有生子之人，再加賜諸公子每人書簡一卷、筆墨刀硯一副。

諸夫人均謝過就座。芈姝亦令芈月等自己陪嫁之諸媵女與諸夫人相見，諸夫人亦有表禮一一相贈，雙方暫時呈現出一種其樂融融的假象。

此時有侍女奉上玉盞甘露，芈姝順手拿起欲飲，忽然覺得觸手不對，低頭一看竟不是自己慣用的玉盞，轉頭問玳瑁，「這是——」

魏夫人突然笑道：「王后當心，此乃先王后最喜歡的玉盞，如今只剩下一對了，可打壞不得。」

芈姝嚇了一跳，像觸到毒蛇般，手一縮，玉盞落地摔得粉碎。

其他人還未說話，魏少使便誇張地叫了起來，「哎呀，這可是先王后的遺物啊，大王若是知道了，必是會傷心的……」

芈姝本已經被嚇了一跳，此時再聽魏少使鬧騰，怒道：「放肆！」轉頭問方才奉上玉盞的侍女道：「誰叫妳給我上的此物？」

魏夫人卻笑道：「王后勿怪，是妾身安排的……」她加深了笑意——在芈姝眼中，這笑容裡盡是挑釁——她溫言解釋道：「想當年先王后第一次受後宮朝賀，就是坐在這個位置，用的這只玉盞，妾身這樣安排原是好意，本想讓王后您感受到與先王后的親近，也能夠讓妾身等備感親切，如敬重先王后一般，敬重王后您。不想造成如此誤會，致使先王后遺物受損，王后您千萬別自責，若論此事，實是妾身也要擔上三分不是的。」

芈月不禁冷笑，「不過一件器物罷了，損了便損了，魏夫人為何要強派王后必須自責？魏夫人說自己有三分不是，這是指責王后有七分不是嗎？妳一個妾婢，來編派小君的罪名，是不是太過膽大了些？」

魏夫人暗忖今日之事，原可拿定王后，偏生被這媵女處處壞事，當下臉一沉，「我對王后一片誠意，妳胡說什麼！倒是妳一個媵女，敢來編派我的不是，難道不也是太過膽大嗎？」

芈姝定了定神，被芈月提醒，也暗恨魏氏無禮，忙道：「季芈說的話，就是我的意思，魏夫人是在說我放肆嗎？」

魏夫人索性也沉了臉，「妾身不敢，只是這先王后的遺物，就這麼損傷了，只怕連大王也會覺得惋惜的……」

芈月打斷道：「既然是遺物，就不該拿出來亂用，所以還是魏夫人自己不夠小心。小君，以妾看來，當令魏夫人將所有先王后的物件都收拾起來，送到這幾個口口聲聲念著先王后的媵妾房中去，讓她們起個供桌供上，好好保存。從今日始，這個宮中所有的東西都撤了，擺上如今王后喜歡的東西。」

魏夫人怒道：「季芈這麼做，未免太不把先王后放在眼中了！先王后留下的規矩，難道如今的王后就可以不遵守了嗎？」

芈月冷笑，「自然是不需要遵守的。」

魏夫人言辭咄咄逼人，「難道季芈要讓王后背上個不敬前人的罪過嗎？」

芈月反而哈哈一笑，「什麼叫不敬前人？大秦自立國以來，非子分封是一種情況，襄公時封諸侯是另一種情況，穆公稱霸時又是一種情況，時移世易，自然是要與時俱進，不見得襄公時，還原封不動，用非子時的法令；穆公稱霸時，難道不會有新的法令規矩？不說遠的，就說近的，商君時，不也一樣有些拘泥不化的人反對變法？可若沒有變法，秦國現在還能稱王嗎？」

她這一長串比古論今，滔滔不絕地說出來，不但魏夫人怔住了，眾姬妾皆怔住。

芈月停下，看著魏夫人，忽然掩袖笑道：「魏夫人，您口口聲聲說先王后，難道忘記了，先王后活著的時候，可不曾當上過王后，只是個秦國的君夫人罷了。大王稱王以後，為什麼不將魏夫人您扶正，而是要不遠千里求娶我楚國的公主為王后？就是因為魏夫人您不曾見識過什麼叫王后，腦子裡還食古不化，想的是君夫人當年的規矩……」說到這裡，她又幽幽一歎道，「唉，說起來也難怪，我聽說商君原就是在魏國為臣，偏生魏人容不得他，這才到了秦國，為大秦闖出一片新乾坤來。看來這魏人的眼界，唉……」

她原不是這般口舌刻薄之人，只是黃歇身死，她心中強壓一股鬱氣，無法排解。昨日秦王的態度，更似一盆冷水當頭澆下，到了今日，見魏夫人三番五次挑釁，心中鬱氣便化為口中利語，噴薄而出。

魏夫人臉色一變，商君入秦，致使秦國變法成功，魏國不但錯失人才，還因秦國軍力大興，河西之戰，損兵折將、丟城失土，致使魏、秦兩國強弱易勢，這實是魏人大恨。羋月既貶先王后，又貶魏人，說出這樣的話，無異於當面扇了魏夫人一個大耳光。

魏夫人眼中頓生恨意，「果然，季羋好鋼口，知道的說是季羋胸懷乾坤，不知道的還真以為楚國嫁錯了人，季羋才應該是做王后的合適人選呢。」

羋月不屑道：「大人淳淳，小人戚戚。論口舌之辯，何須王后？身在高位，只要會用人即可。魏國這些年來既失孫臏，又失商君，想來也是不曉得用人之故。」

魏夫人冷笑一聲，「口舌之利，我是比不上季羋了，甘拜下風。」說著看了虢美人一眼。

虢美人上前笑著道：「哎呀呀，楚國來的妹妹果然不凡，能說會道的。我是個愚笨之人，有些東西不懂，可否向各位妹妹請教？」

羋月見了這愚人居然為魏夫人衝鋒，冷笑道：「虢美人果然是好學之人，第一天向王后請安，就準備了一堆問題，我們才真要多向虢美人學習了。」

虢美人也不理她，逕自道：「妾身以前聽過許多關於楚人的故事，都覺得不可思議，難得今日王后也來自楚國，特地來求證一件事。請問『刻舟求劍』的事情是真的嗎？楚人真的如此愚笨？」

樊長使亦笑道：「是啊，妾身也聽過類似的故事，還有『畫蛇添足』、『買櫝還珠』之類，看來楚人愚笨的事情還真是挺多的。」

楚人自周天子立國之初受了慢待之後，便不遵周人號令，自封為王，倚長江之險，以自立的姿態，與周室分庭抗禮。自周室到晉國，數番召集諸侯伐楚而不得成功。北方諸侯不喜楚人，故談書論文、寓言比喻之時，常常將楚人作為嘲笑對象，凡是有愚人、妄人、執人，都派到楚人的頭上來。

如今魏夫人見以先王后為難羋姝不成，反被羋月口舌所傷，她亦早有準備，故意退讓一步，反讓這些小妃以楚人故事來惡意取笑。

羋姝氣得將宮女新奉上的玉盞也摔了，「妳們太放肆了！」

魏夫人也不惱，羋月發現她越是惱怒時，反而笑得越是嬌媚。

「諸位妹妹只是想討王后的歡心，拉近與王后的距離，所以才找一些和楚國相關的話題罷了。初次見面，王后就忽然發這麼大的脾氣，是存心想給各位妹妹來個下馬威嗎？」

羋姝怒道：「哼，我看是妳想給我一個下馬威吧？」

羋月卻笑道：「王后，既然各位阿姊要同我們說故事、談笑話，那我們就跟各位阿姊說故事、談笑話罷了。虢姬[1]，我倒是聽說過一個與虢國相關的故事，特來請教，『唇亡齒寒』這個故事的由來，虢姬可曾知道？」

虢美人一怔，頓時惱了，指著羋月，「妳、妳太……」

不待羋月說，屈氏便上前一步，笑咪咪地道：「虢姬若是想不起來，那妾就代您說吧。晉獻公要打虢國，想借道虞國，就送了虞公寶馬美玉。宮子奇說，虞、虢兩國是唇齒相依，若是虢國有失，難免唇亡齒寒。可是虞公不聽，還是借道給晉獻公，於是虢國就滅亡了。」

景氏亦是笑咪咪地補刀，「楚國的故事雖多，不過是一二愚人的故事，可我大楚在這大爭之世，仍然傲立於群雄之中。虢國人的愚笨，卻是沒有腦子，不結交強者，誤信他人，把國族安危放在沒有信用、也沒有實力可言的人手中，結果國亡族消，實在是可悲可歎啊。虢姬，須知做人要聰明識時務，您說是不是呢？」

虢美人臉色一變，她終於聽出來了，怒道：「妳在威脅我？」

孟昭氏亦笑道：「我勸虢姬莫給人當槍使，免得被人賣了還不知道。至於樊姬，抱歉，我也想跟您說幾個樊國的故事拉近一下關係，可我真想不起來樊國有什麼故事值得一提的。不過我還可以送您一個楚國的故事，叫『狐假虎威』，這山林之王，到底是虎還是狐，大家可要睜開眼睛看清楚才是。」

羋姝掩嘴輕笑，魏氏有幫手，難道她便沒有幫手不成？她這幾個媵女素日在高唐臺也練辯術，起初只是事發突然，自己也是不曾反應過來，幸而羋月先出聲，諸羋便附和著輪番而上。這素日互相辯論慣了，一齊對外時，居然也是配合有度。

虢美人顯然怔住了，突然間就尖聲叫道：「好啊，妳們一起來欺負我，我要去請大王做主……」

正欲鬧時，忽然聽得外頭齊聲道：「大王到！」

眾妃嬪轉過身去，看到秦王駟正大步進來，連忙下拜道：「參見大王！」

秦王駟走上前，扶起羋姝，「寡人遠遠地就聽到這殿中極為熱鬧，看來妳們相處和睦得緊啊。」

諸妃嬪聽到他這番話，臉色頓時五彩繽紛起來。

羋姝笑了，「正是，各位妹妹都頗為熱情，與妾等相處得很好呢。」

秦王何等聰明，一眼看去，早已心裡有數，臉上卻不顯露，反笑道：「如此寡人就放心了。」

羋月暗中給羋姝一個眼色，羋姝會意道：「兩位魏妹妹對先王后懷念得緊，臣妾想請大王恩准，將這椒房殿中，先王后遺留下的東西都賜給兩位妹妹保管。這椒房殿布置陳舊，臣妾想重新布置一番，也好讓大王看個新鮮。」

秦王駟不在意地道：「妳是王后，這些許小事，自己做主就成，不必請示寡人。」

羋姝看了魏夫人一眼，含笑道：「大王這麼說，臣妾就放心了。」

魏夫人的臉色頓時變得極為難看。

這一場諸羋與諸姬的初次交鋒，算是楚宮大勝。直到回到清涼殿，羋姝猶興奮未止，笑著對羋月道：「今天看那魏夫人的臉色白了又青的，可真是太痛快了！」

羋月勸道：「阿姊，魏夫人在後宮經營這麼多年，今日是輕視了阿姊才會措手不及，以後的日子還長著呢。」

羋姝恨恨道：「哼，她居然敢給我下馬威！妳說得對，將來日子長著呢，有的是時間教她知道我的厲害。」

羋月輕歎：「阿姊放心，總有收拾她們的時候。」

羋姝看著羋月，想到今日自己一開始驚慌失措，全仗羋月及時出面，才不至於失了王后威儀，不禁百感交集，「妹妹今日表現，可真是令我刮目相看。我總以為妳還一直是那個讓我庇護著的小妹妹，沒想到，今日卻是全仗妳大展才智，才把那個魏氏給壓下了。」

羋月知她素來好強，今日自己出頭，只怕又招她心中不舒服。若是在楚宮，她或還懼她多心，只是到了如今，她也懶得再做戲，苦笑道：「阿姊是不是覺得，我今日太過放肆大膽了？」

羋姝微笑，忙解釋道：「怎麼會呢？其實今天還真的多虧了妳……」她對自己今日表現實是十分沮喪，素日只覺得自己聰明厲害，威儀天成，只道自己一為王后，必是妃嬪俯首，秦王獨鍾。誰曉得一入秦宮，竟會被個妃子擠對得差點顏面盡失。這種「原來我沒有這麼厲害」以及「那個素日要我庇護的人居然這麼厲害」的心思糾結萬分。但羋月這麼一說，她又暗自慚愧，覺得羋月今日為了自己出頭，自己居然還有這種嫉妒的心思，實是不應該，又怕羋月誤會，急著想解釋，又解釋不清，急得出了一頭的汗。

羋月按住羋姝，歎道：「阿姊，我明白的，身處異地，滿目敵人，自然有怯意，誰都會這樣。我其實並不比別人強，只是我與阿姊不同，我是心中有恨，才會這樣咄咄逼人。」

羋姝想到黃歇之事，也不禁惻然，更覺慚愧地道：「妹妹，過去種種譬如昨日死，人總要向前看的。」

羋月冷笑一聲，「阿姊，妳知道嗎，我今天一直在期待，看魏夫人被我逼到什麼程度上會翻臉，我就可以直接撕下她的偽面具來。可惜，她夠能忍！」

羋姝一驚，「妳懷疑是她？」

羋月點頭道：「她的嫌疑最大，所以我今日本是想逼她一下，看看能不能找出真相。」

羋姝聽了她這話，低頭想了想，忽然猶豫起來，「妳說大王會不會聽到我們說的話，覺得我們太咄咄逼人了？」

芈月詫異道：「阿姊怕什麼？」

芈姝猶豫道：「大王說，想要一個清淨和睦的後宮，我們若是太過強勢，會不會……」

芈月歎息道：「大王想要一個清淨的後宮，阿姊就更不能軟弱了。現在不是我們挑事，而是魏夫人她們在挑事。從下毒到勾結義渠，再到今日鬧事，她何曾消停過？阿姊若是忍氣吞聲，她一定會更加囂張。只有將她的氣焰打下去，讓她不敢再興風作浪，這後宮才能清淨，才不負大王將後宮交託給阿姊的心意。」

芈姝聽了不禁點頭，「那我以後應該如何行事？」

芈月斬釘截鐵道：「就像今天這樣啊。若那魏夫人再挑事端，阿姊且別和她爭執，由我來和她理論，到不可開交的時候，阿姊再出來做裁決。阿姊是王后，是後宮之主，宮中其他人都是妾婢，如何能與阿姊辯駁？」

芈姝恨恨道：「嗯，就依妹妹。其實依我的脾氣，真是恨不得將她拖下去一頓打死！」

芈月歎道：「阿姊不可。妳和她鬥，大王不會管，但妳若要殺了她，大王是不會允許的。」

芈姝忙道：「我自然不會親手殺她……」

芈月輕歎一聲，按住芈姝的手，「阿姊，妳心地善良，不是鄭袖夫人那種人。更何況若論陰損害人的心性和手段，妳我加起來也不及那魏夫人。這種事，不要想，免得汙了妳我心性。」

羋姝也有些訥訥的。以她如今的心性，其實要做出這種事來，也是不可能的。只不過心中氣憤，過過嘴癮罷了。「我只是氣不過……」

羋月道：「狗咬人一口，人只能打狗，不能也去咬狗。」

羋姝笑出聲來，「妹妹說得極是。」

羋月坦言道：「秦宮不比楚宮，後宮的女人地位如何，其實是看秦王前朝的政治決斷。阿姊，時機未到，妳我不可妄動。」

羋姝急道：「那什麼時候才算到時機？」

羋月道：「阿姊，既然做了王后，妳就要學會忍。」

羋姝喃喃道：「忍？」

羋月道：「人不能把所有看不順眼的東西全除去。阿姊，嫁給諸侯，就得忍受三宮六院的生活。」

羋姝歎道：「妹妹，我亦是宮中長大的女子。諸侯多婦，我豈不知？我不是嫉妒之人，不是容不得大王與別的女人在一起，我只是容不得那些想要算計我、謀害我的人，一天天在我眼前晃。」

羋月歎道：「阿姊，這也是沒有辦法的事。後宮這麼多女人，哪一個不是在謀算著往更高的位置爬？妳身為王后，坐上了這個位置，就要承受後宮所有女人的謀算，並且忍下來。只要妳還在這個位置上，就是最大的成功。」

羋姝越想越是委屈，倚在羋月的身上哭泣道：「妹妹，這真是太難了，一想到天天有這麼一群人跟妳鬥嘴鬥心計，晚上還要爭大王的寵愛，我真受不了！」

芈月歎道：「阿姊，要享受一國之母的尊榮，就得承受所有女人的嫉妒和謀算。妳擔得起多少的算計，才享受得了多少的榮耀。」說著，她抬頭看了看天邊，笑道，「阿姊，快些梳洗打扮吧，大王今日要來與阿姊一起進晚膳。三日已過，我等也不必服侍，就容我躲個懶吧。」

芈姝卻拉住了芈月，惴惴不安地道：「妹妹，我再問妳一次，妳真的不願意侍奉大王嗎？」

芈月微微一笑，「阿姊，莊子曾說過一個故事，說楚國有神龜，死已三千歲矣。王以錦緞竹匣而藏之廟堂之上。試問此龜是寧可身死留骨而貴，還是寧願生而曳尾於塗中？只要阿姊答應我，五年以後讓我出宮，我願意做那隻曳尾於泥塗中的烏龜。」

芈姝莫名地有些不放心，幽幽一歎，「妹妹真的能永遠不改初衷嗎？」

芈月正欲站起退出，聞言怔了一怔，才道：「阿姊，若在過去，我可以毫不猶豫地說『是』。但世事無常，到今日，我已經不敢對命運說『是』。阿姊，什麼是我的初衷？我的初衷從來不是入宮闈為媵婦啊！」

芈姝心中暗悔，只覺得今日的自己，竟是如此毫無自信，處處露了小氣，忙道：「妹妹，我並不是這個意思……」

她卻不知道，一個女子初入愛河，又對感情沒有十足的安全感時，這份患得患失，豈能避免？只是有些人藏諸心，而她從小所生長的環境過於順利，實是沒有任何足以讓她學會隱藏情緒的經歷。也唯有在自己心愛的男人面前，在絕對的權威面前，她或許才會稍加掩飾，但與羋月等從小一起相伴長大的人，與玳瑁這些僕從之間，她實不必作任何掩飾。

她此刻話一出口，就後悔了。其實自那日發現羋月與黃歇欲私奔之後，黃歇身死，羋月被劫，在她心中，已經隱隱對羋月有幾分愧疚之意，又有一種油然的敬佩。所以在發現自己又出現如在楚宮那樣對羋月的態度時，就感覺到了失禮。

羋月擺了擺手，歎道：「我的初衷，是跟著戎弟到封地上去，輔佐他，也奉養母親。此後又想跟著黃歇浪跡天下。如今黃歇已死，我只願養大小冉，讓他能夠在秦國掙得一席立足之地，也好讓我有個依靠。男女情愛婚姻之事，我已經毫無興趣。只是命運會如何，今日我縱能答應阿姊，只怕事到臨頭，也做不得主。」

羋姝歎息，「妹妹不必說了，我自然明白。」

羋月站起，斂袖一禮，退出殿外。

她沿著廊廡慢慢地走，想著方才與羋姝的對話。她對秦王沒有興趣，她對婚姻情愛也已經毫無興趣，她可以答應羋姝，以安羋姝的心。可是，羋姝的心安不安，與她又有何干呢？她入秦宮，又不是為了羋姝，她是為了追查那個害死黃歇的幕後真兇。若能夠為黃歇報仇，必要的時候，她什麼都不在乎，就算是秦王，她也未必會放棄利用他的心思。

忽然間一個低沉的聲音道：「季羋又在想些什麼？」

羋月抬頭一驚，卻見秦王駟正站在廊廡另一邊，饒有興趣地看著她。

羋月只得微一屈膝行禮，「見過大王。」

秦王駟提醒，「妳還沒回答寡人的問題呢。」

羋月垂首，「妾剛才在想，不知道晚膳會吃什麼。」

對這種擺明是敷衍的回答，秦王駟也並不生氣，只道：「妳不與其他人一起吃嗎？」

羋月道：「我住蕙院。」

秦王駟一怔，蕙院在清涼殿后略偏僻的位置，諸媵女都在清涼殿兩邊偏殿居住。

「妳為何獨自一人住那麼遠？」

這地方是羋月這兩日問了宮人才知道的，亦是向羋姝要求過才得答應。諸媵女皆是為秦王準備，住在王后的附近，自然是為了就近方便。她既無意於秦王，自然住得遠些，也省心些，更兼可打聽宮中消息，只答道：「妾還有一個幼弟，住在殿中恐擾了小君清淨，因此住得遠些。」

秦王駟點了點頭，又問：「這番季羋與寡人相見，似乎拘束了很多。」

羋月行禮道：「當時不知是大王，故而失禮。」

秦王駟搖頭，「不是，寡人感覺，妳整個人的精氣神，都似不一樣了。」

羋月苦笑，她自然是不一樣了，那時候的她正是兩情相悅、無限美好自信的時候，如今經歷大變，如何還能如初？

「妾長大了，再不能像以前那樣年幼無知了。」

秦王駟沉吟，「這離寡人上次見妳，似乎沒隔多久啊。」

羋月垂頭，「大王，有時候人的長大，只是一瞬間的事情。」

秦王駟道：「所言不錯。」

羋月見他無意再接話，便退到一邊，候他走過。秦王駟擺手，「妳只管去吧，寡人還要在這裡站一站。」

羋月只得行了一禮，「妾失儀了。」說著，垂頭走出。

秦王駟看著羋月的背影，沉默，他身後跟著的繆監似乎看出什麼，上前一步笑道：「大王對季羋感興趣？」

秦王駟笑了，搖頭道：「不是你想的那種興趣。」他看了繆監一眼，又道，「你休要自作聰明。」

繆監也笑了，「老奴隨大王多年，大王何時看老奴自作聰明過？」

秦王駟失笑，「說得也是。」

當下無話，便入殿中。

注釋

①先秦時期對女子的稱呼，通常是在其姓氏之前加識別區分，這種區分可能是方位，亦可能是父族的地名，亦可能是丈夫的封地、謚號，亦可能是族中長幼排行等，但不會直呼名字。如西施，便是住在西邊的施姓女子；如《趙氏孤兒》中的莊姬，便是姬姓女子，其夫謚號為莊，所以稱「莊姬」。晉文公的妻子姜氏來自齊國，所以人們對她的稱呼就是「齊姜」或者「文姜」。如羋月、羋姝在秦國，就不會有人直接稱呼她們的名字，通常是以排行稱為「孟羋」和「季羋」；如屈氏、景氏，則可以稱為「屈羋」和「景羋」，而昭氏姊妹可以稱為「昭羋」，但為了區別更可能會稱為「孟昭」和「季昭」。虢美人來自虢國，姬姓，所以通常就會稱她為「虢姬」。同理，魏夫人等人，可稱其名位，亦可稱為「魏姬」等。

第三十七章　銅符節

暫不提清涼殿中秦王與王后共進晚膳如何恩愛，且說魏夫人等一行人在椒房殿中失了面子，一怒之下回了她所居的披香殿內，猶自恨恨。

魏少使是她從妹，便先開口道：「楚女實是無禮，阿姊可不能就這麼忍氣吞聲。」

魏夫人卻故意道：「我倒罷了，誰叫我主持後宮，新王后不拿我立威，還能拿誰立威呢？只是姊妹們好意和王后親近，卻教人平白羞辱了一場。」

樊長使添油加醋道：「可不是，若是王后也罷了，誰教她是後宮之主。可是一個連名分都沒有的媵女也敢騎在我們頭上，這日子以後沒辦法過了。」

魏夫人長歎一聲，說：「自我入宮以來，對各位妹妹素來關愛有加，一視同仁。只是以今日來看，只怕日後後宮中楚女當道，我們姊妹連站的地方也沒有了。」

虢美人氣恨恨地道：「夫人，我們可不能這麼算了！得讓她知道，這宮裡誰說了算！」

魏夫人只是笑笑，看著唐夫人與衛良人，「唐姊姊、衛妹妹，妳們兩位也說說話啊。」

唐夫人一臉的雲淡風輕，只皺了皺眉，「我素來多病，也不管這些事兒，一切由魏夫人做主便是。」

她本就不是魏國諸姬中的一員，原是先孝公所賜，是秦王駟為太子時的舊人，在宮中資歷既深，有臉面，又有兒子。昔年魏氏諸姬在宮中得寵，她也不管不問，只專心養著兒子。到後來魏夫人藉著諸妾爭列鬧出事來，秦王駟分了後宮位階，她又是頭一等。

她與魏夫人同階，若論資歷，原該站在魏夫人前頭。魏夫人藉著自己主持後宮的名義，每每要搶在她前面，她也無所謂，退讓一步也無妨。就這麼個一拳打去，半天不見她吱一聲，叫人疑心自己是不是打錯了的人，便是魏夫人再智計百出，也拿她無可奈何。

此番拜見新王后，她只不過是隨大流一起見一下，一出了椒房殿就要分手，是魏夫人硬拖了她過來，她亦知道這是魏夫人逼她站隊。只是她依舊這麼一副半死不活的樣子，也實在教魏夫人無可奈何。

魏夫人又轉向衛良人，衛良人也素來頗多算計，頗為魏夫人倚重，此時見魏夫人問她，只笑了笑，「各位姊妹言重了，其實也不是什麼大不了的事。人初到一處陌生的地方，不免要些強。如今王后初來宮中，便有什麼不到的地方，我們自然要多體諒，多幫助，如此才不負大王對我等姊妹的期望。」

魏夫人一聽，不禁暗讚此人心思果然深沉，表面上看去這話四平八穩，毫無惡意，但細一品，卻有無限陷阱。見諸姬還不解，索性挑明道：「還是衛良人想得周到，妳們也都聽到了，王后新到宮中，不熟悉宮務，若是在處理宮務上出了什麼不周到的事情，大家都多多看著點，幫著留點神！」

虢美人頓時明白了，掩口輕笑，「正是正是，我們知道了。」當下暗定主意，要叫人在宮務上設幾個套，教王后出幾個錯來，方顯得是她的本事。

衛良人暗歎一聲，說實話，她為人自負，對虢姬之好勝無腦、樊姬之自私膽小，都沒有好感。諸姬之中，有愚有慧，有能藏話的，也有特別多嘴的。若依了她的性子，有些事少數幾個人心照不宣已經足夠，如何能夠挑明了說？只是魏夫人卻喜愛將眾人拉在一起，行事都要同進同退，方顯得自己是後宮主持之人，她也無可如何。

魏夫人計議已定，遣散諸姬，卻留下衛良人獨自商議，道：「衛妹妹向來是最聰明的，這以後何去何從，還指望衛妹妹拿個主意呢！」

衛良人笑道：「阿姊已經處於不敗之地，何須我來拿主意？」

魏夫人一怔，「妹妹這話怎麼說？」

衛良人長歎一聲，暗示道：「我笑阿姊捨本逐末，跟這些毛ㄚ頭置什麼閒氣，她能蓋過我們的不過是名分，阿姊若能在名分上爭回來，豈不是……」

魏夫人細細思忖了一下，忽然悟了，「妹妹的意思是……」

衛良人掩袖一笑，魏夫人已經明白，她指的是自己所生的兒子，公子華！

此時宮中諸夫人雖然俱有子，然而皆不及公子華出身，且先王后無子，亦三番五次說過要將公子華記在自己名下。若能夠趁孟芈初來之時，將公子華立為太子，則魏夫人已處於不敗之地。

然而衛良人卻在暗悔，若自己剛才的暗示叫魏夫人明著宣揚出去，出了事，必會說是她的計謀，忙又描補道：「我若是阿姊，此時什麼也不出手最好。」魏夫人不解，衛良人忙解釋道：「大王是何等厲害之人？阿姊久掌宮務，如今王后初入宮中，她若是出了什麼差錯，大王豈不疑了阿姊，叫子華受累？」

魏夫人雖能夠接受，終究心有不甘，道：「難道我就這麼叫楚女得意不成？」

衛良人勸道：「大王要的是一個清淨的後宮，誰叫大王不得清淨，大王心裡就會嫌棄了誰。更何況王后現在正防著阿姊，不管出了什麼事，都會說是阿姊使的壞，阿姊真要對付她們，倒不如等她們鬆懈下來，自亂陣腳……」

魏夫人已經明白她的意思，笑道：「妹妹不愧是出身衛國，當真有鬼谷子之才，縱橫心術啊！」

衛良人嬌嗔道：「我為阿姊出謀劃策，反倒被阿姊取笑了。」

兩人說笑一番，衛良人這才辭了出去，卻暗自嗟歎。她自負才貌不在魏夫人之下，可魏夫人仗著出身，壓在她頭上多年，她不但不能反抗，還得處處討好她，為她出謀劃策。雖然得了魏夫人的看重，可自己心中，終究是意難平啊！

七月成婚，從炎熱的夏季轉到黃葉飛舞的秋季，羋姝在宮中已經兩個多月了。

這一日，秦王下旨，令諸羋準備動身，前往雍城。

雍城是秦人宗廟所在，接下來正是王后羋姝人生中最重大的儀式——廟見之禮[1]。

這是一個新婦人生中最重要的時刻。新婦三月，乃備奠菜，行廟見之禮，祭過先祖，這才能正式列為夫家的一員。這三個月中，如同新婦的試用期一般，新婦要表現出自己最美好的品質，令夫婿滿意；要表現出勝任一國之母的素質，令宗族滿意。如此，才能夠在廟見之儀上，告之先祖，正式接納其為秦國嬴姓王族的成員。

無數車隊，前後簇擁，浩浩蕩蕩自城西而出，前往雍城。走了十餘日，終於在三月期滿之前，到了雍城宗廟。

黃昏時分，秦王駟與新后俱著禮服，在祝者引導下進了宗廟，祭告列祖列宗。羋姝從楚國帶來的陪嫁禮器，悉數擺放在宗廟之內，如玉璜、玉琮、玉璧、玉圭、玉璋、玉琥等六玉，如鼎、鬲、甗、簋、簠、盨、敦、豆、爵、觶、觥、尊、卣、壺、斝、罍、觚、盤、匜等諸般銅器俱刻有銘文，再加上全套青銅編鐘、青玉編磬等樂器俱由樂師奏樂。這等豪華的陪嫁陣勢，也唯有國與國之間的聯姻，才能夠擺出來。

新后羋姝親奉嘉菜，秦王駟與她行禮如儀，王曰：「臣駟，娶新婦羋姓熊氏，今奠嘉菜於嬴氏列祖列宗，願列祖列宗惠我長樂無疆，子孫保之。」后曰：「羋姓熊氏來婦，敢奠嘉菜於我嬴氏列祖列宗，願列祖列宗佑我百室盈止，婦子寧止。」

所謂嘉菜者，不過是五齏七菹，五齏即是將昌本、脾析、蜃、豚拍、深蒲這五樣葷素各異的菜肴細切為齏，七菹便是將韭、菁、蓴、葵、芹、菭、筍七種菜蔬製成菹菜。

嘉菜雖然名義上須得新婦親手所製，奉與舅姑，以示嫁為人婦，主持中饋之意。但羋姝既為王后，自也不必親處廚下洗手烹製，不過提早叫侍人準備好醃製七種菹菜的食材，烹煮好五齏之肴，然後在廟見之禮前，切好擺入祭器，她只是在每個流程進行中，站在那裡沾一下手便是。

如此諸般禮儀成了，芈姝再受冊寶，更笄釵，才算正式為宗廟所接受，此後才能夠行主持祭祀之儀。

廟見之後，秦王駟方才對芈姝說，先王后病逝，群臣欲為王求新婦，亦至宗廟問卜，卜得諸國皆不堪為正，數次之後，才卜得荊楚為貞，能興秦業。因此他親去楚國，以誠其心。

芈姝聽得自是心花怒放，本來有些不安的心，頓時也安定了下來。既是宗廟卜得荊楚為貞，能興秦業，那麼她又何憂之有？

自雍城回來，芈月便開始思量下一步的行動。這些日子，她居於蕙院，與魏冉同住，身邊只有薜荔、女蘿侍候，與之前身為公主的待遇自然是相差甚遠，只是她也不以為意，反覺得蕙院狹小不惹嫌疑，侍女人少清淨。

她一直在想辦法，試圖將在義渠王那裡見到的銅符節重新做出來，這是她目前唯一的線索。義渠王掠劫完畢，星夜奔馳回去，縱有阻攔，也是一衝而過。但義渠人潛行數個郡縣，伏擊送嫁隊伍時，必是通過這東西來過關卡的。

然而她畢竟對那銅符節只匆匆看了一眼，雖然大致形狀已經可以恢復了，但許多細節怎麼也想不起來。她看著手中的泥製符節，洩氣地放了下來。

蝸居小院，實不合她的性格。她在楚宮之時，經常會跑出去騎馬射獵習武，只是到了秦宮，不免要小心三分。她想起當日秦王帶諸芈去馬場，便讓薜荔去打聽了一下。薜荔來報說，那馬場素日只有秦王罷朝之後，會過去騎射半個時辰，平時卻是無人。之前亦有宮中妃嬪去射獵遊玩，並無禁忌。

她聽了之後，不禁心動，想著今日煩悶，索性將那泥製符節忘了，就要去馬場。走到院中，魏冉又上前來纏著她要玩，她亦無心理會，只問他已經背會《大雅》、《小雅》之後，便叫他先背《秦風》。魏冉不解，原來羋月同他說，習雅之後，諸國風當從《周南》開始，為何跳過，先習《秦風》？羋月只得道，既然到了秦國，當入鄉隨俗，更快地融入秦國。

魏冉聽了她的話，沉默良久，才問道：「阿姊，我們不去齊國了嗎？」

羋月心中一酸，想到當日與黃歇共約一起入齊的計畫，如今已經不可能再實現了，抹了一把淚，匆匆跑出蕙院。她一股怨氣無處發洩，跑到射場，叫內侍擺開靶子。眼前的靶子時而變成義渠王，時而變成魏夫人，時而變成楚威后，時而變成楚王槐。讓她只將一腔怨恨之情，化為手下的利箭，一箭箭地向前射去，射至終場，忽然傳來一陣鼓掌聲。

羋月猛然驚醒，眼前箭靶仍然是箭靶，她輕歎一聲，抹了抹額頭的汗，心中詫異。她明明打聽了此時是秦王在前朝議政的時間，諸姬近年來亦不愛騎射，如今又是誰來了呢？她轉頭看去，卻是一個不認識的少女，那少女邊笑邊向她走來，臉上帶著善意道：「好箭法！真沒想到宮中還有人箭法比我好。妳是誰？我怎麼從來沒見過妳？」

羋月細看那少女英氣勃勃，帶著幾分男兒之氣，她從未曾遇見過能夠與她氣味相投的女子，此時見了這人，竟有幾分親切，正欲開口道：「我是……」

那少女卻頑皮地以手指唇，笑道：「且等一下，容我猜猜……嗯，妳是從楚國來的季羋，是也不是？」

羋月驚訝道：「妳如何知道？」

那少女歪著頭，歷數道：「看妳的打扮，自然不會是宮女。那最近宮裡新來的就只有王后和她的五個媵女。我聽說屈氏和景氏形影不離，孟昭氏和季昭氏更是姊妹同行。我聽父……聽人說季羋擅騎射，那麼獨自一人在這裡練習弓箭的，自然就只有季羋了。」

羋月也笑了，「既然妳猜著了，那麼讓我來猜猜閣下是誰。宮中妃嬪拜會王后的時候，我都已經見過，妳的打扮也不像是宮人，那妳不是王妹，便是王女……妳方才脫口說出『父』字，想來是要說『父王』二字，妳莫不是公主？」

那少女拍手道：「果真如父王所言，季羋是個聰明女子，妳就喚我『孟嬴』好了。」

孟嬴者，嬴氏長女也，羋月便明白了，笑道：「原來是大公主。」

兩人相互為禮，羋月看著孟嬴，卻與自己一般高矮，想來也是年歲相仿，忽然想起一事，實是忍俊不禁。孟嬴詫異道：「妳笑什麼？」

羋月掩嘴笑道：「還記得在楚國與大王第一次見面，他長著一把大鬍子，我管他叫長者，他還不高興。後來就剃了鬍子讓我看，說他不是長者。可如今看來，他確實是長者，他都有妳這麼大的女兒了。」

孟嬴笑得前仰後合，「妳真的管他叫長者？那父王豈不是要氣壞了？怪不得回來的時候，他的鬍子沒了，我還以為是為了在新王后面前顯年輕呢，原來是被妳叫惱了。」她性子直爽，想到素來高高在上的父王竟也有狼狽之時，不由得對羋月好感大增，「妳這人好玩兒，我喜歡妳。」

羋月亦喜歡她的直爽，兩人雖是初見，竟是不到半日，便成了知交，索性拋開身分，互以「季羋」、「孟嬴」相稱。羋月聽孟嬴不停地誇自己的父王如何英武，卻是不服氣，歷數楚威王當年事蹟，兩人竟如孩童似的爭辯起來。

孟嬴道：「我父王是世間最英偉的君王。」

羋月便道：「我父王也是。」

孟嬴道：「我父王會成為秦國擴張疆域最廣的君王。」

羋月也道：「我父王在位時擴張疆域，楚國有史以來無人能比。」

最後還是孟嬴先罷戰，說道：「好了好了，我們都有一個好父王，好了吧？」

羋月歎了一口氣，想到自己的父親，看著孟嬴，誠摯道：「是啊，所以公主一定要好好珍惜妳父王，孝敬妳父王。」

孟嬴見了她莊重的神情，不禁問道：「季羋對我父王可有好感？」見羋月點頭，忙又問道：「妳會不會做我父王的女人？」這次羋月卻是搖頭了。

孟嬴覺得奇怪，「這是為什麼？」

羋月撲哧一笑，「孔子曰：『吾未見好色如好德者也。』吾亦好色，天底下的好男兒多了去了，欣賞便可。」

孟嬴從來不曾聽過這般離經叛道又爽快異常的話，不禁拍膝大笑，「季羋，季羋，妳當真是妙人也！」說著，自己也吐露心事，「我素來不愛與後宮妃嬪交往，她們一個個的心思都寫在臉上了，偏還裝模作樣，當我是傻子嗎？」

羋月亦是明白，便道：「她們亦是可憐人，宮中多怨女，大王一個人，不夠分啊！」

孟嬴直笑得前仰後合，「哈哈哈，季羋當真是妙人，我從來不曾笑得這般開心，哈哈哈……」

羋月詫異地問：「孟嬴，我說的話，便是如此可樂？還是妳我理解有差？」

孟嬴抹淚笑道：「不差不差，季羋，我只是、只是覺得耳目一新罷了。」

自此，兩人多有來往，羋月將自己手抄的莊子之《逍遙遊》贈予孟嬴，孟嬴亦將自己最喜歡的一匹白馬贈予羋月。

那馬才四歲，正是剛成年的時候，十分可愛。羋月與孟嬴到了馬廄挑選時，一見之下便十分喜歡。她雖然喜歡弓馬，但畢竟楚國在南方，以舟楫見長，論起良馬，卻不如秦人。秦人善馴馬，始祖非子便是以善馴馬而得封，孟嬴身為秦王最寵愛的長女，亦有好幾匹良駒，這匹馬恰好是秦王所賜，剛剛成年，孟嬴見羋月喜歡，便轉手贈予羋月。

待得兩人相交頗有一段情分後，羋月便將自己私下用泥土仿製的符節交與孟嬴，託她辨認打聽一下。孟嬴卻只覺得這符節雖然頗似秦國高層的通關符節，但是具體要查出是誰的，非得看這上面的銘文才是。

當日羋月只是匆匆一瞥，能夠記得大致樣子復原出來已是絞盡腦汁，這上面的銘文，當日便不曾看清，又何來回憶？

但她深知查出真兇，這才是關鍵所在。心中不甘，苦思冥想，幾乎連做夢，夢到的都是當日那符節的樣子，只是當她想仔細看清上面的銘文時，卻總是糊作一團。

這一日，羋月正欲去找孟嬴，自廊橋上經過，卻見廊橋下，衛良人帶著侍女，恍恍惚惚地走過，她的手中居然還持著一枚銅符節。

羋月一見之下，只覺得腦海中轟然作響，那夢中始終糊作一團的東西，此刻突然間清晰地顯現出來，與衛良人手中的銅符節重合起來。她還沒來得及思索，身體已經先於思維一步，一手按住廊柱，雙足邁過廊橋的扶欄，躍了下來。

衛良人這日自內府中回來，接了家信，心中恍惚時，突然間一人從天而降，落到她面前，她還未反應過來，身邊的侍女采藍已嚇得失聲驚叫。

這廊橋離地面有十餘尺高，若換了普通人，怕是要跌傷，幸而羋月從小就喜歡弓馬，又身手矯健，這才無事。此時見嚇著了人，忙行禮道：「嚇著衛良人了，是我的不是，還望恕罪。」

衛良人撫著撲通亂跳的心口，強自鎮定道：「無事。」又呵斥采藍住口，方又向羋月笑道：「侍女無知，失禮季羋了。」

羋月臉一紅，「哪裡的話，是我十分無禮才是。」

衛良人腹誹，妳既知無禮，如何還會做出這等舉動來？但她素來溫文爾雅，這樣的話自然是不會出口的，只是不知這位新王后跟前最得勢的媵女，為何忽然在自己面前做出如此奇特的舉動。

羋月也懶得和她繞彎，直接道：「衛良人手中之物，可否借我一觀？」

衛良人詫異道：「我手中之物？」她看了看自己，左手拿著父親寄來的魚書，右手拿著銅符節，卻不曉得對方要看什麼。

羋月直接道：「衛良人手中的銅符節可否借我一觀？」衛良人聽說她只是要借銅符節，鬆了一口氣。她還怕對方是要借她手中的魚書一觀，這可是無法答應的事，當下忙將手中的銅符節遞過去，道：「不知季羋要此物何用。」

羋月接過銅符節，在手中翻來覆去地看了一遍，似要把所有的細節都記住。但見那符節正面陰刻秦字銘文數行，秦字與楚字略有不同，她亦不能全識，連猜帶蒙其大致的意思，好像是述某年某月某日，王頒節符於某人，可用於水陸兩路免驗免徵通行，准過多少從人多少貨物等內容。

衛良人看著她的舉動，疑惑越來越深，卻不言語。采藍欲問，被衛良人一個眼神制止了。

羋月越看這銅符節，心中疑惑越大，雖然那日義渠王的銅符節只是匆匆一瞥，但這些日子魂牽夢縈，衛良人手中的銅符節便是她記憶中的那一枚。想到這裡，她深吸一口氣，強抑住激動問：「衛良人，此物何用？」

衛良人驚訝道：「季羋不認得這個嗎？」

羋月道：「不認得。」

衛良人笑道：「大秦關卡審查極嚴，如果有車船經過關隘，沒有這種銅符節，都要經過檢驗，若是攜帶貨物還要納徵。後宮妃嬪來自各國，與母國自然有禮物往來，所以大王特賜我等一枚銅符節，以便關卡出入。」她笑容溫婉，娓娓道來，彷彿一個親切的長姊。

羋月皺起眉頭，抓住衛良人話中的訊息，「這麼說來，後宮妃嬪手中都有這枚銅符節了？」

衛良人掩袖笑道：「哪能人人都有？不過是魏夫人、虢美人，還有我手中有罷了，如今大約王后手中也會有一枚。」

羋月緊緊追問，「其中外形、內容、銘文，可有什麼區別嗎？」

衛良人有些不解，看了羋月一眼，「季羋為何對此事如此關心？」

羋月低頭思忖片刻，抬頭大膽地道：「衛良人當知道，我們在入咸陽途中曾遇義渠王伏擊，而我在義渠王營中曾見到過相似的一枚銅符節。衛良人以為，這符節會是誰的呢？」

衛良人倒抽一口涼氣，似乎想到什麼，伸手想從羋月手中抽走銅符節。羋月觀察著衛良人的神情，手中握住銅符節不放，「衛良人可願教我，如何才能夠分辨出各人手中的銅符節？」

衛良人已知今日之事不能善了，心中暗悔，自己接到父母家書，心神恍惚，握著魚書和銅符節，忘記藏好，竟捲入這等事情當中了！她不禁前後一看，幸而今日這條宮巷上只有她主僕二人與羋月，沉默片刻，道：「把符節給我。」羋月鬆手，衛良人拿回銅符節，指著正中一處環形內之字，「其形制、銘文基本相似，只有此處……季羋看清楚了嗎，這個位置上是個『衛』字，是我母族國名。」

羋月瞪大眼睛，盯住銅符節上的「衛」字，努力回想義渠王掉在地上的銅符節，試圖看清上面的字，卻是一片模糊。羋月撫額，頓覺暈眩。她回過神來，卻見衛良人扶住她道：

「季羋，妳那日見到過的銅符節，此處刻著一個什麼字？」

羋月微笑，盯著衛良人的眼睛，緩緩地搖頭，「我記不清了。」

衛良人看著羋月，她口中雖然說記不清了，可表情更顯神祕莫測，衛良人歎道：「季羋，妳真的不像一個宮中的女人。」

羋月笑了，「宮中的女人應該如何？」

衛良人臉上露出無奈和憂傷，道：「這宮裡到處是眼睛，到處是耳朵，稍有不慎，就會給自己和身邊的人招來禍患，甚至不知道風從哪裡起，往何處辨別申明。所以，在這宮裡久了，有許多事，不能說，不能做，裝聾作啞才能明哲保身。」

羋月看著衛良人，道：「我明白衛良人的意思，我做事一向恩怨分明，絕不會牽連他人。」說罷，她轉身而去。

衛良人凝視著羋月的背影，歎息，「季羋，妳真是太天真，太單純了。」

這樣天真單純的性子，在這樣詭祕的深宮之中，能活多久呢？衛良人心中暗歎，卻明白關於此事，只怕她不會善罷甘休。王后在入咸陽的途中遇伏，此事她竟是毫無所知，不僅她不知道，只怕在這宮中除了那個主謀之外，誰也不知道吧？而這個主謀，當真是那個呼之欲出的人，還是……另有陰謀呢？

她正出神，采藍怯生生地問：「良人，我們……要不要提醒一下魏夫人？」

衛良人沉了臉，斥道：「妳胡說什麼！魏夫人與此事何干？」

采藍嚇了一跳，忙低了頭，「奴婢也是，奴婢也是……」

衛良人冷笑，「妳只是個奴婢罷了，貴人的心，也輪得到妳來擔憂？」

采藍連忙搖頭。衛良人歎息道：「此事妳管不了，我也管不了。把符節收好了，今日我們什麼都沒看到，沒聽到。」

采藍心一凜，忙應道：「是。」

羋月回到自己所居的蕙院之中，依著方才在衛良人手中所見銘文，再度重做符節。

此時院中，羋月面前的石几上，已經擺著十來枚相似的泥符節，她小心翼翼地用小刀刻著上面的銘文，俱是和衛良人出示的符節相同，唯一不同的就是正中圓環處各國的國名。石几邊的地下，是一個盛水的銅盆，銅盆旁邊是做壞了的許多泥坯。

羋月小心翼翼地把這些曬得半乾的泥符節拿起來，轉動著正面、反面、側面，閉上眼睛又睜開，努力回憶著……那日義渠王掉落地上的銅符節，那個本來糊作一團的圖案，此時變得越來越清晰，那個字……每一個細節比對以後，那個字，果然是個「魏」字。

羋月跳了起來，將其他符節俱收在一起，只取了那枚刻著「魏」字的符節，就要回屋洗手更衣，去羋姝宮中。她方一轉頭，卻看到一隻青色靴子停在她裙邊，她驚詫地抬起頭來，從靴子到玄端下襬、玉組佩、玉帶、襟口，一直看到了秦王駟的臉和他頭上的高冠。

羋月伏地請安，「參見大王。」

秦王駟的聲音自上而下傳來，冰冷無情，「此為何物？」

羋月一怔，有些不明白秦王駟的意思，惶然抬頭，看到秦王駟面無表情的臉，頓時感覺心亂如麻，她有一種不太好的預感。此時，並不是應該見到秦王的時候，這個節奏不對，她支吾道：「這似乎，是……符節。」

秦王駟道：「季羋，符節是做什麼用的？」

羋月道：「是……妾不知道。」

秦王駟聲音冷冷地道：「這符節是君王所鑄，賜予近臣，過關隘可免驗免徵，是朝廷最重要的符令，豈是誰都可以私鑄的？」

羋月慌亂得理不出一個思緒來，只慌忙答道：「朝廷符節，乃用金銅所鑄，臣妾這是泥鑄的，只是用來找人……」

秦王駟的聲音似在輕輕冷笑，「找什麼人？」

羋月抬起頭來，心頭還在說與不說之間猶豫，「妾想找……那個伏擊我們的人。」

秦王駟的聲音依舊冷漠，「伏擊妳的是義渠人，妳在秦宮找什麼？」還未等羋月說話，秦王駟伸出手，將石几上的泥符節統統拂入水盆中，「不管妳出於什麼目的，這東西都不是妳一個媵妾可以沾手的！」

泥坯入水，頓時溶化成一團泥漿，羋月看著自己數月以來，費盡心血努力的一切，在他這一拂手間，化為烏有，不禁伏地哽咽，「大王……」

秦王駟並不理會，只將這些泥坯符節拂入水盆之後，便不再看羋月一眼，拂袖而去。

羋月絕望地坐在地上，衝著秦王駟的背影叫道：「大王，難道王后被人伏擊，就這麼算了嗎？」

秦王駟轉身，眼角盡是譏誚之色，只說了一句話：「妳以為妳是誰？」

妳以為妳是誰？妳以為妳是誰？

秦王駟不知道已經去了多久，可這句話，似乎一直在芈月耳邊，嗡嗡作響，占據她所有的思緒，讓她沒有辦法動彈，沒有辦法反應過來。她伏在地上，忽然大哭，又忽然大笑，嚇得薛荔和女蘿只敢緊緊拉著魏冉，遠遠地看著她，不敢靠近。

她真是太天真、太愚蠢了！原以為，只要找到那個背後指使義渠王去伏擊芈姝的人，就能夠搜集到證據，把這證據交到秦王手中，便可以為黃歇報仇。為了這個目的，她才進了秦宮，違背生母臨死前「不要做媵」的叮囑。

可是如今，她才明白自己的計畫是何等可笑！秦王駟志在天下，他豈是連自己的後宮發生什麼事都不清楚的人？他若是有心，豈有查不到之理？又何須要別人為他尋找證據？就算自己找出證據來又如何？芈姝安然無恙，死的只有黃歇，痛的只有自己。他又如何會為了一個與他毫無利害關係的人之生死，去降罪於一個自己的枕邊人、自己兒子的母親？

「妳以為妳是誰？」這話，他問得刻骨，也問得明白。是啊，自己是誰？何德何能去撼動後宮寵妃，去改變一個君王要庇護的人？

注釋

①三月「廟見」之禮還有一種說法，即為遠古風俗，男女婚前情愛不禁，所以婚後要等三個月的觀察期，確定新娘不是帶孕而嫁，才能夠正式算夫家的人。因此一些早期風俗如棄長子（如周朝始祖后稷就是被棄）、殺頭生子等，都是與此有關。

第三十八章　不素餐

羋月病了，她這病突如其來，卻病勢沉重，竟至高燒不醒。

承明殿廊下，秦王駟正閒來踱步，聽得繆監回報，只淡淡地說了一聲，「病了？」

繆監看著他的臉色，「是。大王要不要……」

秦王駟繼續踱步，「王后叫御醫看過了沒有？」

繆監忙道：「叫的是太醫李醯。」

秦王駟「哦」了一聲，看了繆監一眼，「你這老物倒越來越閒了，一個媵女病了，何須回我？」

繆監賠笑道：「這不是……大王說看奏報累了，要散散步、說說閒話嘛。」

秦王駟看了繆監一眼，並不理他，又自散步。

繆監只得又上前賠笑道：「大王，藍田送來一批新製的美玉，大王要不要看看？」

秦王駟擺擺手，「寡人懶得看，交與王后吧！」

繆監應了一聲：「是。」

秦王駟忽然停住腳步，想了一想，道：「去看看吧！」

繆監連忙應了一聲，叫繆乙快步先去令玉匠準備迎駕，自己親自侍奉著秦王去了。

披香殿魏夫人處，魏夫人亦聽聞了此事，低頭一笑，「病了？」

侍女採桑笑道：「是啊，聽說是病了，還病得挺重的。」

魏夫人懶洋洋地道：「既是病了，就叫御醫好好看看，可別水土不服，弄出個好歹來。」

採桑會意，忙應了道：「是。」

魏夫人皺眉道：「采蘩呢？」

採桑知她是問另一個心腹侍女，那采蘩更得魏夫人倚重，早些時候奉了魏夫人之命出宮，如今還未回來，忙稟道：「采蘩還不曾回來呢！」

魏夫人面帶憂色，歎道：「真是無端飛來之禍——但願此番能夠平平安安地渡過。」

採桑知她心事，勸道：「夫人且請放心，這些年來，夫人又有什麼事，不是平平安安地渡過的呢？」

魏夫人想了想，又問：「那個叫張儀的，真的很得大王寵信？」

採桑忙應道：「是，聽說如今連大良造也要讓他三分。」

魏夫人沉吟，「他若當真有用的話，不妨……也給他送一份厚禮。」

採桑又應下了。魏夫人卻越思越煩，只覺得千萬樁事，都堆到了一起，卻都懸在半空，無處可解。她坐下來，又站起來，來回走了幾步，出了室外，卻又回了屋內，終究還是令採桑道：「妳叫人去宮門口守著，見采蘩回來，便叫她即刻來見我。」

采桑應了。魏夫人卻又道：「且慢，妳先去請衛良人過來！」

采桑忙領命而去。魏夫人輕歎一聲，終究還是坐了下來，叫人上了一盞蜜汁，慢慢喝著。這些年來，她並不見得完全相信衛良人，許多事情，亦是避著，但每每仍會在心煩意亂之時，叫來衛良人。衛良人總能夠善解人意地或開解、或引導，能讓她煩躁的心平靜下來，也能給她提供許多好的思路。

所以，她不完全相信她，又不得不倚重她。

羋月的病越發嚴重了，羋姝派了數名太醫，卻是每況愈下。羋姝十分著急，便問孟昭氏，到底應該如何是好。孟昭氏一言提醒了她，說：「季羋妹妹之病，只怕不是普通的病吧？」

羋姝一驚，問：「如何不是普通的病？」

孟昭氏卻道：「小君還記得您初入秦國時，在上庸城所遇之事嗎？」

羋姝驟然而驚道：「妳是說，在這宮中，在我這個王后面前，也有人敢弄鬼？」

孟昭氏道：「若是在小君這裡，自然是無人敢弄鬼，只是季羋妹妹處，則未免……」

羋姝聽了微微頷首，歎道：「都是季羋固執，我也叫她住到我這裡來，她偏要獨居一處！」羋姝入秦，侍女、內宦、輔臣、奴隸數千，一切事物，皆不假於人手，如上庸城那樣受制於人之事，再不會發生。但羋月獨居蕙院，侍從人少，就有可能落了算計。

孟昭氏建議道：「不如讓女醫摯去看看？」

羋姝猶豫道：「女醫摯醫術如何能與太醫相比？」其實宮中置女醫，多半是宮人產育或者婦人之症，有些地方男醫不好處置，故而用女醫，女醫亦多半專精婦科、產育。羋月之病不屬於此，所以羋姝自恃已經正位王后，亦是第一時間叫了秦國的太醫。孟昭氏此議，實是令她吃驚萬分，亦令她對自己的環境產生了不安。

孟昭氏看出她的心事，忙道：「女醫摯雖然只精婦幼，論起其他醫術，自不能與外頭的太醫相比，可若是季羋症候有錯，讓她去，多少也能看出個一二來吧？」羋姝不禁點頭，當下便令女醫摯前去看望羋月。

羋月聽說女醫摯來了，忙令其入見。女醫摯跪坐下來，正欲為羋月診脈，羋月卻淡淡地道：「不必診脈了，我沒病。」

女醫摯亦歎道：「季羋的確是沒有病，是心病。」

羋月沉默片刻，歎了一口氣道：「不錯，我是心病。」

女醫摯道：「心病，自然要用心藥來醫。」

羋月搖頭，「我的心藥早已經沒有了。摯姑姑，妳是最知道我的，當日在楚國，我一心一意想出宮，以為出了宮就是天高任鳥飛、海闊憑魚躍。可是等到我出了宮，卻是從一個宮跳到另一個宮。本來，我是可以離開的，可是能帶我離開的人，卻永遠不在了。我原以為，進來，能圓一個心願，求一個公道。可公道就在眼前，卻永遠不可能落到我手中來……那麼，我還能做什麼？就這麼在這四方天裡，渾渾噩噩地掐雞鬥狗一輩子嗎？」

女醫摯聽了，也不禁默然，終究還是道：「季羋，人這一輩子，不就這麼過來了嗎？誰不是這麼渾渾噩噩地過一輩子呢？偏您想得多，要得也多。」

芈月苦笑，「是啊，可我錯了嗎？」

女醫摯亦苦笑，「是啊，季芈是錯了。您要什麼公道呢？您要公道，人家也要公道呢。她辛辛苦苦侍候了大王這麼多年，連兒子也生下來了，最後忽然來了個王后壓在她頭上，對她來說，也認為是不公道吧？您向大王要公道，可大王是您什麼人？您又是他什麼人呢？從來尊尊而親親，論尊卑，她為尊您為卑；論親疏，大王與她夫妻多年，還生有一個公子。疏不親間，是人之常情，不管有什麼事，大王自然是維護她為先，憑什麼要為您而懲治她呢？」

芈月歎息道：「是，我正是想明白了，所以我只能病。」

女醫摯歎道：「季芈的病，正是還未想明白啊！」

芈月點頭道：「是，我的確還未想明白。若想明白了，我就走了。如今正是還想不明白，所以，走又不甘心。」

女醫摯沉吟道：「事情未到絕處呢。若是有朝一日，王后生下嫡子，封為太子，到時候由王后出面，不管尊卑還是親疏，都是形勢倒易，要對付那個人，就不難了。」

芈月搖了搖頭，「魏夫人生了公子華，大王為了公子，也不會對魏夫人怎麼樣的。太子……不錯，若是我們能想到，魏夫人更能想到，她一定會在阿姊生下孩子之前，爭取把公子華立為太子的。」

女醫摯一驚，「正是！那我們可得提醒王后。」芈月看了女醫摯一眼，女醫摯明白，點頭道，「我會把這話帶給王后的。」

芈月亦是想到此節，只是這話若是她不顧一切拖著病體去說，不合適，若教侍女去說，更不合適。唯有在女醫摯探望之時，叫女醫摯帶話過去，方是最合適的。

女醫摯診脈畢，便要起身，羋月卻道：「醫摯既然來了，薜荔，妳去把藥拿來給醫摯看看。」

女醫摯一驚，「什麼藥？」

薜荔捧著一只藥罐和兩只陶罐進來，將這三只罐子均遞與女醫摯，女醫摯不解地問：「這是什麼？」

薜荔道：「這是三個太醫看過季羋之後開的藥方，奴婢把藥渣都留下來了。」

女醫摯轉頭，看到羋月的神情，便已了然，當下一一察看三只罐子裡的藥，抬起頭來，歎息，「有兩帖藥倒也無妨，只這一帖……」她指著其中一只陶罐裡的舊藥渣，「用藥之法，熱者寒之，寒者熱之，溫涼相佐，君臣相輔。季羋只是內心鬱結，外感風寒，因此纏綿不去。可這藥中用了大寒之物又沒有溫熱藥物相佐，若是吃多了就傷身，甚至臥床不起。」

她看了羋月一眼，「季羋想是察覺了什麼？」

羋月吃力地坐起來道：「看來我果然是打草驚蛇了，人家如今便乘我生病開始下手了……」

女蘿連忙上前扶著羋月坐起來，著急道：「那怎麼辦？」

羋月冷笑道：「既然知道了尊尊親親之禮，我還能怎麼辦？女蘿，把藥罐子拿到門外，砸下去。」

女蘿驚訝道：「砸下去？」

芈月道：「不錯。」

薜荔有些明白了，道：「季芈何不將計就計？若是她們一計不成，只怕再生一計，豈不更糟？」

芈月冷笑一聲，「我不耐煩跟她們玩，裝中計、裝上當、裝吃藥，她們還得把這些藥一罐罐送過來。砸吧，砸得越響越好，這宮裡的聰明人太多，我就做這個不聰明的人好了！」陰的怕橫的，橫的怕不要命的。她連死都不怕，還怕這些？倒是魏夫人，她既然處處愛用陰謀，只怕這要顧忌的地方，會比她更多吧？

蕙院的宮女女蘿捧著季芈服過藥的罐子，在蕙院門口當場砸得乒乓作響，藥罐的碎片、罐中的藥渣，散落一地，竟是無人收拾。這藥渣、碎片散落在門口，整整一天。直到傍晚時分，才見不知何處過來的兩個小內侍，將這些都收拾走了。

芈姝聞訊也派了人來，才發現這些東西俱已不見，問蕙院的侍女薜荔、女蘿，為何要把藥罐摔到外面時，兩個侍女俱是裝傻充愣，只說是季芈吩咐，這樣可以驅邪避瘟。而芈月又一直「病重不醒」，芈姝亦是無奈，不知道她到底打的什麼主意，只得作罷。

而這砸碎的藥罐、藥渣，此時正擺在繆監面前的几案上。繆監敲了敲几案，問太醫李醯道：「你看出什麼來了？」

李醯久在宮中，這等事豈有不明白之理？當下只是喃喃道：「依下官看來，只怕是用藥有誤。」

繆監似笑非笑地道：「你確定是用藥有誤？」

雖然天氣已經轉涼，但李醯仍在這樣的眼神下抹了一把汗，更加小心地解釋道：「大監，這人之體質不同，醫者高下不同，且醫科各有所長，或有誤診誤判之處，也是難免！」

繆監點了點頭，「你倒是個謹慎之人，我看你開的藥方倒妥。既這麼著，季芈之病就交給你了。」

李醯只得應了，「是。」

見李醯出去，繆監笑了，又問繆辛，「披香殿如何？」

繆辛乖覺地回答，「披香殿魏夫人前日說自己頭疼，叫了太醫看診！」

繆監悠然道：「恐怕這以後，魏夫人頭疼的時候會更多呢。」

繆辛低頭不敢回答。繆監看著他，心中暗歎。他這一生，從太子身邊小豎童做起，到今日人人尊一聲「大監」，經歷風雨無數，便是收養的十個義子，以甲、乙、丙、丁、戊、己、庚、辛、壬、癸為名，到如今亦只剩下乙與辛二人，其餘人或是跟隨秦王征戰沙場而死，或因涉入宮闈陰私而死，或犯錯被殺被責被貶，或對他心懷不忠而被他自己所處置。便是如今這兩個義子，繆乙外憨內奸，繆辛卻是外滑內直，將來的造化如何，亦只能看他們自己了。想到這裡，他站了起來，問道：「大王今日可有旨意傳哪位夫人侍奉？」

新王后初迎，三月廟見之前，秦王幾乎日日宿於清涼殿，沒有再召幸其他夫人。直至廟見之禮以後，返回宮中，秦王始召幸其他宮人。

當下，繆辛便道：「今日大王召的是衛良人。」

繆監沉吟，「哦，是衛良人啊！」

馳雲殿，衛良人接了口諭，沉吟良久，叫了小內侍畢方，道：「魏夫人宮中的采蘩若要出宮，你給我盯著她，看她去了哪裡，有誰跟她說話，做了什麼事情。」

畢方一驚，但他素日受衛良人恩惠良多，之前亦是向衛良人賣過魏夫人處的消息，便也應了。

見畢方收了錢退出，侍女采藍難掩憂心，「良人，您真的要這麼做嗎？若是讓魏夫人知道了，可就……」

衛良人擺手阻止她再說下去，輕歎一聲，「我也不知道應該如何是好。妳也當知道，我衛國已經是衰落小國，母族無勢。當日東周公送我入秦，原也不過想後宮有人，可拉攏秦國之助力，為東周增加庇護。我入宮後不得已依附魏氏，只為了生存需要。可如今楚女入宮，宮中格局大變，而魏夫人行事越來越過分，我實在是惶恐，將來若出了什麼大事，豈不連累我等？」

采藍不解道：「良人真覺得楚女會勝過魏夫人？」

衛良人搖頭，「不是楚女會勝過魏夫人，而是我怕魏夫人行事犯了大王的禁忌。後宮之爭，大王雖懶得理會，大監的一雙眼睛，卻盯著每個角落，只要不涉子嗣，不涉人命，女子之間嫉妒相爭，鬧得再厲害，大王也不會在乎的。但若是涉及前朝，涉及國與國之間的事，再小，大王也不會容得。」

采藍點頭，「還是良人了解大王。」

衛良人苦笑，「越是在夾縫中求生，越是要比別人多長一個心眼。好了，不可讓大王久候，趕緊幫我梳妝吧。」

這一夜，衛良人服侍秦王之後，甚得歡心，還得賜一批藍田新貢的玉飾。

王后羋姝聽到這個消息，卻是砸了一只玉盞。

這一切後妃們的明爭暗鬥，羋月全然不知，她的病自換了李醯之後，也一日日地好了起來，十幾日後，已經差不多痊癒了。

當下，她先去清涼殿向羋姝問安。此時羋姝正在玳瑁和珍珠的服侍下試著新的秋裝，看到羋月進來，興奮地道：「妹妹，妳看我穿這件絳紅色的衣服好看，還是那件杏黃色的衣服好看？」

羋月笑道：「阿姊穿什麼都好看。」

羋姝放下衣服歎道：「唉，好看有什麼用？」

羋月奇道：「阿姊怎麼了？」

羋姝揮手令侍女們退下，潸然淚下，「大王、大王前日去了馳雲殿。」

羋月一怔，「馳雲殿？衛良人？」見羋姝點頭，神情鬱鬱，她亦是無奈，只得勸道，「阿姊，您嫁的是一國之君，按制他是該有六宮九嬪、八十一世婦的男人，也是無可奈何。」

羋姝拭淚道：「我知道，新婚他能夠在我宮中三個月專寵，已經是極為難得。所以就算他去了別人那兒，我也無話可說，可我這心裡就是難受得很……」待羋月勸了半日，她才略略見好，強笑道，「妹妹不必管我，我如今找妳來，卻是有一件正事要與妹妹商議。」

羋月問她何事，羋姝才肅然道：「班進來報，說是如今外頭十分熱鬧呢！」

羋月便問：「阿姊說的是什麼事？」

羋姝冷笑，「聽說魏夫人派人向那些擅長遊說的客卿行賄，讓他們去遊說大王和朝中眾臣，支持立公子華為太子。」

羋月眉頭一皺，「那些遊說之士，憑著三寸不爛之舌，遊走列國攪起風雲無限。一言可以興邦，一言也可以亂邦。若是他們真的遊說成功，讓公子華當上太子，那魏夫人可就橫行宮中了。」

侍立一邊的玳瑁亦道：「可不是，聽說魏夫人下得最重的禮，就是送給那個最會遊說的客卿，叫張什麼……對，張儀的。」

羋姝眉頭一挑，道：「咦，張儀，我好像聽說過這名字。」

羋月忙道：「阿姊忘記了，當日我被義渠人抓去，大王就是派他去遊說義渠，用六十車糧食把我贖回來的。」

羋姝搖了搖頭，「不對，不是這個……」她忽然雙手一拍，道，「我想起來了，就是那次，我們一起躲在章華臺後面，看著那個人胡說八道，把王兄還有王嫂和鄭袖哄得暈頭轉向，那個人是不是就是他啊？」

羋月忙點頭，「阿姊記性真好。」

羋姝歎道：「我這輩子才見過這麼一個巧舌如簧到不可思議的人，怎麼會記不住呢？」說到這裡又有些心驚，道，「若是他的話，那可糟了。這個人要說什麼話，沒有人會不上他的當。怎麼辦？大王那樣端方的男子，可不知道這種人翻雲覆雨的心計。」羋月聽了腹誹，秦王這般的人，翻雲覆雨的心計卻是遠勝旁人，在羋姝心中，竟還是一個「端方」之人，真是笑話。

玳瑁忙勸道：「小君別急，我們也可以同樣向他行賄啊。」

羋姝道：「對對對，這個人是死要錢，如果我們給他的錢比魏夫人的多，肯定有用。妹妹，這件事就交給妳了。」

羋月愕然指著自己道：「我？」

羋姝抓住羋月的手，熱切地道：「當然是妳了，好妹妹，除了妳以外，我還有誰可以信任、可以託付的呢？」

羋月便想推開道：「只怕我難以勝任啊。」

羋姝嗔道：「不就是送個錢嘛，有什麼難的啊？」

羋月搖頭，「君子愛財，取之有道。張儀這個人看似無德無行，實際上卻是胸有丘壑，極為自負。他如果愛財，以他的能力只會自取，絕不會為錢財所驅使。如果單純以金錢賄賂他，只怕會得罪了他，適得其反。」

羋姝急了，「那怎麼辦呢？」

羋月勸道：「阿姊勿急，這個人既然難以為錢所驅使，只怕魏夫人的錢財也未必能打動他，還是我去看看，能不能找到機會。」

羋姝大喜，忙叫人取來出宮的令符塞到羋月手中道：「妹妹，一切都交給妳了。」

羋月無奈，只得取了令符，回房梳洗更衣之後，出宮去見張儀。

張儀此時已經有了府第，一應童僕姬妾皆有。羋月到了張儀府前，叫人通傳，過得不久，便有一個侍童出來，引著她入內。

一路上直到了張儀書房前，那童僕推門，羋月一眼望去，卻見張儀科頭跣足，爬在竹簡、地圖堆中，也不知研看些什麼，當下便笑了，「秋高氣爽時分，正可登高望遠，賞菊品茗。張子倒窩在屋裡，可是在研究什麼軍國大事嗎？」

張儀抬起眼，又舉手擋了一下光，仔細看了一看，方點頭笑道：「季羋好久不見，妳給我帶來了什麼？」

羋月見這室中氣息甚濁，皺眉退後一步，揮了揮手，「這裡氣悶得緊，你這小豎不會服侍人，連待客也不知嗎？趕緊把窗子打開。薜荔，妳去院中採幾枝菊花來……」她看了看四周，欲尋一個插花之器，卻無奈這書房實是極簡，只得指了指几上一只四方形的樽器，道：「先將這洗洗，把花就插在這裡吧。」

張儀叫道：「喂喂喂，那是酒樽、酒樽——」

羋月瞪他，「插了花，你就不用喝酒了，正好。」說著又取了兩只錦袋，給那侍童道：「這裡一袋是曬乾了的木樨花，給你家先生蒸飯烹茶的時候放一點進去，倍增香氣。這一袋是茱萸子，放在荷包裡佩在身上，可以驅邪去惡。好了，把這東西收好，趕緊出去幫薜荔拿花。」

那侍童早被她支使得團團轉，連張儀的叫聲也未聽到，便慌裡慌張地連聲應「是」，跑了出去，幫助薜荔剪花了。

張儀叫，「喂喂喂，這是我家，妳倒支使起我的侍童來了。」

芈月挑了挑眉，「不行嗎？」不知為何，她一見到張儀，便無法再有淑女之儀了。她對誰都可以溫婉相待，唯有張儀此人，實在叫她覺得不把最惡劣最真實的態度拿出來，便無法與他交談，甚至會被他氣個半死。

張儀搔了搔頭，見她如此，只得讓步，「行行行。只是妳既然拿了茱萸子來，我沒有裝它的荷包，一事不煩二主，季芈若是有空，幫我做一個可好？」

芈月白了他一眼，「上次借給你的錢，還沒還我，這次又向我要荷包，你打算怎麼還我？」

張儀索性也不站起，趴在席上，道：「我說過，季芈若要我還錢，我十倍奉上。只是這樣卻顯不出我的誠意，而且現在也不是還錢給妳的最好時機。」

芈月冷笑，「你就這麼肯定我會有落魄到要你給錢接濟的分上？」

張儀笑道：「人生自有起伏，我也願季芈一生都不需要我還錢。」

芈月歎道：「我不需要你還錢，卻需要你指點迷津。」

張儀歪頭看她，「哦，妳還需要我來指點迷津嗎？」

芈月索性坐下來，歎道：「當日在咸陽城外，張子指點我回頭，如今我又遇上事情，卻不曉得如何前行了。」

張儀道：「季芈已經做得很好，何須我來指點？」

芈月詫異地指著自己道：「我？做得很好？」

張儀微微一笑，將自己的銅符節扣在几案上道：「這個！」

羋月已知他明白自己之事，不禁引起傷心事來，轉頭拭淚道：「張子別提這件事了，這是我最失敗的事。」

張儀驚訝道：「怎麼會是失敗呢？妳有沒有聽說大王賜了一批藍田玉給後妃們做中秋節禮？此次玉質甚好，後宮各位夫人都選了上好美玉呈獻母國國君。」

羋月坐正，驚詫道：「張子的意思是……」

張儀微笑，笑容中似看透一切，「大王自然不會明著讓各宮妃嬪們拿出銅符節來驗證，就算拿不出來的人，也可以藉口剛好派使節送禮物回國，算不得罪名。可是他賜下美玉，大家都送玉獻君，若是有誰此時沒有動作，又或者雖然也裝作送玉歸國，但在過關卡的時候卻沒有驗銅符節的記錄……」

羋月已經明白，驚喜道：「原來大王是這個用意……」

張儀笑道：「虛則實之，實則虛之。有時候一時看不到成果，或者甚至是看到相反的成果，都不足作為最後的定論啊！」

羋月沉默片刻，忽然站起，向張儀行禮道：「多謝張子提醒。」

張儀道：「好說，好說。」

兩人說著話，薜荔與那侍童已經摘了花過來，便將花插在酒樽中，又因剛才開窗開門，驅散氣息，此時再聞菊花清香，羋月方覺精神一振。那侍童又將那木樨花拿去，沏了蜜水奉上，兩人才開始說到今日正式的話題。

「張子，聽說最近有人重金拜託張子行遊說之事？」羋月先問道。

張儀點頭道：「正是。」

羋月便說：「若我要以重金讓張子放棄對方的託付，如何？」

張儀看了看羋月，笑著搖頭，「太虧，太虧。」

羋月笑了，「若是張子覺得自己太虧，自還有厚禮奉送。」

張儀看著羋月，「我不是說我太虧，而是說妳太虧。」

羋月詫異道：「張子這話怎麼說？」

張儀道：「據我所知，魏夫人託付的可不止我一人，甚至有更位高權重的如大良造公孫衍，以及司馬錯、甘茂等重臣。要我放棄魏夫人的託付容易，可是我放棄了，王后又打算怎麼去說服其他人呢？」

「這……」她看到張儀的笑容，忽然明白過來，向張儀行了一禮道，「還請張子教我。」

張儀道：「妳所求的是自己之事，還是王后之事？」

羋月道：「是王后之事。」

張儀搖頭，「季羋，人情之事，最忌混雜不清，世間事有多少由恩變怨，就在這混雜不清上。既是王后之事，就應該王后付酬勞。」

羋月不解。

張儀亦不解釋，只斜倚著，拍打著大腿哼唱著：「坎坎伐檀兮，置之河之干兮，河水清且漣猗。不稼不穡，胡取禾三百廛兮？不狩不獵，胡瞻爾庭有縣貆兮？彼君子兮，不素餐兮！」

羋月低頭，思品著這首《魏風》，恍悟道：「君子不稼不穡，不狩不獵，卻能夠空手得富貴，就在於君子從來不素餐。張子這是索要酬勞了？」

張儀一拍大腿，「季羋真是聰明！」

羋月問：「不知道張子要多少酬勞。」

張儀反問：「一個太子位值多少酬勞？」

羋月問：「張子的意思是，只要王后付得出足夠的酬勞，張子就能夠平息此次風波？甚至包括大良造公孫衍，大將司馬錯、甘茂等重臣？」

張儀微笑點頭，「孺子可教也。」

羋月當下試探著問：「五百金？」

張儀冷哼，「張儀這輩子沒見過五百金嗎？」

羋月又問：「一千金？」張儀索性答也不答，只哼哼一聲作罷。

羋月便問：「到底多少？」張儀便伸出一隻手。

羋月失聲道：「五千金！張子這口也太大，心也太狠了吧？」

張儀冷笑，「季羋此言差矣。我若不要足了重金，王后如何能相信我有這樣的能力……」他瞄了羋月一眼，又慢吞吞道，「又如何知道妳季羋出力遊說之不易。」

羋月若有所悟，歎息，「張子此言，真是至理名言……可惜，我知道，卻做不到。」

張儀歎道：「季羋……時候未到啊。有些事，非得經歷過，妳才能了悟。」

張儀的話，讓芈月不禁有些恍惚，直到走在咸陽街頭，依舊有些回不過神來。

咸陽街頭，人群熙熙攘攘，車水馬龍。遠處一行車馬馳來，眾人紛紛避讓。

芈月亦避到一邊，看著那一行車馬越來越近。來人軒車怒馬，衛士成行，咸陽街頭似這樣的排場，亦是少見。

但見前頭兩行衛士過去，中間是一輛廣車，車中坐著兩人似正在說話。就在馬車快馳近的時候，背後忽然有人用力一推，將站在路邊的芈月與薜荔推倒在地。

頓時人驚馬嘶，亂成一片。眼看那馬就要踏到芈月身上，廣車內一人眼神一變，一躍而起，跳上那馬的馬背，按住驚馬。同時人群中衝出一人，將芈月迅速拉到路邊。

芈月驚魂甫定，便見那制住驚馬之人，冷眼如刃鋒掃來，「妳是何人？為何驚我車駕？」

芈月抬頭一看，見那人四十餘歲，膚色黝黑，整個人站在那兒，如一柄利刃般，發出鋒利的光芒，稍不小心便要被他的鋒芒所傷。

芈月方欲回答，就聽有人喝道：「大良造問妳，妳為何不答？」

芈月心中一凜，知這人便是現今秦國如日中天，一人之下、萬萬人之上的大良造公孫衍，當下忙低頭斂袖一禮，「妾見過大良造。妾是楚國媵女，奉王后之命出宮行事。大良造車駕過來，妾本已經避讓路邊，誰知背後擁擠，不知是誰誤推了妾一把，跌倒在地。多虧大良造及時相救，感激不盡。」

公孫衍此時已經跳下馬來，目如冷電，迅速掃了芈月背後一眼，揮了揮手，頭也不回地上了馬車，徑直而去。

但那與公孫衍同坐的人，卻在聽到芈月自稱「楚國媵女」時，凌厲地看了芈月一眼。芈月察覺到不知何處過來的眼神，似不懷善意，忙抬頭一看，卻與那人打了個對眼。但見那人年近五旬，臉色蒼白瘦削，看上去亦是氣度不凡，卻不知為何，全身一股鬱氣纏繞。

芈月只看了一眼，便見那馬車馳動，瞬間只見那人背影。芈月眼看馬車遠去，那股莫名的不安才消失，鬆了一口氣，轉回頭去看到底是誰拉她一把，卻見繆監身邊的繆辛，紮在人群中一溜煙跑了。她心中疑惑，難道方才竟是他拉了自己一把？

若不是他的話……芈月再凝視人群，卻沒有其他認識的人了。難道，真是他？他為何會在這時候出宮？為什麼會剛好在自己有難的時候，拉自己一把？難道說，他一直在跟蹤自己不成？

這時候，薜荔亦已站起來，退在路邊，見了馬車遠去，才驚魂未定地來告罪，「公主，都是奴婢的不是……」

芈月便問：「剛才是怎麼回事？」

薜荔淚汪汪地道：「奴婢什麼也沒看到，就覺得背後被人推了一把，不但自己摔倒了，還連累公主……」

芈月舉手制止她繼續請罪，只問道：「方才是誰拉了我一把？」

薜荔一臉迷茫，芈月只得再問她，「是不是繆辛？」

薜荔恍然道：「對，對，好像是他……咦，他人呢？」

芈月心中有數，道：「別理會這些了，我們趕緊回宮。」

回到宮中，羋姝已經派人在宮門處等她，卻見她一身狼狽，只得候她更衣之後，再去見羋姝。

羋姝已得回報，知她街頭遇險，嚇得臉色蒼白，拉住她的手不住地上下看著，「好妹妹，妳無事吧？」

羋月搖頭，「無事，只是虛驚一場，也幸而大良造及時勒馬……」

羋姝急問：「可看清是誰幹的？」

羋月仍搖頭，「不知道，我根本沒看清對方。」

羋姝緊緊握著她的手，「好妹妹，出了這種事情，妳別再出宮了。」

羋月安撫了羋姝半日，才道：「阿姊，我已經見到了張儀，那張儀說，要五千金，就能幫阿姊完成心願，讓公子華無法再被立為太子。」

羋姝一驚，「五千金？」

玳瑁也嚇住了，喃喃道：「一張口就要這麼多，這張儀可真是夠狠的。」

羋姝卻道：「給他。」

玳瑁詫異道：「小君……」

羋姝高傲地道：「莫說五千金，便是萬金又何足惜？能夠用錢解決的，都不是問題。」

羋月點頭，「阿姊說得對。」

羋姝又拉著羋月的手，歎道：「此人要價如此之高，必是十分難以對付。那人我當日也見過，口舌翻轉，十分厲害，妹妹能夠說服於他，想是出了大力了。」說著便叫玳瑁取了無數珠寶安撫於她。

羋月心中暗歎，張儀果然觀人入微，這五千金的大口一開，羋姝不但將他高看了幾分，甚至亦對羋月的功勞也高看幾分。但既然羋姝不在乎這五千金，自己自然樂觀其成了。

「公子卬？」秦宮前殿耳房中，繆監亦有些失聲。

繆辛恭敬答道：「正是！」

繆監又問：「可看清是誰推了她一把？」

繆辛接著答：「孩兒只顧著拉了季羋一把，來不及看清那人，但是已經讓人跟下去了。」

繆監問：「哦，有回報嗎？」

繆辛道：「果然是同一批人。」

繆監「哼」了一聲，臉色陰沉，「越來越囂張了，當真把咸陽當成大梁了吧？」卻又歎息，「公子卬與大良造在一起？看來，他果然是不甘寂寞了。」

繆辛不敢答，只低下了頭去。

繆監歎，「咸陽只怕多事矣！」

誠如繆監所言，此二人在一起，談的自然不會是風花雪月。

此時公孫衍與魏公子卬攜手而行，直入雲臺，擺宴飲酒。但見滿園菊黃楓紅，秋景無限，魏卬卻只喝了兩杯，便鬱鬱不能再食，停杯歎道：「想當年你我在大梁走馬觀花，如今想來，恍若昨日。」

公孫衍亦不勝感歎，「衍想起當日初見公子的風範，當真如《衛風》之詩中說言：『有匪君子，如金如錫，如圭如璧。』」

魏卬苦笑一聲，「卬此生功業，都已成笑話。如今我已經垂垂老矣，犀首再說這樣的言語，實在是令人無地自容了。」

公孫衍聽了，也不禁黯然，「此商君之過也。」

魏公子卬，本是魏惠王之弟，人稱其性豪率，善屬文，七歲便能誦詩書，有古君子之風。在先魏武侯時，事宰相公叔痤，與當時中庶子之衛鞅（即商鞅）相交為莫逆，後衛鞅出奔秦國為大良造，魏卬並不以為意。魏惠王任公子卬為河西守將，魏卬為政威嚴，勸農修武，興學養士，為政無失，為將亦多戰功。

不料商鞅入秦，奉命伐魏，兩軍距於雁門。商鞅便致書魏卬，大述當年友情，並說不忍相攻，欲與魏卬會盟，樂飲而罷兵。當時士人雖然各奔不同的國家，各為其主，各出奇謀，然則公是公、私是私。在公事上血流成河亦不影響私下的惺惺相惜，託以性命。因此魏卬不以為意，毫不懷疑地去赴了盟會，不料商鞅早有算計，在盟會之上暗設埋伏，盡出甲士而將魏卬俘虜，又派人偽裝魏卬回營，詐開營門，可憐魏軍數十萬人馬，被商鞅輕易覆滅，魏軍失河西之地。再加上之前與齊國的馬陵之戰又大敗，本來在列國中，魏國屬於強國，因這兩戰之敗，國力大衰，與秦國竟是強弱易勢。

魏卬被俘入秦，雖然商鞅對他有愧於心，多方禮遇，除不肯放他歸國之外，並不曾對他有任何限制。便是秦孝公亦敬他有古君子之風，不以俘虜視之，起居亦如公卿。

後秦王駟繼位，與商鞅不合，商鞅曾欲逃魏，但魏王恨他欺騙公子卬，拒不接受，以至於商鞅失了歸路，死於車裂。商鞅死後，秦王欲放魏卬歸魏。但魏卬自恨輕信於人，以至於喪權辱國，為後世羞，無顏見君，不肯歸魏。

魏卬雖得禮遇，但常自鬱鬱，不肯輕與人結交。公孫衍在魏時，亦曾與魏卬是舊識，也因此兩人有些往來，如今見他神情鬱鬱，不禁勸道：「公子有古君子之風，奈何季世多偽。勝敗乃兵家常事。以公子之才德，豈可甘於林泉之下？多年來秦王一直想請公子入朝輔政，公子卻不曾答應，實是可惜。」

魏卬搖頭，「我多年來已經慣於閒雲野鶴，不堪驅使，不過和你們這些舊友往來而已。前日樗里子來與我說起，似乎你在朝政上與秦王有所分歧，可是為何？」說到這裡，素來淡漠的神情，倒也有了一絲關心。

唯其少見，更覺珍貴。公孫衍心中亦是觸動，不禁將素日不肯對人明言的心事說了出來，「唉，秦王以國士相待，我當以國士相報。可惜我無能，與秦王之間，始終未能達到先孝公與商君那樣的舉國相托、生死相依的默契。唉！」

魏卬安慰道：「如管仲遇齊桓公，這種際遇豈是天下人人可得？」

兩人又互飲一杯，半晌無語。

魏卬忽道：「有一件事我想請教犀首……」公孫衍昔在魏國任犀首一職，魏國舊人常以此相稱。魏卬雖身在秦國，卻始終心向魏國，自不肯稱呼他在秦國的官職之名大良造。更何況這大良造一職，原為秦孝公為商鞅而設，更是令他不喜。

公孫衍便應道：「何事？」

魏印問：「犀首以為張儀此人如何？」

公孫衍不屑地道：「小人也。此人在楚國，便以偷盜之名被昭陽逐出，到了秦國又妄圖販賣他的連橫之說。哼，列國爭戰，從來看的就是實力，只有確確實實一場場的勝仗打下去，才能屹立於群雄之上，徒有口舌之說而無實力，徒為人笑罷了！」

魏印勸說：「犀首不可過於輕視張儀，此人能得秦王看重，必是有其才幹，你的性格也要稍作收斂。時易世變，當日秦國貧弱，秦孝公將國政盡付商鞅，那是以國運為賭注。如今秦國已然不弱於列國，甚至以其強橫的態度，有企圖超越列國的勢態，而我觀秦王駟之為人，並不似孝公厚道，他曾借公子虔之手對付商鞅，回頭又收拾了公子虔等人，實非君子心腸。犀首，你畢竟是為人臣子，這君臣之間相處的分寸，不可輕忽。」

公孫衍「哼」了一聲，「君行令，臣行意。公孫衍離魏入秦，為的是貫我之意，行我之政。若君王能合則兩利，若是君臣志不同、道不合，我又何必勉強自己再留在秦國？」

魏印長歎一聲，「你這性子，要改啊……」

公孫衍不以為意地呵呵一笑，「這把年紀了，改不了啦！」

魏印不語，只一杯杯相勸，兩人說些魏國舊事，推杯換盞。

夕陽餘暉斜照高臺，映著臺下一片黃紫色的菊花更顯燦爛。

這一片繁花暗藏下的殺機，卻時隱時現。

第三十九章　謀士策

公孫衍在魏卬面前雖然自負，但他內心著實有些焦慮不安。商君之後，再無商君。商鞅之後，天下策士看到這份無與倫比的成功，紛紛向著咸陽進發，自信能夠再創商君這樣的功業。然則，秦國再不是窮途末路到可將國運孤注一擲地託於策士。秦王駟自商君之後，好不容易在維持新政與安撫舊族中間找到平衡，亦不願再出來一個商君，經歷動盪。

國不動盪，如何有策士的用武之地？公孫衍雖然坐在商鞅曾經坐過的位置上，內心卻知道，他永遠不可能再造商鞅的神話。拔劍四顧，他有一種說不出來的焦慮，他尋找著每一個可以建立功業、操縱政局的切入點。

與魏卬的交往，是舊誼，也是新探索。而魏夫人試圖立太子的遊說，又何嘗不是一個試探秦王心意的方式？公孫衍冷眼旁觀。一開始，秦國諸臣亦是觀望。

不料近日漸有傳說，說秦王本就有意立太子，所以才會縱容說客遊說。此言一經流傳，便有一些臣子悄然動心。之前秦宮中幾乎都由魏女獨寵，公子華亦可算得秦王最喜歡的兒子。許多人猜測魏夫人可能為繼后，雖然這個猜測被楚女入秦的事所打破。但是，焉知秦王不會為了勢力上的平衡，而立楚女為后，立魏子為儲呢？

便有臣子暗忖，若秦王當真有此意，倘能搶先上書，擁立公子華為太子，便是向未來的儲君賣了好。即便猜錯了，此時楚國來的王后連孩子都未懷上，也不會有什麼不好的後果。這樣一來，在朝堂上便有大夫上書，請立太子。

此時並非立太子的最好時機，秦王還在盛年，王后新娶，嫡子未生，而庶子卻有數名。然而，如果秦王計畫對外擴張，那麼他不會在此刻立太子，因為他對江山有無限的期望，那麼他對於儲君，同樣有著無限的想像。如果秦王想變更國內政策，則他會在娶楚后之後，再立魏子，以安撫兩個強鄰，好讓自己推行對內政策時，無掣肘之苦。

公孫衍想試一試，只有零星的上書是不夠的，只有演化成讓秦王駟不得不應對的局面，才能夠測試出秦王真正的心意。且他身處高位，對君王心意更要測知一二。魏夫人素日常有消息與他，他亦投桃報李，加之魏卬又曾向他請託。如此，種種因緣聚在一起，他在推動群臣讓此事愈演愈烈之後，最終也順水推舟，加入了請立的佇列。

公孫衍在等著秦王駟的回答，卻有一人突然加入進來，打亂了他的節奏。

客卿張儀在公孫衍發出請立的建議後，忽然發難，站出來表示反對。他云，秦王春秋正盛，議立者是有意推動父子對立；又云，王后尚無嫡子，若是將來王后生下嫡子，則二子之間何以自處？

張儀於朝堂，洋洋灑灑，大段說來，看似直指公孫衍，又句句抓不著把柄，他的話語極富煽動力，甚至讓許多原本保持中立的人，亦不知不覺對他的話連連點頭。
秦王駟不置可否，只說了一句「容後再議」，便退了朝。
消息傳至後宮，魏夫人心中一涼，知道最好的時機已經失去，不由得對張儀恨之入骨。
羋姝聽到消息，卻是欣然至極，忙找了羋月來一起慶祝，「妹妹，今日朝議，張儀駁了公孫衍等人議太子之立，這真是太好了。」
羋月也笑著恭喜，「想來大王必是正等著阿姊的嫡子出世，才好立為太子呢。」
羋姝得意至極，「我亦作此想。」說著便令人去請示秦王是否與王后共進晚膳，並說要親手烹製楚國之佳餚，請秦王品嘗，這邊又準備厚禮，令羋月再去謝過張儀。
她今日心情極好，於是再一次勸羋月搬回她殿中居住，見羋月又以與幼弟居住不便為由拒絕，不在意地道：「有什麼關係，讓妳弟弟也一起住進來吧。」
見羋月不以為然，她想了想，還是附在羋月耳邊，低聲把原委說了，「我聽說，男孩子的陽氣足，有助於婦人懷上兒子……」
羋月瞪著羋姝無言以對，這種突發的奇想，也不知道是誰灌到她腦子裡來的，想了想，正色問她，「阿姊，這種事，妳還有什麼聽說過的，甚至已經做過了？」
羋姝臉紅了紅，欲言又止，羋月還待再說，卻見玳瑁已經笑得一臉殷勤地過來了。她素來厭惡這個楚威后身邊的惡毒婦人，又知羋姝因著楚威后的緣故，極易聽信玳瑁的話，當下不願再說，只叮囑一聲，「大王是個心裡有數的人，魏夫人又虎視眈眈，阿姊莫要多做什麼，落人話柄。」

芈姝亦知她是好意，也忙應下了，芈月便讓女蘿取了禮物，再度出宮去了張儀府中。

芈月將一盒金子放到張儀面前，問他：「張子早知道有今日？」

張儀坦然叫侍童把金子收下，「張儀愛財，只會自取，不會乞求，也不會被錢財驅使為奴。」

芈月看了他的神情，忽然感覺到一絲熟悉的狡黠之色，若有所悟，「我記得當日張子在楚宮時，亦曾放風說要往列國，為大王尋找美人……」

張儀大笑拍膝道：「知我者季芈也……」

芈月驚得不再跪坐，長身立起，雙手按在几案上，居高臨下看著張儀，「所以這件事從頭到尾都是張子一人操縱？是你放風說大王要立太子，把所有的人都算計進去了？」

張儀搖頭，「起初這事，我倒是沒有插手。原只是那位魏夫人想要我遊說大王立太子，我本來不感興趣，但後來聽說她又向公孫衍等許多重臣都一一送禮……」

芈月便已明白，道：「那她真是自作聰明，卻不知傷其十指不如斷其一指。若是人人都求到，人人都答應幫忙，那不成功也就是人人都沒有責任了。她尤其不應該在求了張子以後，又去求大良造。」她揶揄道，「以張子你比針眼還小的心胸……」

張儀大笑，「季芈不必擠對我！不錯，我張儀的心胸可以容納四海，卻也會錙銖必較。我與公孫衍不合，她卻先求了我再去求公孫衍，是欺我不如公孫衍嗎？」他自負地一挑眉，「所以我故意放出風去，說大王有意議立太子……」

芈月又坐了回去，還舒緩了一下坐姿，道：「結果，魏夫人上了當，王后也上了當！」

見張儀微笑，不禁有些詫異，「張子挑起這種事端，難道僅僅為了取財嗎？」

張儀笑道：「敢問季芈，這天下是什麼樣的天下？」

芈月道：「大爭之世，人人皆有爭心，不爭則亡。」

張儀點頭，「對極了，不爭則亡。可我問妳，爭從何起？為何而爭？爭完以後呢？」

芈月一怔，「這……」

張儀伸出雙手，握緊又放開，「這雙手可能掄不動劍、拉不開弓，可是天下爭鬥，卻在說客、謀士手中。大爭之世，只要有爭鬥就有說客們謀利之處。說客沒有王權、沒有兵馬，也沒有財富，如果天下太平無事，說客們就永遠是說客。可是人心不足，爭權奪利，想要付出最少的代價得到最多的東西，那就必須藉助說客、謀臣的力量；說客們挑起爭鬥，就能夠借別人的勢為自己所用，今日身無分文，明日就可一言調動天下百萬兵馬，為他的一個理念、一個設想而廝殺爭鬥。在這種爭鬥中，輕則城池易手，重者滅國亡族。爭由說客起，各國君王為利而爭；爭完以後，仍然是由說客來平息爭戰。」

芈月聽著張儀這一番話，忽然覺得自己原來的一些觀念受到了衝擊。她自幼就學於屈原，學的是家國大義；她喜愛莊子的文章，講的是自在逍遙。卻從來不曾有人似張儀這樣，將玩弄人心、謀算山河的事，說得如探囊取物，說得如几案遊戲，說得理直氣壯，甚至說得如此激烈動人。

她的內心受到了極大震撼，久久不語。張儀亦不再說，只是面帶微笑，靜靜看著她。

這個女子，在他最落魄的時候見著了他，看過他最狼狽的樣子，他亦見過她最痛苦、最絕望的時候。

他是國士，她亦是國士。她是楚國公主也罷，是秦宮後妃也罷，是一介婦人也罷，對於他來說，她都是那個與他第一眼相見，便能夠與他在頭腦上對話的人。他能懂她，她亦能懂他，這便足矣。

現在，她是一隻未曾出殼的雛鷹，渾渾噩噩，不敢邁出最關鍵的一步，便如他當日渾渾噩噩地在昭陽門下一樣。但他很有興趣，看著她啄破自己的殼、一飛沖天的那一刻。

他願意等，因為對於他這種過分聰明的人來說，這個世界其實在大部分時間裡，顯得很無趣，能找到一兩件有趣的事，是值得慢慢等的，太急，便無趣了。

黃歇亦是一個很聰明的人，只是身上少了一些有趣的東西。那些東西，非經黑暗而不足有，卻因經歷了黑暗而顯得更危險，也更吸引人。

這種本性，他有，秦王有，眼前的這個女子，亦有。也唯其如此，有些話，他願意告訴眼前的這個女子，因為他知道她能懂，哪怕她現在不懂，終有一天會懂的。而她一旦懂了，這個天下，將會有不一樣的走向。

羋月獨自出神很久，才幽幽道：「張儀愛財，只會自取。所以你利用了王后和魏夫人之爭而獲利，更在挑起風波和平息風波後，抬高了身分。」

張儀微笑，「妳要這樣理解，也算可以。」

羋月道：「難道還有其他用意不成？」

張儀冷笑，「後宮如何，與我何干？太子誰做，與我何益？妳忘記了，我是什麼人。」

羋月慢慢道：「張子是策士，要的就是立足朝堂，縱橫列國。」

張儀點頭，「不錯。」

羋月繼續想著，她說得很慢，慢到要停下來等著自己想好，「你不是收禮辦事，是借禮生事。」

張儀撫鬚微笑，「知我者，季羋也。」

羋月歎了一聲，「我卻寧可不知你。」

兩人沉默無語。這時候，廊廡上的腳步聲，或許正好打破了沉默。

張儀身邊那個侍童恭謹地在門外道：「先生，魏夫人又派宮使來了。」

羋月站了起來，「張子，容我告辭。」

張儀卻舉手制止，「且慢。」見羋月詫異，他笑道，「季羋何妨暫避鄰室，也可看一齣好戲。」

羋月會意，當下暫避。聽得那侍童出去，不久之後，引了數人進來，腳步雜亂而沉重，似還抬著東西，不一會兒便聽得鄰室有人道：「奴婢井監，見過張子。」

但聽張儀淡淡道：「井監有禮。」

又聽得井監令小內侍將禮物奉上，「張子，這是魏夫人的一點心意，請張子笑納。」

張儀道：「無功不受祿，張儀不敢領魏夫人之禮。」

井監揮手令小內侍退下，賠笑道：「張子說的是哪裡話。其實我們夫人對張子是最為看重的，只是身邊總有些過於小心的人，想著人多些，事情也好辦些，卻不曉得得罪了張子。

夫人也曉得做差事了，因此特派奴才來向張子賠禮。」

事實上，魏夫人恨得差點想殺了張儀，幸好衛良人及時相勸，又請教了人，這才決定結好張儀。這個人既然不能除掉，便不能成為自己的障礙，若能為自己助力，才是上上策。所以，最終還是派了井監來示好。

張儀故做思忖狀，「非是我張儀無情，只是你家夫人斷事不明。人人都以為大良造是國之重臣，求他自然是更好。但越是人人都認為可做之事，做起來就越是不容易成。」

井監道：「張子這話，奴才是越聽越糊塗了。」

張儀道：「凡事有直中取、曲中取，這兩條路徑是不一樣的。敢問立公子華為太子，你家夫人意欲直中取，還是曲中取？」

井監尷尬道：「嘿嘿，張子，瞧您說的，此事若能直中取，還會來求您嗎？」

張儀一拍大腿，「著哇，求我是曲中取，求公孫衍是直中取，一件事你們既想直中取，又想曲中取，以昏昏思，焉能成昭昭事？」

井監恭敬地行了個大禮，「張子之言，如雷貫耳，還請張子教我。」

張儀道：「大王春秋正富，嫡子未生，他這會兒哪來的心思立太子？若依我，以非常之法曲中取，此事早成。偏讓公孫衍在朝堂上提出來，豈不是打草驚蛇？以後再想提立公子華為太子的事，只怕張不開嘴了。」

井監抹汗，「正是，正是。」

張儀道：「唯今之計，那就只能曲中取。我且問你，大秦以何立國？」

井監不假思索地道：「大秦以軍功立國。」

張儀微笑不語。井監頓時明白，「張子之意，是要讓公子華先立軍功？」

張儀漫不經心道：「當日楚國屈原曾經試圖聯合五國共伐秦，此事雖然在楚國被破壞，但諸侯若生此事，合縱還是會繼續實施。大秦與列國之間，戰事將發。我自會設法奏請大王，和公子華一起領兵出征。公子華若以庶長之名久在軍中，而大王其餘諸子不諳兵事，你說大王將來會考慮立誰為嗣？」

井監如醍醐灌頂，激動地站起來向張儀一揖，「多謝張子。此後魏夫人當只倚重張子，再無他人。」

張儀只呵呵一笑，「好說，好說。」

見井監走了，羋月推開門，從鄰室出來輕輕鼓掌，「張子左右逢源的本事，又更上層樓了。」

張儀矜持道：「季羋誇獎了。」卻見羋月向他行了一禮，張儀詫異，「季羋何以多禮？」

羋月歎道：「妾身如今身在深宮，進退維谷，還請張子教我。」她此時有些茫然，不知何去何從。

她自幼年起，便一心要脫離宮廷，逍遙天外。不想一步錯，步步錯，為了替黃歇報仇，為了胸中一股不甘不服之氣，為了張儀的激將，她又入了宮廷。

如今，她在宮廷中所有的努力和掙扎都無法達到目的，她想，她是不是應該抽身而退了？可是，如何才能夠再一次離開這宮廷呢？她想請教眼前這個似乎已不被任何事難倒的聰明人。

不想張儀搖了搖頭，「季芈，旁人我倒有興趣教，只是妳嘛，實在是不用教。季芈，許多事妳都知道，也能想到，只是不肯邁出這一步。一個人過於聰明不是一件好事，因為許多應該經歷和面對的事情，都想憑著小聰明去躲開。許多擺在眼前的事，卻非經大痛苦、大挫折，而不肯睜開眼睛去看。」

芈月惱了，「你又拿這句話來敷衍我，虧我還當你是朋友，告辭！」

見芈月轉身離去，張儀看著房門歎息，「季芈啊季芈，妳掩耳盜鈴，還能維持到幾時？」

宣室殿內，秦王駟正與樗里疾議事。

在外人眼中，或云過去大良造公孫衍深得秦王倚重，或云近來客卿張儀可令秦王言聽計從，但事實上，真正能夠被秦王駟倚為心腹、無事不可直言之人，只有樗里疾這個自幼到大一直緊緊追隨、任何時候都可以讓自己放心把後背交給他的弟弟。

此時秦王駟便將公孫衍的策論交給樗里疾，問道：「你看這公孫衍上書，勸寡人或伐義渠、東胡等狄戎部族，或征楚國，你意下如何？」

樗里疾看了看，沉吟道：「臣以為不可。魏國自雕陰之戰以後，國勢衰弱，這隻病了的老虎，我們不抓緊時機把它打下去，恐怕以後就難辦了。再說，魏國是大國，不管割地還是賠款，都有利可圖。而義渠、東胡等狄戎，是以遊牧為主，一打就逃，一潰就散，得不償失。更何況……」

秦王駟見他吞吞吐吐，便問：「更何況什麼？」

樗里疾直視秦王，勸道：「大王，公孫衍身為大良造，執掌軍政大權，手中的權力幾乎和商君無異。當日先孝公封商君為大良造，將國政盡付商君，為的是支持商君變法。而公孫衍對國家的作用卻遠不能和商君相比，臣以為封他為大良造，實有權力過大之嫌。公孫衍不能警惕自守，為國建功，卻把手插進後宮之爭中，意圖謀立太子，大王不得不防啊。」

說到這裡，樗里疾也不禁歎息一聲。

且說公孫衍雖為大良造，乍看上去，與商鞅權勢相當，秦王駟對他也甚為倚重，但實際上，秦王駟與公孫衍之間的關係，遠不及當日秦孝公與商鞅之間互為知己、以國相托的默契和信任。

公孫衍心中亦知，自不免有些不安，欲依以商君曾刑太傅公子虔、黥太師公孫賈之前例，尋一個有違法度的公子重臣處置而立威。樗里疾察知其意，處處小心避讓，兩人這才沒有發生衝突，然而終究埋下怨氣。且公孫衍於秦之功，實不如商君，尤其在頭幾年見其征伐之利後，這幾年無所建樹，見秦王駟已經有些不喜，便把忍耐甚久的話說了出來。

秦王駟亦知其想法，安撫道：「樗里子，寡人知道你的意思。但如今軍國大事，還離不開公孫衍。」

樗里疾搖頭，不以為然道：「大王，商君變法，雖然國力大振，軍威大壯，可我大秦畢竟國小力弱，底子單薄。這些年來雖然取得一些勝利，可是青壯年都派出去連年征戰，田園荒蕪啊。雖然也得到一些割地賠款，但是收不抵支，這些年都是靠祕密派出商賈，向楚國和巴蜀購買糧食才接濟得上。大王，秦國不能再繼續打仗了，要休養生息啊。」

秦王駟沉默。

銅壺滴漏的聲音一滴一滴，似打在樗里疾的心上。

過了好一會兒，秦王駟才長歎一聲，「是啊，秦國是不能再繼續打仗了，打不起了啊。可是秦國又不能不繼續打仗。大秦立國，一直如逆水行舟，不進則退。若是大秦一味休養生息，只怕什麼樣的東西都敢欺上來了。」

樗里疾歎氣道：「說得也是啊。」忽然想起一事，忙從袖中取出一卷竹簡呈上，道，「大王，這是臣入宮前，客卿張儀託臣交給大王的策論。」

秦王駟接過竹簡，詫異道：「哦，這張儀自楚國跟著寡人來咸陽後，寡人故意冷著他，就料定他不甘寂寞，如今這是要寫一些驚世之論出來了。」

秦王駟飛快翻看著竹簡，看著看著，又卷到開頭，再仔細地一行行研讀，拍案讚道：「善！大善！疾弟，你可曾看過沒有？」

樗里疾苦笑，「臣弟自然是看過了，可是覺得忒荒唐了些。誠如其所言，就這麼不動一兵一卒，能夠攪得列國如此？我們只消打幾場小戰，能夠得到比大戰更有利的結果？」

秦王駟歎道：「此人有些鬼才，你看他當年一文不名，就能夠將楚王及其後妃耍得團團轉。」他抬頭，看著樗里疾，兩人相視一笑，秦王駟繼續道，「他既然敢誇此海口，且讓他試試也好。如果他能夠以三寸之舌勝於百萬雄兵，那麼他要什麼，你就給他什麼。」

樗里疾躬身應道：「是。」

見樗里疾離開，繆監悄悄進來，又向秦王駟低聲回了芈月再度奉王后之命出宮，與張儀會面之事，秦王駟點了點頭，不以為意。王后能有什麼心思，他閉著眼睛也猜得出來……終究，不過是後宮女人的心思罷了。

繆監退出，秦王駟看著几案上的匣子沉吟。這是當日樗里疾在打掃戰場後，找到的一支玉簫。只是當日羋月已被義渠王所劫，因此這支玉簫，就留在了他手中。

如今……他想到了那個小女子，倔強、大膽，無所畏懼，又心志堅定。他喜歡羋姝那樣的女子，省心、簡單，可是他又會不由自主地去欣賞那個跟她完全不一樣的女子。

想到這裡，他站了起來，順手取了木匣，沿著廊廡，信步走到了蕙院門口，見羋月正在院子裡教魏冉用沙盤寫字。

聽得她輕聲說：「這四個字是什麼，小冉認得嗎？」

魏冉脆生生的童聲回道：「是『豈曰無衣』。」

秦王駟笑道：「豈曰無衣？與子同袍。妳這麼快就教到這首詩了嗎？」說著，推門走了進來。

羋月聞聲抬頭，看見竟是秦王駟到來，心中一驚，連忙行禮，「大王。」

秦王駟進來時，便見院中一場沙地，上面用樹枝寫著詩句，羋月與魏冉正蹲在旁邊。

秦王駟凝目看去，見羋月低著頭，神情拘謹，心中有些不悅。他看著羋月好一會兒，才笑道：「妳怎麼如此拘謹？莫不是還記恨寡人毀了妳的心血嗎？」

羋月知他說的是之前自己私製符節為他所毀之事，不禁汗顏，垂首道：「妾豈敢？是妾愚蠢冒失，若非大王睿智，妾做出這樣失當的事情，必會被人治罪了。」

秦王駟也笑了，「妳能自己明白，也算是一件好事了。」

女蘿正侍立一旁，見狀連忙領著魏冉行了一禮之後退出，院中只餘羋月與秦王駟二人。

羋月低頭，卻不知他忽然到此，出於何因。她當日入宮，原就是存了查出幕後黑手、為黃歇報仇之心而來，如今人是查出來了，可是無法報仇。細想之下，此番入宮也不過是想得羋姝一點助力，但秦王駟為人精明，便是沒有自己，羋姝也當無事。自己查了許久，卻不如秦王駟輕輕巧巧，便探得真兇。細思量此番進宮，竟是完全無用，反而將自己陷在宮中，不如早謀脫身之策。

也是因此，她對秦王駟實是沒有半點遐思，甚至避之不及，正思忖著如何早早將他打發走，半晌才道：「妾還未來得及向大王道謝，幸虧有大王派繆辛跟著妾，妾才免得殺身之禍。」

秦王駟並不知此事，聞言一怔，「怎麼？妳出了什麼事？」

羋月詫異道：「大王不知此事？」當下便將自己奉命去見張儀，回程中卻被人在背後推了一把，險些讓驚馬踩踏之事說了一遍。

秦王駟聽了一半，皺眉打斷，「妳遇上的是大良造的車？」

羋月點頭，「是，還幸得大良造及時勒住了馬車。」

秦王駟沉吟片刻，溫言道：「哦，那也是趕巧了，妳以後出門，要多加小心才是。」

羋月一時不知如何接話，頓了頓才道：「大王今日來找我，就是為了這件事嗎？」

秦王駟這才想起，便將手中的木匣遞給她，「哦，不是。是前日樗里疾跟我說，收拾戰場的時候，發現黃歇留下的玉簫，寡人想，這件東西還是妳收著最好。」

羋月打開盒子，看到盒中的玉簫，心中又驚又喜，更是悲傷得不能自已。她輕撫著玉簫，眼淚不由得一滴滴落下，終於不禁哽咽出聲，「子歇……」

秦王駟原本只是準備將玉簫交與她便罷了，然則看著她悲傷得不能自已，腦海中浮現當日在酒肆與兩人對談的情形，亦不禁有些傷感，腳步欲行，終於還是留了下來。

自黃歇出事，羋月壓抑已久，此刻在這支黃歇所用的玉簫面前，所有的悲傷如開閘的水，傾瀉而出。她忘記了自己是在秦宮，也忘記了眼前的人是秦王，更忘記了自己在秦宮的身分，只想痛痛快快地大哭一場。秦王駟不動聲色，將她輕輕擁住，歎道：「妳若是傷心了，就哭一場吧。」

羋月只覺得在極度的孤單悲傷之中，有一個人在身邊輕輕安慰，那種悲傷和痛苦，彷彿也得到了寬解，忍不住痛哭起來，「為什麼？為什麼上天要對我這般殘忍……子歇，為什麼你將我一個人拋下……你曾經說過只為我吹樂，到如今物是人非，教我情何以堪……」

她又哭又訴，一片混亂，不知道自己要說些什麼，也不知道到底對誰說，只是生死驚變數月來，所有的憂慮、憤怒、悲傷、矛盾、逃避、無助等種種混亂情緒，盡在此時發洩出來。

她素日繃得太緊，已經到了不能承受之境，這一刻見著這玉簫，便如長河決堤，一發不可收拾，竟是完全失去了平常的警惕，也完全忘記了周遭的環境。她不知道秦王是什麼時候走的，也不知道自己是怎麼回到房間的，只知道自己曾經哭過、訴過，甚至捶打過，然後，昏昏沉沉地一覺睡去。直至第二天醒來，才忽然想起昨天黃昏曾經發生過的一些事情。然而這些事情，亦在她極度的悲傷中變得模糊混亂，讓她想了半天，還是想不起其中的細節。

她打開木匣，看著匣中的玉簫，心中一痛，黃歇已經永遠不在了，而自己想要為黃歇報仇的目標，又不知何時才能夠實現。

想到當日，與黃歇在上庸城中相處的無憂無慮的日子，她那時候天真地以為，她已經逃離了楚宮，逃離了命運的捉弄，可以掃除過去所有的陰霾，自此步入幸福和快樂。

可是幸福和快樂如曇花一現，轉眼即逝。如果這個世界真有幸福存在，為什麼給了她，又要將它奪走？如果她從來未曾獲得過，那麼，她在秦宮的日子就不會這麼難熬，這麼絕望。

她苦笑，曾經在楚國那樣處處小心，防著受猜忌而克制壓抑自己的生活，難道還要在秦宮繼續上演嗎？只是當初她在楚宮的忍耐，是為了有朝一日能夠擺脫這樣的生涯，若是在秦宮還要繼續忍耐，又有什麼必要呢？

若說在楚宮中，她還有著對未來的期盼，還有著黃歇的愛和安慰，那麼在這秦宮裡，她有什麼？這冷冷秦宮、漫漫長夜，何日，是盡頭？

——第二卷完・待續

原創愛 YL233

羋月傳 二

作　　者：蔣勝男
編　　輯：李思佳
校　　對：李思佳、林俶萍
美　　編：邱筱婷
排　　版：趙小芳
企　　劃：陳俞佐

發 行 人：朱凱蕾
出 版 者：希代多媒體書版股份有限公司
Global Group Holdings,Ltd.
地　　址：台北市內湖區洲子街88號3樓
網　　址：gobooks.com.tw
電　　話：（02）27992788
E-mail：readers@gobooks.com.tw（讀者服務部）
pr@gobooks.com.tw（公關諮詢部）
電　　傳：出版部（02）27990909　行銷部（02）27993088
郵政劃撥：50007527
戶　　名：希代多媒體書版股份有限公司
發　　行：希代多媒體書版股份有限公司/Printed in Taiwan
初版日期：2016年1月

本書中文繁體字版由浙江文藝出版社有限公司授權出版

國家圖書館出版品預行編目資料

羋月傳 二/ 蔣勝男著.-- 初版. -- 臺北市 :
希代多媒體, 2016.01
冊 ; 公分. -- (原創愛 ; YL233)

ISBN 978-986-304-396-6 (第1冊：平裝)

857.7　　104026366